队列之末 I
有的人没有

〔英国〕福特·马多克斯·福特 著

曹洁然 译

上海三联书店

导　读

在英国文学史上，福特·马多克斯·福特处在一个尴尬的位置，比他早一代的作家们将其视作惹人厌的新潮人物，而自视为新时代真正书写者的现代派作家又把他划入了令人厌烦的老朽当中。在现代派作家海明威的巴黎回忆里，和福特一起在咖啡馆喝酒纯粹是受折磨。这位年长的作家先点了一杯味美思酒，随口又改成白兰地加水，等到酒上来之后，他却又非说自己点的是味美思酒。不光如此，他的言谈也无聊得很，他邀请海明威去参加自己的聚会，不论海明威重复多少遍自己曾经在聚会的地方住过两年，福特只顾着唠唠叨叨要怎么才能找到地方。他还不忘给海明威指明，曾经是英国军官的自己，自然是一位绅士，而海明威虽然是位好小伙子，但永远成不了绅士。海明威只好回忆诗人庞德是怎么给他描述福特的，提醒自己福特"只有在很累的时候他才撒谎，他是一个很好的作家，他经历过很多很糟的家庭问题"。就算这样，海明威发现自己也没有办法把庞德的评价和面前这个嘟嘟囔囔的大个子中年人联系起来。

海明威在《流动的盛宴》里记下的这一笔恐怕是很多人对福特的唯一印象，不过，海明威在回忆录里并没有提到，当时还名声不显的他有三则短篇小说发表在文学杂志《大西洋彼岸评论》上,这份杂志的主编正是福特。海明威担任过一期《大西洋彼岸评论》的特邀编辑,还曾想取代福特成为主编。在回忆录里贬低福特难免让人觉得海明威是在发泄心中积怨,多少有点"弑父"的嫌疑。福特·马多克斯·福特也绝非海明威回忆中糊涂无聊的傲慢老作家,如果没有福特,海明威和他的现代派朋友们登场的时间只怕要大大推迟。

福特·马多克斯·福特,原名福特·赫尔曼·休弗,一八七三年出生在英国萨里郡的默顿市(现为大伦敦市的一部分)。福特出身于艺术世家,按照英国作家格雷厄姆·格林的说法,福特的"出身和幼年经历逼他只能去过艺术家的生活"。他的外祖父福特·马多克斯·布朗是英国拉斐尔前派著名画家之一,他的父亲弗朗西斯·休弗是《泰晤士报》著名的音乐评论家,而他的教父则是英国十九世纪晚期著名诗人阿尔杰农·斯温波恩。在这样的家庭里长大,福特的确被熏陶出了超乎常人的文学才能,十八岁就出版了自己的第一本书《棕色的猫头鹰》,一生共出版了七十多本小说、诗歌和评论文集。在他的朋友、美国作家和评论家亚伦·泰特的笔下,福特几乎就是一位文学天才。他通晓古今欧洲文学,从希腊罗马文学到当代的欧洲各国文学无不涉猎。除了母语英语,福特还自如地在法文和德文之间游走,意大利文阅读也不成问题。泰特回忆说,二十世纪二十年代末,一家法国的出版社想出版福特的小说《好兵》,请福特介绍一位翻译,结果两个月之后,福特把自己的小说用法文重写一遍交给了出版社,无怪乎泰特惊呼福特是"最后一位伟大的欧洲文人"。

一九〇八年,福特创立了《英国评论》。他自己开玩笑说,创立这份杂志是为了发表哈代那些没人愿意发表的诗歌。不过福特的野心其实不小,他在发刊词中写道,这本刊物的目的就是为了"给想象文学一次在英国发展的机会"。很快二十世纪初的英国文坛甚至欧洲文坛顶尖人物都纷纷聚拢到福特和他的评论周围。《英国评论》第一期的作者名单足可以让所有文学刊物主编嫉妒得发狂:托马斯·哈代、亨利·詹姆斯、约瑟夫·康拉德、约翰·高尔斯华绥、托尔斯泰和H. G. 威尔斯等等。作为主编的福特不仅仅能够吸引这些文坛大豪,他还不遗余力地发掘、提携新作家。后来为人熟知的美国诗人庞德、英国作家D. H. 劳伦斯都是在福特编辑《英国评论》的时候被荐入文坛的(用庞德的话说,劳伦斯是福特"从伦敦郊区的寄宿学校里挖出来的")。在福特故去之后,他对年轻作家的热情在他人的回忆中也常常被提及。美国作家舍伍德·安德森略微夸张地说:"和福特说一次话,就能让年轻作家飘到羽绒一样的云朵之上,出版商和编辑们会争抢他的作品,当他早上醒来的时候,会有一打出版商和编辑在他家门口扎营等候。"

一九〇九年,由于福特不善经营,《英国评论》的财政状况一塌糊涂,福特失去了编辑的位置。不过,福特的编辑生涯并未就此结束。一九二三年到一九二四年,他又在法国编辑了《大西洋彼岸评论》。这一次,围在福特周围的都是现代派,詹姆斯·乔伊斯、保罗·瓦莱里、格特鲁德·斯泰因、欧内斯特·海明威和E. E. 康明斯等人全是这份杂志的常客。福特这两次短暂的编辑经验在现代派文学史的书写中一再被提起,虽然历时不长,但是福特和他编辑的文学杂志却分别在第一次世界大战前后给了现代文学的革新者们两次集中亮相的机会。

除了文学杂志的编辑,当代文学史家关注福特的另外一个重点就是描写英国绅士和第一次世界大战的两部现代派小说:《好兵》和《队列之末》。在这两部小说里,福特攀上了自己的写作高峰,现代世界的摇摆与疯狂被成功地转化成了小说中复杂堆叠的视角、来回交错的时间线和联想式的碎片语言。尤其是《队列之末》,更是被评论家塞缪尔·海因斯称为"有史以来英国人写成的最伟大战争小说"。

福特能写出这样的小说和他自己的经历也不无关系。一战并不只是给了他见证宏大历史变迁的机会,还让他切身体会到人类工业文明是如何把战争变成了有组织的屠杀。一战爆发的时候,福特已经超过了服兵役的年龄,但是他仍然自愿入伍,成为威尔士步兵团的少尉。一九一六年,作为威尔士步兵团第九营前线运输队的军官,福特在索姆河之战的炮火中坚持了十天,后因精神崩溃被送进后方医院,之后他被重新分配到威尔士和英国本土训练新兵。直到一九一九年,福特才正式退役。

从福特的个人经历来看,写作于一九二四至一九二八年间的《队列之末》很容易被认为是福特自己的战争回忆,但细读之下《队列之末》力图追忆的并不仅仅是一场战争,福特更想呈现的是"那个和战争一起终结的世界"。小说从战前展开,一直持续到战后的生活,战争和杀戮的细节并不是小说的核心,如何在充满敌意和谣言的世界中生活下去才是小说的重点,战争只不过是主人公需要克服的困难之一。虽然评论家克里斯·保迪克在《牛津英国文学史·现代运动》一卷里将《队列之末》列为二十世纪二十年代最好的一战小说，但他仍然强调说，《队列之末》的时间跨度让它"不像一本战争小说，更像是一本包含了战争的历史小说"。《队列之末》所涵盖的生活画卷的广阔程度可见一斑。

《队列之末》共有四卷，分别是《有的人没有》《再无队列》《挺身而立》和《最后一岗》。小说围绕主人公克里斯托弗·提金斯展开。提金斯出身于英国北部的绅士家庭，虽是不能继承家产的幼子，但他是个数学天才，常常被人称赞为"英格兰最聪明的人"，凭自己的才能在帝国统计局任职。他的妻子西尔维娅（格雷厄姆·格林将她称为二十世纪文学里最邪恶、最会操纵人心的角色）和她的一群仰慕者不停地给他制造种种麻烦，小说一开始，提金斯就正深陷于如何解决西尔维娅跟人私奔四个月又想和他复合这样的麻烦中。后来他钟情于一位古典文学教授的女儿瓦伦汀·温诺普。和西尔维娅相比，可以随口大段大段引用拉丁文，还是一位积极的女性参政支持者的瓦伦汀显然和提金斯有更多的共同话题，提金斯却囿于自己的绅士原则不能和西尔维娅离婚，对瓦伦汀也只是抱有好感而已。更糟糕的是，他的教父还误会瓦伦汀是他的情妇，社交界的谣言直接把这个误会放大成瓦伦汀已经给他生了个孩子。一战爆发之后，提金斯自愿入伍，他和西尔维娅，还有和瓦伦汀之间个人生活的纷争被战争的疯狂放大到荒谬的境地。

很久以来，这本书也被称为关于英国最后一位"托利党人"的小说。在当代的英国政治中，托利党常常只是以保守党的代称出现，作为一个独立政治团体的托利党在十九世纪就已终结，不过"托利党人"这个词却流传了下来。一位典型的托利党人，通常指的是一位在乡村拥有大量田产的绅士，他坚持一套从十八世纪流传下来的行事方式来维持绅士的体面，像父亲一样对自己的佃农负责，同时不忘尖酸刻薄地讽刺新时代的暴发户们。这样看来，无论是家世，还是对自己军官、绅士身份的坚持，和笔下的提金斯一样，福特似乎就是个托利党人，描述一战是如何摧毁了传统英国世界的《队列之末》也似乎只是痴迷于英国过去之美好的托利党人的怀旧作品。在一九六二至一九六三年间，编辑鲍利海版的《福特文集》时，格雷厄姆·格林坚持把第四卷从《队列之末》中剔除，或许正是由于这个原因。在格林看来，第四卷太过简单地追求完结，追求在战后的世界里重建托利党人已经逝去的生活，破坏了前三卷竭力维护的复杂性。如西尔维娅生下的孩子是不是提金斯亲生的这样一直模糊不清的问题突然有了确定的答案，一切阻碍提金斯和瓦伦汀的问题都突然得到了解决等等。格林认为，与其如此，不如让小说到第三卷《挺身而立》就结束。在第三卷的结尾，战争刚刚结束，所有人都清醒地意识到世界发生了变化，却不知未来会是怎样。或许在格林看来，这样的迷惘更切近托利党人面对现代巨变时的无助。

不过，当代英国作家朱利安·巴恩斯并不认同格林的看法。在他为企鹅现代经典版《队列之末》写的序中，他认为第四卷绝非是狗尾续貂的败笔，相反，它恰恰是小说家福特的高明之处。离提金斯的时代更远的巴恩斯并不急着给这本小说打上托利党的标志，在他看来，这本小说的迷人之处在于福特用虚构的语言复制了一个人人都会遇到的困难：如何在现实生活的浊流中坚持自己的原则，就算明知自己的行事准则已经和世界格格不入。提金斯故事的魅力不在于这是个托利党人的故事，而在于它用现代的语言重新讲述了个人和世界的永恒关系。正是因为这样，在第四卷中，生活并没有因为提金斯和瓦伦汀同居而变成童话，怀孕的瓦伦汀需要一直担心如何才能依靠提金斯微薄的收入养活一家人，而西尔维娅依旧在想方设法折磨提金斯。福特很清楚战争或许会改变很多事情，但是生活对一个人的敌意并不会同硝烟一起散尽。

福特在写作这本小说时运用了纯熟的现代主义手法。整部小说并不是按照时间顺序一一展开，他带领我们从一个角色的头脑中跳到另一个角色的头脑中，而小说的语言也从来不会直接把关键事件呈现给读者，它总是在伸展枝蔓和游移，碰一下，然后又赶紧缩回去，绕开，最后在我们没有预料到的地方不经意地提起，绝不用任何确定的语言简单地为事情定性。换句话说，福特用虚构语言重构了生活的朦胧和不确定。故事中没有任何俯视众生的视角，读者必须和角色一起前进，一起选择，一起承认错误。关于福特的语言特色，英国作家 V. S. 普里彻特有很经典的评价："混淆是他作为小说家的主要艺术特征，但他迷惑我们的目的是为了更清楚地展示一切。"

对读者来说，现在重读福特的这部小说，还有超越狭义的文学的意义。虽然历史学的考据、经济学的统计，甚至政治学的阐释都给我们提供了解释百年前战争的种种可能的答案，但是这些理论似乎都没有办法再让我们回到一个世纪前做出决定的那些人的头脑中，无法再直击他们心中的权衡和割舍，也没有办法让我们感同身受地体验生活在战火中普通人的压抑和无力。文学作品似乎是唯一让我们有可能近距离触碰一个世纪前那些被战争摧毁的灵魂,和他们一起品尝战争恶魔被释放出来之后人间的辛酸苦楚的途径。从这个角度说,文学作品可以算得上是"主观"的历史,字里行间封存的正是过去世代的心灵历程。昔人已逝,但是保留在文字中的挣扎和痛苦会让后来的我们,面对类似的情景时,多几分谨慎,少几分动辄喊打喊杀的戾气。

肖一之
二〇一四年秋
于布朗大学

卷 上

第一章

这两位属于英国公务员阶层的男子坐在精心布置的火车车厢里。拉车窗的皮带①簇新,新行李架下的镜子一尘不染,干净得就像什么东西都还没照过。鼓起的坐垫上,华美而规则的曲线精致地勾勒出一条龙的形状,这绯红和黄色交织的设计出自一位科隆的几何学家之手。车厢散发着一股淡淡的、洁净而令人赞叹的清漆味。火车行驶得像英国金边债券②一样平稳,提金斯记得当时是这么想的。火车开得很快。但提金斯确信,如果火车摇晃了或在铁轨接头

---

① 当时的火车车窗是通过皮带来控制开关的。——译者注。全书同。

② 十七世纪英国政府经议会批准,开始发行的政府公债,该公债信誉度很高。由于当时发行的公债边缘为金黄色,因此被称为"金边债券"。

处颠了一下，麦克马斯特一定会给铁路公司写信抱怨的。他甚至可能会写信给《泰晤士报》。除非是汤布里奇桥之前的弯道，或者阿什福德的几个岔道上，在这些地方行驶异常是预料之中并且可以容忍的。

他们这个阶层治理着全世界，而不仅仅是最近刚成立的由雷金纳德·英格比爵士掌管的帝国统计局。如果他们看到警察滥用职权、火车行李员举止粗鲁、街灯不足、公共服务或外交方面的疏漏，就一定会管一管，要么是用他们淡定的贝利奥尔①口音，要么就是一封给《泰晤士报》的信，遗憾而又愤怒地质问，"英国的这个那个怎么变成了这种样子！"或者，他们在严肃的评论刊物里撰文，讨论教养、艺术、外交、帝国商贸，或者已故政治家和文人的声望。有很多这样的刊物流传了下来。

麦克马斯特，或许，会这么做。至于他自己，提金斯倒不是很确定。麦克马斯特坐在那里，个头不高，辉格派②，黑色的胡子修剪得尖尖的，个子小的人常常留这种胡子来彰显他们已经萌芽的声望。倔强的黑发得用硬金属梳子才能驯服。鼻子很挺，牙齿结实而整齐，衬衣的白色蝴蝶领光滑得如同瓷器。金质领带环扣住带黑色条纹的钢蓝色领带——提金斯知道，这是为了衬托他的眼睛。

提金斯，坐在一边，已经不记得自己打了什么颜色的领带了。他雇了辆车从办公室回到住处，套上宽大的西装外套、西裤和一件

---

① 牛津大学贝利奥尔学院是牛津大学最著名、最古老的学院之一。
② 英国的自由派，由产生于十七世纪末的英国辉格党形成。

质地较软的衬衫,飞快却有条不紊地把一大堆东西装进有两个提手的大旅行包里——如果有必要可以扔进守车里的那种。他不喜欢贴身男仆碰他的东西,连妻子的女仆帮忙打包整理他也反感。他甚至不愿意让行李员提他的旅行包。他是个托利派①,而且因为他也不喜欢更换衣物,还在路上他就已经穿好敲了边、钉了掌的、宽大的棕色高尔夫球靴,坐在那里,坐在靠垫边沿稍向前倾,两腿叉开,一边膝盖摊着一只巨大的白手,茫然地思考着。

麦克马斯特,坐对面,向后靠着,读着一些小张的、并未装订的印刷纸页,体态略显僵硬,稍稍皱着眉头。提金斯知道,对麦克马斯特来说,这是个难忘的时刻——他正在修改他第一本书的校样。

出书这件事,提金斯知道,有不少微妙之处。如果,比如说,你问麦克马斯特他是不是个作家,他会抱歉地轻轻耸一耸肩。

"不,亲爱的女士!"因为自然不会有男人问任何一个明显饱经世故的人这种问题,他会微笑着继续说,"没那么好!只是不合时宜的小打小闹。评论家,可能算是。对,一个小小的评论家。"

尽管如此,麦克马斯特仍在客厅走来走去。那房间里挂着长窗帘,摆放着青花瓷盘子,贴有大花纹的墙纸,挂着安静的大镜子,塞满了长发飘飘的文艺界人士。并且,只有在尽可能靠近举办沙龙聚会的亲爱的太太们时,麦克马斯特才会将谈话进行下去——多少

---

① 英国的保守派,由活跃于十八、十九世纪的托利党形成,是英国最大的保守右翼政党。

有点权威姿态。当他说起波提切利①、罗塞蒂②,还有其他被他称作"早期人士"的早期意大利艺术家的时候,他喜欢别人恭恭敬敬地听着。提金斯在那里见过他。提金斯并没有反对过。

因为,如果这些聚会不直接代表他已经进入上流社会的话,它们至少可以被当作一块通往一流政府工作的那条需要谨慎的漫漫长路上的垫脚石。而且,与自己对事业或职位彻底漫不经心的态度相应,提金斯还对朋友的野心带有讽刺意味地表示同情。这段友情有些古怪,但友情中的古怪成分常常保证了其持久性。

作为一位约克郡绅士最小的儿子,提金斯所享有的都是最好的——一流政府公务员工作和上流社会人士能负担得起的最好的生活。他没有野心,但他所拥有的东西都不请自来,这在英国是理所当然的。他有本钱为自己漫不经心的穿着打扮、身边的客人和表达的观点负责。他有一小笔他母亲账下的私人收入,一小笔来自帝国统计局的收入。他娶了一位家底殷实的太太,而他自己说话的时候,以一种托利派的方式,充分掌握了讥讽和嘲弄的本领。他二十六岁,但是块头很大,像约克郡人那样浅肤色,不修边幅,比他这个年纪应有的体态还要胖一点。每当提金斯选择发表一番关于影响数据统计的公众倾向的言论时,他的上司雷金纳德·英格比爵士都会认真

---

① 桑德罗·波提切利(1445—1510),欧洲文艺复兴早期的佛罗伦萨画派艺术家。

② 但丁·加百利·罗塞蒂(1828—1882),英国画家、诗人、插图画家和翻译家,拉斐尔前派主要成员之一。

地听。有时候雷金纳德爵士会说："你是一本写满准确事实知识的、完美的百科全书，提金斯。"提金斯认为这是他应得的，因此会不作声响地接受这一赞扬。

听到雷金纳德爵士这样的话，如果是麦克马斯特，则会咕哝道："你真好，雷金纳德爵士！"提金斯认为这样的回答非常合适。

麦克马斯特在部门里的资历稍老一些，因为他很有可能年龄也要大一点。因为无论是他室友的年龄，还是他确切的出身，提金斯都不十分清楚。麦克马斯特明显有苏格兰血统，一般人当他是所谓"牧师住宅里长大的孩子"。毫无疑问，他其实是库珀①的杂货店老板或者爱丁堡的火车行李员的儿子。这对苏格兰人来说没什么问题，而且，因为麦克马斯特得体地对他的出身表示缄默，已经接受了他的人不会——甚至都不会在心里——提出任何质疑。

提金斯一直以来都认可麦克马斯特——不论是在克里夫顿②，在剑桥，在法院街，还是在他们在格雷律师学院的房间。因此可以说，他对麦克马斯特有着深深的喜爱——甚至是一点感激之情。而麦克马斯特对他也像是有相似的感情。当然，他一直以来都尽可能地帮助提金斯。麦克马斯特在财政部做雷金纳德·英格比爵士的私人秘书的时候，提金斯还在剑桥读书，麦克马斯特就向雷金纳德爵士提到了提金斯身上许多卓越的才能。而一直在为了心肝宝贝——刚成立的新部门——寻找年轻人才的雷金纳德爵士，也十分乐意地将提

---

① 库珀是苏格兰法夫行政区的一个镇。
② 克里夫顿中学创立于一八六二年，当时为男子学校。

金斯收为他的三把手。另一方面，正是提金斯的父亲向财政部的托马斯·布洛克爵士推荐了麦克马斯特。而事实上，也是提金斯家——准确地说是提金斯的母亲——给麦克马斯特提供了一点资助以让他在剑桥完成学业，还在城里安了家。他已经部分偿还了这一小笔钱——当提金斯回到城里的时候，他在自己的住处给提金斯找了个房间。

一个苏格兰年轻人能有这样的地位在当时是不稀奇的。提金斯可以去晨间起居室，对他肤色白皙、体态丰满、圣人一般的母亲说："看，妈妈，这个叫麦克马斯特的家伙！他需要一点钱上完大学。"

他母亲会回答："好的，亲爱的。多少钱？"

如果帮助的是一个英国的下层年轻人，这反映的就是一种阶级责任。对麦克马斯特来说，则并非如此。

在提金斯最近碰到麻烦的这段时间——四个月前提金斯的妻子离开他，和另一个男人私奔去了国外——麦克马斯特充当了一个除他以外无人可以胜任的角色。因为克里斯托弗·提金斯的感情建立在彻底的沉默寡言上，在任何情况下，只要谈到感情他都是这个样子。从提金斯看世界的角度来说，人们并不"谈论"什么。他们甚至不去考虑他们自己的感受。

而且，事实上，他妻子离家出走一事把他所有能意识到的情感都抽空了，关于这件事他说了不到二十个字。这几个字主要是向他父亲说的——当时，他高大魁梧、满头银发、身板挺直的父亲无声无息地就飘进了麦克马斯特在格雷律师学院的客厅。在五分钟的寂静之后，他说："你会跟她离婚？"

克里斯托弗回答道:"不!流氓才会逼着女人遭受离婚这种事的折磨。"

隔了一会儿,老提金斯先生又问:"你会同意她跟你离婚?"

他回答道:"如果她希望如此的话。还得考虑孩子。"

老提金斯先生说:"你会把她的财产转给孩子?"

克里斯托弗回答:"如果不发生纠纷就能解决的话。"

老提金斯先生只评论了一句:"啊!"

过了几分钟,他说道:"你妈最近身体不错。那个机动犁还是**不行**。我会在俱乐部吃饭。"

克里斯托弗说:"我能把麦克马斯特带去吗,父亲?你说过你会推荐他进入俱乐部。"

老提金斯先生回答:"好的,叫他去。老福列特将军一会儿会过去。他会联名推荐的。最好介绍他们认识。"他扭头走了。

提金斯认为他和他父亲的关系几近完美。他们像俱乐部的两个人——**唯一**的那个俱乐部。他们的想法如此相似,简直没有交谈的必要。他的父亲在继承家里的财产之前花了大把时间在国外。每次绕过高沼地[①],进入自己拥有的那个工业城的时候,他都驾着一辆四匹马拉的马车。格罗比的府邸内从来没有人抽烟,老提金斯先生每天早上让他的园丁长装好他的十二支烟斗,摆放在庄园门口车道两旁的玫瑰花丛里。他白天就吸这些。他大部分的土地都是农田。他

---

① 英国北部常见的广阔泥沼地貌。

在一八七六到一八八一年担任荷德涅斯选区①的国会下院议员，但在议席重新分配以后就没有再参加过选举。他赞助十一个人的生活②，常常去狩猎，时不时骑马带着猎犬去猎狐狸。除提金斯外，他还有三个儿子和两个女儿，现在他已经六十一岁了。

在妻子和人私奔之后的第一天，克里斯托弗在电话里对他姐姐艾菲说：

"你能把汤米带走一段时间吗？马钱特会跟他一起去的，她说可以替你带最小的两个孩子，这样可以省一个女仆，我会承担他们的食宿费，另外还会再付些钱。"

他姐姐的声音——从约克郡传来——回答：

"当然，克里斯托弗。"她是一个教区牧师的妻子，住在格罗比附近，有好几个孩子。

对着麦克马斯特，提金斯说："西尔维娅离开我，跟那个叫佩罗恩的家伙跑了。"

麦克马斯特只回答了一个字："啊！"

提金斯继续对麦克马斯特说："我要卖掉房子，把家具存起来。汤米会去我姐姐艾菲家，马钱特和他一起去。"

麦克马斯特说："那你就用得上你的老房间了。"麦克马斯特在格雷律师学院的几栋房子里包了很大一层。提金斯结婚搬出去以后，他继续享受着独居的乐趣，只是让他的男仆从阁楼搬进了提金斯以前

---

① 荷德涅斯位于东约克郡，在英格兰东海岸。
② 这些人都从事教区牧师工作，收入和财产与老提金斯的土地挂钩。

住的卧室。

提金斯说:"我明天晚上过来,如果可以的话。这样就有足够的时间让费伦斯搬回阁楼里。"

那天早上,在吃早饭的时候,妻子私奔四个月之后,提金斯收到了一封她的信。她没有丝毫懊悔地要求他接她回家。她受够了佩罗恩和布列塔尼①。

提金斯抬头看着麦克马斯特。麦克马斯特已将半个身子探出了椅子,瞪大了钢蓝色眼睛瞪着他,胡子微微颤抖。提金斯开口说话的时候,麦克马斯特手握棕色木酒柜里的雕花玻璃白兰地醒酒器长颈。

提金斯说:"西尔维娅要我接她回来。"

麦克马斯特说:"喝点这个!"

提金斯差点下意识地说出"不",他改口说道:

"好。可能吧。给我来一个利口杯。"

他注意到白兰地醒酒器口叮叮敲响了酒杯口。

麦克马斯特一定在发抖。

麦克马斯特仍然背对着他,说:"你要重新接受她吗?"

提金斯回答:"我猜是。"一口白兰地下肚,他的胸口热了起来。

---

① 布列塔尼是法国的一个大区,位于法国西北部的布列塔尼半岛,英吉利海峡和比斯开湾之间,首府是雷恩。

麦克马斯特说:"最好再来一杯吧。"

提金斯回答:"好的。谢谢。"

麦克马斯特继续吃早饭、读信,提金斯也一样。费伦斯进来撤走了培根盘,又将一个盛有水波蛋和黑线鳕鱼的银质水暖盘摆上桌。过了好一会儿,提金斯说:

"是的,原则上说我决定这么做,但是我得花上三天时间考虑细节。"

他似乎对这件事毫无感觉。西尔维娅信中某些傲慢无礼的话语在他头脑内盘旋不去。他宁可读这种信。白兰地对他的精神状态没造成什么影响,但能保证他不会发抖。

麦克马斯特说:"假如我们坐十一点四十分的车去莱伊[①],我们可以在下午茶之后打一场球,现在白天比较长。我想去找一个那附近的牧师,我的书他可以帮忙。"

"你的诗人还认识牧师?不过他当然认识。名字叫杜舍门,没错吧?"

麦克马斯特说:"就算我们两点三十分到,在乡下这个时间也应该没关系。我们待到四点,让车在外面等着。五点我们就可以到第一个发球区。如果我们喜欢那个球场,可以待到第二天,然后星期二去海斯[②],星期三去桑威治[③],或者那三天我们也可以一直在莱伊待着。"

---

① 莱伊是英国东萨塞克斯郡的一个城市。
② 海斯是肯特郡南部一个海滨城市。
③ 桑威治是肯特郡一个历史悠久的城市,位于斯陶尔河畔。

"换换地方可能比较适合我,"提金斯说,"还有你那些英属哥伦比亚的数据。如果我们现在就叫出租车,我可以在一小时十二分钟之内把它做出来。然后英属北美的数据就可以开始印刷了。现在才八点三十分。"

麦克马斯特有些担忧地说:"但**你做不到**。我可以跟雷金纳德爵士说一声,他会批准我们这次出行的。"

提金斯说:"哦,我可以。如果你告诉英格比已经做好了的话,他会很满意的。我在那之前做好给你。他十点钟来的时候你就可以给他。"

麦克马斯特说:"你这家伙太出色了,克里斯①。简直是个天才!"

"哦,"提金斯回答,"昨天你走了以后,我看了你的文件,总数基本上都已经在脑子里算好了。睡觉之前我也在想那些数字。我觉得你犯了个错误,高估了克朗代克②今年在人口上的拉动作用。那些通道都开着,但是基本上没人经过那些地方。我会加个注释说明的。"

在车上,他说:"我很抱歉拿那些烦人的私事给你添麻烦,但它会对你和局里产生什么影响吗?"

"局里的话,"麦克马斯特说,"完全不会。传言是说西尔维娅

---

① 原文是"Chrissie",是克里斯托弗的昵称。

② 克朗代克河在加拿大育空地区西部,为育空河支流,长约一百六十公里,因克朗代克淘金热而得名。

在国外照顾赛特斯维特夫人。至于我，我希望……"他咬紧他小而坚固的牙齿，"我希望你把她拖进泥沼地里。老天啊，我真的这样想！为什么她非得糟蹋你的下半生？她干的已经够多的了！"

提金斯越过马车的门帘凝视着远方。①

这解答了一个谜题。几天前，一个年轻男人，更应该说是他妻子的朋友而不是他自己的朋友，在俱乐部里接近他，说他希望赛特斯维特夫人——提金斯妻子的母亲——身体好些了。他现在说："我知道了。赛特斯维特夫人是为了掩盖西尔维娅的出走而出国的。她是个明智的女人，就像个婊子。"

马车驶过几乎空无一人的街道，这个时间点对政府办公区来说还太早了。马蹄声急促地嗒嗒响着。提金斯喜欢坐双轮双座马车，因为马才是为上流人士而准备的。他以前不知道他的同事们如何看待他的私事。询问别人的看法打破了他身上一种强大而麻木的惯性。

最近几个月，他把时间都花在凭记忆校对最近刚出新版的《大英百科全书》里的错误，他甚至还给一个无聊的月刊撰文谈了这个话题。那篇文章尖刻得有点不在点子上。他看不起使用参考书的那些人，但这个观点太过陌生，所以他的文章没有遭到任何人的反对，可能只有麦克马斯特除外。事实上，雷金纳德·英格比爵士对这篇文章还挺满意，他很高兴手下有个年轻人记忆力如此之强，学识像百科全书一样广博……

---

① 双轮双座马车的御座在车后，座位在前，门帘的高度只到乘客的膝盖，用以拦挡泥水。

那曾是一份令人愉快的工作，就像打了一个漫长的盹。现在他不得不调查询问。他说：

"那我卖掉了二十九号的房产①呢？他们怎么看这件事？我不会再买房子了。"

"大家认为赛特斯维特夫人在隆德斯街水土不服，"麦克马斯特回答，"这是她生病的原因。下水管装得不对。我可以说雷金纳德爵士会完全地——明确地——表示同意。他不认为在政府工作的年轻已婚男子应该在伦敦西南区拥有昂贵的房产。"

提金斯说："他这该死的。不过他可能是对的。谢谢。我想知道的就这么多。戴绿帽的名声总不太好，这很正确。一个男人应该有能力管好他妻子。"

麦克马斯特焦急地大叫："不！不！克里斯。"

提金斯继续说："一个一流的政府部门很像一个公立学校，如果一个人的妻子在部门里四处勾搭，他们就很可能反对这个人。我记得校董们决定招收第一个犹太人和第一个黑人学生的时候，整个克里夫顿学院都很火大。"

麦克马斯特说："我希望你别再继续说了。"

"有这么个家伙，"提金斯继续说，"他家的地在我们家旁边，他的待字叫康得。他的妻子一贯对他不忠，她以前每年都会跟别人出去待上三个月。康得从来没动过她一根指头，但是我们觉得格罗比和周边地区不安全。在自己的客厅里把他介绍给别人很令人尴

---

① 提金斯结婚时的住所，在隆德斯街二十九号。

尬——更别提介绍他妻子了，各种尴尬不便。谁都知道他们家年纪较小的孩子不是康得的。有个家伙娶了他最小的女儿，把他家的猎狗也带走了，根本没人去拜访她。这不公平，也不合理，但是就因此我们的社会不信任戴绿帽的，真的。社会才不知道什么时候就会做了什么不公平不合理的事情。"

"但你**不会**，"麦克马斯特带着发自内心的痛苦说，"让西尔维娅这么做的吧。"

"我不知道，"提金斯说，"我怎么阻止她？告诉你，我觉得康得做得没错。这种灾难是上帝的旨意。绅士会接受这个事实。如果一个女人不愿意离婚，他必须忍受这些事情，而这种事会传出去。这次你们做得不错，我猜，除了你们，赛特斯维特夫人也夹在中间。但你不会永远陪着我，或许我会碰上个别的女人。"

麦克马斯特说："啊！"

过了一会儿，他接着道："那怎么办？"

提金斯说："天知道……还得考虑那个可怜的小鬼。马钱特说他说话已经带有约克郡口音了。"

麦克马斯特说："如果不是为了他……这事本可以解决的。"

提金斯感叹道："啊！"

付了车夫的钱，在走向一个有三角墙拱门的灰色水泥门廊时，他说道：

"你最近在马的饲料里放的甘草很少吧。我以前告诉过你它会变得更好的。"

车夫的脸红扑扑的，闪着光泽，戴了一顶锃亮的帽子，穿着灰

褐色缩绒厚呢大衣,纽扣眼里插着一枝栀子花。他说:

"啊,我就知道你会记得的,先生!"

在火车上,在他优雅的着装和公文包之下——提金斯亲手把他巨大的旅行包丢进了守车里——麦克马斯特坐在对面看着他的朋友。对他来说,这是重要的一天。他面前是他的第一本小小的、装帧精致的书的校样页……纸页很小,油墨乌黑,还散发着香气!打印油墨怡人的香气向他鼻子传来,刚印好的纸页还微微有点潮湿。他那苍白、刮板一样平的、总微微有些发凉的手指握着一支小小的金色扁头铅笔,他买来专门用于这类修改工作的。一个错漏他都没有找到。

他期望的是一种令人沉湎的满足——几乎是他好几个月来唯一允许自己的感官享乐。以他很有限的收入保持英国绅士的外表并非易事。但沉湎于自己的字句,沾沾自喜地欣赏着自己的机敏和精明劲儿,感受自己既均衡又冷静的文字韵律——这是一种超乎寻常的乐趣,而且一点都不贵。他过去是从"文章"里获得这种乐趣——写写卡莱尔①和穆勒②那类大人物的哲学理念和家庭生活,或者写写关于殖民地间贸易扩张的文章。这次可是一本书。

他想靠这本书来巩固他的地位。在局里,他们的职位主要是靠

---

① 托马斯·卡莱尔(1795—1881),苏格兰评论家、讽刺作家、历史学家。

② 约翰·斯图亚特·穆勒(1806—1873),英国著名哲学家和经济学家,十九世纪影响力很大的古典自由主义思想家。

"出身",而这些人也没什么同情心。也有零零星星的——这个数量已经逐渐庞大起来——年轻人是靠天赋或者单单靠勤奋进入这个部门。这些人嫉妒地看着别人晋升,冷眼分辨出靠裙带关系而增长的薪水,在小圈子里怒骂任人唯亲。

对这些,他可以冷眼旁观。他和提金斯的亲密友谊让他看起来更像是靠"出身"进入这个机构的,他在雷金纳德·英格比爵士面前讨喜的性格——他知道他有亲和力又有用!——让他避免了大部分的不愉快。他的"文章"多少给他提供了一些举止严肃的理由,他相信他的书将会让他有理由保持几乎是权威的姿态。他将会成为**那个**麦克马斯特先生——批评家、权威人士。一流的政府机构并不排斥让出类拔萃的人给他们锦上添花,无论如何,总不会有人反对让优秀人才晋升的。所以麦克马斯特脑海中浮现出——简直是亲眼所见——雷金纳德·英格比爵士看着他重视的手下在雷明顿夫人、克雷西夫人和尊贵的德·利穆夫人的客厅里被热情地接待的画面,雷金纳德爵士一定会察觉的,因为他本人除了政府公文以外很少读别的,给他十分有天赋又朴素的年轻助手铺平一条道路他不会觉得有什么不对。

一个偏僻的苏格兰港口小镇上穷困的运务员的儿子,麦克马斯特早早就确定了他今后的职业目标。在麦克马斯特小时候十分流行的作家斯迈尔斯先生[①]的书中主人公的命运和贫寒的苏格兰人可以

[①] 此处应该指的是塞缪尔·斯迈尔斯(1812—1904),苏格兰作家和政府改革者。他的代表作是《自助》,书中阐释了贫苦工人应该如何通过自己的努力获得更好的社会地位。

选择从事的更为需要才智的事业之间,他的选择并没有什么难度。挖矿的小伙子**可能**成长为矿主;用功、有天赋、不眠不休的苏格兰年轻人,令人无法反对也不招摇地求学深造,希望对社会有用,这样的人自然**一定会**取得卓越的成就,获得有保障的生活,周围的人也会向他暗暗投来敬佩的眼光。

选**可能**还是**一定**,麦克马斯特做起决定来一点困难都没有。他现在几乎可以确定,他的事业将在他五十岁的时候为他带来一个爵士爵位,而在那很久之前他就已经拥有一笔足以舒舒服服生活的财产,一个自己的客厅,一位给他低调的名声增光添彩的夫人——她在客厅里站着的那些这个时代最了不起的智识人士中间来回走动,优雅而真诚,就像是对他的眼光和成就最佳的赞赏。

没什么意外的灾难的话,麦克马斯特对自己很有信心。灾难通常都是通过酗酒、破产和女人找上门来的。对前两样他知道他是免疫的,即使他的花销常常多过他的收入,而且他总是欠提金斯一点钱。幸运的是提金斯出身富家。对第三样,他不是很确定。他的人生一直都缺少女色,而当有朝一日,即使遵守小心谨慎的原则,女性的陪伴也将变成他生活中合理的一部分的时候,他害怕会因饥渴而过于草率地做出决定。他非常精确地知道他需要的女性是什么样子:高挑,端庄,肤色略深,衣着宽松飘逸,热情而谨慎,椭圆脸,慎重,对周围的人都很亲切。他简直能听见她衣角摆动时发出的沙沙声。

然而……一种盲目的非理性冲动让他几乎哑口无言地被那些站在柜台后面咯咯直笑、大胸脯、面色绯红的女孩吸引。只有提金斯把他从那些最有问题的暧昧关系中拯救了出来。

"忍着点,"提金斯会说,"别跟那个荡妇搞在一起。你能做的就是给她找一个烟草店的工作,然后她就会在住处扯你的胡子。算了吧,你承担不起的。"

已经深情地把这个丰满的女孩和《高原的玛丽》①的曲调联系在一起了的麦克马斯特会狠狠地谴责一通提金斯粗野的言行,但他现在要感谢上帝,提金斯帮了他大忙。他坐在那里,将近三十岁,没有任何暧昧关系、任何健康问题或者任何关于女人的困扰。

带着深深的喜爱和担忧,他望着他才华横溢的后辈,后者没把自己从感情纠纷中拯救出来。提金斯掉进了他能想象到的最糟糕的女人制造的最无耻、最残酷的陷阱里。

麦克马斯特突然意识到,他并没有如想的那样沉湎在自己的行文带来的波涛起伏的感官愉悦中。他的开篇第一段就很有精神,印得方方正正、很整洁……他的出版商在印刷方面做得不错:

> 无论我们把他看作神秘、感性、精确的人造美的幻想者,华丽汹涌而欢愉的线条的操纵者,文字如他的画布一样斑斓的作家,还是一位深邃的哲学家,致力于阐释和描绘从并不比他更伟大的、玄妙的神秘主义者那里得来的启示,加布里埃尔·查尔斯·但丁·罗塞蒂,这本小专著的主人公,都绝对配

---

① 《高原的玛丽》是苏格兰诗人罗伯特·彭斯(1759—1796)所作的歌谣。玛丽的原型叫玛丽·卡姆蓓尔,是彭斯结识的一位苏格兰姑娘。

得上一位深深地影响了我们当今生活在其中的高等文明的各个方面——从表面特征到人与人的交流——的人物的声名……

麦克马斯特意识到到现在为止他只读了这么多,而且没有享受到丝毫他所期待的那种愉悦。然后他翻到第三页的中间段落——绪言结束之后的段落。他的眼神散漫地循着文字向下游荡:

这本册子的主人公出生在这座大城市西边的中心区,那一年是……

这些话他根本看不进去。他明白,这是因为他没办法忘记早上的事。他从咖啡杯上抬起头来——从杯沿上方看过去——他的视野中出现了一张压在提金斯颤抖的手指下的蓝灰色信纸,信头上用又大又粗的字体写着那个令人厌恶的泼妇的名字。提金斯盯着——像一匹被惹恼的马一样狠狠地——他的,麦克马斯特的脸!面色铁灰!难看得不成样子!鼻子像一个贴在盛满猪油的猪尿脬上的灰暗的三角形!这是提金斯的脸……

他仍能感觉到那一记重击,生理上的,在胃的深处!他以为提金斯要发疯了,**已经**疯了。这都过去了。提金斯装出一副懒洋洋而粗鲁无礼的老样子。但之后在局里,他向雷金纳德爵士发表了一通很有力的——也相当无礼的——演说,阐述他和局里在西部领土的人口变化数据上的分歧的理由。这给雷金纳德爵士留下了深刻的印象。这些数据是为一个殖民地大臣的演说准备的——或者作为一个问题的答案——雷金纳德爵士保证把提金斯的观点陈述给这位大人物。这种事一般会给年轻人带来点好处——因为它会给局里带来荣誉。他们得处理殖民地政府提供的数据，并且仅仅通过脑力劳动来指出他们的错误——这次他们得分了。

但是提金斯坐在那里，穿着灰呢外套，两腿分开，体态笨重，举止笨拙，他那看起来富有才智的苍白双手一动不动地垂在两腿之间，眼睛盯着行李架下方、镜子旁边布洛涅港口的彩色照片。金发，肤色显眼，明显在放空，谁都看不出他到底在想些什么。很有可能是关于波的数学理论，或者某些人关于阿民念主义①的文章中的疏漏。虽然听起来很荒唐，麦克马斯特知道自己对朋友的感受几乎一无所知。对他们俩来说，几乎没有任何秘密在两人之间传递。只有两件：

在去巴黎结婚之前一晚，提金斯对他说："维尼②，老哥们儿，这是没有办法的办法。这婊子给我下套了。"

还有一次，比较近的一次，他说："该死的，我都不知道那孩子是不是我的！"

第二个秘密毫无疑问震惊了麦克马斯特——孩子当时才七个月大，身体不好，提金斯对他表现出的笨拙的温柔令人印象深刻，就算没有这个噩耗，麦克马斯特也被他们在一起的情形深深打

---

① 阿民念主义是基督教新教神学的一派，由荷兰神学家雅各布斯·阿民念提出。

② 维尼（Vinny）是麦克马斯特的名字文森特（Vincent）的昵称。

动——这个秘密深深地刺痛了麦克马斯特,因为实在太骇人听闻,麦克马斯特几乎把它看作一种侮辱。这不是那种男人会讲给地位相当的人听的秘密,而是讲给律师、医生或者不太像男人的神职人员。或者,不管怎样,除非是为了获取同情,这种秘密是不会在男人之间分享的,然而提金斯没有获取同情的意思。他只是讥讽地加了一句:

"她倒好,直接让我自己决定要不要相信她了。她基本上跟马钱特明说了。"——马钱特是提金斯家的老保姆。

突然间——就像无意识地失去理智一样——麦克马斯特评论道:"你不能说他不是个诗人!"

这句评价是当时麦克马斯特好不容易说出来的,因为他发现,在车厢的强光下,提金斯的半缕额发和那后面的一块圆圆的地方都是银白色的。这可能有几个星期了:和一个人同住的时候,你很难观察到他的变化。约克郡的浅肤色、金色头发的男人普遍很早就长出了斑斑白发;提金斯在十四岁的时候就有那么一两根白头发了,弯腰行脱帽礼的时候,在阳光下非常引人注意。

但是由于受到过度的震惊,麦克马斯特不由自主地认定提金斯是因为他妻子的信而白了头的——仅仅四个小时!这说明他身上一定发生了什么可怕的事情,必须得不惜任何代价地打乱他的思绪。麦克马斯特的思维活动主要是下意识的。如果经过了周密考虑的话,他不会拿画家兼诗人罗塞蒂当话题的。

提金斯说:"我不记得我刚刚开口说过话。"

麦克马斯特那苏格兰人的倔强觉醒了:"'因为'……"他引用道:

> 我们肩并肩站着
>
> 只有双手能相触,
>
> 宁可把横亘我们之间
>
> 令人厌倦的世界一分两半,亲爱的!
>
> 在心碎之前趁早
>
> 挥手作别!
>
> 你那忧伤的双眼,与我视线相交,
>
> 把我的灵魂勾走!①

他继续道:"你不能说这不是诗歌!多美妙的诗歌。"

"我没法说,"提金斯带着轻蔑的语气回答,"我不读诗歌,除了拜伦。但这是一幅肮脏的画……"

麦克马斯特不确定地说:"我不确定我看过这画,是在芝加哥吗?"

"没画出来!"提金斯说,"但它就在那里!"

他带着突如其来的怒气继续说道:

"见鬼。为什么要花那么大劲为私通辩解?全英格兰都为之疯狂。好吧,你有你那帮约翰·斯图亚特·穆勒和乔治·艾略特去搞高

---

① 这首名叫《宁可》的歌歌词由 E. B. 威廉姆斯作于一八八三年,麦克马斯特在此将其作为探讨罗塞蒂的诗歌造诣的例子,疑为作者疏漏。

雅的玩意了。别细究啦！或者至少别把我混进去，我得告诉你这让我感到厌恶，光去想想那个肥胖、油乎乎又从来不洗澡的家伙，穿着沾满油渍的睡袍和睡觉穿的内衣，站在一个五先令雇来的鬈毛模特或某个隐名埋姓的 W 夫人旁边，凝望着镜子里臭烘烘的自己，闪着金光的翻车鱼，枝形吊灯，还有盛着冷掉的培根油、让人直犯恶心的盘子，喉咙里咕噜着，谈着所谓的激情。"

麦克马斯特变得面色煞白，他的短胡须都竖了起来。

"你怎么敢……你怎么敢这么说话！"他磕磕巴巴地说。

"我**敢**！"提金斯回答道，"但我不该说……不该对你说！我承认这一点。但你也不该，至少不该说这么多，对我谈这种事。这是对我智力的侮辱。"

"当然，"麦克马斯特生硬地说，"时机不对。"

"我不懂你在说什么，"提金斯回答，"时机永远不可能对。让我们承认成就一番事业是个肮脏的活计——对你对我都是！但是正派的占卜师在面具后面咧着嘴笑①，他们从不互相布道。"

"你越来越难懂了。"麦克马斯特小声地说道。

"我强调一下，"提金斯继续说，"我很能理解克雷西夫人和德·利穆夫人的赞赏对你来说至关重要！她们的意见那个老学究英格比很听得进去。"

麦克马斯特说："见鬼！"

"我很同意，"提金斯继续说，"我很赞成。这游戏一直都是这

---

① "占卜师的微笑"通常是伪善的代名词。

么玩的。这是传统，所以它是对的，自《可笑的女才子》①那时候起就被认可了。"

"你说话真有一套。"麦克马斯特说。

"我没有，"提金斯回答，"正因为我没有，我说出来的话反而在你这种整天推敲句读的家伙脑子里挥散不去。我要说的是这个：我支持一夫一妻制。"

麦克马斯特惊奇地吐出一个字："你！"

提金斯以一个漫不经心的"我！"作为回答。他继续道：

"我支持一夫一妻制和贞洁。还有，不要谈论这事。当然，如果他是个男人，想要个情人没什么问题。再说一次，不提这事。毫无疑问，他结局会更好，好得多，如果他不提的话。就像如果他不喝第二杯威士忌或者苏打水会更好一样……"

"你管这叫一夫一妻制和贞洁！"麦克马斯特插了一句。

"是的，"提金斯回答，"而且这可能的确是，不管怎么说这样处理得很干净。恶心的是边在扣眼里乱摸，边废话连篇地以爱情的名义为之辩解。你支持的是一把鼻涕一把眼泪的一夫多妻制。如果你能让社会改变规则，这倒没什么问题。"

"你深奥得让我捉摸不透，"麦克马斯特说，"而且你这样真讨厌。像在给淫乱找借口。我不喜欢这样。"

"我可能是令人不快，"提金斯说，"流泪的先知通常都是如此。但是关于虚伪的性道德的讨论真该暂停个二十年。你的保罗、弗兰

---

① 《可笑的女才子》是法国剧作家莫里哀作于一六五九年的一部喜剧。

切斯卡[①]——还有但丁——都，很正确地，下了地狱，没什么可反对的。你不能让但丁给他们找借口。但是你们的人哼哼唧唧地说要摸进天堂去。"

"他**没有**。"麦克马斯特叫起来。

提金斯镇定地继续说："现在你的小说家写一本书，将他的每十次或五次勾引普通的姑娘诡辩成看店的小伙计的权利……"

"我承认，"麦克马斯特接茬说，"布里格斯的确有点过分了。我上周四在利穆夫人那里刚跟他说……"

"我没有在特指任何人，"提金斯说，"我不读小说，我只是在假设。这个假设比你那些拉斐尔前派的恐怖画作还干净点呢！不！我不读小说，但我推导人性的倾向。如果一个家伙以自由和人权的名义给自己引诱风情万种的年轻无聊女性找理由的话，还多少值得尊重。如果他直截了当、欢欣鼓舞地吹嘘他如何俘获女人就更好了，但是……"

"你有时候把笑话扯太远了，"麦克马斯特说，"我提醒过你的。"

"我像猫头鹰一样严肃！"提金斯接上，"下等人吵哄哄的。他们不应该吗？他们是这个国家仅剩的又精神又健康的人了。他们能拯救这个国家，如果这个国家还有救的话。"

"就你也好意思叫自己托利派！"麦克马斯特说。

"下层阶级的人，"提金斯平和地继续说，"刚上完个中学，只想要不规律的、来了就去的关系。逢年过节他们自己组织去瑞士之

[①] 保罗·马拉泰斯塔和里米尼的弗兰切斯卡是但丁在《神曲·地狱篇》中描写的一对情侣，他们因偷情而丧生并被判入地狱。

类的地方旅游。潮乎乎的下午他们走进铺了瓷砖的洗手间,滑稽地互相拍背,把白色的白瓷漆甩得到处都是。"

"你说你不读小说,"麦克马斯特说,"但我听出这是从哪里引用来的了。"

"我不**读**小说,"提金斯回答,"我知道里边写了什么。十八世纪以来,除了一个女作家以外全英格兰都没写出什么值得一**读**的……但是那些甩白瓷漆的人想看见自己在五光十色的文学作品里出现也是理所当然的。为什么不呢?这是一种健康的、符合人性的欲望,而且现在印刷和纸张也很便宜,这种欲望很容易满足。这很健康,我告诉你,健康得多了去了,相比于……"

"相比于什么?"麦克马斯特问。

"我在想,"提金斯说,"想怎么说才不那么无礼。"

"你就是想无礼,"麦克马斯特愤愤地说,"冲着那些过着收敛的……那种谨慎生活的人。"

"就是这样。"提金斯说。他引用道:

她走着,我心上的姑娘,
一位放羊女郎;
她如此小心和谨慎,
不会沉湎于幻想。[①]

[①] 引自英国女诗人爱丽丝·梅内尔(1847—1922)的《牧羊姑娘》。

麦克马斯特说:"去你的,克里斯,你什么都知道。"

"嗯,对。"提金斯沉思着说,"我觉得我应该对她粗鲁点,我不说我应该这样。当然我不应该,如果她长得好看。或者她是你的知己,你可以指望这个。"

麦克马斯特脑海中突然浮现出提金斯庞大而笨拙的身躯在他的,麦克马斯特的,女人身边,很愉快,当有朝一日,他终于找到了这么个女人——一起在悬崖边的高草和罂粟花丛中行走,提金斯谈着塔索①和契马布埃②,显得很讨人喜欢。同样的,在麦克马斯特想象中,这位女士不会喜欢提金斯。像条法则一样,女人都不喜欢提金斯。他的长相和沉默令她们惊恐。要么她们恨他……要么她们实际上非常喜爱他。麦克马斯特让步了,说:

"好吧,我觉得我可以指望那个!"他又补了一句,"就像我不觉得……"

他差点说:"我不觉得西尔维娅说你不道德是很奇怪的事。"

因为提金斯的妻子声称提金斯令人厌恶,让她感到厌烦。她说是因为他的沉默,他一开口,她又憎恨他观点的不道德……但他没说完这句话,提金斯便接下去:

"同样的,当战争打响,又是这些小势利眼会拯救英格兰,因

---

① 托尔夸托·塔索(1544—1595),十六世纪意大利诗人,以《被解放的耶路撒冷》一诗闻名。他的作品对欧洲文学产生了重要的影响。

② 契马布埃(1240—1302),意大利佛罗伦萨最早的画家之一,发展了镶嵌艺术,对意大利文艺复兴时期的艺术具有前奏的意义。

为他们有胆量去知道他们想要什么,也敢说出口。"

麦克马斯特高傲地说:"你有时候老派得真是不一般,克里斯。你该像我一样清楚明白,打仗是不可能的……再怎么说这个国家也不会参与,就是因为……"他迟疑了一下,壮起胆子接着道,"**我们**——谨慎小心的人——是的,谨慎的阶层在碰上问题的时候会指引国家渡过难关。"

"战争,我的好伙计,"提金斯说——火车正在减速,准备进入阿什福德车站——"是不可避免的,而这个国家恰恰陷在正中央。正因为你们这些人是他妈彻底的伪君子。全世界没有一个国家相信我们。我们总是,像一直以来那样,忙着通奸——就像你那家伙那样,嘴上还念叨着天堂不放!"他又开始嘲笑麦克马斯特那本专著的主题了。

"他从来没有!"麦克马斯特简直要结巴了,"他从来没有发过关于天堂的牢骚!"

"他有,"提金斯说,"你引用的那首烦人得要命的诗是这么结尾的:

宁可心碎,
我们也不畏惧爱,
分离吧,我们还会相会,
在高高的天堂之上。"

麦克马斯特一直为了这致命一击担惊受怕——他永远都不知道

他的朋友能把随便一首诗背出来多少——麦克马斯特崩溃了,大惊小怪地把他的梳洗盒和球杆从行李架上拿下来,他平时都是把这事留给行李员做的。提金斯则无论火车离目的地有多近了,仍如磐石一般纹丝不动地坐着,直到火车停得死死的才说:

"是的,战争无法避免了。首先,你们这种家伙没法信任。其次,还有那么多人想要自己的盥洗室和白瓷漆。上百万人都这么想,遍布全世界,不光是这里。这世界上的盥洗室和白瓷漆根本不够分,就像你们这种支持一夫多妻的男人对于女人一样。这世界上没有那么多女人来满足你们永无止境的欲望,世上也没有足够多男人,不是每个女人都能得到一个,大部分女人都想多要几个男人,所以就会有离婚案。我想你不会以为,就因为你很谨慎很正当,世界上就不会再有离婚案了吧?这么一来,战争就像离婚一样不可避免……"

麦克马斯特把脑袋伸出车厢窗子,正招呼一个行李员。

在站台上有一群穿着可爱的貂皮大衣、拿着紫色或红色的珠宝盒子的女人,轻薄的丝绸纱巾从乘车戴的帽子上飞扬起来,飘向朝莱伊开去的火车的方向。站得挺直、提着重担的男仆们照顾着她们。她们中的两位向提金斯点头致意。

麦克马斯特认为他得体的打扮非常合适,你永远都不知道你会在乘火车的途中遇上什么人。这让他更确定不该像提金斯那样,提金斯宁可穿得像个挖土工。

一个高个子、白头发、白胡须、脸颊红扑扑的家伙一瘸一拐地跟在提金斯后面，提金斯正准备把他巨大的行李包从守车里拿出来，他拍拍这个年轻人的肩膀说：

"你好！你岳母怎么样？科罗汀夫人想知道她的情况，如果你准备去莱伊的话，她让你今晚去找她好好聊聊。"他有一双湛蓝湛蓝的、无辜的眼睛。

提金斯说："你好，将军。"又补了一句，"我相信她好多了，恢复得不错。这是麦克马斯特。我应该这两天就去把我妻子接回来。他们都在罗布施德……一个德国的矿泉疗养地。"

将军说："不错。年轻人独自待着不太好。替我吻一下西尔维娅的指尖。她真不错啊，你这个幸运的浑蛋。"他又有点焦急地补充了一句，"明天来场四人赛怎样？保罗·桑德巴奇会来。他跟我一样瘸。我们都没办法一个人玩下一整轮的。"

"那是你的问题，"提金斯说，"你该去看我的正骨医生的。你跟麦克马斯特商量一下吧，好吗？"他跳进了昏暗的守车里。

将军以一种迅速的、直指人心的、审视的眼光看看麦克马斯特。

"你就是**那个**麦克马斯特啊，"他说，"既然跟克里斯在一起，就应该是你了吧。"

一个响亮的声音叫道："将军！将军！"

"我想跟你说件事，"将军说，"你写的关于庞多兰①的那篇文章里的数据，数据不错，但是我们会丢掉那整个讨厌的国家，如果……不过我们可以今晚晚饭后再说。你会来科罗汀夫人的……"

---

① 南非印度洋沿岸的一个地区。

麦克马斯特再次暗暗庆幸自己打扮得够得体。提金斯打扮得像个流氓倒是无所谓，他天生属于这个群体；他，麦克马斯特，则不是。如果有可能的话，他必须是个权威人士，而权威人士都戴着金质领带环，穿厚黑呢质地的衣服。爱德华·坎皮恩勋爵将军有个儿子，任财政部的终身大臣，管理所有政府部门里的薪金增长和职位晋升事务。

提金斯追着去莱伊的火车跑了一会儿才勉强追上车，把他巨大的旅行包从车窗里丢进去，闪身跳上了踏脚板。麦克马斯特想，如果他这么干的话，半个车站的人估计都会大喊："离那里远点。"

但因为是提金斯，一个站长从他身后飞奔而来，为他打开车厢门，微笑着闪到一旁：

"好身手，先生！"因为这是一个板球郡。

"的确。"麦克马斯特自语道，

> 上帝给每人分配了命运：
> 有的从正门踏入。有的没有！

第二章

赛特斯维特夫人带着法国女仆、神父和她名声不佳的年轻人——贝里斯先生，待在罗布施德，也就是陶努斯山的松树林里一个鲜有人知、人烟稀少的空气疗养院里。赛特斯维特夫人十分时髦，对一切都彻底不关心——除非你坐在她的桌旁，在她面前，不剥皮囫囵吃她那著名的汉堡黑葡萄，她才会发起火来。康赛特神父从利物浦的贫民窟出来欢度他三个星期长的、闹哄哄的假期了；贝里斯先生，瘦得像一具穿着蓝色哔叽布的骷髅，金发，肤色潮红，一副肺痨闹得半死不活，又穷得半死不活的样子，而他的喜好的花费出了奇的高，所以他每天都像块石头一样安安静静地喝上六品脱牛奶，规规矩矩。表面上他是来替赛特斯维特夫人写信的，但夫人从来不让他进她的私人房间，怕传染。他只能满足于慢慢培养对康赛特神父的好感。这个神父嘴巴很大,颧骨很高,黑头发乱糟糟的,宽脸从未干净过,挥舞着的双手看起来总是那么脏,没有一刻静得下来,那浓重的口音在老派英国小说里描写的爱尔兰生活之外都很少能听到。他的笑声单调且持续不断,像那种蒸汽机带动的旋转木马发出的噪音。简单点说,他是一个圣人,贝里斯先生也知道,但他不知道他为什么知道。最终,依靠赛特斯维特夫人的资金支持,贝里斯先生成了康赛特神父的施赈人员,追随了圣文森特·德·保罗[①]的道路,写了不少非常值得尊敬的,也许还很美的赞美诗。

他们因此是一群开心、无邪的人。赛特斯维特夫人喜欢——这是她唯一的爱好——帅气、瘦削、声名狼藉的年轻人。她等着他们,或者派车在监狱门口等他们。她通常会带时髦、品味高雅的衣服给他们,给他们足够过得开心的钱。与所有人意料大相径庭的是——但这也常会发生!——他们最后混得还不错,她也懒洋洋地满意了。有时候她让一位想度假的神父陪他们去个欢乐的地方,有时候她把他们带到她西英格兰的家里。

所以他们的陪伴令人愉悦,个个都很开心。罗布施德有一个空旅馆,带着很大的露台和几个方方的白色农舍、灰色横梁,三角墙上装饰着蓝色和黄色的花束或者吓人的红衣猎人狩猎紫色雄鹿的壁画。它们就像高草地上摆放着的欢乐的纸盒子。随后进入眼帘的是

---

① 圣文森特·德·保罗(1581—1660),生于法国加斯科涅朗德省,天主教神父,遣使会的创办者,毕生致力于服务穷人,天主教会及普世圣公宗都承认他是圣人。

一片松树,深棕色、几何形,庄严地沿着山坡起起伏伏绵延了好几英里。农家女孩穿着黑色天鹅绒马甲、白色紧身上衣、无数层衬裙,戴着滑稽的、花花绿绿的头饰,形状和大小都像那种半个便士的小面包。她们四到六人一组并排走来走去,步子很慢,伸出一只只穿着白色长筒袜和舞蹈鞋的脚,她们的头饰庄严地跟着点头致意。年轻的男人穿着蓝衬衫、及膝马裤,星期天还要戴上三角帽,唱着合唱曲跟在她们后面。

法国女仆——是赛特斯维特夫人以自己的女仆为交换,从德·卡彭·沙泰勒罗女公爵那里借来的——最开始认为这个地方很无聊[1]。但当她和一个金发、高个的颇为不错的小伙子发展了一段惊天动地的风流韵事以后——他有枪,有把跟手臂一样长的镶金的猎刀,穿着轻装灰绿色制服,还戴着镀金徽章和纽扣——她就接受了自己的命运。当这个年轻的森林管理员[2]试着拿枪打她——"理由充分"[3],她这么说——她彻底沉醉了,赛特斯维特夫人也懒洋洋地笑了。

他们坐在旅馆一个背阴的大餐厅里打桥牌:赛特斯维特夫人,康赛特神父,贝里斯先生。两个顶替别的玩家的人插了进来,一个是年轻、金发、谄媚的中尉,视这次疗养为他右肺和前途的最后一个机会;另一个是诊疗医生。康赛特神父喘着粗气,频繁地看他的

---

[1] maussade,法文。

[2] Förster,德文。

[3] et pour cause,法文。

手表，出牌很快，嚷嚷着："要动作快点了，都快十二点了。你们动作快点呀。"贝里斯先生打明手牌，神父又嚷嚷道："三，你没王牌，轮到我出了。快点给我一杯威士忌加苏打水，别像上次那样加太多。"他手速飞快，扔下最后三张手牌，嚷起来："啊！该死，去他们的。我连输了两局，还没牌跟了。"他一口吞下威士忌苏打水，看着表嚷道："一分钟内结束吧！这，医生，替我把这盘打赢。"他准备第二天去替当地神父做弥撒，做弥撒之前的午夜就要禁食，也不能打牌。桥牌是他唯一的爱好。每年两周的桥牌，是他疲惫不堪的人生里唯一的念想。他休假的时候十点起床。十一点："给神父安排一张四人的桌子。"两点到四点他们在公园里散步。五点："给神父安排一张四人的桌子。"九点："神父，您不来打您的桥牌了吗？"神父康赛特满脸堆笑地说："你小子对我这可怜的老神父真不错，等你上了天堂会有回报的。"

另外四人严肃地继续打着。神父给自己在赛特斯维特夫人身后找了个位子，下巴都伸到她后脖颈上了。碰上实在忍不住的时候，他就一把抓住她的肩膀，大喊："打皇后啊，你这个女人！"对着她的后背直喘粗气。赛特斯维特夫人出了两张方片，神父往后重重地一靠，哼哼起来。她扭头说：

"我今晚想跟你谈谈，神父。"说着打出这一圈胜局的最后一手牌，从医生那里拿了十七个半马克，从中尉那里拿了八个马克。医生叫起来：

"你冷不丁从我们手上拿走这么一大笔钱，然后扭头就走。我们会被贝里斯先生骗个精光的！"

她穿着一身神秘的黑色丝绸,飘过餐厅背阴处,把她赢来的钱丢进黑色缎面小手袋里,神父陪着她。在门外挂着的魁梧公鹿的鹿角下,在煤油灯和飘着刷了清漆的油松的气氛中,她说:

"到我的起居室来,那个败家子回来了。西尔维娅在这里。"

神父说:"我觉得我晚饭后瞥到了她,在车里。她要回她丈夫那里去了。这世界真悲惨。"

"她是个邪恶的妖魔!"赛特斯维特夫人说。

"她九岁时我就认识她了,"康赛特神父说,"她身上值得我的信徒们赞赏的特点真的很少。"他补充了一句,"但我的观点可能有失偏颇,因为太让人震惊了。"

他们慢慢地爬上了楼梯。

赛特斯维特夫人在藤椅上坐下,说:"好吧!"

她戴着马车轮一样的黑帽子,身上的衣服看起来总像是许多丝绸扔在她身上。因为她认为她的脸白皙而无光泽,也因为二十年来的化妆面部变得有点发紫,所以当她不化妆的时候——她在罗布施德从不化妆——身上随处戴着些紫褐色的缎面绸带,一方面让她脸上的紫色显得不那么明显,一方面也显示她并没有在服丧。她很高,极为消瘦。深色的眼睛和深棕色的眼圈有时令她显得很疲倦,有时又令她显得很冷漠。

康赛特神父来回走动,手背在身后,头垂在抛得并不很光亮的地板上方。屋里点着两根蜡烛,但是很暗,模仿新艺术①风格的白

---

① 新艺术是十九世纪末、二十世纪初的法国艺术运动。

蜡烛台，有点破旧；不值钱的红木做的沙发，上面有红色绒坐垫和扶手，桌子上盖着廉价的毯子，美式翻盖写字台上摞了一大堆卷起或摊平的文件。

赛特斯维特夫人对她身边的东西很不在乎，但她坚持要求有专门放文件的家具。她也希望要有繁花似锦的温室花朵，不是花园里种的那种，但罗布施德没有这些东西，她也就这么过下来了。她也坚持要求，几乎是规定，要一把舒服的躺椅，虽然她很少或者几乎没有用过，但那个时候的日耳曼帝国并没有舒服的椅子，所以她也只好放弃了，当她非常累的时候就直接躺在床上。这个大房间的墙上挂满了动物死前挣扎的图画：松鸡在雪地里汩汩流着鲜血，直到断了最后一口气；将死的鹿脑袋转到了后面，眼神呆滞，鲜血从脖颈流出；狐狸奄奄一息，绿草地上沾满了鲜血。这些画一幅接一幅，代表一种体育活动——这个旅馆曾经是大公爵的狩猎小屋。为了迎合现代品味，屋里的油松刷了清漆，设有浴室、露台和过于现代但又有点吵的抽水马桶，抽水马桶是为了取悦可能出现的英国旅客。

赛特斯维特夫人坐在椅子边上，她总给人一种马上准备去哪里，或者刚从哪里回来，或者准备把东西放下的感觉。她说：

"有封电报在这里等她一下午了。我知道她要回来。"

康赛特神父说："我已经在架子上看到了，我还有点怀疑呢。"他补充了一句，"哦，亲爱的，哦，亲爱的！关于这件事我们谈了那么多，现在它终于来了。"

赛特斯维特夫人说："按照这方面的标准判断，我以前也是个坏女人，但……"

康赛特神父说："你以前的确是！毫无疑问，她是从你那继承来的，因为你的丈夫是个好人。但我眼里一次只装得下一个坏女人。我可不是圣安东尼[①]……那个年轻人说他会接她回去？"

"有前提，"赛特斯维特夫人说，"他是来找我们谈谈的。"

神父说："赛特斯维特夫人，天知道对一个可怜的神父来说，教会在婚姻方面的规定有时候实在太难懂，以至于他几乎要怀疑教会神秘莫测的智慧。他不介意你这么做。但有时候我真希望那个年轻人能利用一下——只有这点好处了！——他的新教教徒身份，跟西尔维娅离婚。因为，我告诉你，我的信众里发生的惨痛的事情可多了……"他以一个模糊的手势指向天边，"我还见过很多更痛苦的事，因为人的心是个丑恶的地方，但我从没见过比这个年轻人的命运更凄惨的。"

"像你说的，"赛特斯维特夫人说，"我丈夫是个好人。我恨他，但我的错至少跟他的错一样多，甚至更多！我不希望克里斯托弗和西尔维娅离婚的唯一原因是担心这会败坏我丈夫的名声。同时，神父……"

神父说："我听得够多的了。"

"这是替西尔维娅说的，"赛特斯维特夫人继续说，"有时候一个女人恨一个男人——就像西尔维娅恨她丈夫一样……我跟你说，

[①] 圣安东尼（约251—356），罗马帝国时期的埃及基督徒，是基督徒隐修生活的先驱，也是沙漠教父的著名领袖。

我曾经从一个男人的背后经过,因为那种想把指甲插进他血管的欲望而差点尖叫出声。那真是让人着迷。西尔维娅还要更糟糕,那是一种自然的厌恶。"

"你这女人!"康赛特神父抗议道,"我对你没有耐心啦!如果女人像教会指引的那样,生养她丈夫的孩子,过得体的生活,她不会有这种感受的。是她不自然的生活和不自然的举止造成了这些问题。尽管我是个神父,别觉得我什么都不知道。"

赛特斯维特夫人说:"但西尔维娅有个孩子。"

康赛特神父像个被枪射中的人一样晃了一圈。

"谁的?"他问,把一根脏兮兮的手指指向与他对话的人,"是那个流氓德雷克的,不是吗?我怀疑这事很久了。"

"可能是德雷克的。"赛特斯维特夫人说。

"那,"神父说,"明知这之后会有一大堆麻烦事,你怎么就能让这个还不错的小伙子跳了这火坑……?"

"确实,"赛特斯维特夫人说,"有时候想起来我都要打冷战。我可没干过给他下套这种事,别听人胡说,但我也没法阻止,西尔维娅是我女儿,虎毒不食子啊。"

"有时候,该做的事还是要做。"康赛特轻蔑地说。

"你不是当真在说,"赛特斯维特夫人说,"我,一位母亲,虽然可以说是个冷漠的母亲,当我女儿,像厨娘说的那样,跟一个已婚男人搞出麻烦的时候——我反倒应该插一脚,阻止这个天上掉下来的婚姻……"

"不,"神父说,"不要把这个神圣的名字扯到皮卡迪利①的坏姑娘的情事上……"他停下了。"老天保佑,"他又说,"别问我你该做什么不该做什么。你知道我像爱亲兄弟一样爱你的丈夫,你也知道从西尔维娅小时候起我就很爱你们两个。感谢上帝,我不是你的精神导师,只是你教会里的朋友。因为如果我要回答你的问题,我只能从一个角度回答。"

他停顿了一下,问:"那个女人在哪里?"

萨特斯维特夫人叫道:"西尔维娅,西尔维娅,过来!"

背阴处的一扇门打开了,光线从另一个房间射进来,一个高个子人影倚靠在一边的门把手上。一个深沉的声音说道:

"我不懂,妈妈,你为什么住在士官食堂一样的房间里。"西尔维娅·提金斯晃进了房间,她补了一句,"我猜这不重要。我觉得很无聊。"

康赛特神父哼哼起来:"老天帮忙,她简直像弗拉·安杰利科②笔下的圣母玛利亚。"

个子高挑,纤弱,动作舒缓,西尔维娅·提金斯耳上的发带缠住她发红的浅色金发。她规则的椭圆脸上有种处女般的冷淡,那种十年前时髦的巴黎高级妓女脸上常常装出的表情。西尔维娅·提金斯认为既然拥有走到哪里都有男人拜倒在脚下的特权,她就没必

---

① 皮卡迪利圆环是伦敦西区的中心,当时这里聚集着各类社会边缘人物,也有不少性工作者。

② 弗拉·安杰利科(约1395—1455),文艺复兴时期佛罗伦萨艺术家。

要改变她的表情以显得更活泼一点,即使活泼是二十世纪初大众美人的重要特点。她慢悠悠地从门边走过来,懒洋洋地坐在墙边的沙发上。

"你在这里啊,神父。"她说,"我不会要求你跟我握手的,估计你不想。"

"既然我是个神父,"康赛特神父回答道,"我没法拒绝,但我宁愿不要。"

"这里,"西尔维娅重复了一句,"像是个无聊的地方。"

"你明天就不会这么说了,"神父说,"这有两个年轻人……还有一个警察还是什么的家伙想拐走你妈妈的女仆!"

"这,"西尔维娅回答道,"肯定没什么好结果,但这也伤不了我。我受够男人了。"她突然补了一句,"妈妈,你有次不是说过,那时候你还年轻,说你已经受够男人了吗?坚定地说过!你是认真的吗?"

赛特斯维特夫人说:"我是认真的。"

"你现在还这么想?"西尔维娅问。

赛特斯维特夫人说:"是的。"

"那我能这样吗,在你看来?"

赛特斯维特夫人说:"我看你会的。"

西尔维娅说:"哦,亲爱的!"

神父说:"我很乐意看看你丈夫的电报,白纸黑字看起来还是不一样的。"

西尔维娅毫不费力地站了起来。

"我不认为你有什么不能看的,"她说,"但这不会给你带来什么乐趣。"她向门边飘去。

"如果能给我带来什么乐趣的话,"神父说,"你也不会给我看了。"

"我不会的。"她说。

她在门边停下,留下一个剪影,垂着头,往身后看过来。

"你和妈妈,"她说,"就那么坐在那里,计划怎么让那头阉牛过得好受点。我管我丈夫叫阉牛。他真让人厌恶,像头膨胀的动物。嗯……你们没办法的。"亮着灯的门廊空空的。康赛特神父叹了口气。

"我告诉过你这地方很邪恶,"他说,"在深山老林里,她在别的地方就不会有这种坏想法了。"

赛特斯维特夫人说:"我宁愿你没这么说,神父,西尔维娅在哪里都会有坏想法的。"

"有时候,"神父说道,"晚上我觉得我听到什么坏东西用爪子抓百叶窗的声音。这是全欧洲最后一片皈依基督教的地方。可能这地方还没有皈依基督教,那些东西现在还在这里。"

赛特斯维特夫人说:"白天说这种话毫无问题,这让这个地方看上去更浪漫,但现在肯定快要半夜一点了,事情像现在这样已经够糟的了。"

"的确是,"康赛特神父说,"魔鬼们出来工作了。"

西尔维娅拿着几页电报飘回了房间。康赛特神父把它们靠近蜡烛来读,因为他近视。

"所有男人都让人厌恶。"西尔维娅说,"你不这么觉得吗,妈妈?"

赛特斯维特夫人说:"我不觉得。只有冷酷无情的女人才这么说。"

"范德戴肯夫人说，"西尔维娅继续说，"所有男人都让人厌恶，而女人不得不跟他们住在一起，这件事让人恶心。"

"你最近跟那个卑鄙的东西在一起？"赛特斯维特夫人说，"她是个俄国间谍，说不定还更坏！"

"我们在伊桑若①的时候她一直都在，"西尔维娅说，"你不用这样哼哼着抱怨。她不会告我们的密的。她是个光明正大的人。"

"如果我抱怨了的话，也不是因为这个才抱怨的。"赛特斯维特夫人回答道。

神父从他手上的电报上抬起头来，喊道：

"范德戴肯夫人！这不是真的吧！"

西尔维娅坐在沙发上，脸上露出慵懒而怀疑的、饶有兴味的神情。

"你知道她点什么？"她问神父。

"我知道你知道的那些，"他回答，"这已经够了。"

"康赛特神父最近在重新发展他的社交圈。"西尔维娅对她母亲说。

"你不必非得跟那些人渣混在一起，"康赛特神父说，"如果你不想听关于社会渣滓的事情的话。"

西尔维娅站了起来，她说："如果你想让我停下听你教训，就别说我好朋友们的闲话，如果不是看在范德戴肯夫人的面子上我才不会

---

① 这个地名在美版书里叫作 Gosingeux，英版书里则是 Yssingeux，是西尔维娅和佩罗恩私奔去的地方，根据上下文推断应位于法国的布列塔尼，但 Yssingeux 实际上位于奥弗涅。

在这里，又回到了羊圈里！"

康赛特神父嚷起来："别说这话，孩子。我宁可，老天有眼，你继续过公开的罪孽生活①。"

西尔维娅又坐下了，手懒洋洋地放在大腿上。

"你想怎样就怎样吧。"她说。神父继续读电报的第四页。

"这什么意思？"他问，他又翻回了第一页，"这里的'**接受恢复枷锁**'？"他气喘吁吁地读着。

"西尔维娅，"赛特斯维特夫人说，"去把酒精灯点上煮点茶，我们过会儿要喝。"

"你以为我是区里的小信差吗，"西尔维娅边起身边说道，"为什么不留着你的女仆陪我们？……这是我们用来指代我们的……婚姻的方式。"她向神父解释道。

"那你和他之间还是有点感情的，"他说，"还有这种暗号。我也就想知道这个，字面上的意思我懂。"

"按你的说法，这都是些恶狠狠的暗号，"西尔维娅说，"更像诅咒而不是亲吻。"

"那些都是你用的，"赛特斯维特夫人说，"克里斯托弗从来不对你说狠话。"

在走回神父身边的时候，一种咧嘴大笑一般的表情慢慢地爬上西尔维娅的脸庞。

"这是妈妈的悲剧，"她说，"我丈夫是她最喜欢的男孩之一，

---

① 这是当时基督教徒对非婚同居的说法。

她很宠他，但他根本忍不了**她**。"她飘到隔壁，他们听见她摆弄茶具的叮当声，神父在烛火边又读了一遍电报。他巨大的影子从房屋正中延展到油松天花板上，又沿着墙壁滑下来穿过地板，和他叉开的、穿着笨重靴子的双脚会合。

"真糟糕，"他嘟囔道，嘴里含糊不清，"不梗相相信[①]……比我担心的还要糟糕……不梗相信……'**坚守以下条款则接受恢复枷锁，**'这又是什么，'尤旗'应该是'尤其'，'**尤其是考虑到孩子，缩减荒唐的生活排场；为了孩子的利益重新安排。公寓，不要别墅，最少限度娱乐，准备辞职，搬去约克郡，我想不适合你，孩子跟艾菲姐姐，两边都可探访，如粗略大纲暂时可行，电我，周一快递协议草案，给你和母亲过目，本人周二到，周四罗布施德，去威斯巴登两周社交任务，周四讨论，仅限逗号强调逗号这件事。**'"

"这个意思是，"赛特斯维特夫人说，"他不想责备她。'**强调**'是加在'**仅限**'上面的……"

"你为什么要……"康赛特神父问，"他在这个电报上花了一大笔钱吧？他觉得你这么担惊受怕吗……"他没说下去。西尔维娅纤长的手臂端着茶盘，极为动人的脸上带着一种无法形容的神秘的全神贯注的神情，慢慢从门走进来。

---

① 原文是"umbleumbleumble"，神父是想说"unbelievable"（不敢相信），为体现原著中神父说话时磕磕绊绊的语气、神韵故如此处理。下文的"不梗相信""尤旗"同此。

"哦，孩子，"神父叫了起来，"无论是圣玛尔大[①]还是圣母玛利亚做的这个可怕的决定，她们谁都不如你看起来高尚。你为什么生来不是个好男人的伴侣呢？"

茶盘叮叮响了一声，三块糖掉在了地上。提金斯夫人愤愤地嘘了一声：

"我就**知道**那鬼东西会从茶杯里滑出去，"她说，她把茶盘从一英尺左右的高度摔到铺了桌毯的桌子上，"我和自己打赌说这些糖预示我的运气。"然后她转身面对神父。

"我来告诉你，"她说，"他为什么寄了这封电报。这是因为我讨厌的而他非要表现出的无聊英国绅士的样子。他装出一副外交大臣的严肃劲，其实最多也就是个小儿子。这就是我讨厌他的原因。"

赛特斯维特夫人说："这不是他寄这封电报的缘故。"

她女儿展现出一种被逗乐了的、懒洋洋的宽容姿态。

"当然不是，"她说，"他仔细考虑后才发的：高傲、言辞精巧地考虑好了，专门转移我的注意力。他会说他觉得我有足够的时间考虑会比较好。那种感觉就像一个传令官根据协议向一尊雕像传话。一部分也因为他像个硬邦邦的荷兰娃娃一样，是真理的化身。他不写信是因为他没法不以'亲爱的西尔维娅'开头，以'你真诚的'或者'你忠实的'或者'你亲爱的'结尾。他就是那种彻底的蠢货。我跟你说，他正式得没了规矩就活不下去，但又太老实，这些规矩里一半他都没法用。"

[①] 圣玛尔大是《圣经》中抹大拉的玛利亚及拉撒路的姐姐。

"那,"康赛特神父说,"如果你这么了解他,西尔维娅·赛特斯维特,为什么你不能跟他好好过?人说:'理解一切就是宽宥一切。[①]'"

"不是这样的,"西尔维娅说,"知晓一个人的一切就是厌倦……厌倦……厌倦!"

"那你打算怎么回他的电报?"神父问,"还是你已经回过了?"

"我会等到星期一晚上,尽量让他为了星期二走不走这事伤透脑筋。他为了打包和什么时候动身这种事急得能像只母鸡一样团团转。星期一我就拍一个'得',此外什么都不写。"

"为什么,"神父问,"你要给他发一个你从来不用的粗鲁的词,即使你全身上下只有语言还不那么粗鲁了?"

西尔维娅说道:"谢谢!"她蜷腿靠在沙发上,后脑勺靠墙,这样她下颌骨的哥特式的拱形正好指向天花板。她对自己又长又白皙的脖颈很是欣赏。

"我知道!"康赛特神父说,"你是个美丽的女人。有的男人会说,和你住在一起的是个幸运的家伙。我思考的时候并不会忽略这个事实。他会想象躲藏在你美丽头发投下的影子里的愉悦[②]。他们则不会。"

西尔维娅把目光从天花板上挪下来,她棕色眼睛的目光试探地在神父身上停了一会儿。

"我们面对着很多障碍。"神父说。

---

① Tout savoir c'est tout pardonner,法文。
② 暗指但丁·罗塞蒂的《三重影》中的一个意象。

"我不知道为什么我选了那个字,"西尔维娅说,"这只有一个字,所以只要花五十芬尼①。没法指望我对他自负的自给自足有什么反应。"

"我们神父面对着很多障碍,最麻烦的就是,"神父重复了一句,"无论一个神父多精通人情世故——他也必须这样才能和世界斗争……"

赛特斯维特夫人说:"喝杯茶吧,神父,现在刚好。我相信西尔维娅是全德国唯一一个知道怎么泡茶的人。"

"他背地里还是那个穿着罗马领和胸巾②的人,你们不相信他。"康赛特神父继续说,"但是他对人性的理解超过你十倍——一千倍!"

"我不理解,"西尔维娅温和地说,"你为什么能用从你的贫民窟里学来的知识来理解尤妮斯·范德戴肯、伊丽莎白·B.或者奎妮·詹姆斯,或者任何我们教区的人,"她正站着往神父的茶里倒奶油,"至少现在我得承认你不是在训话③了。"

"我很高兴你还记得不少,"神父说,"还能用读书时代的这种老词。"

西尔维娅摇晃着倒进她身后的沙发,再次陷在了里面。

"你啊,"她说,"你没法停下你的布道。背后你总是暗暗希望

---

① 芬尼是德国的货币单位,从九世纪起一直沿用到二〇〇二年德国加入欧元区为止。芬尼的币值变化很大,中世纪时为贵重货币,本书中的德国帝国时期仅仅作为德国马克的辅币使用。

② 罗马领和胸巾是天主教神父的标准装扮。

③ 原文为"pi-jaw",意为无聊的训话,是十九世纪末的习语。

把我换成一个纯洁[①]的小姑娘。"

"不是的，"神父说，"我可不是做白日梦的人。"

"你不希望我变成一个纯洁的小姑娘？"西尔维娅带着怀疑的口气懒洋洋地问。

"我不希望！"神父说，"但我希望你偶尔也能记得你曾经是。"

"我不觉得我曾是纯洁的小姑娘，"西尔维娅说，"如果修女们知道，我就被赶出圣童学校了。"

"你不会的，"神父说，"别瞎扯了。修女们知道得太多了……不管怎样，我不希望你是纯洁的小姑娘，或因为胆小害怕地狱表现得像新教女执事。我宁可你做已婚妇女中那种身体健康、适当对自己诚实的小恶魔，她们才是这个世界的瘟疫和救赎。"

"你欣赏妈妈？"提金斯夫人突然问道，她又插了一句，"你看，你没法不提救赎。"

"我的意思是往她们丈夫的肚子里塞面包和黄油，"神父说，"我当然欣赏你妈妈。"

赛特斯维特夫人轻轻动了动她的一只手。

"怎么看你都是和她合伙对付我的。"西尔维娅说。她一副有点兴趣的样子问："那你会让我以她为榜样，好好努力逃脱地狱的烈火

---

① 原文为"pyore"，是"pure"（纯洁）这个词加上讽刺的口音。

吗？她在大斋期①可是穿着刚毛衬衣②呢。"

赛特斯维特夫人坐在椅子边上，从瞌睡中回过神来。她本来指望神父的智慧能跟她女儿的粗鲁好好较量一番的，而且她想，如果神父的话足够有杀伤力，至少能让西尔维娅稍微思考一下她的某些行为。

"别瞎说，不是这样的，西尔维娅，"她突然叫出了声，"我这可能不算什么，但我是个守规矩的人。我害怕地狱的烈火，害怕极了，我得承认，可我不跟全能的上帝讨价还价。我希望他能放我一马，但我还是会继续尝试把失足年轻人从灰土里拽出来的——我觉得你和康赛特神父是这个意思——就算我确信我要下地狱，就像我确信我今晚要上床睡觉一样。就是这样！"

"看哪，本·阿德罕姆的名字名列榜首！③"西尔维娅轻声地嘲弄道，"一样的，如果你觉得那些人不够年轻好看，而且也不够邪恶的话，我打赌，你不会专门去拯救他们的。"

"我不会的，"赛特斯维特夫人说，"如果他们让我不感兴趣的

---

① 大斋期，基督教教会年里一个节期。整个节期从大斋首日开始至复活节前日止，一共四十天。天主教徒在此期间以斋戒、施舍、克己及刻苦等方式补赔自己的罪恶。

② 刚毛衬衣是一种用山羊毛制成的粗毛内衣，苦行僧通常穿着这种衣服以克制肉体的欲望。

③ 阿布·本·阿德罕姆（前777—？），阿拉伯穆斯林圣人，也是苏菲神秘主义者。他为了更好地服务民众放弃了王位。这句话是英国作家利·亨特所作《阿布·本·阿德罕姆》的最后一句。

话，我为什么要这么做呢？"

西尔维娅看看康赛特神父。

"如果你还要继续给我添麻烦的话，"她说，"赶紧点。已经很晚了，我在路上跑了三十六个小时了。"

"我会的，"康赛特神父说，"有个谚语说得好，'如果苍蝇拍得太多，总有那么几只会粘在墙上。'我只是试着就你的认知做些评论。你难道不知道你会去哪里吗？"

"什么？"西尔维娅不以为然地说，"地狱？"

"不，"神父说，"我说的是此生。听你忏悔的神父必然跟你说来生，但是我不会告诉你你下辈子要去哪里的。我改变主意了。等你走了以后，我会告诉你妈妈。"

"告诉我。"西尔维娅说。

"我不会的，"康赛特神父回答道，"去伯爵宫的展览处找算命的去，他们会告诉你那些你得小心对付的漂亮女人的一切的。"

"有个算命的听说很准的。"西尔维娅说，"迪·威尔逊跟我提过。她说她会有孩子……你不是指这个吧，神父？因为我发誓我永远不会……"

"我敢说不是这样，"神父说，"让我们谈男人吧。"

"你能告诉我的已经没有什么我不知道的了。"西尔维娅说。

"我敢说不是这样，"神父回答，"但是让我们再回顾一遍你知道的。现在假设你每周都可以跟一个新情人私奔，没人干涉，或者你想要多久一次？"

西尔维娅说："等等，神父。"她对赛特斯维特夫人说，"我猜我要自己给自己铺床了。"

"你说对了,"赛特斯维特夫人说,"我在度假旅馆从不让女仆陪我待到十点以后。她在这种地方能干什么,除了听这里满屋子的鬼怪声以外?"

"总是这么体贴!"提金斯夫人嘲弄地说,"也许这样也好。你那个玛丽要是靠近我,我可能会用梳子把她胳膊敲断的。"她又加了一句,"你刚在谈男人,神父……"然后突然欢快地对她母亲说:

"电报的事我改主意了。明天一早我就去发:'完全同意,但要带上接线员。'"

她又对神父说:"我管我的女仆叫接线员,因为她尖尖的嗓音像个电话机。我说'接线员'——她会回答'是的,夫人。'你会发誓那一定是接线台在说话……但你刚刚在跟我说男人。"

"我是在提醒你!"神父说,"但我不用继续了,你已经明白我话里的意思了。所以你假装没有听。"

"我向你保证,我不明白。"提金斯夫人说,"那只是因为我想到什么就得说出来。你刚刚在说,如果我每周末跟一个不同的男人出去……"

"你把时间缩短了,"神父说,"我给每个男人一整个星期呢。"

"但是,当然了,人总得有个家,"西尔维娅说,"一个地址。人得填满一周的日程。真的,说到底还是得有个丈夫,有一个地方存放女仆。接线员一直以来只能拿伙食费,但我不觉得她喜欢这样……我们统一一下意见,如果我每周换一个男人的话,我会被这种安排烦死的。你是这个意思吧,不是吗?"

"你会发现,"神父说,"到最后你的美妙时光就只剩在订票窗口等你的年轻人拿票的瞬间了,然后渐渐这也不再像有什么美妙的……然后你就会打着哈欠想回你丈夫身边。"

"看看你,"提金斯夫人说,"你在滥用忏悔室里的秘密。这跟托蒂·查尔斯说的一模一样。弗雷迪·查尔斯在马德拉的时候,她曾试过三个月。你们俩所说的从哈欠到订票窗口都**一模一样**。还有'美妙',这个词只有托蒂·查尔斯才会每两个字就用一次。我们大部分人喜欢'绝妙'!这更明智一点。"

"我当然没有滥用忏悔室里的秘密。"康赛特神父温和地说。

"你当然没有,"西尔维娅用仰慕的语气说,"你是个老好人,一直不停地模仿别人,你完全了解我们心里在想什么。"

"没那么多,"神父说,"你心里应该还有一大堆我不知道的。"

西尔维娅说:"谢谢。"她突然问,"看那,是你在我们身上——英格兰将来的母亲们,你知道,还有其他所有的将来的母亲身上——在兰佩德小姐那里看到的——让你去贫民窟的吗?因为厌恶和绝望?"

"哦,别把这搞得太戏剧化了,"神父回答道,"就说我想改变一下吧。我那时候不觉得自己能有什么帮助。"

"你把能帮的事情都做了,"西尔维娅回答,"跟兰佩德小姐有关的事情都能毒害全世界,那些法国女教师都像地狱来的一样坏。"

"你这一套我都听过了,"赛特斯维特夫人说道,"但那个学校据说是英国最好的精修学校[①]。至少我知道那学费要的不少!"

[①] 精修学校是为年轻女子提供社交技能、文化常识和礼节训练的地方。

"好吧，就算我们才是害群之马。"她总结说，然后她转向神父，"我们确实曾是一大帮害群之马，不是吗？"

神父回答道："我不知道。我不觉得你以前——或者现在——比你的母亲、祖母、罗马贵族妇女或者阿斯塔罗特[①]的崇拜者更糟糕。看起来我们需要一个统治阶级，而统治阶级都屈从于特殊的诱惑。"

"阿斯塔罗特是谁？"西尔维娅问，"阿斯塔尔塔[②]吗？"然后又说，"现在，神父，有你这一番经历，你会说利物浦的工厂女孩，或者任何其他的贫民窟里的妇女，是比你以前照顾过的我们更好的女人吗？"

"阿斯塔尔塔·西里亚卡，"神父说，"是非常强大的魔鬼，有人认为她还没有死。我不知道我自己信不信。"

"嗯，我可受够她了。"西尔维娅说。

神父点点头，"你跟普罗富莫夫人有交集？"他问，"还有那个恶心人的家伙……他叫什么来着？"

"吓到你了吗？"西尔维娅问，"我承认这有点过分……但我已经跟他们撇清关系了。我宁愿把我的信任托付给范德戴肯夫人，还有，当然，弗洛伊德。"

神父点点头说："当然！当然……"

但赛特斯维特夫人叫了起来，带着突如其来的一股劲：

---

① 阿斯塔罗特是强大的魔鬼，人称"地狱王子"，是男性。

② 阿斯塔尔塔是西闪女神伊什塔尔的希腊名，是一个双面女神，既是丰饶与爱之神，同时也是战争女神，一般认为与金星日夜不同的双面性有关。

"西尔维娅·提金斯,我不介意你做什么或者读什么,但如果你再跟那个女人说一个字,我就跟你断绝关系!"

西尔维娅在沙发上伸了个懒腰,睁开棕色的眼睛,再让眼皮缓慢地垂下。

"我说过一次,"她说,"我不喜欢听到有关我朋友的坏话。尤妮斯·范德戴肯是个彻底被人看错了的女人。她真的是个好家伙。"

"她是个俄国间谍。"赛特斯维特夫人说。

"俄国外婆,"西尔维娅回答,"而且就算她是间谍,谁在乎呢?我很欢迎她……听着,你们两个。我进门的时候对自己说:'我敢说我会把他们两个搞得很不愉快的。'我知道你们对我的火气大过我所应得的。我说我会坐下听你们想对我讲的所有说教,如果我得坐到天亮,我会的,作为回报。但是我更希望你们放过我朋友。"

两位长辈都静默不语。昏暗的屋子里关紧的窗子传来一阵低低的抓挠声。

"你听!"神父对赛特斯维特夫人说。

"是树枝。"赛特斯维特夫人回答。

神父回答道:"十码以内都没有树!试着用蝙蝠来解释看看。"

"我说了我希望你别提了,就刚才。"赛特斯维特夫人颤抖着说道。西尔维娅说:

"我不知道你们俩在说什么,听着像迷信。妈妈都被它吓坏了。"

"我没说是魔鬼想进来,"神父说,"但记得魔鬼总是在试着进来也是好的。而且有一些特殊地点。深山老林和其他地方相比就比较特殊。"他突然转过身,指向铺满阴影的墙,"谁,"他问,"除了被恶魔附身的野蛮人以外，能想出来用**那种东西**做装饰品？"他指着一张真实大小的、涂抹得很粗糙的画，画上一只野熊奄奄一息，喉咙被划开，鲜血汨汨流出。其他动物濒死的痛苦纷纷躲进了阴影里。

"什么**运动**[①]！"他发出一阵嘘声，"这是妖术！"

"你可能是对的。"西尔维娅说。赛特斯维特夫人非常迅速地在胸前画了个十字。静默持续着。

西尔维娅说："那如果你们俩都说完了，我就把我想说的说了。首先……"她停下，坐直身子，听着百叶窗传来的沙沙声。

"首先，"她再一次鼓起劲说，"你不用给我——陈述年龄增长的缺陷了，我都知道。人会变瘦——我这种人——脸色暗沉，牙齿突出，还有厌倦。我知道，人会很厌倦……厌倦……厌倦！关于这个你没法告诉我什么我还不知道的。我知道我将会面对什么。你不如告诉我，神父，只有你才害怕你著名的'饱经世故的人'的功力失效——你宁可告诉我，人可以通过对丈夫和孩子的爱抵抗这种厌倦和又长又细的牙齿。家庭的噱头！我相信！我真的很相信。只是我恨我的丈夫……我也恨……我也**恨**我的孩子。"

她停下，等着神父发出惊呼、惊愕或者反对的声音。但他并没有这么做。

"想想看，"她说，"孩子，对我来说，意味着的毁灭……生育

[①] 在十八、十九世纪，运动（sport）一词在英国常常用来指各种狩猎活动，如猎狐、猎鸟或者钓鱼。

的痛苦,对死亡的恐惧。"

"当然,"神父说,"对女人来说生育是件恐怖的事情。"

"我不能说这次谈话很得体,"提金斯夫人继续说,"你见到一个女孩……刚刚结束了公开的罪孽生活,然后你还要叫她谈论这事。当然你是个神父,我妈妈是我妈妈,我们是一家人[①]。但修道院的圣十字玛丽[②]有这么句格言:'在家庭生活里戴上丝绒手套。'我们对待这件事的时候好像脱掉了手套。"

康赛特神父仍然什么都没有说。

"当然,你在尝试拉拢我。"西尔维娅说,"我睁一眼闭一眼都能看出来……那很好,你应该这样。"

她深呼一口气。

"你想知道我为什么恨我的丈夫。我告诉你,是因为他简单、彻底的不道德。我不是说他的作为,是他的观点!他嘴里吐出的每一句言语都让我——我发誓是他逼我——想不顾一切地拿刀捅他,而且我还不能证明他是错的,从来不能,就算是最小的事情。但是我可以让他不好过。我也会的……他坐在适合他的后背的椅子上,笨拙,像块石头,几个小时都不动……我可以让他皱皱眉头。哦,一点都显不出来……他是你们所谓的那种……哦,忠实。还有那个

---

① en famille,法文。

② 玛丽·海伦·麦姬洛修女(1842—1909),也被称为圣十字玛丽,生于澳大利亚墨尔本,为澳大利亚天主教修女、圣若瑟圣心修女会的创立者,是澳大利亚第一位被天主教会册封的圣人。

奇怪又莽撞的小个子……哦，麦克马斯特……还有他母亲……他母亲被他以一种又蠢又神秘的方式，坚持叫作圣人……一个新教圣人！他的老保姆，带孩子的那个……还有那孩子……我跟你说我只要抬抬眼皮……对，只要稍稍抬起眼皮，他就会非常不好过。他的眼珠在无言的痛苦里转动……当然他什么都不说。他是一位英国的乡村绅士。"

康赛特神父说："你说的你丈夫身上的这种不道德……我从来都没有注意过。在你的孩子出生之前的几个星期，我和你们待在一起，那时候我了解了他不少。我跟他谈了很多。除了关于两种教派——即使这方面我也不知道我们有那么大差别——我觉得他非常可靠。"

"可靠！"赛特斯维特夫人突然带着强调的语气说，"他当然可靠。都不该用这个词，他是有史以来最好的。还有你父亲，说到好人的话……还有他。好到极致也就是他这个样子了。"

"啊，"西尔维娅说，"你不知道……看这个，尽量中立一点。假设我在吃早饭的时候看《泰晤士报》，之前已经有一周没跟他说过话了，我说：'医生们做的事情真了不起。你看了最近的新闻了吗？'他马上就会自以为是地——他**什么**都知道！——证明，**证明**所有不健康的孩子都应该进毒气室，不然世界就会毁灭。那种感觉就像催眠术，你都不知道怎么回答他。或者他证明谋杀犯不应该被处死，气得你说不出话来。然后我会很随意地问，便秘的孩子应不应该进毒气室。因为马钱特——那个保姆——总是哀叫着说孩子的排便不正常，这可能导致可怕的病症。当然**这**让他不好过。因为他对那孩子非常上心，虽然他多半知道那根本不是他的……但这就是我所说的不道德。他会声称谋杀犯应该存活下来繁衍生息，因为他们是勇敢的家伙，但无辜的小孩应该被处死，因为他们生病了。他会让你几乎相信这是真的，虽然你简直要被这些想法恶心吐了。"

"现在，"康赛特神父开口说，几乎是甜言蜜语地哄骗，"你不会想要隐居一两个月吧。"

"我不想，"西尔维娅说，"我怎么能这么想？"

"伯肯黑德有个普雷蒙特雷女修士的修道院，很多女士去那里。"神父继续说，"他们的伙食不错，你有自己的家具，如果你不想让修女照顾你的话也可以带自己的女仆。"

"这可不行，"西尔维娅说，"你自己想想，这一下就会让人起疑心的。克里斯托弗不会同意的……"

"不，恐怕这事不可能，神父，"赛特斯维特夫人最终打断了他们，"我在这里藏了四个月就是为了掩饰西尔维娅的行踪。我还有沃特曼的房产需要照看，我的新房产管理人下周要来。"

"不过，"神父力劝道，带着一种急切的恳求，"如果就一个月……或者就两个星期……很多天主教女士都去……你可以考虑考虑。"

"我看出来你的目的是什么了，"西尔维娅突然气愤地说道，"你很反感我从一个男人的怀抱直接投向下一个。"

"如果中间有个过渡我会高兴些的，"神父说，"我们管这个叫行为不端。"

西尔维娅像被电击了一样僵在沙发上。

"行为不端！"她叫起来，"你指责我行为不端。"

神父稍稍低下头,像迎面吹来一阵风那样。

"是的,"他说,"这很可耻。这不自然。我至少会旅行一段时间。"

她把手放在她长长的脖颈上。

"我知道你是什么意思,"她说,"你想要帮克里斯托弗摆脱……这种耻辱。这种……这种恶心。毫无疑问,他会感到恶心。我想过了。这是我一点小小的报复。"

神父说:"够了,你这女人,我不想再听了。"

西尔维娅说:"你会的。听着……我一直盼望着这样:我会在一个男人身边安定下来。我会像其他任何女人一样品德高尚。我已经想好了,就这样。我下半生都会呆板而沉闷,除了一件事,我可以折磨这个男人。我会这么做的。你知道我怎么做吗?有很多办法。不过,就算最坏的情况下,我也可以让他做傻事……我只要教坏他的孩子!"她微微喘着气,转动的棕色眼睛露出了眼白,"我会跟他扯平的。我可以的。我知道怎么做,你明白的。我也会跟你扯平,通过他,因为你这样折磨我。我一路从布列塔尼赶来,途中都没停。我还没睡觉……但是我可以……"

康赛特神父把手移到他外套的下襟。

"西尔维娅·提金斯,"他说,"在我的手枪口袋里有一小瓶圣水,我平时带着为了这种情况用的。如果我滴两滴在你头上,喊道:以阿斯塔罗特的名义驱邪[①]……"

---

① Exorciso te Ashtaroth in nomine,拉丁文。在这里,康赛特神父是用驱魔仪式恐吓西尔维娅。

她在沙发上挺直上半身,像盘起身的蛇的脖颈一样僵硬。她的脸色十分苍白,眼睛瞪了出来。

"你……你**怎么敢**,"她说,"对我……这是侮辱!"她的双脚在地板上慢慢滑动。她在用眼睛测量到门口的距离。"你**怎么敢**,"她又说了一遍,"我会去主教那里告发你!"

"当它们烧灼着你的皮肤的时候,主教能帮你的很少。"神父说,"走吧,我命令你,说一两遍万福玛利亚,你需要的。不要再在我面前说教坏小孩子这种话了。"

"我不会的,"西尔维娅说,"我不该的……"

敞开的门廊里投下她的一道剪影。

门在他们面前关上后,赛特斯维特夫人说:"真的有必要这样恐吓她吗?你知道的最多,当然了。在我看来,言辞有点太激烈了。"

"对她来说这是一剂解酒药,"神父说,"她是个蠢姑娘。她和普罗富莫夫人还有那个我不记得名字的家伙混在一起捣鼓黑弥撒。你可以看出来,他们割了一只白羊羔的喉咙,把血洒得到处都是。她没忘了这件事……这一点都不正经。一群愚蠢、无所事事的女孩。非要比的话,这不比看手相或者算命好到哪里去,因为那些丑陋的部分像一种罪恶。至少从他们的意愿来说,意愿是祷告的本质,非黑即白……但在她脑子里,不会一晚上就忘掉的。"

"当然,那是你的事情,神父,"赛特斯维特夫人懒洋洋地说,"你这一下打得很重。我不觉得她曾经被这样打击过。你不愿意跟她说的是什么事？"

"只是，"神父说，"我不愿意告诉她，因为这种想法最好不要进了她的脑袋……但是，当她丈夫盲目地低着头，一路小跑，疯狂地追逐另外一个女人的时候，她的世界会变成活地狱的。"

赛特斯维特夫人什么都没有看，然后点点头。

"是的，"她说，"我没想过这一点……但他会吗？他是个很可靠的家伙，不是吗？"

"又有什么能阻止这件事呢？"神父问道，"这世界上除了亲爱的主的恩惠，还有**什么**他没有得到也并没有要求的[①]？那么……他是个年轻人，精力充沛，然后他们不会像……妻子和丈夫[②]那样生活在一起。要是我对他的看法没错的话。然后……**然后**她会被气得把房子拆了的。恶有恶报。"

"你的意思是说，"赛特斯维特夫人说，"西尔维娅什么粗野的事情都干得出来？"

"难道不是每一个女人都在失去了她的男人之后受上好几年的折磨吗？"神父问道，"她越折磨他，失去他之后就越不能理直气壮。"

赛特斯维特夫人沮丧地看着暗处。

"那个可怜虫……"她说，"他能在任何地方得到安宁吗？……问题在哪里，神父？"

神父说："我才想起来她给了我茶和奶油，我喝了。现在我没法

---

① 克里斯托弗不像妻子或者岳母那样是罗马天主教徒，不需要"主的恩惠"。
② maritalement，法文。

替莱因哈特神父做弥撒了,我得去叫醒他的助理神父,他住得很远,在森林里面。"

他在门口,举着蜡烛,说:"我希望你今天或者明天都不要起床,如果你忍得住的话。来个头痛什么的,让西尔维娅照顾你……你回伦敦去以后得告诉别人她怎么照顾你的,而且如果只是为了让我高兴,我宁可你不要撒不必要的谎……另外,如果你看着西尔维娅照顾你,你可能会感受到她独特的地方,说出来也更让人相信……她的袖子如何蹭到药瓶,如何让你心烦,也许……或者——**你会**知道的!如果我们能把这个丑闻在教区里压下来,我们最好这么做。"

他跑下了楼梯。

第三章

提金斯被麦克马斯特推开门的轻微咯吱声猛地吓了一跳,他穿着吸烟服[①]坐着,全神贯注地在一个阁楼卧室那样的房间里玩纸牌接龙。房间倾斜的屋顶由黑色橡木横梁支撑,横梁把刷着奶油色专利涂料的墙壁切成正方形。房间里有一个四柱床,黑色橡木角柜,铺得非常不规则的抛光橡木地板上有许多蒲草地毯。提金斯非常讨厌这些被挖出来又打了蜡的历史残留物品,坐在房间正中并不结实的纸牌桌边,旁边是一个射着白光的电灯,在这种环境里显得亮得不合时宜。这是那些翻新过的老式林间小屋之一,那个时候正时兴

[①] 这是一种宽松的便服,通常由丝绸或丝绒制成,供吸烟斗、雪茄时或者室内穿着。

把它们改作旅馆。麦克马斯特，正追寻旧时光的灵感，想要住在这里。提金斯，宁可去住舒服的现代旅馆，不仅不那么做作，还更便宜，但由于不想干扰朋友的文化方式，他还是接受了这个住处。习惯了他所谓的阴郁、杂乱的约克郡庄园那种成熟和老旧，他讨厌待在到处收集来的、可怜巴巴的东一片西一片的物件里面，这也让他觉得，他说，很荒唐，好像他试着在化装舞会表现得很正经一样。麦克马斯特则会带着满意和严肃的态度，把指尖从一件颜色略深的家具的斜面上掠过，根据情况指出这是"齐本德尔式"[1]，或者"雅各宾时代的橡木"。他似乎也从这么多年来他摸过的古董家具中获得了一种额外的严肃和慎重的做派。但提金斯会声称只要斜着眼睛看看就能看出这个令人讨厌的东西是假的，如果拿给专业家具古董商鉴定的话，提金斯多半是对的，而麦克马斯特，轻声叹着气，准备在鉴赏这条艰难的道路上走得更远。最终，通过勤勉认真的学习，他的水平已经非常高，萨默塞特府[2]有时都会找他去鉴定遗产——一个非常尊贵又十分有利可图的职业。

提金斯像一个被吓了一跳又很不乐意被人看见的人那样，言辞

---

[1] 汤玛斯·齐本德尔（1718—1779），著名的英国家具工匠。齐本德尔式家具的风格，当时是设计界的主流。

[2] 萨默塞特府是英国伦敦中部的一幢大型宫殿建筑，现存建筑兴建于十八世纪，其中曾经容纳多处英国政府机构、研究机构和大学等，伦敦古董协会也曾在此处办公。

激烈地骂了一句。

麦克马斯特——穿着晚礼服的他显得个子尤其小!——说:"真对不起,老哥们儿,我知道你多么不喜欢被打扰。但是将军气坏了。"

提金斯僵直着站起身来,走向一个十八世纪黄檀木的折叠式盥洗台,从上面拿起一杯已经没气了的威士忌苏打水,吞了很大一口。他不确定地环顾四周,看到一本放在一个"齐本德尔"写字柜上的笔记本,很快地拿笔算了算,不时抬头看看他朋友。

麦克马斯特又说了一遍"真对不起,老哥们儿。我一定打断了你高难度的运算。"

提金斯说:"没有。我只是在想事。我就是很高兴你来了。你刚才在说什么?"

麦克马斯特重复道:"我说,将军现在气坏了,还好你没来吃晚饭。"

提金斯说:"他没有……他没有生气。那些女人没有在他面前出现他都要高兴死了。"

麦克马斯特说:"他说他让警察全国上下搜捕她们,还说你最好明天一早坐头班车走。"

提金斯说:"我不会的。我不能。我得在这里等西尔维娅的电报。"

麦克马斯特呻吟道:"哦,亲爱的!哦,亲爱的!"然后他带着希望说,"但是我们可以让电报转发到海斯去。"

提金斯语气强硬地说:"我告诉你,我不会离开这里的。我告诉你,我已经把警察和内阁大臣那个难对付的蠢猪处理好了。我把那个警察的老婆的金丝雀的腿给接上了。坐下来好好说。警察不会碰我们这种身份的人。"

麦克马斯特说:"我不相信你明白现在大家的感受……"

"我当然理解,在桑德巴奇那样的人里面,"提金斯说,"坐下来我告诉你……喝点威士忌……"他给他自己又倒了一整杯,拿着它,跌进一个高度太低、有点发红的扶手椅上,椅子配了印花棉布的椅套。在他的体重之下,椅子凹陷得很厉害,他的礼服衬衫前襟鼓向了下巴。

麦克马斯特说:"你怎么了?"提金斯的眼睛带着血丝。

"我告诉你,"提金斯说,"我在等西尔维娅的电报。"

麦克马斯特说:"哦!"然后说,"今晚不会来的,快要一点了。"

"可以的,"提金斯说,"我跟邮差说好了——一路到城里!它可能不会来,因为西尔维娅不拖到最后一秒是不会寄的,为了让我不好过。不管怎样,我在等西尔维娅的电报,这就是我现在的样子。"

麦克马斯特说:"那个女人是最残酷的野兽……"

"你也许该,"提金斯打断说,"记得你在说我的妻子。"

"我不明白,"麦克马斯特说,"谁能说到西尔维娅而不……"

"这里的界线非常容易画定,"提金斯说,"你可以提及一位女士的举止,如果你对她的行为有所了解,并被问起的话,但绝对不能评价。在现在这种情况下,你连这位女士的举止都不清楚,所以你还是管好你的舌头吧。"他坐着目光直直地看向前方。

麦克马斯特从心底叹了一口气。他问他自己这是不是十六个小时的等待对他朋友造成的影响,还有,剩下的时间该怎么办?

提金斯说："再喝两杯威士忌,我可以讲关于西尔维娅的事情。让咱们先把你的不安解释清楚……那个漂亮女孩叫温诺普：瓦伦汀·温诺普。"

"这是那个教授的姓氏。"麦克马斯特说。

"她是温诺普教授的女儿,"提金斯说,"她也是那个小说家的女儿。"

麦克马斯特插了一句："但是……"

"教授死后一年她靠做女佣养活自己,"提金斯说。"现在她是她妈妈的女仆,那个小说家的,住在一个不太贵的小屋里。不难想象,这两段经历让她想要改善她们女性的境况。"

麦克马斯特再次插了进来："但是……"

"在我给警察老婆的金丝雀腿上夹板的时候,从那个警察那里得到的消息。"

麦克马斯特说："被你打翻的那个警察？"他的眼睛表现出不理智的惊奇。他加了一句："那他认识温……呃……温诺普小姐！"

"你可能没想到萨塞克斯的警察有那么聪明,"提金斯说,"那样你就错了。费恩警员聪明到可以认得好几年一直负责警察局的妻子和孩子的年度茶会和运动会的年轻女士。他说温诺普小姐是东萨塞克斯的四分之一英里、半英里、跳高、跳远和举重比赛的纪录保持者。这可以解释为什么她轻而易举就跳过了那个水沟……当我告诉那个正直、简单的人放那个女孩走的时候,他简直高兴极了。他不知道,他说,他怎么有脸执行对温诺普小姐的逮捕令。另外一个女孩——那个尖叫的——他不认识,可能是个伦敦人。"

麦克马斯特说："你叫那个警察……"

"我给他带去，"提金斯说，"尊敬的史蒂芬·芬威克·沃特豪斯大臣的称赞之辞，还说如果他每天早上就这些女士的行为给他的督察递一份'没法干'的报告，我会很感激他的。我也给了他一张崭新的五英镑纸币——从内阁大臣那里拿来的——我自己还给了他几个一英镑的硬币和一条新裤子的钱。所以，他现在是萨塞克斯最开心的警员。一个很不错的家伙，他告诉我如何分辨公水獭和怀孕的母水獭留下的足迹……不过，你不会对这个有兴趣的。"

他再次开口说："别一副令人难以形容的傻样。我告诉你我跟那个难搞的蠢猪一起吃饭的……不，吃了他一顿饭以后，我不应该再叫他蠢猪了。而且，他是个很不错的家伙……"

"你**没**告诉我你跟沃特豪斯先生吃饭，"麦克马斯特说，"我希望你记得，除了别的以外，他还是长期债务协会的主席，掌管着统计局和我们的生死。"

"你不会觉得，"提金斯问，"你是世界上唯一一个跟大人物吃过饭的人吧！我想跟他谈谈……关于他们那群该死的人叫我伪造的数据。我想让他知道我是怎么想的。"

"你**没**真这么干吧！"麦克马斯特带着恐慌的表情说，"而且，他们没叫你伪造数据，他们只是让你在现有数据的基础上做。"

"不管怎样，"提金斯说，"我好好告诉了他我的意见。我告诉他，按三个便士算，这绝对会让这个国家——当然还有作为政客的他自己！——赔个精光。"

麦克马斯特吐出一句深沉的"老天爷！"然后说："但是你就不

记得你是一个政府雇员吗。他可以……"

"沃特豪斯先生,"提金斯说,"问我愿不愿意转职到他的秘书处去。我对他说:'去死吧!'然后他又跟我在街上逛了两个小时……你打断我的时候我在按照四个半便士的基准算概率,我承诺在他星期一坐一点半的火车经过这里的时候把数据给他。"

麦克马斯特说:"你没有……但是老天有眼,你是全英格兰唯一能干这个的人了。"

"沃特豪斯先生也这么说,"提金斯评论道,"他说老英格比这么跟他说的。"

"我真的希望,"麦克马斯特说,"你礼貌地回答了他!"

"我告诉他,"提金斯回答道,"有那么一打人能做得跟我一样好,我特别提到了你的名字。"

"但我**不行的**,"麦克马斯特回答道,"当然我可以把三便士换成四个半便士。但是这些是精算上的差异;它们是无限的。我可不能碰这种东西。"

提金斯漫不经心地说:"我不想让我的名字卷进糟得开不了口的事情里。我星期一给他的时候会告诉他大部分工作是你做的。"

又一次,麦克马斯特呻吟起来。

他的痛苦并不仅仅是出于对朋友的关心。他对他才华横溢的朋友无比有野心,但麦克马斯特的野心是出于对安全感的强烈渴望。在剑桥的时候,他为一个数学系候选人名单上中等水平、颇受尊敬的位子而感到极为满意。他知道这让他感到安全,而且这证明他之后的人生中也不会太有才华。这种想法让他感到更加满足。但两年以后当提金斯,只拿了数学荣誉学位考试第二名,麦克马斯特痛苦而明显地失望了。他十分清楚,提金斯没费半点力气;而且,十之八九,他是故意没花心思的。因为,对提金斯来说,这种事情根本不值得花心思。

而且,实际上,对麦克马斯特的责骂——麦克马斯特可没有放过他——提金斯答说,他没法想象自己的余生要脖子上挂着数学荣誉学位考试第一名的烦人牌子。

但是麦克马斯特早早就下定决心尽他所能过上最安全的生活,不用太招眼然而还得有些权威,混在一群贴上了标签的人中间。他想要沿帕尔马尔①走着,挽着的正是大字标识数学荣誉学位考试第一名获得者;走回东边的时候,挽着史上最年轻的英格兰大法官;徜徉在白厅,以熟悉的口吻同世界闻名的小说家谈话,和一位财政部的多数派委员互致问候。在下午茶之后,在这一小群人的俱乐部里待上一个小时,他们有礼貌地尊重他的可靠。这样他就安全了。

他从来没有怀疑过提金斯是当时全英格兰最有才华的人,所以没有什么比想到提金斯也许不能发展一条光彩夺目而迅速的事业道路,直通某个政府里的光辉职位,更让他难过的了。他会很愿意——事实上,他最渴望不过了!——看见提金斯爬到他头上!在他看来,这事如果成不了,绝不是因为政府里有人反对。

但是麦克马斯特仍然没有失去信心。他很清楚除了他自己那一

---

① 帕尔马尔是伦敦西敏的一条街道,与林荫路平行。它西起于圣詹姆士街,途经滑铁卢坊,东止于干草市场街。

套以外，职场上还有很多技巧。他没法想象他自己，就算是以一种最毕恭毕敬的态度，指出上级的错误；但他可以看出，虽然提金斯对每一个领导的态度都好像他是个天生的傻瓜，没有人特别憎恨他。当然提金斯是格罗比的提金斯家的人；但是那够他吃一辈子吗？时代正在改变，在麦克马斯特的想象中，这将会是个民主的时代。

但是提金斯继续，像以前一样，挥舞着双手抛弃各种机会，干出令人愤慨的事……

那一天麦克马斯特只能把它理解为一场灾难。他从椅子上起来，给他自己又倒了一杯酒；他觉得很痛苦，需要点酒精，无精打采地陷在他的印花棉布枕套里。提金斯盯着前方，他说：

"给我来点！"他没看麦克马斯特，伸出他的杯子。麦克马斯特用一只迟疑的手往杯子里倒了威士忌。提金斯说："接着倒！"

麦克马斯特说："已经很晚了。我们十点在杜舍门家吃早饭。"

提金斯回答道："别担心，老兄。我们会为了你的漂亮女士在出现那里的。"他加了一句，"再等十五分钟。我想跟你谈谈。"

麦克马斯特再一次坐下，开始刻意回想过去的一天。这一天以灾难开始，而且灾难一直持续了下去。

而且，带着一种痛苦的讽刺，麦克马斯特想到并重新回味了一下坎皮恩将军分别时对他说的话。将军一瘸一拐地跟他走到蒙特比的府上，站着拍拍他的肩膀。将军个子很高，稍稍驼背，非常友善，他说：

"看看。克里斯托弗·提金斯是个了不起的家伙。但是他得有个好女人来照顾他。你得尽快让他回到西尔维娅身边去。吵了一小架吧，不是吗？不是很严重吧？克里斯没有追着女孩的裙子跑？没有？我敢说肯定有一点。没有？好吧……"

麦克马斯特站得像个门柱，十分震惊。他磕磕巴巴地说："没有！没有！"

"我们俩认识他们夫妻很久了，"将军继续说，"尤其是科罗汀夫人。还有，相信我，西尔维娅是个特别特别好的女孩。无比正直，打心底对她的朋友们忠诚，而且毫无畏惧。她可以直面怒火冲天的魔鬼。你应该看看她在贝沃尔①的样子！当然，你很了解她……那好吧！"

麦克马斯特刚说出他了解西尔维娅，当然了。

"那好吧，"将军便继续道，"你会同意我所说的，如果他们俩**出了**任何问题，都是他的错。他会被记恨。狠狠地。他不能再踏进这个房子一步。但是他说他会去她和赛特斯维特夫人那里……"

"我相信……"麦克马斯特开口说，"我相信他会的……"

"那好吧！"将军说，"那就好……但是克里斯托弗·提金斯需要一个好女人在背后支持他。他是个了不起的家伙。这样的年轻人很少，像他一样能让我……我几乎要说尊重……但是他需要这样的支持。平衡一下。"

在车里，从蒙特比的山上下来的时候，麦克马斯特为了抑制对将军的厌恶而把自己搞得精疲力竭。他想大声喊出他是个猪头老傻瓜：多管闲事的秃驴。但他和内阁大臣的两个秘书一起坐在车里：尊敬的爱德华·芬威克·沃特豪斯，作为一个准备花一整个周末打高

---

① 一个猎狐场所。

尔夫的先进的自由党党员,他宁可不在保守派人士府上用晚餐。那个时候,政治生活里,两党在社交上一度势不两立:直到最近这种状况才成为英国政治生活的一种特色。这种禁令还没有延伸到这两位更年轻的人中间。

麦克马斯特不无愉快地发现,这两个家伙很尊重他。他们见到麦克马斯特和爱德华·坎皮恩将军熟络地聊天。事实上,这辆车一直在等他,那时将军正拍拍这位客人的肩膀,搂着他的手臂轻声对着他的耳朵说话……

但这是麦克马斯特从中得到的唯一的享受。

是的,这一天的灾难从西尔维娅的信开始;结束——如果已经结束了的话!——几乎是灾难性的,以将军对那个女人的一曲颂词而告终。他整天都在和提金斯十分不愉快的对话里胆战心惊地度过。提金斯**必须**跟那个女人离婚;为了他自己内心的宁静、他朋友和家族,这是非常必要的;为了他的事业;为了体面!

同时,提金斯有些强人所难。这是非常令人难堪的事情。他们在午饭时间赶到了莱伊——在那里提金斯喝掉了大半瓶勃艮第葡萄酒。午饭的时候,提金斯把西尔维娅的信给麦克马斯特读,说,因为他之后会跟他朋友商谈,他朋友最好先熟悉一下文件内容。

这封信显得极端厚颜无耻,因为它什么都没有说。除了赤裸裸的声明,"我现在准备回到你那里去",它只写了提金斯夫人想要——她已经忍受不了没有——她女仆的服侍了,她管女仆叫接线员。如果提金斯想要她,提金斯夫人,回去的话,他要准备好让接线员在门口台阶上等着她,诸如此类。她补充了点细节说,当她晚上休息的时候,她不能忍受其他任何人——这几个字加了下划线——待在她身边。回忆起来,麦克马斯特看出这是那个女人能写出的最好的信了,如果她想重新接受的话;因为,如果她花大篇幅找理由或者试图解释的话,提金斯十有八九会说他没法再跟这个品位急坠的女人继续生活在一起了。但麦克马斯特从来没想到西尔维娅这么不懂处事之道[①]。

无论如何,这都让他更坚定了催促他朋友离婚的决心。他本来想在马车上就开始他的游说,在去杜舍门牧师家的途中。牧师年轻的时候是罗斯金先生[②]的亲传弟子,也是麦克马斯特的专著的主人公——那个诗人兼画家的熟人和赞助人。提金斯不希望参加这次拜访。他说他会在镇上逛逛,然后四点半的时候和麦克马斯特在高尔夫俱乐部会面。他并没有结交新朋友的心情。麦克马斯特知道他朋友所忍受的压力,觉得这么做足够合理,于是一个人乘车上伊顿的山去了。

很少有女人像杜舍门夫人这样给麦克马斯特留下如此深刻的印象。他知道他现在的心情会让他几乎对任何女人印象深刻,但他认为这不足以解释她对自己施加的超乎寻常的影响。当他被引进会客室的时候,会客室里有两个年轻女孩,但是她们几乎同时消失了。

---

① savoir faire,法文。
② 约翰·罗斯金(1819—1900),英国维多利亚时代主要的艺术评论家之一,他还是一名艺术赞助家、制图师、水粉画家和杰出的社会思想家及慈善家。

而且虽然当她们俩骑着自行车从窗口经过时他立刻注意到了，但他意识到他以后不会再认出她们来。从她扬着尾调的第一句招呼"你不是**那个**麦克维斯特先生吧！"开始，他的眼睛就没法转移到别人身上了。

显然杜舍门牧师是那些非常富有也很有文化品味的神职人员之一，英国国教里有不少这样的人。牧师的住所，一栋看起来很温暖的很大的庄园宅邸，用很旧的红砖砌成，与麦克马斯特这辈子见过的最大的什一税农产品仓库之一相邻。教堂本身，盖了个简陋的橡木板搭成的屋顶，缩在宅邸和仓库的墙根围成的角落里，比另外两栋建筑小了太多，又因为装饰太过简陋，如果没有那个小钟塔的话，倒可以做个不错的牛棚。三栋建筑都矗立在那一小溜山坡的边缘，向下望去就是罗姆尼沼泽；它们被一大片规则的榆树林保护着免受北风的侵袭，而在西南方则有很高的树篱和灌木丛，都是颇引人注目的紫杉木。那是个，简单来说，对既富有又有文化品位的神职人员来说是理想的治愈灵魂的地方，因为周围方圆一英里之内都没有什么平民的村舍。

对麦克马斯特来说，简单来说，这就是理想的英国家庭。至于杜舍门夫人的客厅，和他的习惯相反——因为他一般都很细致地观察这些东西——他事后除了这屋子十分合意以外什么也不记得了。三扇长长的窗子望出去是一片完美的草坪，草坪上立着一株或一片笔直的玫瑰树，对称的半圆形绿叶很抢眼，花朵像一块块雕花的粉色大理石。越过草坪是一片矮石墙，再越过墙去是一大片静静的沼泽，在阳光下波光粼粼。

屋内的家具，就像室内木工装潢一样，棕色、老旧，由于常常用蜂蜡抛光而展现出一种圆润的温和感。在墙上的画中间麦克马斯特一眼就认出了西缪·所罗门①的画，比较没有天才也更脆弱的唯美画家之一——浑身被光圈环绕，苍白的女士们拿着并不那么像百合花的百合花。他们很符合传统——但并不是传统中最好的。麦克马斯特明白——之后杜舍门夫人也证实了他的想法——杜舍门先生把他更珍贵的藏品收到了私室里，而在比较公开的房间里摆放着的则是——带着幽默感和一点点蔑视——那些稍差一些的藏品。这一下就给杜舍门先生打上了被选中的人的记号。

不过，杜舍门先生本人却不在场；给他们两人约个见面的时间似乎非常困难。杜舍门先生，他妻子说，周末一般都很忙。她又补充了——带着一种苍白、几乎不存在的笑容——一句："这是当然的。"麦克马斯特立刻就明白这是说一个神职人员周末很忙是理所当然的。杜舍门夫人有点迟疑地建议麦克马斯特先生和他的朋友第二天——周六——来共进午餐。但是麦克马斯特和坎皮恩将军约好了打四人高尔夫球——前半场从十二点打到一点半，后半场从三点到四点半。然后，根据现在已有的安排，麦克马斯特和提金斯要坐六点半的火车去海斯。这就排除了第二天下午茶和晚餐的可能。

带着足够的但不太过分的遗憾，杜舍门夫人提高声调说：

"哦，亲爱的！哦，亲爱的！但你大老远来，非得来见见我丈夫和他收藏的画不可。"

---

① 西缪·所罗门（1840—1905），英国拉斐尔前派画家。

挺大的噪音从房间的墙边传了过来——狗的叫声，明显是仓促移动家具或者打包箱的声音，还有喉咙里发出的粗哑的叫喊。杜舍门夫人以她拒人千里的态度和低沉的声音说：

"他们弄出了不少噪音。让我们去花园里看看我丈夫的玫瑰花，如果你还有点时间的话。"

麦克马斯特引了一首诗对自己说："'在你秀发的阴影中我看见你的眼睛……'"[①]

毫无疑问，杜舍门夫人的眼睛，深邃的卵石蓝色，确实在她黑得发蓝、卷曲得很规则的头发的阴影里。头发从方方的、发际线不高的前额垂下。这是一种麦克马斯特之前从未见过的现象，然后，他祝贺自己，这再一次证明——如果需要证明的话！——他专著中的主人公的观察力！

杜舍门夫人像太阳一样发光！她深色的面庞很干净；在她的颧骨上淡淡地弥漫着清秀的洋红色。她的颚骨像刀切的那样分明，一直延展到尖尖的下巴——像中世纪圣人的雪花石雕像那样。

她说："你当然是苏格兰人。我自己是老烟囱[②]来的。"

麦克马斯特应该看出来的。他说自己是利斯港来的。他没法想象自己对杜舍门夫人隐瞒任何事情。杜舍门夫人带着重新燃起的坚决说：

"哦，但你当然得见见我丈夫和那些画。让我想想……我们得想想……早饭呢？"

---

① 出自但丁·加布里埃尔·罗塞蒂作《三重影》，此处采用吴钧陶译法。

② 老烟囱是爱丁堡的别称。

麦克马斯特说他和他的朋友是政府雇员，准备很早起床。他非常愿意在这间房子里用早餐。她说：

"差一刻十点，那时，我们的车会在你住的街尽头等着。只有十分钟的路，所以你不用饿太久！"

她说，慢慢地恢复了活力，这当然是麦克马斯特要给他朋友带去的。他可以告诉提金斯他会认识一个非常迷人的女孩。她停下突然加了一句："也许，不管怎样。"她说了一个被麦克马斯特听成"温斯特"的名字。可能还有一个女孩。还有赫斯特先生，或者类似的名字，她丈夫的下级助理牧师。

她若有所思地说："是啊，我们可以多请一点人……"然后加了一句，"热热闹闹的很开心。我希望你朋友很健谈！"

麦克马斯特说了类似添麻烦之类的话。

"哦，不会很麻烦的，"她说，"何况这可能对我丈夫比较好。"她继续说，"杜舍门先生很容易闷闷不乐。可能待在这里太孤独了。"然后加了一个有些令人吃惊的词："毕竟。"

然后，回去的路上，坐在马车里，麦克马斯特自语道，你不能说杜舍门夫人普通，起码不能。但遇见她就像是进入一个很久以前就离开，但从未停止爱它的房间。感觉很好。部分可能是她的爱丁堡气质。麦克马斯特允许自己自创这个词。爱丁堡有个圈子——他自己从来没有踏入的特权，但他们的年度宴会是苏格兰文坛盛事！——女士们都很杰出，在高高的会客厅里，谨慎但又机敏，还有一丝幽默感,简单节俭,但温暖好客。他想要的可能就是这种爱丁堡气质出现在他伦敦的朋友们的客厅里。克雷西夫人、尊敬的德·利穆夫人,还有德洛维夫人,都在仪态、言谈和镇静的姿态上近乎完美。但,她们不年轻,她们不是爱丁堡人——而且她们也没有惊人的优雅!

杜舍门夫人三项全占了!她自信、恬静的仪态可以保持到任何年纪;这预示她们女性高深莫测的灵魂,但生理上,她不可能超过三十岁。这并不重要,因为她想做的任何事都不需要生理上的青春活力。她永远不会,例如,需要跑动;她只会"移动"——漂浮着!他试着回想她裙子的细节。

那肯定是深蓝色的——肯定是丝绸的;粗纺布的精美布料上的褶皱带着银色的闪光和小花结。但是很深的蓝色。而且它设法做到同时带有艺术性——绝对很符合传统!但剪裁又很好!很大的袖口,当然,但还有些修身。她戴了很大的项链,是抛光的黄色琥珀:衬在深蓝色上面!杜舍门夫人俯身看着丈夫的玫瑰花说,这些花朵总让她想到粉红色的云上镶的细边,为了给大地降温从天而降……迷人的想法!

突然他对自己说:"对提金斯来说多般配啊!"他的脑子补充了一句,"为什么她不能成为一种正面影响呢!"

一幅广阔的前景出现在他面前,时机正好!他想象提金斯,对杜舍门夫人负起主人一样的责任:非常良好①,平静而热情,被认可,

---

① pour le bon,法文。

感人[1];因为这关系而"极大地进步了"。而他自己,在一两年之后,带着终于找到的让他幸福的那个女人坐在杜舍门夫人的脚边——让他幸福的那个女人谨慎小心又年轻热情! ——学习那种神秘而自信的仪态,她着装的天赋,戴着琥珀首饰,向挺直茎干的玫瑰俯下身——还有她的爱丁堡气质!

麦克马斯特因此激动不已,当他发现提金斯在摆布着刷了绿漆的家具、摆放着插图报纸的由很大的瓦楞铁皮建造的高尔夫球房里喝茶的时候,他难以抑制地叫了起来:

"我替我们俩接受了明天在杜舍门家用早餐的邀请。我希望你不会介意。"虽然提金斯和坎皮恩将军以及他的姐夫,尊敬的保罗·桑德巴奇,这一区的保守派议员,科罗汀夫人的丈夫一起坐在一张小桌旁。

将军高兴地对提金斯说:"早餐!和杜舍门一家!去吧,我的孩子!你会吃到你这辈子吃过的最好吃的早餐的。"

他对他姐夫加了一句:"不是科罗汀每天早上给我们吃的永恒的鱼蛋烩饭那种玩意。"

桑德巴奇嘟囔道:"我们真想把他们的厨子偷来。我们每次来这里的时候科罗汀都会去试试看。"

将军高兴地对麦克马斯特说——他说话的时候总是很高兴,略带笑容和一丁点齿擦声:

"我姐夫不是认真的,你懂的。我姐姐才不会想着去偷厨子呢。

---

[1] motif,古法文。

更别提是从杜舍门家了。她会吓死的。"

桑德巴奇嘟囔道:"谁不会呢?"

这两位绅士都瘸得很厉害:桑德巴奇先生是天生的,将军是因为一场很轻但被忽视了的车祸导致的。他只有一种虚荣心,就是相信他有资格做他自己的司机,然而因为既不专业也非常不小心,他经常碰上事故。桑德巴奇先生有斗牛犬一样的深色圆脸和暴烈脾气。他两次因为形容当时的财政大臣为"说谎的律师"而被议会停职,现在他仍处在停职期间。

麦克马斯特变得心情不快、烦躁不安。因为他的敏感,他明显地感受到空气中的一丝不友善的寒意。还有提金斯僵直的眼神。他直直地看着前方;还有那彻底的寂静。提金斯身后坐着两个穿着亮绿色外套和红色针织马甲的男人,脸色红润。一个是金发,有点秃,另一个的黑发上了不少油,亮闪闪的;两人都大约四十五岁。他们看着提金斯小桌上的几个人,嘴巴都微微张着。他们毫无掩饰地听着这边的谈话。他们面前是三个空了的黑刺李杜松子酒杯和一个半满的白兰地苏打杯。麦克马斯特明白为什么将军解释他姐姐没有尝试去偷杜舍门夫人的厨子了。

提金斯说:"快点喝完茶,让咱们开始吧。"他从口袋里掏出几张电报单开始整理。将军说:"别烫了你的嘴。我们不能在……在这些绅士之前开始。咱们太慢了。"

"才不是,是我们前面的人太多了。"桑德巴奇说。

提金斯把电报表递过去给麦克马斯特。

"你最好看看这些,"他说,"我今天比赛之后可能不会见到你了。你得去蒙特比吃饭。将军会带你过去。科罗汀夫人会原谅我的。我有工作要做。"

这已经让麦克马斯特感到不安。他很清楚提金斯会不愿意在蒙特比同桑德巴奇一家吃饭，他们会请来一群人，非常时髦，但智识超乎寻常的平庸。实际上，提金斯管这一群人叫政党里的瘟疫——党指的是托利派。但麦克马斯特没法不去想，就算一顿并不愉快的晚餐也比让他的朋友在这个拥挤的小镇的黑色阴影里一个人闷闷不乐要好。

提金斯说："我要去跟那头蠢猪说说！"他抬起他方方的下巴笔直地指着前方，向那两个喝白兰地的人望过去，麦克马斯特看到他们其中一个人的脸好像常常被画成讽刺漫画，很熟悉但又很陌生。麦克马斯特没办法在这个时候给他的脸加上一个名字。肯定是个政客，说不定是哪位大臣。但是是哪位呢？他的脑子状态已经很糟糕了。他瞥见了手上的电报单，注意到这是写给西尔维娅·提金斯的，以"同意"二字开头。

他迅速地说："这个已经寄出去了，还是只是个草稿？"

提金斯说："那个家伙是尊贵的斯蒂芬·芬威克·沃特豪斯大臣。他就是那头让我们在办公室里伪造数据的蠢猪。"

那是麦克马斯特碰上的最糟糕的瞬间。更糟糕的来了。提金斯说："我要去跟他说两句。所以我不去蒙特比吃饭。这是对国家的责任。"

麦克马斯特的头脑直接停止转动了。他身处一处空间，有很多窗户。外面有阳光，还有云，粉色的和白色的，毛茸茸的！还有一些船。两个男人：一个深色油头，一个金发斑秃。他们在说话，但他们的话并没有给麦克马斯特留下任何印象。深色油头说他不会带格尔蒂去布达佩斯。绝对！他眨眼的样子像一个噩梦。越过这两个年轻人和一张荒谬的脸……对麦克马斯特来说太像一个噩梦了，以至于内阁大臣的五官都扭曲了。像哑剧里巨大的面具：一只硕大无比的鼻子、细长的内双眼皮。

但并非令人不快！无论出于信念、国家，还是个人性格的角度，麦克马斯特都是个辉格派。他认为国家公务人员应该回避政治活动。不管怎样，他还是没法觉得自由派内阁大臣长得很难看。相反，沃特豪斯先生带着率直、幽默、友善的表情。他正恭敬地听着他一个秘书的话，手放在这个年轻人的肩膀上，微微笑着，有些困意。毫无疑问，他劳累过度了。然后，从内心深处发出一声大笑。多好的细节！

太可惜了！**太可惜了**！麦克马斯特读着提金斯写下的一串到处都是涂改痕迹、难以辨认的文字。**不要娱乐……公寓不要别墅……孩子跟姐姐**……他的眼睛前前后后跟着字词移动。他没法把这些词直接联系起来。油头用一种恶心兮兮的嗓音说格尔蒂很火辣，但不是布达佩斯最性感的那个，因为你告诉我那么多关于吉卜赛姑娘的事！哎呀，他到现在已经养了格尔蒂五年了。挺正儿八经的！他朋友的声音像是消化不良导致的。提金斯、桑德巴奇和将军板着脸坐着，像一群打扑克的。

太可惜了！麦克马斯特想。

他本该坐着……原本和高高兴兴的大臣坐在一起，应该有乐趣又正当。在正常情况下，他，麦克马斯特，本该这么做。在场最好的高尔夫球手一般都会被安排和显赫的访客一起打球,而英格兰南部通常情况下没有人能打败他。他四岁就开始练球了,用一根小的铁头高尔夫球杆和一个在市政高尔夫球场捡来的一先令的球练习。每天早上去给穷人开的学校,晚上回来吃饭;再去学校,再回来睡觉!冰冷、长满灯芯草、遍地灰尘的球场,就在灰色的海边。两只鞋都进满了沙。捡来的一先令的球他用了三年……

麦克马斯特叫起来:"上帝啊!"他刚搞明白电报是说提金斯准备在星期二去德国。好像是针对麦克马斯特的叫嚷,提金斯说:

"是的,这的确让人受不了。如果你不去制止那群蠢猪,将军,我会去的。"

将军带着从牙齿之间发出的低低的嘶嘶声说:

"等一等……等一等……那另一个家伙可能会去。"

黑色油头说:"如果布达佩斯有那么多你形容的那样的女孩,老伙计,还有土耳其浴室什么的,我们要去那个老城好好寻欢作乐一番,下个月。"他向提金斯眨了眨眼。他的朋友低着头,似乎肚子里发出了什么咕噜声,斑秃的脑门下的脸担心地看着将军。

"不是说,"另外一个继续辩解地说,"我不爱我的老女人。她还行。而且还有格尔蒂。火辣,但是真心实意。但我说男人想要的……"他叫起来,"哦!"

将军,手放在口袋里,个子很高、瘦削、脸颊泛红、白头发向前梳成刘海,向那张桌子逛过去。他站在他们边上。他们抬起头,睁大眼睛,像两个小学生看着一只气球。他说:

"我很高兴你们在我们的球场玩得开心,绅士们。"

秃头说："是的！是的！一流。特别的享受！"

"但是，"将军说，"讨论自己的……呃……私人事务……在……在食堂，你知道，或者高尔夫球房，是不太明智的。别人可能会听见的。"

头发油乎乎的绅士半站起身子叫道："噢噢，这……"另外一个嘟囔道："闭嘴，布里格。"

将军说："我是俱乐部的会长，你知道。我的职责是让**大部分**的会员和访客都舒心愉悦。我希望你们不介意。"

将军回到他的座位。他恼火得浑身颤抖。

"这么干简直让人变成和他们一样的流氓，"他说，"但是不然我们还他妈的能做什么？"两个城里人匆忙走进了更衣室；一阵可怕的寂静。麦克马斯特发现，至少对这些托利派人来说，这真的是世界末日。英格兰的末日！他心想——带着恐慌——回到提金斯的电报上……提金斯要在星期二去德国。他提出要放弃统计局的工作。这都是一些无法想象的事情。你无法想象！

他又从头开始读这份电报。一个黑影落在这些轻薄的纸张上。尊贵的沃特豪斯大臣站在桌子和窗户之间。他说：

"不胜感激，将军。在那些下流家伙的污言秽语中我们根本听不清自己人讲话。就是他们这些人才让我们的朋友变成妇女参政权论者的。这给她们正当的理由……"他补了一句，"你好！桑德巴奇！休息得还好吗？"

将军说："我本来指望你去把这些家伙打发走的。"

桑德巴奇先生，他斗牛犬一样的下巴向外伸，头皮上短短的黑

发正往外冒,咆哮道:

"你好,沃特斯洛普①。打家劫舍还顺利吗?"

沃特豪斯先生,高个、无精打采、一头乱发,掀起他大衣的两襟。他的大衣实在太破烂了,看起来好像会有稻草从衣服的手肘处戳出来②。

"那些妇女参政权论者都离开我了,"他笑呵呵地说道,"你那几个哥们儿里是不是有个天才叫提金斯?"他注视着麦克马斯特。将军说:

"提金斯……麦克马斯特……"大臣友好地继续说:

"哦,就是你?……我只是想借这个机会谢谢你。"

提金斯说:"老天爷!为什么?"

"你知道的!"大臣说,"如果没有你的数据,我们不可能在下次会期以前在议会通过那个法案的……"他促狭地说,"能吗,桑德巴奇?"他对提金斯补充说,"英格比告诉我……"

提金斯脸色煞白,浑身绷紧。他结结巴巴地说:"我没法把功劳算在自己头上……我认为……"

麦克马斯特嚷着:"提金斯……你……"他并不知道他想说什么。

"哦,你太谦虚了,"沃特豪斯先生把提金斯的话头压了下去,"我们知道该感谢谁……"他的眼神有些心不在焉地飘到桑德巴奇

---

① 沃特斯洛普(Waterslop)是桑德巴奇给不修边幅的沃特豪斯起的外号,斯洛普(slop)原意是泔水。
② 即他的大衣破得像给稻草人穿的一样。

的身上，然后，他的脸上突然放起了光。

"哦！看那里，桑德巴奇，"他说，"过来，好吗？"他向旁边走了一两步，对他手下一个年轻人说："哦，桑德尔松，给那个警察倒杯喝的，来点烈的。"桑德巴奇笨拙地抽搐了一下从椅子上站起身，一瘸一拐地走向大臣。

提金斯脱口而出："我太谦虚了！**我**！……那头蠢猪……那头可怕的蠢猪！"

将军说："这都怎么了，克里斯？你可能是太谦虚了。"

提金斯说："浑蛋。这事情很严重。这逼着我要离开我所在的那个可怕的办公室。"

麦克马斯特说："不！不！你错了。你的观点不对。"带着一腔真实的热情，他开始向将军解释。这件事已经给他造成了很多痛苦。政府向统计局要一笔数据，用来阐释一些准备在下议院提交的新法案里的计划。准备让沃特豪斯先生来陈述的。

沃特豪斯先生当时正在拍打桑德巴奇先生的背，把头发从眼前甩开，笑得像个歇斯底里的女中学生。一个警官——纽扣锃亮——出现了，在玻璃门外举着个白镴杯在喝。两个城里人从更衣室的拐角穿过，到了同一个玻璃门后，正在扣衣服。大臣大声地说："只收几尼[①]！"

在麦克马斯特看来，提金斯管任何一个友好真挚的人叫可怕的蠢猪都错得离谱。这并不公平。他继续向将军解释。

[①] 英国一种旧金币，币值为二十一先令，比旧制的一英镑还多一先令。

政府想要一套用一种叫作 B7 的算法得出的数据。而提金斯则早就用一种叫 H19 的算法进行了计算——**出于他自己的智识**——提金斯自信用 H19 算出的结果是精算角度上合理的数据里数值最低的一个。

将军快乐地说:"这对我来说简直像希腊语一样难懂。"

"哦,不,不用那么复杂,"麦克马斯特听见自己说,"总之就是这样:克里斯被政府要求——被雷金纳德·英格比爵士要求——算一下三乘三等于几:基本上就是这么一个意思。他说,唯一不会毁灭这个国家的数据是九乘九……"

"政府想往工薪阶层的口袋里塞钱,事实上,"将军说,"什么回报都不要——或者要投票,我猜。"

"但这不是重点,先生,"麦克马斯特大胆地说,"克里斯只被要求说出三乘三是多少。"

"好吧,看起来他已经做好了,但是没有得到赞扬,"将军说,"这也不坏。我们一贯相信克里斯的能力。但他是个脾气不小的家伙。"

"为了这事他对雷金纳德爵士非常无礼。"麦克马斯特继续说。

将军说:"哦,天哪!哦,天哪!"他向提金斯摇摇头,仔细摆出一副正规军官那种没什么表情但稍稍有些反感的样子,"我不喜欢听见有人对上司无礼。在**任何**岗位上。"

"我不认为,"提金斯带着超乎寻常的温和说,"麦克马斯特对我很公正。当然,他有权说出他的见解和部门的要求。我肯定有告诉英格比,我宁可辞职也不要做这么可怕的工作……"

"你不该这么说的,"将军说,"如果大家都像你这么做,政府部门会变成什么样子?"

桑德巴奇大笑着回来,有点难受地倒在低扶手椅里。

"那个家伙……"他开口说。

将军稍稍举起了他的手。

"等等!"他说,"我刚准备告诉克里斯,这里,如果我接到一个工作——当然,这其实更是一道命令——去镇压北爱志愿者[①]的话……我宁可割了自己的喉咙也不会干的……"

桑德巴奇说:"你当然会这样做,老兄。他们是我们的兄弟。你会先看到那可怕、爱撒谎的政府先完蛋的。"

"我本来准备说我应该接受,"将军说,"我不应该从我被委任的军职上退下。"

桑德巴奇说:"**老天爷!**"

提金斯说:"嗯,我并没有。"

桑德巴奇叫起来:"将军!你!在科罗汀和我劝了你那么久之后……"

提金斯打断说:"不好意思,桑德巴奇。我现在正在挨训。那时候我并没有对英格比很无礼。如果我对他所说的或者对他本人表现出不满,那才是无礼。我并没有这么做。他一点也没有被激怒的意思。他看起来像个葵花鹦鹉,但他并没有被激怒。而且我让他说服

[①] 北爱志愿者是北爱尔兰志愿者的简称,北爱尔兰志愿军的前身。这支统一派的民兵组织成立于一九一二年,目的是抵抗在当时还属于英国的爱尔兰成立独立政府。托利派的坎皮恩将军自然会支持北爱志愿者的目标。

了我自己。他是对的，真的。他指出如果我不做这个工作，那些蠢猪就会派一个竞争上岗的首席办事员来伪造所有的计划表，还是建立在一个虚假的前提之上！"

"这就是我的观点，"将军说，"如果我不做镇压北爱的工作，政府也会另找个家伙去烧掉三个郡里所有的农舍，强奸所有的女人。他们的小算盘早就打好了。他只要找康诺特游骑兵①和他们一起向北穿越就行了。你就知道**那**是什么意思了。都是一样的……"他看看提金斯，"人不该对上级言行无礼。"

"我告诉过你了我并没有无礼，"提金斯叫起来，"少来你那个亲切的父爱眼神。给我好好记得！"

将军摇摇头，"你们这些聪明绝顶的家伙啊！"他说，"这个国家，或者军队，或者任何其他的事情，都不能靠你们来管。只能是桑德巴奇和我这种老傻帽，还有那些靠谱、谦虚的领导，像我们这位朋友一样。"他指着麦克马斯特，提高嗓门，继续说，"过来。你和我一起打球，麦克马斯特。他们说你很了不起。克里斯不行。他可以跟桑德巴奇一起。"

他和麦克马斯特一起朝客厅走去。桑德巴奇，笨拙地从他的椅子上扭动着站起来，叫道：

"拯救这个国家……该死的……"他站稳了脚跟，"我和坎皮恩……看看这个国家都变成了什么样子。俱乐部里都是他们俩这样的蠢猪！警察陪着大臣在高尔夫球场晃来晃去，保护他们不被疯女人

---

① 英军的爱尔兰军团。

侵犯……上帝啊！我真想扒了他们的皮。以上帝的名义，我会的。"

他又加了一句："那个叫沃特斯洛普的家伙是个爱玩的。我还没机会告诉你我们俩打的赌，你弄出来的噪音太响了……你的朋友在北贝里克真的能打出比标准杆还低一杆[①]的分数吗？你自己呢？"

"麦克马斯特在任何地方都能打到比标准杆低两杆，只要他打。"

桑德巴奇说："老天……真是个厉害的家伙……"

"要说我，"提金斯说，"我厌恶这可怕的游戏。"

"我也是，"桑德巴奇回答，"我们在他们背后晃晃就行了。"

[①] 高尔夫球中使用差点制度，麦克马斯特的球技高超，经常取得比标准杆更好的成绩，所以他的差点为负值。

第四章

他们走进明媚的阳光、高高的天空下,远方像是在透镜里那样轮廓清晰。他们一共七个人——因为提金斯没有球童——在平坦的第一开球区上等着。麦克马斯特走向提金斯,压低声音说:

"你真的已经寄出了那封电报?"

提金斯说:"现在应该已经送到德国了。"

桑德巴奇先生一瘸一拐地从一个人面前走到另一个人面前,解释他跟沃特豪斯先生打的赌。沃特豪斯先生打赌,在打完十八个球洞之前,同他打球的两个年轻人之一会两次发球打中那两个在前面打球的城里人。因为大臣比他的赢面小,桑德巴奇先生认为大臣挺够意思。

从第一个洞下来很长一段距离以后,沃特豪斯先生和他的两个同伴接近了第一片果岭①。他们右边有高高的沙丘,左边则是一条两边长着灯芯草的小路和一条窄窄的小水沟。在内阁大臣前方,两个城里人和他们的两个球童要么站在小水沟的边缘,要么就往下一头扎进了灯芯草丛里。两个女孩在沙丘上忽隐忽现。警察在路上溜达,跟沃特豪斯先生并排着。

将军说:"我觉得我们可以开始了。"

桑德巴奇说:"沃特斯洛普会在下个发球区打中他们。他们在小溪里。"

将军打了一杆直直的、挺不错的球。正当麦克马斯特挥杆的时候,桑德巴奇嚷嚷道:

"上帝啊,他差点打中了!看那家伙跳起来的样子!"

麦克马斯特扭头向后看去,愤愤地从两齿间发出嘘声。

"你不知道不该在别人挥杆的时候大喊大叫吗?还是你没打过高尔夫?"他匆匆忙忙、紧张不安地追他的球去了。

桑德巴奇对提金斯说:"天啊!那小子脾气真大!"

提金斯说:"只在打球的时候。你被骂也是应该的。"

桑德巴奇说:"我确实……但我没有影响他的发球。他比将军打得还要远二十码呢。"

提金斯说:"要不是你,他能超出六十码。"

他们在发球区闲逛,等着其他人拉开距离。

桑德巴奇说:"老天有眼,你朋友在打他的第二个球……你不会

---

① 果岭是高尔夫球术语,指球洞所在的草坪,为英文 green 的音译。

相信的，这么一个小家伙！"他加了一句，"他出身一般吧，是吗？"

提金斯轻蔑地看着自己的鼻子下方。

"哦，你说**我们这样的**出身！"他说，"他不会打赌我们的球会不会打中前面的人。"

桑德巴奇仇视提金斯，因为他是格罗比的提金斯；提金斯则仅因桑德巴奇的存在而出离愤怒，他是被封为贵族的米德尔斯堡市长的儿子，米德尔斯堡离格罗比只有大约七英里。克里弗兰的地主和克里弗兰的财阀之间的世仇无可复加。桑德巴奇说：

"啊，我猜他总是在女人和财政局那边帮你渡过难关，你带他到处跑作为回报。这是很实际的组合。"

"像波特·弥尔斯和斯坦顿一样。"提金斯说。

与这两个钢铁工厂的合并相关的财政经营问题令桑德巴奇的父亲在克里弗兰地区大受厌恶……桑德巴奇说：

"听着，提金斯……"但他改变了想法，"我们最好现在就开始。"他以一种笨拙但不乏技巧的姿势开球。他明显打得比提金斯好。

他们打得非常慢，因为两人都很散漫，桑德巴奇还很瘸。在离开第三个发球区之前，他们已经看不见海岸边的农舍和沙丘背后的其他人了。因为他的瘸腿，桑德巴奇一直打偏。有时候他偏到农舍的花园里，还要和球童一起越过矮墙到土豆埂里去找球。提金斯懒洋洋地沿着球道轻击自己的球，拖着球包的提手，继续闲逛着。

虽然提金斯像讨厌任何带有竞争性的消遣娱乐一样讨厌高尔夫球，但在陪麦克马斯特外出练习的时候，他至少可以全神贯注地计算抛物线的数学原理。他陪着麦克马斯特，因为他喜欢他的朋友至少在一个方面毫无疑问地超越了自己,一直把这家伙压在下面是很无聊的。但他要求他们每周末打球的时候应该去三个不同的球场,而且如果可能的话,尽量去没去过的。他对球场的设计很有兴趣,掌握了很多高尔夫球场建造方面的知识。对球从杆头击球斜面飞出去以后的轨迹、一块或另一块肌肉所产生的每磅达[①]能量,以及旋转理论之间的关系,他都做了许多艰深的测算。很多时候,他顺势把麦克马斯特作为一个水平还不错的普通球手推销给一个运气不太好、水平还不错的陌生人。然后,他整个下午都待在俱乐部的小屋里研究赛马的家谱和体型,因为每个俱乐部小屋都有一份《洛夫指南》。春天里,他还会到处寻找、研究软喙鸟筑的巢,因为他对杜鹃鸟的家庭生活很有兴趣,尽管他讨厌自然史和植物学。

这一次,他看了看其他的五号铁头球棍方面的笔记,把笔记本放回口袋,用一把击球面特别粗糙、棍头像短柄小斧头一样的九号球杆击了球。当又握紧球杆的时候,他非常仔细地把小指和中指从球杆的皮套上拿开。他要感谢上苍,桑德巴奇看起来至少花了十分钟,因为桑德巴奇对丢球十分计较。提金斯非常缓慢地把五号球杆举到半击发位置准备打一球试试。

他注意到一个人。那人正因肺活量小而略微急促地呼吸,站在很近的地方看着他。他真的可以从帽檐下看到一双男式白色橡皮底布鞋的鞋尖。被观看完全不会影响他,因为他在击球时并不关心任何个人荣誉。一个声音说:

---

① 磅达,作用在重达一磅的物体上一秒,产生每秒一英尺的速度所需的力。

"我说……"他继续看着他的球。

"抱歉影响了你击球,"这个声音说,"但是……"

提金斯彻底丢下球杆,挺直了背。一个脸上凝固着怒容的、美丽的年轻女性正专注地盯着他看。她穿着短裙,轻轻喘着气。

"我说,"她说,"过去看看,不要让他们伤了格尔蒂。我把她搞丢了……"她指着沙丘后面,说道,"看起来那边有几个讨厌的家伙。"

她好似是一个非常普通的女孩,除了皱起的眉毛。她眼睛很蓝,白色帆布帽下的头发发色明显很浅。她穿一件棉质条纹衬衫,但那条浅黄褐色的毛呢裙子穿得很得体。

提金斯说:"你刚才在示威抗议。"

她说:"当然是的,而且你当然会反对我们的原则,但你不会容许一个女孩被人粗暴地对待吧,不要等着告诉我,我知道的……"

有噪音。桑德巴奇在五十码外的矮花园墙那里狂叫着,就像一只狗:"嘿!嘿!嘿!嘿!"他还一边打着手势。他的球童把自己跟高尔夫球包缠在了一起,正尝试着爬过那堵墙。在一个高高的沙丘顶上站着那个警察:他像架风车一样挥舞着手臂,大声呼喊。慢慢从他旁边和后面爬上来的是将军、麦克马斯特和他们的两个球童。再远些,殿后的是沃特豪斯先生、两个球伴和他们的三个球童。大臣正挥舞着他的发球杆,大声叫着。他们都在叫喊着。

"一次寻常的抓老鼠游戏。"女孩说。她一边数着,说,"十一个人,还有两个球童!"她表现出满意的神情,"我远远地超过了他们,除了那两个浑蛋。他们跑不动,可格尔蒂也跑不动……"

她急急地说:"跟过来!你不能把格尔蒂留给那些浑蛋!他们喝醉了。"

提金斯说:"抄小路过去。我会照看格尔蒂的。"他拎起了他的球包。

"不,我跟你一起去。"女孩说。

提金斯回答说:"哦,但你不会想进局子去的。走开点!"

她说:"胡说。我遇上过比这更糟的情况,做了九个月的女仆……**跟过来!**"

提金斯开始跑起来——更像是犀牛看到了紫色。他被狠狠地刺激了,因为他被一声尖细、低低的惊叫刺中了。女孩在他身边跑着。

"你……能……跑!"她喘着气,"一下子来劲了。"

以尖叫反抗暴力在当时的英格兰还是一件很稀有的事情。提金斯从来没听说过类似的事情。虽然他只是注意到乡下的广阔,那叫声还是让他极为不高兴。那个警察,他的纽扣让他显得很招眼,正沿着对角线小心翼翼地从圆锥形的沙丘往下跑。头戴银色警盔、穿戴整齐的城里警察跑到这样空旷的地方让人觉得怪怪的。空气那么清澈、干净,提金斯感觉好像是在一个明亮的博物馆里看标本。

一位年轻姑娘,像只被追的老鼠一心想着逃窜,从绿色的小山丘后面绕了过来。"这是一位被骚扰的女性!"提金斯有了这样一个想法。因为刚从沙丘上滚了下来,她的黑裙子上沾满了灰尘;她穿着灰黑条纹的丝质衬衫,一条袖子被完全扯了下来,白色线头露了出来。从沙丘山肩过来的是那两个城里人,脸上带着胜利的潮红,气喘吁吁,他们的红色针织马甲像风箱一样上下起伏。黑头发的那

一位眼神色眯眯的,看起来很下流,气势汹汹地高高挥舞着一块灰黑色的东西。他滑稽兮兮地叫着:

"把那婊子脱光!……呃……把那婊子脱个精光!"然后从小丘上跳了下来。他一头撞上了提金斯,提金斯用最大的嗓门吼道:

"你这头该下地狱的死猪。再敢动一动,我把你脑袋敲下来!"

提金斯身后那个女孩说:"过来,格尔蒂……只要到那就够了!"

一个喘着粗气的声音回答道:"我……不行……我的心脏……"

提金斯眼睛盯着那个城里人。他大大地张着嘴,眼睛怒瞪着!他心目中那个理所当然的所有的男人全都打心里想揍女人的世界好像彻底崩塌了。他喘着粗气,"啊?!啊?!"

身后又一声尖叫,比上一次的声音来源更远一点,这让提金斯感到极为疲倦。这些讨厌的女人到底为什么这么叫?他转过身去,把包和别的都挥到身后。警察猩红的脸像一只刚煮熟的龙虾,他吃力而毫无热情地追在那两个一路朝小沟小跑的女孩身后。他的一只手,也红扑扑的,伸得老长。他离提金斯只有一码不到。

提金斯已经精疲力竭,根本无力思考或是呐喊。他把球杆包从肩膀上滑下,然后像把旅行包丢进行李车一样整个丢到了警察奔跑的双腿下。这个人本来就没有任何动力,双手和膝盖着地,向前摔倒。头盔盖住了他的眼睛,他似乎想了一想,然后把头盔摘下来,小心翼翼地翻了个身,坐在草地上。他的脸上完全没有表情,长长的唇髭沾满了灰尘,显得很精明。他用带白色波点的洋红色手帕抹了抹眉毛。

提金斯向他走过去。

"我太笨了！"他说，"希望你没有受伤。"他从胸前口袋里拉出一个弧形的银酒壶。警察什么都没说，他的世界也充满了未知，他还为可以坐下来又不用自毁声誉而感到极大的高兴。他喃喃道：

"吓到了，一点点！谁都会的！"

这就算没他的事了，他低头仔细研究起酒壶的卡口瓶盖来。提金斯为他把瓶盖打开。两个女孩疲倦地小跑着，正在靠近小沟边。那个浅肤色的女孩一边跑着，一边试着调整同伴的帽子，原本用别针夹在头发后面的帽子垂挂在她肩膀上。

剩下的那群人非常慢地向前走着，形成一个慢慢靠拢的半圆。两个小球童奔跑着。但提金斯见他们查看过四周之后犹豫一下，停了下来。飘进提金斯耳朵里的是这些话：

"停下，你们这些小魔鬼，她会把你们的脑袋敲下来的。"

尊贵的沃特豪斯部长一定是在哪儿找到了个令人敬佩的发音训练师。那个灰黑色穿着的女孩在横跨小沟的木板上哆嗦着努力保持平衡，另外一个一跃就跳了过去：腾在空中——双脚落地，非常干练。然后，当另外那个女孩一从木板上下来，她就双膝跪在木板前，把木板向自己的方向拖，另外那个女孩在广阔的高沼地上跑远了。

那个女孩把木板丢在草地上，然后抬头看着那些在路边站成一排的男人和孩子。她用一种尖厉的声音，像一只小公鸡那样，叫起来：

"十七个人对两个！男人一贯都这样以多欺少！你们**必须得**从堪伯铁路桥那里绕一圈，到那个时候我们已经到福克斯通了。我们可是有自行车的！"她正准备走的时候，检寻了一下，找出提金斯，对他喊道:"抱歉我这么说。因为你们中的有些人并不想抓我们。但是**有些人想**。而且你们**的确是**十七个人对两个。"她又对着沃特豪斯先生嚷:

"你为什么**不让**女人投票?"她说,"如果你不让的话,你会发现这会大幅影响对你来说不可或缺的高尔夫运动的。这样的话我们国家的健康怎么办?"

沃特豪斯先生说:"如果你过来安静地讨论……"

她说:"哦,你骗谁呢!"转身走了。站成一排的男人们看着她的背影在平原的远处消失了。没有一个人想冒险跳过去:小沟里有九英尺深的淤泥。她说得很对,移开了那块木板以后,如果还想追那两个女孩,他们得绕几英里的远路。这次突袭是经过深思熟虑的。沃特豪斯先生说那个女孩很了不起,其他人认为她就是很普通。桑德巴奇先生,刚刚停下他"嘿!"的嚷嚷声,想知道他们准备怎么抓住那两个女人,但沃特豪斯先生说:"哦,别想了,桑迪。"然后走开了。

桑德巴奇先生拒绝继续和提金斯的比赛。他说提金斯是那种会毁灭英格兰的家伙。他说他正儿八经地考虑要下一纸授权令来逮捕提金斯——因为他妨碍了司法。提金斯指出桑德巴奇并不是地方执法官,所以他不能这么做。桑德巴奇走开了,一瘸一拐地,然后和那两个走得有点远了的城里人气愤地吵了起来。他说他们是那种要毁灭英格兰的家伙。他们像羊一样咩咩直叫……

提金斯在球道上慢慢地逛着,找到他的球,小心地打了出去,然后发现球的右偏程度比想的要少了几英尺。他又试了一次,获得了相同的结果。他把观察结果列在了笔记本上。他闲逛回俱乐部小屋去。他感到很满足。

他四个月来第一次感到很满足。他的脉搏沉稳地跳动,太阳的热度将他全身包裹,这似乎对他非常有益。在那个更老更大的沙丘的侧面,他观察到了一小片草本植物,和一些小小的带香氛的紫色植物混种在一起。那些一直在细细咀嚼的羊像要保护这些植物一样小口吃着。他闲逛着,很满足,绕过沙丘,走到小小的、满是泥沙的港口。思考了一会儿水边满是淤泥的斜坡上波浪的弧线,他和一个芬兰人进行了一段很长的谈话,主要是用手势。这个芬兰人吊在一艘船边。浇过焦油沥青、以树桩做成桅杆、有些受损的小船上有一个张开的、裂成碎片的洞口,本来锚应该放在这里。船是从阿尔汉格尔[①]来,可以载重几百吨,用大概九十英镑的软木想方设法拼凑成的,然后就投入到木材贸易,生死由天。在她旁边的是一艘新渔船,结结实实,黄铜部件闪着光,刚刚在这儿替洛斯托夫特[②]的捕鱼船队造好的。根据从正在给船上最后一道漆的人那里听说的价钱,提金斯判断,这艘船的价钱可以造三艘阿尔汉格尔的木材船,但阿尔汉格尔的船每小时每吨挣的是这艘的两倍。

他的脑子在他身体健康的时候是这么运作的:它到处拾得一些分门别类、精确的信息,当得到足够多信息后,它就将信息分类。并不是为了什么特别的目的,只是因为获得知识很愉快,那种感觉

---

① 俄罗斯港口城市。
② 英国东南部港口城市。

像是拥有了某种力量,好像保留了一些他人意想不到的东西……他度过了一个漫长、安静、心不在焉的午后。

在起居室里,他在一堆储物柜、旧外套和架在精制的木架上的石质洗手池中间找到了将军。将军背倚着这一排东西。

"你别太他妈过分了!"他叫道。

提金斯说:"麦克马斯特在哪里?"

将军说他把麦克马斯特和桑德巴奇送上了马车。麦克马斯特去蒙特比之前得打扮一下。他又重复了一句:"太他妈过分了!"

"因为我绊倒了那个警察?"提金斯问,"他喜欢这样。"

将军说:"绊倒警察……我没看见那个。"

"他也不想追那些女孩,"提金斯说,"你可以看出来——哦,他巴不得不去呢。"

"我一点都不想知道这事,"将军说,"保罗·桑德巴奇会给我灌一耳朵的。给那个警察一英镑,别再说这事了。我是地方执法官。"

"那我干了什么?"提金斯说,"我帮助那些女孩逃跑了。你不想抓他们,沃特豪斯不想,警察也不想。除了那头死猪,谁也不想。那有什么问题呢?

"滚你的!"将军说,"你不记得你是个年轻的已婚男人了吗?"

出于对将军非同凡响的年龄和成就的尊重,提金斯停下了笑声。

"如果你真的是认真的,先生,"他说,"我一直记得很清楚。我不认为你在暗示我的行为缺少对西尔维娅的尊重。"

将军摇了摇头。

"我不知道,"他说,"而且我他妈的很担心。我很……去他的,我是你父亲最老的朋友。"在透过积沙的磨砂玻璃窗洒下的光线下，将军看起来真的很劳累、很伤感。他说："那个小姑娘……是你的朋友吗？你跟她说好了的？"

提金斯说："会不会好一点，先生，如果你把心里想的说出来？……"

老将军脸稍微有些红了。

"我不想，"他直截了当地说，"你们这些绝顶聪明的家伙……我只想，我亲爱的孩子，暗示一下……"

提金斯稍微有点生硬地说："我宁可你直接说，先生……我知道你是我父亲最老的朋友。"

"那么，"将军脱口而出，"那个在帕尔马尔和你一起闲逛的小姑娘是谁？在军旗敬礼分列式的最后一天那个？……我自己没有看到她。是同一个人吗？保罗说她看起来像个厨娘。"

提金斯尽量挺直身板，显得更生硬了。

"事实上，她是一个作家的秘书。"提金斯说，"我觉得我有权利选择怎么走路，跟谁走路。而且没人有权利质问这个……我并不是说你，先生，但其他人没有权利。"

将军困惑地说："是你这个**聪明绝顶**的家伙……他们都说你很聪明……"

提金斯说："你可能根深蒂固地不信任才智……这是自然的，但你也可以对我公正一点。我向你保证，没有发生任何损害名誉的事情。"

将军打断说："如果你是个蠢笨的下级军官，告诉我你带着你妈的新厨子进城看看皮卡迪利地铁,我倒是会相信你……可即便是那样,也没有年轻的下级军官会做这样讨厌、该死、蠢到家了的事!保罗说你在她旁边走路的样子像光荣的国王!从干草市场①的人群里穿过,这世界上这么多地方,你去哪里不行,非要去那里!"

"我很感激桑德巴奇的称赞……"提金斯说。他又想了想,然后他说:

"我本来想带那个年轻姑娘……我本来打算从她干草市场下面的办公室带她出去吃午饭的……让她别再缠着我朋友了。这是,当然,这事你我知道就行了。"

说这话他很不情愿,因为他不想让人对麦克马斯特的品位有所猜疑,因为那个年轻女人怎么都不适合被人看见和一个非常小心谨慎的政府职员走在一起。但他一句影射麦克马斯特的话都没有说,而且他有别的朋友。

将军呛住了。

"天哪,"他说,"你把我当什么了?"他又重复了一遍,好像被震惊了。"如果,"他说,"我的参谋副官——我知道的最傻的白痴——给我说这么一个蠢到家了的谎,我明天就降他的职。"他继续忠告说:"浑蛋,士兵的首要职责是——这是所有英国人的首要职责——在被指控的时候圆一个好谎。但是这么一个谎……"

他上气不接下气,停了停,又继续说:

"该死,我跟我祖母说过这样的谎,我的祖父也跟**他**祖父说过这

---

① 两个世纪以来,伦敦的干草市场一直是时髦人士常常出入的场所。

样的谎。他们还说你聪明绝顶！……"他停了一停，又责备道："还是你觉得我已经老得差不多了？"

提金斯说："我知道，先生，你是英国陆军最聪明的少将。我把根据我刚才所说的话作出结论的权利交给你……"他已把最准确的事实都说了出来，不被信任他也不感到难过。

将军说："那我就当你跟我说了个谎，而且意思是让我知道这是个谎。这还算合适。我理解为你不想真正把这个女人卷进来。但你看，克里斯，"他的声音低沉而严肃，"如果那个女人搅进你和西尔维娅之间的话——这会毁了你的家庭。该死，这就是会有的下场！——那个小小的温诺普小姐……"

"她的名字是茉莉亚·门德尔斯坦。"提金斯说。

将军说："是啊！是啊！当然！……但如果是这个温诺普小姑娘，如果事情还没到不可挽回的地步……放她回去……放她回去，你以前可是个好孩子！这对母亲来说太难受了……"

提金斯说："将军！我跟你保证……"

将军说："我没有问你任何问题，孩子，我是在说话。你告诉了我你想说的那个故事，我会替你把这个故事告诉别人的！但那个小姑娘……她曾经是！……那么规规矩矩的。我敢说，你了解得比我多。当然，跟那些疯女人在一起的时候，你也不可能知道她们身上发生了什么。人们说她们都是妓女……请你原谅，如果你喜欢那个女孩……"

"温诺普小姐，"提金斯说，"是那个抗议的女孩吗？"

"桑德巴奇说的，"将军继续说，"从他站的地方，他没法看出这个女孩和干草市场的是不是同一个人。但他认为是的……他很确定。"

"因为他跟你的姐姐结婚了,"提金斯说,"谁都不能质疑他在女人方面的品位。"

"我再说一次,我没有在问问题。"将军说,"但是我要再说一次:放她回去。她父亲是你父亲的好朋友,或者你父亲非常敬仰他。他们说他是整个党最聪明的人。"

"我当然知道温诺普教授是谁,"提金斯说,"关于他,你已经不能告诉我什么我还不知道的了。"

"我不敢说。"将军干巴巴地说,"那你应该知道,他死的时候一毛钱都没有留下,那混账自由派政府又不愿意把他妻子和孩子放在政府年金名单上,因为他曾经给托利派报纸写过几次稿。你知道那个母亲现在肩上的担子很重,刚刚才缓过一口气来。如果她这算是缓过来了的话。我知道科罗汀把从保罗园丁那儿讨的桃子都送给了她们。"

提金斯刚准备说温诺普夫人,那个母亲,写出了十八世纪以来唯一值得读的小说……但将军继续说:

"听着,孩子……如果你没了女人就活不了的话……我本来以为有西尔维娅就够好了。但我知道男人是什么样的……我没指望你做个圣人。我在帝国剧院的走廊①上听一个女人说,是她们这样的人拯救了这个国家那些高尚女人的性命和脸面。我敢说她是对的。但去找个可以安排在烟草店里的女孩,在后面的起居室里对她求爱,

---

① 伦敦帝国剧院二楼的走廊是著名的高级妓女出没的地方。

而不是干草市场……老天知道,你负担不起的。这是你的私事。你看起来已经不管不顾了。根据西尔维娅对科罗汀透露的……"

"我不相信,"提金斯说,"西尔维娅会对科罗汀夫人说什么……她太正直了。"

"我没说她'说'了,"将军嚷嚷道,"我特意说是'透露',而且我可能都不该说这么多,但是你知道女人在搜寻蛛丝马迹方面多厉害。科罗汀比我认识的所有女人都行。"

"而且,当然,她还有桑德巴奇帮忙。"提金斯说。

"哦,那家伙比所有女人还要厉害得多。"将军嚷嚷道。

"那这整件事情要算到谁头上?"提金斯问。

"哦,算了吧。"将军说,"我没那么爱探听是非。我只是想跟科罗汀说一个比较可信的故事,或者都不用可信,一个明显的谎言也行,只要显示你不是在公然挑衅社会底线就行了——比如在干草市场和那个小温诺普散步,而你妻子因为她离你而去,这就是公然的挑衅。"

"这些加起来是什么意思?"提金斯耐着性子说,"西尔维娅'透露'是什么意思?"

"只是说,"将军回答道,"你——还有你的观点——不道德。当然,他们经常让我觉得很困惑。再说,当然,如果你的观点跟其他人的不一样,又非要告诉别人,其他人自然会怀疑你不道德。这就是为什么保罗·桑德巴奇跑来怀疑你了!……而且你又很浪费……哦,该死……永远都是双座马车、计程车、电报……你知道,我的孩子,现在不同于你父亲和我刚结婚那会儿了。我们曾经说,作为一个小儿子,一年五百就够你花了……现在,还有这个女孩……"

他的声音带上了一丝焦虑的害羞和痛苦……"这可能还没在你身上发生过……但是,当然,西尔维娅也有自己的收入……而且,你没发现吗……如果你跑得比警官还快,又……简单说,如果你把西尔维娅的钱花在别的女孩身上,这就是人们受不了的地方。"他又很快地加了一句,"我一定会说赛特斯维特夫人,无论顺境还是逆境,都会站在你这边的。无论顺境还是逆境!科罗汀给她写信了。可你知道,女人有个帅气、总是对她们很礼貌的女婿的时候是个什么样子。但我得告诉你,要不是你的岳母,几个月前科罗汀就把你从她的访客簿里划掉了。在其他人的访客簿里,你也可能被划掉……"

提金斯说:"谢谢。我觉得我们说到这里差不多了。给我几分钟想想你刚才所说的……"

"我去洗洗手,换下外套。"将军一副得到解脱的样子说道。

在两分钟结束的时候,提金斯说:"不,我不觉得我还有什么需要说了。"

将军热情地叫起来:"这才是我的好小子!开诚布公的承认仅次于改正……还有……试着对你的上级再礼貌一点……该死,他们都说你绝顶聪明。不过,感谢上帝,你不在我的手下……虽然我相信你是个好小子。但你是那种会让整个师都骚动起来的家伙。一个典型的……名字叫什么?一个典型的德雷福斯[①]!"

---

① 阿尔弗雷德·德雷福斯是德雷福斯事件的主人公。这是十九世纪末发生在法国的一起政治事件,一名法国犹太裔军官被误判为叛国,法国社会因此出现严重的冲突和争议。此后经过重审以及政治环境的变化,此事件终于在一九〇六年七月十二日获得平反,德雷福斯也成为国家的英雄。

"你认为德雷福斯有罪吗?"提金斯问。

"见鬼,"将军说,"他比有罪还糟糕——是那种你没办法相信,又没办法证明相反情况的人。世界的诅咒……"

提金斯说:"啊。"

"嗯,"将军说,"他们是使社会**动荡**的一群家伙。你不知道情况。你没办法判断。他们让你感到不舒服……也是一个聪明绝顶的家伙!我相信,他现在已经是个陆军准将了……"他把手臂环绕在提金斯的肩膀上。

"得啦,得啦,我亲爱的孩子,"他说,"过来喝一杯黑刺李杜松子酒。这是对一切烦人问题的最真实的答案。"

过了好一会儿,提金斯才有机会想想他自己的问题。带他们回去的车在绕过沼泽的路上慢悠悠地跑得很威风,就在这座老城一处风景好得诡异的金字塔形建筑后面。提金斯只好听着将军说,如果他等到星期一再来高尔夫俱乐部就更好了。他可以带麦克马斯特去打几场好比赛。麦克马斯特现在是一个很好、可靠的家伙。很可惜,提金斯没有他那么可靠!

那两个城里人在高尔夫球道上靠近将军,破口大骂提金斯,他们抗议被当面叫成该死的蠢猪。他们准备去找警察。将军说他自己已经跟他们说了,慢慢地、清楚地,说他们的确**是**该死的蠢猪,而且他们星期一以后再也不会拿到这家俱乐部的入场券。但到了星期一,很明显,他们还是有权利进来了,俱乐部也不想把事情搞大。

同样，桑德巴奇对提金斯也是怒气冲天。

提金斯说，错的是这个允许像桑德巴奇这种社交上令人讨厌的家伙进入绅士俱乐部的时代。一个人的举止本来无可挑剔，结果一个那样肮脏的小乞丐跑来踉跄地捕风捉影，然后又咩咩叫着四处宣扬。他加了一句说，他知道桑德巴奇是将军的姐夫，但他忍不住。这是事实……将军说："我知道，我的孩子，我知道……"但是人得适应他看到的社会。科罗汀得有人照顾，桑德巴奇是个好丈夫，关心人，清醒，而且政治上右倾。他稍微有点放荡，但你不能指望他十全十美吧！科罗汀也尽量用她那边的影响——那可不是一点点，女人们都太厉害了！——给他找了个土耳其的外交工作，让他不要整天跟克伦多尔夫人搞在一起！克伦多尔夫人是小镇反对妇女参政权的领头人物。这让桑德巴奇对提金斯的态度尤其差。他这样跟提金斯解释，提金斯可能会理解一些。

提金斯直到那时都很骄傲自己可以迅速研究一个问题，然后将其抛到脑后。他几乎没听将军讲话。针对他的指责非常荒谬，但他通常都可以将之忽略，而且他想象，如果他对此不加置评，他也就不会再听见别人说他什么。如果在俱乐部和其他场合，人们谈论关于他的令人不愉快的谣言，他宁可自己被人说成是放荡子，也不愿意妻子被说成是荡妇。这是正常的、男性的虚荣，一位英国绅士的偏好！如果西尔维娅的行为无可指摘，他自己也是如此，就像当时一样——在所有这些事情里，他都知道自己做得无可指摘！——他一定会为自己辩护，至少，在将军面前会是如此。但他特意没有更有力地为自己辩护。因为他想象中，如果他真的努力的话，他可以让将军相信他的。因为他真的行为端正！这不仅仅是虚荣的问题。他的孩子还在姐姐艾菲那里。对孩子来说，有个放荡的父亲比有个荡妇母亲要来得好！

将军正在喋喋不休地谈说一座低矮城堡有多坚固，城堡就像一堆国际象棋棋子一样，在左手边的远处、阳光下、平地上。他在说我们现在再也造不出那样的城堡了。提金斯说：

"你大错特错了，将军。亨利三世在一五四三年沿这条海岸建的所有城堡都只是偷工减料的典范。[①]这句话的意思是，他白白把钱砸在了它们上面……"

将军笑了起来，"你真是个屡教不改的家伙……如果有任何为人所知的、确定的事实……"

"但是过去**看看**那些破玩意，"提金斯说，"你会看到它们立面上使用的是潮水冲来的米黄色石灰岩，里面就只是碎石，各种垃圾。看这里！这是个已知的、确定的事实，不是吗，就像你的十八磅大炮[②]比法国七十五毫米口径野战炮要好一样。他们在议会里，在竞选集会上，在报纸上都这么说，公众也相信……但是你会让你那小破锡罐子——怎么说来着？一分钟发射四发？——尾巴上还有那些小弯钩缓冲后坐力——跟人家带压缩汽缸的七十五毫米口径野战炮比……"

将军僵直着靠在他的坐垫上。

---

① In 1543 jactat castra Delis, Sandgatto, Reia, Hastingas Henricus Rex，拉丁文。
② 英帝国在第一次世界大战期间使用的标准大炮，口径八十四毫米。十八磅指的是炮弹的重量。

"这不一样,"他说,"你这浑蛋是怎么知道这些事情的?"

"这没什么不一样,"提金斯说,"就是那帮觉得亨利八世建的房子是好房子的糨糊脑袋,让我们推着旧得简直没救了的野战炮和差到不行的弹药上战场。任何说我们能扛住法国人的战火一分钟的参谋你都该炒他鱿鱼。"

"嗯,不管怎样,"将军说,"我感谢上帝,你不在我手下,因为不用一个星期,你就能把我的后腿说没。你说的完全正确,民众……"

但提金斯没有在听。他在想一个桑德巴奇那样出身不好的家伙,背叛人与人之间应有的团结是很自然的。对一个科罗汀夫人那样没有孩子,但有一个臭名昭著的、极端不忠诚的丈夫的女人来说,相信其他女人的丈夫对她们不忠也是理所当然的!

将军说:"法国野战炮的事你是从谁那里听来的?"

提金斯说:"从你那里,三个星期以前!"

还有其他那些丈夫偷腥的交际花……她们一定要尽其所能贬低和驱逐一个男人。她们会把他从访客簿里划掉!让她们去吧,配给不忠的太监的不孕妓女们!……突然想到自己都不确定自己是不是孩子的父亲,他哀叹了起来。

"嗯,我刚又说错了什么?"将军问道,"当然,你不会坚持说野鸡真的吃甜菜吧……"

提金斯用以下的话证明了他的清醒:

"不是,我一想起大法官就忍不住哀叹。这个理由你觉得够充分了,对吧?"但是他心里还是一阵难受。他没能把自己刚才那令人不愉快的想法隔离开来,再加上一挂锁。不如说,他是在用这句话给自己找借口。

在另一个旅馆的飘窗里他瞥到了沃特豪斯先生，他正在看着高沼那边的景色。这个伟大的人向他致意，然后他走了进去。沃特豪斯急切希望提金斯——他认为提金斯是个讲道理的人——会想办法阻止任何抓捕那两个女孩的行动。他自己在这件事上不能做什么，但只要那些疯婆子不会因为那天下午的突袭被通缉，送出去一张五英镑纸币，提升个把警察之类还是可以的。

这事并不困难。但这位显赫人士待在俱乐部的客厅的时候，在俱乐部的酒吧里，市长、书记官、当地警长、医生和律师都在一起喝酒。当一切都安排好了之后，这位显赫人士本人走进了酒吧，点杯喝的，用他和蔼可亲的态度好好让大家高兴一下……

提金斯他自己，跟大臣吃饭，因为他想和他讨论一下《劳工资助法案》，并不觉得他是个让人讨厌的家伙，并不很蠢，只有在展示幽默感的时候才有点促狭，明显有些疲惫，但几杯威士忌下肚就活跃了起来，绝对还没有富贵人物的做派。他像个十四岁男孩一样爱吃苹果派和奶油。而且，即使对于他当时震撼了整个国家政治根基的著名法案，一旦你接受了这个法案从根本上不适合英国工薪阶层的性情和需求的看法，你就会发现沃特豪斯先生并不愿意不诚实。他带着感激接受了提金斯在精算计划方面的几项修改意见……喝着波特酒，他们在两项基本立法原则上达成了共识：每位工人每年至少要有四百英镑的收入，每一个不愿意出这么多钱的混账制造商都该被吊死。看来，这是提金斯心目中最高的托利派理想，就像左派心目中极左派的极端激进主义一样……

提金斯并不恨任何人,在这个头脑简单、讨人喜欢的、中学生一样的家伙面前,不禁想,为什么这些个体存在几乎都是很讨人喜欢的人类,一旦聚在一起就变得如此丑陋。你如果挑出一打人来,单看他们个人的话,无论如何都不算讨厌或者无聊,因为每个人都可以传授你一些他们专业上的细节知识;一旦你把他们组成一个俱乐部或者一个政府,马上就有了压迫、失误、谣言、诽谤、谎言、腐败、邪恶,人类社会就变成了恶狼、老虎、臭鼬和满身虱子的类人猿的集合。他记得某个俄国人说过:"猫和猴子,猴子和猫,这就是全人类。[①]"

剩下的整晚,提金斯和沃特豪斯先生都在一起。

当提金斯和警察说话的时候,大臣坐在小屋门口的台阶上,抽着便宜的卷烟。当提金斯上床睡觉的时候,沃特豪斯先生坚持让他向温诺普小姐致以亲切的问候,叫她挑一个下午,到下议院他的私人办公室讨论女性普选权。沃特豪斯断然拒绝相信提金斯并没有和温诺普小姐策划这次突袭。他认为这次计划太精妙了,不是一个女人能策划出来的,他也说提金斯是个幸运的家伙,因为她是个棒极了的姑娘。

回到他橡板下的房间里,提金斯还是陷入了真正的焦虑。很长一段时间,他不断地在房间踱来踱去,因为无法摆脱自己的思绪,他丢开单人牌戏,专心致志地、严肃地考虑他和西尔维娅的生活状

[①] 福特此处的出处有误,这句话出自美国作家亨利·詹姆斯在一八七三年所著的《未来的圣母》。

况。如果可以，他希望阻止这些丑闻。他希望他们的支出不要超过他的收入，他希望避免他的孩子受到母亲影响。这些都是明确但艰难的事情……他的半个脑袋已经陷在重新安排计划事宜里了，桌上的牌面大好，他把王后和国王放在一起，这样，这些牌就再也不会循环出现了。

这种状况下，麦克马斯特突然的闯入在生理上给了他一记狠狠的冲击。他差点呕吐。他的大脑缠在了一起，整个房间都好像坍塌了一样。他在麦克马斯特瞪大的双眼前喝了一大口威士忌，但就算这样他也没法开口说话，他倒在床上，隐隐约约注意到他朋友试图松开他的衣服。他知道，他的意识已经被思考的重压带得太远，以至于他已经被无意识控制了，在当时，他的身体和头脑都已经不听使唤了。

第五章

"这显得有点不公平,瓦伦汀。"杜舍门夫人说。她正在整理一些浮在玻璃碗水面的小花。水中的花在早餐桌投出一片五彩的光影,散布在银质保温盘、装着堆成小山的桃子的银分层饰盘和盛满玫瑰的银玫瑰碗中间。玫瑰低垂到大马士革花纹桌布上。一大堆银器从桌子的上座开始罗织,几乎堆成一道防线:两个巨大的银瓮,架在三脚架上的大银水壶,几个银花瓶,插着一支支高耸的飞燕草,像扇子一样展开。这个十八世纪风格的房间很高很长,四周墙上嵌着深色的镶板。每面墙的正中都挂着一幅画,朝着光,画上带有一种柔和的橙色调,表现的是晨雾和日出时雾中船上的绳索。在每个金色大画框的下方是一个刻着"J. M. W. 透纳①"的铭牌。椅子顺着长桌排成一排，预备给八人就座。红木椅背上是齐本德尔式的蛛网般精致的雕花。挂在黄铜横杆上的绿色丝帘后面的是一个金色红木餐具柜，上面陈列着巨大的、切成小块的火腿，在一个分层饰盘上有更多的桃子、一个表面散发着光泽的肉派，另一个分层饰盘上面盛着一些大而白的葡萄柚、一盘冻肉卷，就是一个包好肉的方块，外面包裹着厚厚的肉冻。

"哦，这年头，女人可得互相帮忙，"瓦伦汀·温诺普说，"我每周六和你吃早饭都不知道吃了多久了，我可不能让你一个人张罗这一切。"

"我真的对你的精神支持无比感激。"杜舍门夫人说，"也许，今天早上我不应该这么冒险。但我告诉帕里十点十五分之前都要把他关在外面。"

"这，不论怎么说，这对你来说都无比勇敢，"女孩说，"我觉得这值得一试。"

杜舍门夫人绕着桌子走动，稍微改变了一下飞燕草摆放的位置。

"我觉得它们是不错的屏风。"杜舍门夫人说。

"哦，没人能看见他。"女孩令人宽慰地回答。她又带着突如其来的坚定说道："听说我，艾迪。别担心我在想什么。我在伊令当了九个月煨灶猫②，和三个男人、一个病恹恹的妻子、一个醉醺醺的

---

① 十九世纪英国著名浪漫主义风景画家，他的作品对印象派有深远的影响。
② 原文是"ash-cat"，这里指女仆。

厨娘住在一起。如果你觉得在你餐桌上听到的什么东西还能带坏我，你就错了。你可以让你的良心休息休息，咱们别提这事了。"

杜舍门夫人说："哦，瓦伦汀！你母亲怎么能让你这么做？"

"她不知道，"女孩说，"她伤心得已经不知所以了。九个月里，她大部分时间都双手叠放在身前，坐在一个包食宿的旅馆里，每周房租二十五个先令。我一星期挣的五个先令就得用来补她的亏空。"她补充道，"吉尔伯特当然也得继续上学，假期也是。"

"我不懂！"杜舍门夫人说，"我一点也不懂。"

"你当然不懂，"女孩回答，"你就像那些好人一样，那些在遗产拍卖的时候凑钱买了我父亲的藏书，再送给我母亲的人。我们每星期光存放这些东西就要花五先令，在伊令的时候，他们总在抱怨我的印花裙子有多糟……"

她停了一下又说："如果你不介意，咱们别说这个了。你让我来你家，所以我觉得，你应该有权利跟我要推荐信，就像女主人说的那样。但你一直对我很好，从来没有问这件事。可我们还是说到了这事。你知道吗，我昨天在高尔夫球场上告诉一个男人我做了九个月的女仆。我试图解释为什么我是妇女参议政论者，因为我在求他帮忙，我觉得我也应该给他一点参考。"

杜舍门夫人冲动地靠近女孩，叫起来，"亲爱的！"

温诺普小姐说："等一等。我还没说完。我想说的是：我从来不对人提起我的职业，因为我觉得很可耻。我觉得可耻，因为我觉得我做了错事，而不是其他的原因。我一时冲动，做了这个工作，又因为固执卡在上面了。我的意思是，我本该更明智地在仁慈的人面前举着帽子,讨点钱,为了支持我母亲,也为了完成我的学业。但如果我们继承了温诺普家的霉运,我们也继承了温诺普家的自尊。**我没法**那样做。再说,我只有十七岁,而且我也透露出,在拍卖遗产之后我们会到乡下去。我一点教育都没受过,你知道的,或者说只受过一半。因为父亲,作为一个聪明绝顶的人,有他自己的想法。其中一个想法就是,我应该做个运动员,而不是剑桥大学的古典文学教授。我可能真的会变成一个运动员,我相信。我不知道为什么他这么想……但我希望你理解两件事情。一件我已经说了,在这间房子里听到的事情不会让我震惊或者把我带坏,即便用拉丁语说的也无关紧要,我的拉丁语像英语一样好。我们刚开口说话,父亲就常常跟我和吉尔伯特讲拉丁语了……还有,哦,是的,我是一个妇女参议政论者,因为我曾经是一个女仆。但我希望你理解,虽然我曾经是女仆,现在又是一个妇女参议政论者——你是个传统的女人,这两件事常常引来不少非议——我希望你理解,就算这样,我还是很纯洁的!贞洁,你知道……品德上无可挑剔。"

杜舍门夫人说:"哦,瓦伦汀!你那个时候戴女仆帽子穿围裙吗?你!戴女仆帽子,穿着围裙。"

温诺普小姐回答说:"是的!我那个时候戴帽子穿围裙,还吸着鼻子对我的女主人说'夫人!'。我还睡在楼梯下面,因为我不愿意跟那个怪物一样的厨娘睡在一起。"

杜舍门夫人向前跑了一步,双手抓住温诺普小姐,分别吻了她的左右脸颊。

"哦,瓦伦汀,"她说,"你是个女英雄。你只有二十二岁!……

那是车来了吗?"

但车没有来。

温诺普小姐说:"哦,不!我不是英雄。我昨天试着跟大臣说话,但我说不出。是格尔蒂去找他了。我呢,我就交换着两脚跳来跳去,结结巴巴地说:'女……女……女人也要投……投……投……票权!'如果我稍微勇敢一点就不会胆小得都不敢跟陌生男人说话……因为说到底就是这样的。"

"但说真的,"杜舍门夫人说,她依然握着女孩的双手,"这让你变得勇敢多了……做自己不敢做的事情的人才是真英雄,不是吗?"

"哦,我们十岁的时候还跟父亲吵这老话题。这个事情说不定。得看你怎么定义'勇敢'这个词。我其实很没用……我可以对一整群人慷慨激昂地演讲,如果他们都聚到一起的话。但跟一个男人冷静地说话,我就不行……当然,我**确实**跟一个打高尔夫球的金鱼眼胖傻瓜说话了,叫他救格尔蒂,但这个不一样。"

杜舍门夫人把女孩的两手举起来,又放在她的双手里。

"像你知道的那样,瓦伦汀,"她说,"我是一个老派的女人。我相信女人真正的归属还是在她丈夫身边。同时……"

温诺普小姐走开了。

"现在不要,艾迪,不要!"她说,"如果你相信这个,你就是个反对派!不能两边便宜全都占。这是你的问题,真的……我告诉你,我**不是**女英雄。我**畏惧**监狱,我**讨厌**争吵。感谢老天,我必须停下,帮母亲做家事、打字、抄写,这样我就不能真正做事情……

看看那个可怜兮兮、眼神涣散、直喘粗气的小格尔蒂,躲在我们楼上的阁楼里。她昨晚一直哭——她只是神经紧张。但她已经进了五次监狱了,还被洗过胃之类。她毫无畏惧!……可我一个像石头一样强硬的女孩,对监狱,碰都不会碰……为什么,我已经吓得快要跳起来了。这就是为什么我像个没规矩的女学生一样讲话语无伦次。每一次声响,我都害怕,可能是警察来抓我。"

杜舍门夫人抚摸着女孩浅色的头发,把一绺散发别在她的耳后。

"我希望你让我教教你怎么弄头发,"她说,"那个命中注定的男人任何时候都可能出现。"

"哦,命中注定的男人!"温诺普小姐说,"谢谢你策略性地改变话题。对我来说,当我命中注定的男人出现的时候,他将会是个已婚男人。这就是温诺普家的运气!"

杜舍门夫人带着深切的担忧,说道:"别这么说……为什么你觉得自己不如其他人运气好?明显你母亲过得还不错。她有点地位,她也能挣钱……"

"啊,但是我母亲不姓温诺普,"女孩说,"只是嫁过来了。真正的温诺普人……他们被处刑、被抓、被错判、死于车祸、和投机分子结婚,或者像父亲那样死的时候分文不剩。自从历史开篇以来就是这样。而且,母亲有她的幸运星……"

"哦,那是什么?"杜舍门夫人问,几乎像突然有了活力,"一个纪念品……"

"你不知道母亲的幸运星吗?"女孩问,"她几乎告诉了所有人……你不知道那个带着香槟的男人的故事吗?母亲正在她的卧室兼起居室里想着自杀的事,突然有个名字听起来像茶盘[1]的男人走了进来。母亲总管他叫幸运星,还叫我们在祷告里这样记住他……他很多年前和爸爸在同一所德国大学,非常喜欢我爸爸,但他们没有保持联系。父亲刚去世那段时间,他有九个月不在英国。然后他说:'温诺普夫人,发生了什么?'她就告诉了他。然后他说:'你现在想要的是香槟!'他叫女仆带了一个金币出去买一瓶凯歌香槟,然后他在壁炉台上把瓶嘴敲断了,因为他们拿开瓶器拿得太慢。之后,他站在那里,看她用刷牙杯喝掉了半瓶。他还带她出去吃午饭……哦……哦……哦,这好冷!……又给她讲了许多道理……后来给她找了份给报纸写社论的工作,他在那个报社有股份……"

杜舍门夫人说:"你在发抖!"

"我知道。"女孩说。她很快地继续说道:"当然,母亲总是替爸爸写文章。他有点子,但是不能写,而她的文风非常华美……然后,从那之后,他——那个幸运星——茶盘——总在她陷入困境的时候出现。当报社对她发火,威胁要因为她的错误而开除她的时候!她不准确得很离谱。然后,他给她列了一张表格,列出每个社论作家都必须知道的东西,比如 A. 伊伯[2]指的是约克大主教[3],而政府是自由派的。有一天,他又突然出现了,说:'为什么不把你告诉我

---

[1] 茶盘(Tea-tray)和提金斯(Tietjens)发音相近。

[2] 伊伯(Ebor)是拉丁语 Eboracum 的缩写,也是英国约克郡的旧称。

[3] 约克大主教是英国国教英格兰圣公会的最高神职人员之一,地位仅次于坎特伯雷大主教。

的那个故事写成小说呢?'然后他借她钱买了我们现在住的小屋,这样她可以安安静静地住在里面写……哦,我没法继续说了!"

温诺普小姐哭了出来。

"想想当时那些可怕的日子,"她说,"还有那可怕的、**可怕的昨天**!"她双手的指关节都戳进了眼睛里,下决心避开杜舍门夫人的手绢和怀抱。她几乎轻蔑地说:

"我还真是个很好、很体贴的人。你头上顶着这么多磨难!你觉得,当我们举着旗帜喊着口号游行的时候,我不会欣赏你在家里体现的安静的英雄主义吗?但这是为了阻止像你这样的女性在身体上和心灵上遭受折磨,一周又一周,我们才……"

杜舍门夫人在窗边一个椅子上坐下。她的脸躲在手绢后面。

"像你这种处境的女人,为什么不找个情人呢……"女孩热情地说道,"或者说,像你这种处境的女人是会找情人的……"

杜舍门夫人抬起头,尽管满脸眼泪,她发白的脸庞带着一丝严肃的自尊。

"哦,**不**,瓦伦汀。"她用一种深沉的口气说道,"贞洁有一种特别的美,有一种特别的**刺激**。我心胸并不狭窄。挑剔!我**不定人的罪**[①]!但为了在语言、思想和行为上保持一生的忠诚不移……这并不是种卑微的成就……"

"你是说像一场汤匙盛蛋赛跑那样。"温诺普小姐说。

"不是的。"杜舍门夫人温柔地回答,"我不会这么形容。最好的

---

① 《圣经·约翰福音》里,耶稣对行淫时被拿的妇人说:"我也不定你的罪。"

象征难道不是阿塔兰塔吗,跑得很快,不要被金苹果带上弯路①?我觉得,在这个很老的美丽神话里,总像是有什么真相藏在背后……"

"我不知道。"温诺普小姐说,"我在罗斯金②的《野橄榄花冠》里读到过他是怎么说的。哦,不!是《空气女王》。这是他写的关于希腊人的破玩意,对吧?我总觉得那像一场盛蛋赛跑,年轻女人没有好好看着碗里的东西,但我猜说到底都是一件事。"

杜舍门夫人说:"**我的天!**这屋子里可不能说约翰·罗斯金一个字的坏话。"

温诺普小姐尖叫起来。

一个巨大的声音喊了起来,"这里走!这里走……女士们马上就来!"

说到杜舍门先生的助理牧师——他有三个助理牧师,因为他有三片高沼上的教区,几乎没有补贴,所以只有非常富有的神职人员才能承担得起——看起来他们都是非常高大的人,身材更像是职业拳击手,而不是牧师。所以每当黄昏的时候,杜舍门先生——他的体格也高大得不一般——同他的三个助手沿着马路走着的时候,任

---

① 希腊神话中拒绝结婚的处女猎神。阿塔兰塔说她只跟比她跑得快的追求者结婚,失败者将被处死。希波墨涅斯(也叫梅拉尼翁)向维纳斯寻求帮助,女神给了他三个金苹果。他在比赛的时候扔出,引诱阿塔兰塔,因而获胜。

② 约翰·罗斯金是透纳最早的赞助人和推广者之一,所以杜舍门夫人下文会说不能说罗斯金的坏话。

何作恶的坏蛋在雾中撞见他们，都会吓得心脏怦怦直跳。

霍斯利先生——首席助理牧师——嗓音还极其响亮。他喊四五个字，插一个"嘻嘻"，叫四五个字，再插一个"嘻嘻"。他的腕骨非常粗，从牧师袍袖口突出来。他长着一个巨大的喉结，一张大而瘦、骷髅一样毫无血色的脸，头发剪得很短，眼窝凹陷。一旦开口，就没人能让他停下，因为在他耳朵里，自己的声音就已经淹没了所有可能的插嘴形式。

这天早上，作为牧师府邸的一员，他将提金斯和麦克马斯特两位先生带进早餐室里。他们的马车驶到的时候，他正好在上台阶，他边领路，还边想说个故事。介绍，因此，并不，那么，成功……

"**打围城战，女士们**，嘻嘻！"他一会儿咆哮，一会儿咯咯笑，"我们现在生活在典型的围城战里……那什么……"看来，在前一晚，桑德巴奇先生和超过半打在蒙特比吃过饭的小伙子，都出门骑上摩托车，拿着一头装铅的手杖，在乡间小道上到处搜寻……找妇女参政权论者！在黑暗中碰上的每个女人都被他们拦下，用装铅手杖威胁，还要被盘问。整个乡下都群情激奋。

算上偶尔停下思考和重复的时间，这个故事用了很久才讲完。这给了提金斯和温诺普小姐一个互相盯着对方看的机会。温诺普小姐明显很害怕这个笨拙、长得很独特的大个子男人。既然，他又发现了她，还可能会把她交给警察。而在她想象中，警察正在寻找她和她朋友格尔蒂，或者叫威尔森小姐。她同时想象着，格尔蒂这时候在床上，在温诺普夫人的照料下。高尔夫球场上，在她看来，他很自然、很得体；而在这里，松垮垮的衣服和巨大的手，修剪到很短的头发的侧面那一片白发,还有看不出表情的脸,简直没有形状的五官,他很奇怪地让她觉得,他既属于这里,又像个局外人。他看起来和火腿、肉派、冻肉卷,甚至勉强和玫瑰都很相配。但那些透纳的画、带有艺术感的窗帘、杜舍门夫人摇摆的袍子、琥珀和头发里的玫瑰都与他极不相称。即使是齐本德尔式的椅子也几乎不配他。在犯罪的不安感和霍斯利教士的说话声中,她觉得自己的想法很奇怪。霍斯利教士正在说他的哈里斯粗花呢和她的裙子很相配,她很高兴她穿着一件干净的、奶油色丝衬衫,而不是一件棉质条纹粉色衬衫。

在这件事上,她是对的。

每一个男人都有两副头脑共同运作,互相制衡;因此情感抵抗理性,智力改正热情,第一印象比迅速的思考来得快一点,但只快一点。然而,第一印象总占点先入为主的偏见,即使安静的思考常常也得花大力气才能把它们抹去。

前一天晚上,提金斯稍微想了想这个年轻女人的事。坎皮恩将军把她作为"公开的情人[①]"指配给他。据说,他已经毁掉了自己,摧毁了家庭,把他妻子的钱花在她身上。这些都是谎言。另一方面,这些并非毫无可能。在合适的时间,如果有合适的女人,很可靠的男人也会做这样的事。天知道,他自己也可能被抓到干这样的事。但他为了一个几乎难以让人注意到的年轻女性毁掉自己,她还自称做过女仆,还穿着一件棉质粉红色衬衫……就算是无理无据的俱乐

---

① maîtresse en titre,法文。常指路易十四的情人蓬帕杜夫人。

部八卦，这也太离谱了！

这是极强的，第一印象！说这个女孩并非生来就是个小小的女仆，对他表面的想法来说倒很合适。她是温诺普教授的女儿，而且她会跳！因为提金斯认定区分阶层的关键就是上流阶层的人可以把脚从地上抬起来，而普通人不行……但这强烈的第一印象留了下来。温诺普小姐就是个小小的女仆，或者说是个做家务的，生来如此。她出身很好，因为温诺普这个姓氏最早于一四一七年的格洛斯特郡的伯德利普就有听闻——毫无疑问，在阿金库尔战役①之后，其家族历史就变丰富了。但即使家世良好、聪明绝顶的人偶尔也会生出天生就该做家务的女儿来。这是一种遗传变异……而且，即使提金斯已经意识到温诺普小姐一定是个女英雄，牺牲自己的青春支持了母亲的天赋，毫无疑问，还有弟弟的学业——他已经猜到这么多了——就算是提金斯也不能想象，除了做家务，她还能成为什么样的人。女英雄都很好，很值得尊敬，她们甚至可能成为圣人，但如果她们让自己脸上忧心忡忡、身上衣衫褴褛……嗯，那她们只好等着天堂里替她们存下的大堆金子了。在这个世界上，你很难接受她们做自己这类人的妻子。当然，你也不会把自己妻子的钱花在她们身上。说到底就是这样。

---

① 阿金库尔战役发生于一四一五年十月二十五日，是英法百年战争中著名的以少胜多的战役。在亨利五世的率领下，英军以由步兵、弓箭手为主力的军队于阿金库尔击溃了法国由大批贵族组成的精锐部队，为随后在一四一九年收复整个诺曼底奠定基础。

但是，突然看到她的时候他眼前一亮。她用丝绸换下了粉色棉布，闪亮的鬈发代替了白色帆布帽，年轻迷人的脖颈，脚踝下的鞋子也质量上乘，健康的红晕代替了昨天为伙伴担心、恐惧而浮现的苍白。她在一群颇为高雅的人中间明显合适，小个子，但体形匀称而健康，湛蓝的眼睛毫不困窘地盯着他自己的眼睛……

"老天，"他自语，"是真的！她会成为一个多么令人欢乐的小情人啊！"

他谴责坎皮恩、桑德巴奇，还有俱乐部里的谣言让他产生这样的想法。因为这世上严酷、讨厌又愚蠢的压力，总有它自己的选择机制。如果它以其令人不可忍受的小圈子八卦将一个男人和一个女人凑成一对，那说明这个组合总有些和谐之处。何况还有心理暗示的压力！

他看了看杜舍门夫人，认为她十分普通，可能还很无聊。他不喜欢她宽大的肩膀、好几码长的蓝色裙子，还认为女人不该戴云雾琥珀，因为云雾琥珀的恰切用法是给无赖做烟斗。他回头看看温诺普小姐，认为她可以给麦克马斯特做个好妻子。麦克马斯特喜欢一蹦一跳的女孩，这个女孩出身也很好。

他听见温诺普小姐在阵阵喧嚣中冲着杜舍门夫人喊道：

"我要坐在上座旁边给大家倒酒吗？"

杜舍门夫人回答道："不，我叫福克斯小姐给大家倒酒。她聋得快跟块石头一样了。"福克斯小姐是一个已故助理牧师的穷得叮当响的姐姐。"你负责招待提金斯先生。"

提金斯注意到杜舍门夫人有一副令人愉快的嗓音，它穿透了霍斯利先生发出的噪音,就像椋鸟的歌声穿透大风一样,颇令人愉快。他注意到温诺普小姐悄悄做了个鬼脸。

霍斯利先生像一个对着人群喊话的麦克风一样,从左边转到右边,旋转着对他的听众讲话。当时,他正在对着麦克马斯特咆哮,过一阵儿,就又要轮到提金斯听他形容诺比斯的老哈格伦夫人如何犯心脏病了。但并没有轮到提金斯……

一个脸色发红、圆脸、四十五岁左右的女士,长着亲切友善的眼睛,身着一袭得体的黑衣,像守寡有一段时间了的样子,突然冲进房间。她拍拍霍斯利先生滔滔不绝的右手臂,然后,因为他还在继续说,她抓住他的手晃了晃。她以一种响亮的、命令般的语调嚷嚷道:

"谁是麦克马斯特先生,那个批评家?"然后,在一片死寂中对提金斯说:"你是麦克马斯特先生吗,那个批评家?不……那你一定是了。"

她转向麦克马斯特,对提金斯的兴趣消失了。这是提金斯经历过的最粗鲁的事情了,但这件事做得实在太干脆、务实,他也不觉得受到了侮辱。女人对麦克马斯特说:

"哦,麦克马斯特先生,我的新书将在下下周四出版。"她把他带到房间另一头的窗边。

温诺普小姐说:"你让格尔蒂怎么办?"

"格尔蒂!"温诺普夫人以一种大梦初醒的惊讶叫了起来,"哦,对!她睡得死死的。她会睡到四点的。我告诉汉娜时不时去看看她。"

温诺普小姐两手一摊。

"哦，**妈妈**！"她把她母亲推开。

"哦，对。"温诺普夫人说，"我们已经同意告诉老汉娜今天不用来了。我们是这样说过了！"她对麦克马斯特说："老汉娜是我们的清洁女工。"犹豫了一下，又神采奕奕地说，"当然，对你来说，听听我的新书是有好处的。对你们记者来说，在之前稍微作一点说明……"她把麦克马斯特拽了过去，而他似乎在隐隐求饶……

事情是这样的：温诺普小姐上了单马双轮马车，准备等人驾马车送她到牧师宅邸的时候——因为她自己没法驾马车——告诉母亲，有两个男人会在早餐桌上出现，其中一人的名字她不知道，另外一个，一位叫麦克马斯特的先生，是个著名的批评家。温诺普夫人叫住她：

"一个批评家？关于哪方面的？"她的困倦好像突然被通上了电。

"我不知道。"她女儿回答说，"书，我敢说。"

一秒或更多一点以后，当那匹马，一匹不愿停下的大型黑色动物，向前迈了几步走出去二十码左右的时候，驾车的杂务工说：

"你母亲在后面冲你嚷嚷呢。"但温诺普小姐答说没关系。她自信她把一切都安排好了。她会回去吃午饭，她母亲时不时上阁楼看看格尔蒂·威尔逊；要告知汉娜，每天来帮忙的女工，今天可以放假。最重要的就是，汉娜不能知道有个完全陌生的女人上午十一点在阁楼上睡觉。如果她知道了的话，消息一下就会传遍左邻右舍，警察马上就跑来找她们了。

但温诺普夫人是个务实的女人。如果她听说有个评论家在她驾车距离内的地方出现，她会带着鸡蛋作为礼物去找他。清洁女工一到，她就出门向牧师长家走去。来自警察的危险根本就拦不住她，她彻底忘记了关于警察的一切。

她的出现让杜舍门夫人好生紧张，因为她希望在她丈夫进来之前所有客人都可以就座并开始用早餐。这可不简单。温诺普夫人并没有被邀请，却拒绝和麦克马斯特先生分开。麦克马斯特先生告诉她，他从来不给日报写评论，只给严肃的季刊写文章。而温诺普夫人认为，在这些季刊上发一篇关于她新书的文章是很有必要的。因此，她忙着告诉麦克马斯特该如何写她，而杜舍门夫人有两次几乎要成功地把麦克马斯特先生带回他的座位，温诺普夫人又次次把他领回窗口。只有稳稳地坐在麦克马斯特身边，杜舍门夫人才能保住自己十分重要的战略性位置。这还是通过这样喊话才办到的：

"霍斯利先生，**请**带温诺普夫人坐到你身边，好好喂她点吃的。"杜舍门夫人把温诺普夫人从桌首杜舍门先生的座位上赶走。因为温诺普夫人起初认为这个挨着麦克马斯特先生的座位是空的，就拉开那把齐本德尔式扶手椅准备坐进去了。这只能意味着灾难，因为这就意味着放杜舍门夫人的丈夫在宾客里胡作非为了。

然而，因为霍斯利先生坚定地完成了带走这位女士的任务，温诺普夫人便觉得他是一个非常不讨喜、难对付的人。霍斯利先生的座位在福克斯小姐旁边，一位头发花白的老小姐，坐在那里，在银瓮筑成的防线后面，熟练地摆弄这些机器的象牙龙头。这座位温诺普夫人也想占据，在她想象中，只要移动一下那些盛着高高的飞燕草的银色花瓶，她就可以沿着对角线看到麦克马斯特，并对他喊话。

可是，她发现她做不到，所以她无奈地坐在了预留给格尔蒂·威尔逊小姐的座位上，格尔蒂本该是第八位客人。她一坐下就陷入了心烦意乱的失望中，偶尔对女儿说：

"我觉得这安排得太差了。我觉得这个派对安排得很糟糕。"她几乎没有对往她盘子里放塌目鱼的霍斯利先生说谢谢。她根本都没抬眼看提金斯。

杜舍门夫人坐在麦克马斯特身旁，眼睛盯着贴了护板的墙角的一扇小门，她被一阵突然而来的担忧攫住。这逼着她对她的客人们这么说，虽然她本来决定碰个运气什么都不说：

"让你们远道而来真是不公平，你们可能无法从我丈夫那里听到什么，他常常……尤其是在周六……"

她声音减弱，陷入了踌躇。有可能什么都不会发生。七个周六里有两个**真的**什么都不会发生。这样承认就没有意义了。这个富有同情心的家伙将会离开她的生活，心里想的是他根本就不需要来——在他心中关于她的记忆里，留下一道耻辱的印迹……但当时，无法抗拒地，有一种感觉统治了她。如果知道了她的痛苦，他可能觉得必须要留下来安抚她。她望着四周，寻思着词语来结束她的话，但麦克马斯特说：

"哦，亲爱的女士！"（因此，这在她看来，被这么称呼非常令人陶醉！）"都懂的……大家都经过训练很容易理解……这些了不起的学者、这些抽象的思想家……"

杜舍门夫人吐出一个大声的、十分庆幸的"啊"。麦克马斯特说了最合适的话。

"还有,"麦克马斯特继续说,"只是短暂的一个钟头,一条浅浅的轨迹……'当燕子从一个高大的门廊,滑翔到另一个高大的门廊[①]'……你知道这几句诗的……在这些,你完美的环境里……"

愉悦的波浪似乎从他那里涌到了她心头。男人就应该这么说话,就应该——钢蓝色领带,看着像真货的金领带环,黑色眉毛下的钢蓝色眼睛!——男人就该长成这样。她若有若无地感受到一阵暖意,仿佛让人感受到这样完美的环境中沉入梦乡的美妙,千真万确。桌上的玫瑰十分可爱,阵阵馨香朝她飘来。

一个声音对她说:"你这顿早餐还**真**气派,我必须得说。"

那个个头很大,笨拙,但除此以外并不起眼的人正在做作地试图引起她的注意。他是跟着这个迷人的男人一起来的。他刚把一个盛着一点点黑色鱼子酱、一片柠檬的蓝色瓷盘子和一个微微带粉、精致的、盛着屋里最粉嫩的桃子的塞夫勒瓷盘放在她面前。她很久以前对他说过:"哦……一点鱼子酱!一个桃子!"说话的时候她潜意识里隐约觉得这些食物的名称会向她身上传递一种卡利班[②]眼中的魅力。

她用魅力的铠甲把自己武装起来。提金斯正用他鱼眼一样的大

[①] 可能出自维吉尔的《埃涅阿斯纪》十二卷:"就像一只黑色的燕子在一个富户的大宅子里穿梭似的飞来飞去,在那厅堂的高处翘盘旋。"参考杨周翰译《埃涅阿斯纪》。

[②] 卡利班是英国剧作家威廉·莎士比亚的悲喜剧作品《暴风雨》里的角色。他出生在荒岛上,是个半人半兽的怪物,后来在强大魔法师的压迫下成为奴隶,最终成为革命家。这里应该是喻指丑陋。

眼睛盯着她面前的鱼子酱。

"比如说，你怎么弄到**那个**的？"他问。

"哦！"她回答，"如果这不是我丈夫干的，这会显得像在炫耀。我就觉得这挺像炫耀的。"她扬起一个笑脸，灿烂，但无声，"他把新庞德街的辛普金斯家的店给训练出来了。一个电话，连夜就有专人去比林斯盖特鱼市买三文鱼、红鲻鱼，还有这个，在冰里，还是很大块的冰。真的是很漂亮的东西……然后，七点有车去阿什福德岔道等着……尽管如此，在十点之前请人吃早饭还是很困难。"

她不想把她精雕细琢的语句浪费在这个沉闷的家伙身上，但是，她不能像渴望的那样，转头去倾听那些引发她共鸣的流淌的话语——好像从她读过的书里出来的一样！——它们都出自那个小个子男人之口。

"啊，但这并不是炫耀，"提金斯说，"这是了不起的传统。你**绝对**不能忘记你丈夫是摩德林①的'早饭'·杜舍门。"

他看起来在高深莫测地盯着她眼睛的深处，但毫无疑问他本想显得和蔼可亲。

"有时候，我希望我可以这么做，"她说，"他一直都没变。他禁欲到简直不可理喻的地步。周五他什么都不吃，这让我很紧张……为了星期六。"

提金斯说："我知道。"

她叫起来——几乎带着尖利的嗓音："你**知道**！"

---

① 牛津大学的一个组成学院。

他继续直视她的眼睛。

"哦,当然,谁都知道'早饭'杜舍门!"他说,"他是给罗斯金铺路的人之一。人们说他是他们中最像罗斯金的!"

杜舍门夫人叫起来:"哦!"她丈夫在最坏的情绪下告诉她的、关于他的老教师的最糟糕的故事的碎片划过她脑海。她想象她私人生活中最羞耻的部分必然已被这个面目模糊的怪物给知道了。提金斯转过半个身子面对着她,显得更加巨大、可怕,失却了清晰的轮廓。他是个男人,咄咄逼人,笨拙而讨厌,毫不掩饰!她感到自己对自己说:"我会伤害你的,如果有一天……"因为她感到已经选好了更喜欢谁了,坐在她另一边的男人的想法和未来才是她要关心的。他是个理想的男人,温柔,同周围人相处融洽;是和声中的补足音程,是食用的肉类,像无花果甜蜜的果肉一样……这无法避免。对杜舍门夫人和她丈夫的关系的本质来说,杜舍门夫人有这些感觉是非常必要的……

她听着,几乎不带感情。从她背后传来的骇人、尖利、刺耳的声音深深惹恼了她。

"性爱后忧郁①?哈!哈!就是这个啊?"那声音重复着这几个词,又讥讽地补充了一句,"你知道**那是**什么意思吗?"但她丈夫性爱后忧郁的问题不再是最重要的,真正的问题是:"这个巨大而可怕的、令人厌恶的男人,在他们离开之后那么长的时间里将对他朋友说她什么?"

---

① Post coitum tristis,拉丁文。

他仍然盯着她的眼睛。

他满不在乎地轻声说:"如果我是你,我就不会四周环顾。文森特·麦克马斯特已经非常善于应付这种状况了。"

他的声音带着兄长的熟悉。杜舍门夫人一下子就知道了——**他知她自己和麦克马斯特之间已经形成的紧密关系**。他以一种在紧急情况下对最亲密朋友的情人说话的口吻对她说话。他是那种令人钦佩又应该令人害怕的男性,因为他拥有正确的直觉……

提金斯说:"听我的!"

那得意扬扬而残酷的声调问道:"你知道这是什么意思吗?"

麦克马斯特清楚地回答了,但那种轻捷的语调,像一个带着责备语气的老学究。"我当然知道这是什么意思。这又不是什么探索发现!"这是完全正确的腔调。提金斯——还有杜舍门夫人——可以听到杜舍门先生,被挡在尖尖的蓝色飞燕草和银器之后,像被责骂的中学生一样抽了抽鼻子作为回应。一个板着脸的小个子男人,穿着扣了扣子、带假领子、喉部有点紧的灰色粗花呢上衣,站在看不见的椅子之后,直直地向前望着远处。

提金斯对自己说:"老天!帕里!那个柏孟塞的超次中量级[①]拳手!他在这里是为了把杜舍门扛走,如果他发起狂来的话!"

在提金斯迅速环视桌子的这一瞥中,杜舍门夫人陷在自己的椅子里,喘了一口彻底释然的粗气。不管麦克马斯特以后会怎么想她,他想,他知道最糟糕的部分已经发生了!事态已定,无论是好是坏。

---

① 超次中量级为世界职业拳击级别之一。

一分钟以后她就会环顾四周看看他。

提金斯说:"没关系,麦克马斯特会大放异彩的。我们在剑桥有个朋友,和你丈夫一样有点小毛病,麦克马斯特可以在**任何**社交场合帮他过关……何况,我们这里的都是出自名门世家!"

他看到霍斯利教士和温诺普夫人都盯着盘子里的食物。关于温诺普小姐,他不是很确定。他感觉到一个明显盯着自己的目光,从蓝色的大眼睛射来的颇有吸引力的一瞥。他对自己说:"她一定知道这个秘密。她在恳求我不要表现出感情,以免把事情搞砸。她在这里真不合适:一个姑娘!"他在自己回应的一瞥里加入了这样的意思:"至少,桌子这头一切都还好。"

但杜舍门夫人感到她心中的士气更坚定了。麦克马斯特现在已经知道了最坏的部分,杜舍门正吸着鼻子,一边对着麦克马斯特的耳朵吸着鼻子一边解释佩特罗尼乌斯[①]的特里马尔基荣[②]热情而放荡的行为。她听见这么几个词:快点,火热的男孩[③]……杜舍门曾经用疯子那种握得令人发疼的力气抓住她的手腕,把这句话一遍又一遍地翻译给她听……毫无疑问,身旁这个可恶的男人一定也已经猜到了这话的意思!

她说:"当然,我们这里的都是出自名门世家。我们自然可以安

---

① 盖厄斯·佩特罗尼乌斯·阿尔比特(27—66),罗马抒情诗人、小说家,生活于罗马皇帝尼禄统治时期。

② 佩特罗尼乌斯的名作《萨蒂里孔》里的一个角色。

③ Festinans, puer calide,拉丁文。

排……"

提金斯插话说:"啊!但现在没那么容易安排了。各种各样的无赖混进了各种各样的圣殿!"

杜舍门夫人在他说到一半的时候就转过身去背对着他。她以一种无比镇静的态度,如饥似渴地看着麦克马斯特的脸。

四分钟前,麦克马斯特是唯一一个能看见杜舍门进来的人。透过一扇小镶板门和后面的另一扇镶了绿色粗呢的门,他看到了牧师杜舍门先生,麦克马斯特也一下就认出了跟在他后面的人,是帕里,那个前职业拳击手。他突然想,这是个非常不一般的组合。同时,他也突然想到,杜舍门夫人的丈夫,这样帅气得令人发狂的人,在一个一直渴求美男子的教会里没能取得很高的地位这件事实在非同寻常。杜舍门先生非常高,像普通神职人员那样有一点正常的驼背。他脸似雪花石膏雕像;灰色头发,中分,光彩闪闪地垂落在他的高眉骨上;他眼神迅捷、锐利、严厉;鼻子勾得很厉害,棱角分明。他是最适合装点高耸而华丽的神庙的男人,就像杜舍门夫人是最适合给一个主教的客厅祝圣的女人。他的财富、学识和传统……"那为什么,"这个念头带着一丝针刺般的怀疑穿过麦克马斯特的脑海,"难道他不应该至少是个座堂牧师[①]吗?"

杜舍门迅速地走到他的座位旁,而帕里同样迅速地跟在他身后,

---

① 高级神职人员,地位相当于副主教。

把椅子拉了出来。他的主人优雅地向旁边晃了一下,滑进了椅子里。他向阴郁的福克斯小姐摇摇头,她正把手伸向一个瓮的象牙色龙头。在他的盘子旁边有一杯水,他用长长的、非常白的手指紧握着它。他偷偷看了一眼麦克马斯特,然后用亮晶晶的双眼紧紧盯着他,他说:"早上好,医生。"而之后,完全压过了麦克马斯特轻轻的抗议说:"是的!是的!听诊器仔细地收在礼帽里,而那个亮闪闪的礼帽留在了大厅。"

拳击选手穿着梭绒厚呢紧身裤、紧身马裤、一件短夹克,纽扣一直扣到下巴下的领口——完全是个有钱人家驯马师的样子。他迅速瞥一眼麦克马斯特,表示认出了他,然后,又很快地,扬着眉毛看了一眼杜舍门先生的后背。麦克马斯特跟他很熟,因为他曾经在剑桥教提金斯拳击。他几乎可以听见拳击手说:"这一招变得很怪,先生!眼睛盯着他看一会儿!"然后,他以专业拳师那种轻快、脚尖点地的姿势,溜到了餐具柜旁边。麦克马斯特替自己偷偷看了一眼杜舍门夫人。她背对着他,深深地沉浸在和提金斯的谈话中。他的心提了起来,当他再次回头的时候,他看到杜舍门先生半个身子已经立了起来,脑袋绕过银器筑成的防线往外看。但他又重新陷进椅子里,苦行僧般的脸上显现出一种独一无二的精明表情,叫起来:

"那你的朋友呢?又是一个医生!都备好了听诊器。这需要,当然啦,两个医生才能证明……"

他停下来,脸上带着一种突然闪现的、扭曲的怒火把帕里的手臂推到一边。帕里正把桌子上一盘鳎目鱼滑到他跟前。

"拿开,"他开始雷霆般的咆哮,"这些肮脏的享乐的诱因……"

但丢给麦克马斯特又一个精明而心领神会的眼神之后,他说,"好!好!帕里!这才对。对!鳎目鱼!下面再来点腰子。再来一个!对!葡萄柚!配上雪莉酒!"他带上了一种老式牛津口音,把餐巾铺在膝盖上,急匆匆地往嘴里送了一小口鱼。

麦克马斯特带着耐心又清晰的语调说,他希望可以允许他自我介绍一下。他是麦克马斯特,就他小小专著的问题和杜舍门先生通过信。杜舍门先生看着他,狠狠地,带着如梦初醒的专注,警惕感逐渐消除,变得得意扬扬地高兴起来。

"啊,是的,麦克马斯特!"他说,"麦克马斯特。一个初露头角的批评家。稍微还有点享乐主义,可能?也对……你发电报说你要来的。两个朋友!不是医生!朋友!"他把脸凑近麦克马斯特说:

"你看起来多累啊!精疲力竭,精疲力竭!"

麦克马斯特刚准备说他最近工作劳累,他脸旁一个尖利、响亮的喉音说出了那几个拉丁词。杜舍门夫人——和提金斯!——都听见了。麦克马斯特知道他下面将要面对的是什么。他又看了一眼职业拳击手,把头转到一边,很快地瞥了一眼个头巨大的霍斯利先生。他巨大的体形在这个情境下产生了新的意义。随后,他坐回椅子里吃了个腰子。就算杜舍门先生变得狂躁起来,在场的武力毫无疑问足够制服他,而且训练有素!另一件有趣的人生小巧合是,在剑桥的时候,他曾经想过雇这个帕里跟在他的好朋友西姆后面。西姆,爱挖苦人的讽刺家里最才华横溢的那位,神志清醒、举止得体,平时表面上总有些拘谨。那时候,他就像杜舍门先生一样有点行为失常。在社交场合，他会站起来嚷嚷，或者坐着低语一些最最不能想象的猥亵话语。麦克马斯特非常喜爱他，西姆去哪里他都尽可能陪着，因此学会了处理这些状况的办法……他突然感到了某种愉悦！他觉得，如果他可以悄悄地、有效地解决事态，他在杜舍门夫人眼里的威望或许可以增添几分。这甚至可以让他们的关系变得亲密起来。他想要的没有比这更好的了！

他知道杜舍门夫人转向了他。他可以感觉到她正在听他说话，观察他。她的目光似乎能使他的脸颊发热。但他并没有回头看，他得紧盯着她丈夫那张得意扬扬的脸。杜舍门先生正身子靠向他的客人，引用着佩特罗尼乌斯的话。麦克马斯特动作僵硬地吃着腰子。

他说："这不是抑扬格的修改版，我们用的威拉莫韦茨·莫伦道夫①……"

为了打断他，杜舍门先生把他瘦削的手有礼貌地放在麦克马斯特的手臂上。他中指上戴着一枚镶在红金上的红玉髓印章戒指。他继续狂喜地背诵着，头稍稍往一边偏，好像在倾听一个看不见的唱诗班。麦克马斯特非常不喜欢牛津口音的拉丁语。他看了一下杜舍门夫人，她的目光停留在他身上。她的眼睛大而幽暗，充满感激之情。他也看见这双眼睛已经湿润了，眼眶里充满泪水。

他迅速转头看杜舍门，突然，他想到了：她正在忍受折磨！她可能正在忍受极度的折磨。他从没想过她会受折磨——一部分的原

---

① 威拉莫韦茨·莫伦道夫（1848—1931），德国古典文字学家，在当时是古希腊文化和文学方面的权威。

因是他自己从来都粗枝大叶，另一部分原因是，在他想象里，对杜舍门夫人还满怀第一印象的崇拜之情。现在她可能在忍受折磨这件事对他来说实在非常糟糕。

杜舍门夫人极度痛苦。麦克马斯特紧紧盯着她，然后又把目光移开了！从他的目光中，她读出了他对她处境的蔑视，以及他对自己被她置于这样一个环境中而生出的气愤。在痛苦中，她伸出手去触碰他的手臂。

麦克马斯特感受到了她的触碰，他的脑海好像充满了甜蜜，但他顽固地转开了头。为了她，他不敢把目光从那张疯狂的脸上移开。灾难就要来了。杜舍门先生已经准备把拉丁语翻译成英语了。他把手放在桌布上，准备起身；他准备站起来，狂野地把不堪入耳的话喊给其他宾客听。就是这个时刻。

麦克马斯特用一种干巴巴的、有穿透力的声音说：

"把'puer calide'翻译成'年轻人温热的爱情'实在太令人惋惜了！太过时了，让人惋惜……"

杜舍门噎住了一下，说："什么？什么？那是什么？"

"现在还在使用十八世纪的对照译文，这还真是牛津的风格。我猜这是惠斯顿和迪顿①？差不多那种东西……"他观察了一下杜舍门，从冲动里清醒过来，身上发抖——就像在一个不认识的地方

---

① 威廉·惠斯顿（1667—1751）是接替牛顿在剑桥大学任职的数学家。亨姆夫瑞·迪顿（1675—1715）在基督公学教授数学。两人曾共同发表一篇在海洋上测量经度的文章。他们并不是古典学者。

醒来一样!

他加了一句,"不论怎样,这都是恶劣的中学生的污言秽语。五年级学生做的事。或者连这都比不上。吃点冻肉卷吧。我正打算吃点。你的鳎目鱼凉了。"

杜舍门先生低头看看他的盘子。

"是啊,是啊。"他喃喃道,"是啊!加点糖和醋汁!"拳击手溜到了餐柜旁边,这家伙安静得真不一般,像埋葬虫①一样毫不招眼。

麦克马斯特说:"你本来正准备跟我说说我那本小专著的,关于玛吉……玛吉·辛普森。那个苏格兰女孩,罗塞蒂《天堂的窗户》的模特?"

杜舍门先生用神志正常、模糊不清、有些精疲力竭的眼睛看着麦克马斯特。

"《窗户》!"他嚷嚷起来,"哦,是的!我有那张水彩画。我看到她做这张画的模特,当场就买下了……"他又看了看他的盘子,盯着冻肉卷开始狼吞虎咽地吃了起来,"一个漂亮姑娘!"他说,"很长的脖子……她当然不是很……呃……值得尊敬!她还活着,我想。很老了。我两年前见过她。她有很多照片。当然都是些旧东西!……在白教堂路,她住在。她天生就属于那个阶级……"他继续嘟哝着,脑袋在盘子上方。麦克马斯特认为这紧急状况结束了。他无法控制地回头看杜舍门夫人。她的脸呆板、僵硬。

他轻快地说:"如果他吃点东西,把肚子填满……这样,血液

---

① 一种食腐甲虫。

就会从头脑里往下流动……"

她说:"哦,请原谅!这对你来说太可怕了!我永远不会原谅我自己的!"

他说:"不!不!……我就是**为此**来的!"

深深的感情让她苍白的脸重新恢复了血色。

"哦,你这个**好人**!"她用深切的嗓音说道。他们保持互相凝视的姿势。

突然,杜舍门先生在麦克马斯特的身后喊起来:"我说他把她养了起来,只要她保持贞洁且单身①,当然啦,只要她保持贞洁且单身!"

杜舍门先生突然感到那股强大意志消失了,它像黑暗中一股不可抗拒的力量压制了自己的意识。他站起身来,喘着粗气,十分愉快。

"贞洁!"他叫了起来,"贞洁,你观察到!在这个词里有多少暗示的含义……"他观察了一下那宽阔的桌布。它在他眼前铺展开来,就好像一片宽阔的草地,在长时间的囚禁以后,他可以沿着它飞奔,舒展他的四肢。

喊出三个污秽的词语之后,他继续用牛津运动派②的腔调说道:"但是贞洁……"

---

① dum casta et sola,拉丁文。常在离婚调停文件里使用:男人要求前妻一旦再婚就终止支付赡养费。
② 牛津运动是一八三三年由牛津大学的一些英国国教高派教会的教士发起的宗教运动,目的是通过复兴罗马天主教的某些教义和仪式来重振英国国教。

温诺普夫人突然说:"哦!"然后看着继续剥着桃子、脸色慢慢变得通红的女儿。温诺普夫人转向身边的霍斯利先生,说:

"你也写作,我相信,霍斯利先生。毫无疑问,你写的是我那些可怜的读者提不起兴趣的艰深的东西……"霍斯利先生正遵照从杜舍门夫人那里得到的指示,准备大声描述自己最近写的一篇关于奥索尼乌斯①的《莫萨拉河》的文章,但由于他开口太慢,这位女士先说了起来。她平静地说了说大众品位方面的话题。提金斯向对面的温诺普小姐倾了倾身子,右手拿着一只剥了一半的无花果,尽可能地大声说:

"我从沃特豪斯先生那里给你带了口信,他说,如果你可以……"

彻底聋了的福克斯小姐——她的教育是通过书写进行的——对斜对面的杜舍门夫人说:

"我觉得今天可能要打雷,你看到那些小虫子有多少了吗……"

"当我尊敬的老师,"杜舍门先生继续用雷霆般的声音说,"在他结婚那天乘马车离开的时候,他对他的新娘说:'我们会过得像被上帝保佑的天使一样!'多么高尚!我也,在我结婚以后……②"

杜舍门夫人突然尖叫道:"哦……**不!**"

就像大步前行的时候被拦了一下一样,其他所有人都停了下

---

① 马格努斯·奥索尼乌斯 (310—395),古罗马诗人。
② 杜舍门口中的老师应该指的是约翰·罗斯金,罗斯金和埃菲·格雷的婚姻最终因为没有发生性关系而被宣布作废。因为杜舍门此处将说到自己婚后性生活的内容,所以在座的人都开始大声说话。

来——喘口气，然后，他们继续以礼貌的活跃气氛说话，注意什么都不要听进去。对提金斯来说，这像是英国风度最高的成就和最好的证明！

帕里，那个拳击手，两次抓着他主人的手臂，对他大喊早餐要凉了。他现在对麦克马斯特说，他和霍斯利牧师可以把杜舍门先生弄走，但那样就要大干一架了。麦克马斯特轻声说："等等！"然后，转向杜舍门夫人，说道："我可以让他停下。要我这么做吗？"她说：

"好！好！做什么都可以！"他看见眼泪从她的双颊上滑落。这是一种他从未见过的场景。他小心翼翼、带着炙热的怒火，对着向他弯下腰的拳击手的毛茸茸耳朵小声说：

"打他的腰。用你的拇指。能多用力就多用力，只要别把拇指打折了就行……"

杜舍门先生刚刚宣称："我也，在我结婚以后……"他开始挥舞双臂，停下张望，从一张没有在听的脸望向另一张没有在听的脸。杜舍门夫人刚刚尖叫了起来。

杜舍门先生认为上帝之箭射中了他。他猜自己担不起信使的重任。在这样从未感受过的痛苦中，他倒在了椅子里，蜷成一团坐着，黑暗笼罩了他的眼睛。

"他不会再起来了。"麦克马斯特对感激的职业拳师轻声说道，"他会想站起来，但他会害怕。"

他对杜舍门夫人说："最亲爱的女士！都结束了。我向你保证。

这是科学的神经反刺激①法。"

杜舍门夫人说:"原谅我!"她深深地啜泣了一声,"你永远不能尊重……"她感到她的眼睛在他脸上寻找着什么,就像监狱里悲惨的人在他的行刑者脸上寻找宽恕的迹象一样。她的心停住了,她的呼吸暂停了……

然后便是彻底的天堂。她的左手手心感到了布料下冰凉的手指。这个男人完全知道该做什么!握着这冰凉、像甘松和豚草一样的手指,她的手指合在了一起。

在通彻的幸福里,在一个安静的房间里,他的声音继续说着。一开始用非常优雅的词汇,但又非常精练!他解释说有些过分的表现只是神经质的渴望,可以对付,就算不能根治的话,说真的,通过对生理上的剧烈疼痛的恐惧,或者拒绝经受这种疼痛的决心——这当然也是神经上的问题!……

在某个时刻,帕里对着主人的耳朵说:"到了准备明天的布道的时候了,先生。"然后,杜舍门先生像他来时一样悄无声息地走了,从厚厚的地毯滑向小门。

麦克马斯特对她说:"你是爱丁堡人?那你知道法夫郡海岸吧。"

"我能不知道吗?"她说。他的手仍在她手心里。他开始说高尔夫球场上的荆豆和浅滩上的三趾鹬,他的苏格兰口音和栩栩如生的词语让她再次看到了自己的童年,她的眼眶因为更加的快乐而湿润了。长时间温柔的紧握之后她松开了他冰凉的手。但当他的手抽

---

① 反刺激通常是指将药物敷在皮肤上引起痛觉以减轻他处更强烈的痛苦。

走后,她大部分的生命力好像也随之流失了。她说:"你一定知道金魁斯宅邸,就在刚出了你们镇那里。我小时候总在那里度假。"

他回答:"也许我光着脚在外面玩的时候,你正在里面享受豪华的生活呢。"

她说:"哦,不!不可能吧!我们的年龄还是有差距的!而且……而且我还有其他的事要告诉你。"

她再一次英勇地扣上了她的魅力铠甲,冲着提金斯说:

"想想看!我发现我和麦克马斯特先生小时候几乎一起玩过。"

他看着她,她知道,他带着一种她厌恨的同情。

"那你就是比我还老的朋友了,"他说,"虽然我十四岁就认识了他,我不相信你能超过我。他是个好家伙……"

她厌恨他对一个比自己更好的男人居高临下的态度,也厌恨他的警告——她**知道**那是一个警告——让她放开他的朋友。

温诺普夫人发出了一声明显但并不令人担忧的尖叫。霍斯利先生正在跟她说一条曾生活在古罗马时期莫萨拉河里的不寻常的鱼。马格努斯·奥索尼乌斯的《莫萨拉河》这篇文章的主题主要是关于鱼……

"不,"他叫道,"据说是拟鲤。但现在这条河里已经没有拟鲤了。带着绿色的扇叶,还有眼睛①,不,反过来:**是红色的鱼鳍**……"

温诺普夫人的尖叫和她大幅度的手势:她的手,真的,几乎要盖住了他的嘴,她垂曳的衣袖快要掉进他的盘子!——都足以打断

---

① Vannulis viridis, oculisque,拉丁文。原文"Vannulis"(扇叶)可能是比喻纤弱的鱼鳍。

他了。

"**提金斯！**"她又尖叫了一声，"这可能吗？……"

她把女儿推出座位，在这个年轻人身边转来转去，她用吵吵嚷嚷的爱意吞没了他。提金斯转头去和杜舍门夫人说话的时候，她认出了他长着鹰钩鼻的侧脸，就和他父亲在她婚礼早餐上的样子别无二致。那张桌子她还记得清清楚楚——虽然提金斯自己并不知道！她又复述了一遍他父亲如何救了她的命，如何成为她的幸运星的故事。她向这位儿子奉献——因为她从来未被允许作出任何回报——她的房子、她的钱包、她的心、她的时间、她的一切。她完完全全是真诚的，当派对结束以后，她只向麦克马斯特点头示意，却用力抓住提金斯的手臂，同时，敷衍地对那位评论家说：

"那篇文章我没法再帮你了，抱歉。但是亲爱的克里斯一定要拿到他想要的书。马上！就现在！"

她走开了，提金斯被她拉着，她的女儿跟在后面，像一只小天鹅跟在父母身后。杜舍门夫人优雅地接受了宾客们对她令人赞叹的早餐表示的谢意，希望现在他们都感觉到宾至如归……

已经散去的宴席的回声似乎还在房间里低语。麦克马斯特和杜舍门夫人面对着面，他们的眼神很谨慎——带着渴望。

他说："我现在就得走了，实在是太糟糕，但我约了别人。"

她说："是的！我知道！和你了不起的朋友们。"

他回答："哦，只是和沃特豪斯先生和坎皮恩将军……还有桑德巴奇先生，当然啦……"

想到提金斯并不会一起去，她感到一阵强烈的愉悦。**她的**男人

会超越他少年时代的粗鄙,超越他那段她并不知道的过去……她几乎语气严厉地叫了起来:

"我不希望你搞错金魁斯宅邸的事情。那只是一个假期学校。不是什么豪华的地方。"

"但是学费要不少钱。"他说。她似乎有点站不稳了。

"是的,是的!"她说,几乎是在低语,"但你现在多了不起!我只是穷人家的孩子,中洛锡安的约翰斯顿,但是很穷……我……他买了我,你可以说。你知道……让我上有钱人读的学校:当我十四岁的时候……我家里人很高兴……但我觉得,如果我母亲知道我结婚的事……"

她整个身体都痛苦地扭动着。"哦!太可怕了!太可怕了!"她叫起来,"我希望你知道……"

他的双手像他刚刚从一辆颠簸的马车上下来一样抖得厉害……

他们的双唇在热烈的情感中相碰,遗憾伴着眼泪。他移开他的嘴唇说:"我今晚必须见到你……我会担心你担心到发疯的。"她轻声说:"好的!好的!……在紫衫林步道上。"她闭上眼睛,把身体紧紧贴近他。"你是……第一个……男人……"她喘着气说。

"我会是永远的唯一。"他说。

他开始看见他自己:在高高的房间里,挂着长窗帘,一块圆圆的、顶上雕着鹰的镜子,镜中他们的映象熠熠生辉,像一张珠宝点缀的画,有着丰富的层次:缠绕交织的人体。

他们分开,互相凝视着对方,双手相握……提金斯的声音说:

"麦克马斯特!你今晚要去温诺普夫人家吃饭。不用特意打扮了，我不会打扮的。"他看着他们俩，面无表情，好像他只是打断了一场牌局。这个大个子乏味，五官鲜明，狂乱的头发侧面那一撮白色闪闪发光。

麦克马斯特说："好的。就在这附近，不是吗？……我那之后就有约……"提金斯说应该没问题，他可能要工作，也许整晚，因为沃特豪斯……

杜舍门夫人带着一闪而过的嫉妒说："你让他给你下命令……"提金斯已经走了。

麦克马斯特心不在焉地说："谁？克里斯？对啊！有时候我叫他，有时候他叫我……我们有各种约会。我最好的朋友。全英格兰最聪明的人，还有最好的出身。格罗比的提金斯……"

感到她并不欣赏他的朋友，他就抽象地堆砌一些称赞之词，"他正在做一些计算，给政府的，全英国没有其他人会做，但他会……"

在她的手松开他的时候，一股极度的倦怠爬遍他的全身，他感到虚弱无力，但同时又志得意满。他麻木地想到，以后可能不能经常看到提金斯了。一缕哀伤。他听见自己引用这句诗：

"因为，我们站着肩并肩……"他的声音颤抖着。

"啊，是的！"她深沉的嗓音响起，"那些美丽的诗句……它们是真实的。我们必须分开了。在这个世界里……"她觉得这几句话说出来精致而忧伤，谢天谢地还有这样的诗句可以诉说。它们微微发出回响，唤起各种意象。

麦克马斯特同样很忧伤，说道："我们必须等待。"他又激动地补充道，"但今晚，黄昏时！"他想象着黄昏，在紫衫树篱下。一辆闪闪发光的汽车在阳光下开了进来,停在窗子下面。

"好!好!"她说,"从小路上来有一扇小白门。"她想象他们在若隐若现的灰暗中的热情而忧郁的会面。她只能允许她自己散发出这么多的魅力。

在那之后,他一定会来这间房子,问问她是否健康,然后他们肩并肩走在草地上,大庭广众之下,走在温暖的阳光里,谈论着无关紧要却优雅的诗篇,有些疲倦,但他们的身躯之间交汇着激动人心的电流……然后,漫长、谨慎的岁月……

麦克马斯特走下高高的台阶,向在夏天的艳阳下闪着光的车走去。玫瑰在十分平坦的草地上闪亮。他的脚跟重重地敲击在石板上,好像一位征服一切的君王。他简直可以放开嗓子叫出声来!

第六章

提金斯在篱笆墙的过墙梯旁点起烟斗,他刚刚仔仔细细地把斗钵和烟嘴里里外外用手术针清了个干净。在他的经验里,这是最好的烟斗清洁工具,因为用白铜制成的针有韧性,不会腐蚀,坚不可摧。他有条不紊地用一大片牛舌草叶子擦掉烧焦的烟草留下的棕色黏性物质。他注意到,那个年轻女人在他身后看着他。他把手术针放回存放它的笔记本里,再把笔记本放进巨大的口袋里。这时,温诺普小姐沿路走开了:这条小径只能容一人走过。小径左边有一架未修剪过的山梨树篱,十英尺高。山楂花花瓣边缘刚刚开始发黑,小小的绿色山楂果便显露出来。小径右边的草长过膝盖,向经过的人弯下腰来。太阳直直地照下来。苍头燕雀说:"乒!乒!"年轻女人有着令人愉悦的背影。

这，提金斯想，就是英格兰！一个男人和一个女孩穿过肯特的草地。草地已经成熟得可以收割了。男人值得尊敬，干净得体，正直；女孩品德高尚，干净得体，精力充沛。他出身很好，她的出身也相当好。两人都吃了顿不错的早饭，都有足够的能力消化这顿早饭。两人都刚刚从一个安排得令人钦佩的聚会中过来：围坐在餐桌旁的都是最上流人士。他们这次散步就好像得到了这些人的批准一样，教会——两位神职人员、政府——两位政府官员、母亲、朋友和老小姐统统都批准了。

他们知道那些鸣叫的鸟和弯腰的小草的名字：苍头燕雀、金翅雀、锦衣啄木鸟（**不是，亲爱的，不是"锤木鸟**[①]**"**！"ammer"是中古高地德语中的"鸟"）、园林莺、波纹林莺、非洲斑鹟鸰，也叫作"洗碗工"（这些**迷人的**当地方言名字）。延寿菊从草地里伸出来，伸展出无穷无尽的白色光辉；远处迷雾里的草泛着紫色，灌木篱墙、款冬、野生白三叶草、红豆草、意大利野生黑麦草（所有这些专业的名字，最上流的人士都必须知道：这是在威尔顿的沃土上种出永久草场的最好草类组合）。在树篱边：蓬子菜（淑女的垫床草），野荨麻（死荨麻），矢车菊（单身汉的纽扣）（但在萨塞克斯，他们管它叫破烂知更鸟，我亲爱的，多有趣！），牛嘴唇（樱草，你知道，是从古法语中的 pasque 来的，意思是复活节），芒刺，牛蒡（农民

[①] 锦衣啄木鸟（yellow-ammer）另一种常见拼写方法是"yellow-hammer"，造成分歧的可能原因是英国人不了解德语拼写方法，把中古高地德语的"ammer"（鸟）拼写成了英语的"hammer"（锤子）。

要让你的老婆乐,别给芒刺牛蒡瞎撮合!①),紫罗兰的叶子,花,当然啦,在那边;黑泻根;野铁线莲,后来它变成了"老人胡子";紫色珍珠菜(我们年轻的姑娘管它叫长颈兰,说粗话的牧羊人则给他起了更不雅的名字②。这片土地多么生动活泼啊!)……然后,向前走,穿过田野,勇敢的年轻人和美丽的女孩,脑子里塞满了这些没用的安慰剂:想法、引文、愚蠢的形容词!死寂,无法说话,从好得不行的早餐到有可能糟糕透顶的午餐。这个年轻男人被提前警告过了,年轻女人还得去准备午饭:粉色橡胶一样煮了半熟的冷牛肉,毫无疑问;温热的土豆,柳叶纹的碟子底上还留着点水(不!不是真的柳叶纹,当然啦,提金斯先生)。长得过大的生菜配上木醋,让嘴巴痛得尖叫起来;腌黄瓜,也泡在木醋里;两瓶小酒吧里酿的啤酒,一打开,就喷到了墙上。一杯完全不行的波特酒……给这位绅士!……在十点十五分刚吃的那顿太饱的早餐之后连嘴都张不开了。现在是中午啦!

"上帝的英格兰!"提金斯用高昂的好心情感叹道,"希望和荣耀的土地!"——F本位降到主音,C大调:四六和弦,在大七和弦暂停,转到C大调共同的和弦上……全部完全正确!两个低音提琴,大提琴,所有小提琴,所有木管,所有铜管。整个大管风琴,所有

---

① 英国谚语,意思是农民要想丰收,要及时除去田地里的芒刺和牛蒡。
② 引自莎士比亚的《哈姆雷特》第四幕第七场王后台词,作者的引文稍有错漏。原文为:"正派的姑娘管这种花叫死人指头,说粗话的牧人却给他起了一个不雅的名字。"此处译文参考朱生豪译法。

的停顿，特别的人声音栓，有键号角的效果……整个国家都传来他父亲熟悉的那个键号角的声音……恰好合适的烟斗。肯定是这样的，好出身的英国人的烟斗。同理，烟草也一样。年轻女人诱人的后背。英国仲夏的正午。全世界最好的天气！没有哪天不能出门的！提金斯停了一下，用他的榛木手杖狠狠地击打了一株高高的黄色毛蕊花，植株长着犹豫不决、毛茸茸、灰绿色的叶子和同样犹豫不决的纽扣般还未成熟的柠檬色花朵。花枝优雅地倒下了，像一个女人被杀死在硬布衬裙中间！

"我现在是个残暴的谋杀犯了！"提金斯说，"没有一身鲜血！溅上了无辜植物的绿色汁液……老天作证！这个国家的女人没有一个不会让你在刚刚认识一个小时之后蹂躏她。"他又砍倒了两枝毛蕊花和一枝苦苣菜！一个阴影，但并非来自太阳，一道幽暗，投在六十英亩的紫色花草和延寿菊上，白色的：像是蕾丝衬裙铺在草地上！

"老天作证，"他说，"教堂！国家！军队！国王陛下的政府部门，国王陛下的反对党，国王陛下的金融家……整个统治阶级！全部都堕落了！感谢上帝，我们有海军！……但那可能也堕落了！谁知道呢！不列颠尼亚不需要舷墙……那感谢上帝，还有夏天的田野里正直的年轻人和品德高尚的女孩：他是最像托利人的托利党，就像他应有的那样；她是激进的妇女参政权论者，在这片土地上与邪恶作战[①]……她

---

① 原文是"militant here in earth"，常见于在基督教公祷书代祷部分的开头："为普世教会、信徒及宣教使命"（Let us pray for the whole state of Christ's Church militant here in earth）。

就应该这样！她就应该这样！二十世纪开头的这些年岁，还有什么办法可以让一个女人保持清白和健康！在讲台上大声呐喊，对肺多有好处，狠击警察的头盔……不！这该是我做的：我的份，我想，小姐！……扛着沉重的横幅，在罪恶的索多玛的街上行进二十英里。都做得很棒！我敢打赌她品德高尚。但你并不需要打赌。这种事情不是靠概率来计算的。你可以从眼睛里看出来。漂亮的眼睛！诱人的后背。纯真的狂妄……是的，对这个帝国的母亲们来说，这种工作比成年累月照料下流的丈夫，直到自己变得像火边的母猫一样歇斯底里要好……你可以在她身上看出来，那个女人，你可以在她们大部分人身上看出来！感谢上帝，还有正直已婚的年轻托利党男人和这个支持妇女参政的孩子……英格兰的脊梁骨！……"

他又砍倒了一枝花。

"但老天作证！我们俩都被怀疑的阴云笼罩！两个都是！……这个孩子和我！还有爱德华·坎皮恩将军、科罗汀·桑德巴奇夫人，还有尊敬的国会议员保罗（暂时停职）来散播谣言……还有四十个没牙的老顽固在俱乐部里到处散播。无数本访客簿打着哈欠把你们的名字从上面划掉，我的孩子！……我亲爱的孩子！我多么后悔：你父亲最老的朋友……老天有眼，那个冻肉沙拉里的开心果！我再重复一次！早餐搞砸了：真是令人不愉快的回忆！虽然我几乎可以承受任何事情，鸵鸟一样的消化能力……但不！令人不快的思考！我简直像那个大眼睛婊子一样歇斯底里！同样的原因！错误的饮食，错误的生活。应该是给打山鹬的猎人吃的食物，而不是久坐的人该吃的芜菁。英格兰是药片的国度……药丸国①，德国人这么叫我们。说得很对……还有，该死的，室外的饮食：水煮羊肉，芜菁，久坐的生活……还有被迫面对世界的肮脏，你的鼻子整天都待在里面！为什么，等等，我跟她一样糟糕。西尔维娅跟杜舍门一样糟糕！……我从来没这么想过……难怪肉都变成了尿酸……神经衰弱的主要诱因……多么可怕的泥塘！可怜的麦克马斯特！他完了。可怜的家伙，他应该色眯眯地盯着这个孩子。他应该唱的是'高地玛丽'而不是'这是每个男人欲望的终结②'……这个年轻人迷上了一位过气的拉斐尔前派妓女，这件事可以刻在他的墓碑上，写到他的名片上……"

他突然停下了脚步。他想到自己不应该和这个女孩一起散步！

"但是该死的，管他呢。"他对自己说，"她倒是个掩盖西尔维娅那档事的好幌子……谁在乎呢！她必须试试运气。很可能她已经被从他们那些可怕的访客簿里划掉了……因为她是个妇女参政权论者！"

温诺普小姐，在他身前大约一个板球场距离外，跳上一架篱笆过墙梯，脚蹬在台阶上试了试，直接踩上最上一级台阶，左脚在其他台阶上稍稍一蹭，然后就落在了扬着灰的白色路上。他们毫无疑问需要穿过这条路。她站在那里等着，仍然背对他……对他来说，她敏捷的脚步，她诱人的后背，现在，无比可悲。把她搅进丑闻里，

---

① Das Pillen-Land，德文。

② 这句诗出自英国维多利亚时代诗人阿尔加侬·查尔斯·斯温伯恩（1837—1909）的《重负的民谣》。次页"珍贵而稀有的是她佩戴的珠宝"句同出于此诗。

就像剪去金翅雀的翅膀一样。这个明亮的生物，黄的、白的、金的，精致，阳光下在蓟的枝头用翅膀扇出一片光晕。不，该死的！比这还要糟糕，这简直比那些爱鸟人士刺瞎苍头燕雀的眼睛还糟[①]……无比悲惨！

在台阶上方，一棵榆树上，一只苍头燕雀叫着："乒！乒！"

这愚蠢的声音让他怒火冲天，他对这只鸟说：

"你该死的眼睛！**就让**人把它们弄瞎吧！"当它的眼睛被刺瞎以后，这只发出可憎声音的讨厌的鸟，至少会像其他云雀或者山雀一样发出悠长的叫声。该死，所有这些鸟、田野博物学家、植物学家！以同一种方式，他朝着温诺普小姐的后背说："该死，你的眼睛！**让**它们责问你的贞洁吧！你为什么要在公共场合对陌生男人说话呢！你知道，在这个国家你不能做这种事。如果这是片像爱尔兰那样得体、正直的土地，人们为了清白的事务去割别人的喉咙，天主教对抗新教……哦，你可以！你可以从东到西穿越爱尔兰，和每一个见到的男人说话……'珍贵而稀有的是她佩戴的珠宝'……和每个人，只要他不是良好出身的英国人都行；和好出身的英国男人说话，那会夺去你的贞洁的！"他笨拙地往台阶上爬。"嗯！那**就**让它被夺走好了；**失去**你孩子气的名声。你和不明不白的人说了话，你被玷污了……而牧师、军队、议会、管理层、反对派、母亲们，还有英格兰的老女仆们都这么认为……他们都会告诉你，你不可能

[①] 和中国人养画眉类似，英国有人饲养苍头燕雀听其啼叫。当时部分养鸟人士相信瞎眼的苍头燕雀叫得更好听，故此不惜刺瞎鸟眼。

和一个陌生男人在阳光下、在高尔夫球场上说了话，还没有变成西尔维娅或者什么其他人的幌子……那就**做**西尔维娅的幌子吧，就**被**从那些访客簿上划去吧！你被牵连得越深，我就越是一个可耻的坏蛋！我希望尽可能多的人看见我们俩在这里，事情就解决了……"无论如何，当他在路边和温诺普小姐站在一起，她并没有看他。而他左右打量白色的路，对面没有过墙梯，他粗哑地说：

"下一架过墙梯在哪里？我讨厌在路上走！"她用下巴指向对面的灌木篱墙。"五十码！"她说。

"来吧！"他叫道，几乎一路小跑着走了过去。他脑子里突然想到，如果发生这种事也同样非常糟糕：一辆车，坐了坎皮恩将军、科罗汀夫人、保罗·桑德巴奇，从这条路几乎看不见的尽头驶来；或者他们中的一个，可能是将军驾着他喜欢的单马双轮马车。他自语道：

"老天作证，如果他们伤了这个女孩，我会用膝盖抵着打断他们的脊梁！"他加快了脚步，"只是这恐怖的事情可能真的会发生。"这条路可能直直通向蒙特比的前门！

温诺普小姐稍稍小跑跟在他身边。她认为他是最奇特的男人：他既不理智又讨厌。理智的人，如果他们得急匆匆地走的话——但**为什么**要急匆匆呢！——会在田野的灌木篱墙投下的绿荫里走，而不是在郡议会马路上的白热里。嗯，他可以往前走。在下一片田野上，她准备如实对他说，她并没准备跑得一头汗，让他那双可恨但非常引人注意的眼睛鼓起来看着她，好像一只龙虾。但她的神态很冷淡，带着指责的神气，穿着她漂亮的衬衫……

有一辆单马双轮马车从他们身后驶来!

突然,她脑子里想,这个傻瓜说警察准备放过她们的时候其实是在撒谎,在早餐桌上撒谎……这驾单马双轮马车里是警察,在追他们!她没有浪费时间回头张望,她不是汤匙盛蛋赛跑里的阿塔兰塔。她抬起脚跟冲刺起来。到树篱旁的白色木转门边的时候,她以一码半的差距赢了他,慌慌张张,气喘吁吁。他在她身后喘着粗气想进门,这个傻瓜都不知道让她先过去。他们挤在一起,面对面,直喘粗气!这种情况下,肯特的小情侣通常会接吻。门有三部分,V字形的一部分内侧可以顺着合页转动,这可以防止牛穿过,但这个粗野的大个子约克郡人并不知道,试图像一头发疯的阉牛一样挤进去!现在他们要被捉住了。得在旺兹沃思的监狱里待上三个星期……哦,算了……

温诺普夫人的声音——当然,那车里只是她妈妈!二十英尺开外向上的斜坡上,在踢腾着的母马身后,她好看的、圆圆的脸像一朵牡丹——道:

"啊,你可以在我的瓦尔进门时拦住她……但是,她二十码就让了你七码,到门边的时候还赢了你。这是她父亲的野心!"她以为他们俩是像小孩那样在比赛跑步。她坐在马场车夫旁边,对提金斯低头笑笑,脸圆而朴素。车夫戴着黑色的、耷拉着的帽子,长着圣彼得一样的灰胡子。

"我亲爱的孩子!"她说,"我亲爱的孩子!有你在我家屋檐下,太令人满足了!"

黑马立起上半身,那个圣彼得正拉着缰绳锯它的嘴。温诺普夫人漠不关心地说："史蒂芬·乔尔！我还没说完呢。"

提金斯气急败坏地盯着那匹马汗津津的肚子的下部。

"你快了，"他说，"马肚带都这样了。你的脖子会断的。"

"哦，我不这么认为，"温诺普夫人说，"乔尔昨天刚买的这套马具。"

提金斯凶狠地对车夫说："这里。下来，你。"他说。他自己控住马头，它的鼻孔由于激动而张开着。它几乎立刻把额头靠到了他肩膀上。

他说："对！对！就这样！就这样！"它的四肢不那么紧绷了。老车夫从高高的座位上爬下来，一开始想从前面下来，然后又想从后面下来。

提金斯义愤填膺地对他发出指示："把马牵到那边树荫底下。别碰它的嚼子，它的嘴发炎了。你从哪里买来这一套的？阿什福德市场，三十英镑，不止这个价……但是，我告诉你，没看见你把十三手高小马驹的马具套到了十六手半的马上了吗？把嚼子放出三孔长，都快把这家伙的舌头羁成两半了……这家伙没阉干净。你知道那是什么意思吗？如果你给他吃两个星期玉米，它有一天会把你、车，还有马厩，在五分钟内都踢烂的。"他牵着车马，一脸胜利和骄傲的温诺普夫人和其他人也跟随着，走到一片榆树下的树荫里。

"松开那个嚼子，你个该死的。"他对车夫说，"啊！你害怕了。"

他自己松开了嚼子，手上沾满了油乎乎的挽具抛光剂，他讨厌那玩意。然后，他说：

"你能控住它脑袋吗，还是你连这个也害怕？你**真活该**被它把你的手咬下来。"

他对温诺普小姐说:"你行吗?"

她说:"不!我害怕马。我可以驾任何类型的车,但是我害怕马。"

他说:"很好!"

他向后站了站,看着这匹马。它耷拉着头,抬起这一侧的后腿,脚趾松松地放在地上,摆出一副休息的姿势。

"它现在要站起来了!"他说。他取下了马肚带,不舒服地弯下腰,浑身出汗,油腻腻的。马肚带在他手中断成两截。

"是真的。"温诺普夫人说。"如果你不这么做的话,我三分钟之内就死了。车子会往后翻起来……"

提金斯拿出一把很大、很复杂、曲柄的刀,像中学生用的。他选了个孔,然后把它扯开。他对车夫说:

"你有鞋匠用的麻线吗?随便什么细绳,铜线,兔笼线,有吗?得了吧,你肯定有兔笼线,否则你就不是个杂务工。"

车夫转了转他无精打采的帽子,表示否定。这位上流人士似乎是那种会因为你拥有兔笼线就起诉你偷猎的人。

提金斯把马肚带放在车辕上,用他自己的工具给它打了孔。

"勉强凑合吧!"他对温诺普夫人说,"但这会让这马带你回家,还能让你放心用上六个月……但我明天会帮你把这一套马具卖掉。"

温诺普夫人叹了口气。

"我猜它只能卖十英镑……"她说,"我应该自己去市场的。"

"不!"提金斯回答道,"我给你卖五十英镑,不然,我就不是约克郡人。这个家伙并没有骗你。他那点钱花得真是挺值的,但他不知道适合女士的是什么东西。一匹小白马和一架轻便马车才是你想要的。"

"哦，但是我想来点有意思的。"温诺普夫人说。

"你当然想啦，"提金斯回答说，"但这辆马车有点太过了。"

他轻轻叹了一口气，拿出他的手术针。

"我会用这个把马肚带缝在一起，"他说，"它很有韧性，缝两针就可以永远固定在一起……"

但那个杂务工站在他身边，拿出口袋里的所有东西：一个油腻腻的皮袋子，一块蜂蜡，一把刀，一个烟管，一小块奶酪，一根苍白的兔笼线。他认定**这个**上流人士很仁慈，所以他把全部家当都贡献出来了。

提金斯说："啊。"然后，当他解开绳子的时候：

"好吧！听着……你这架马车和这匹马是在羊腿旅馆后门跟一个货郎买的。"

"是撒拉逊人头客栈！"车夫喃喃道。

"你花三十镑买了下来，因为那个货郎急着要钱。**我**知道。便宜得要死……但是，没阉干净的马，不是人人都能驾的。对一个兽医或者卖马的来说无所谓。你看那个车，太高啦！……但是，你干得不错。只是你跟以前三十岁的时候不一样了，对吧？这匹马看着太恐怖，车子又太高，你一旦上去就下不来了。然后，你还让它在阳光下等你的女主人等了两个小时。"

"沿着马厩墙边上有点阴凉。"车夫喃喃道。

"啊！他不喜欢等。"提金斯平静地说，"你应该心存感激，你的老脖子没断。把这个马肚带扣上,少扣一个眼儿,因为我多往里挪了一点。"

他准备爬上车夫座位,但温诺普夫人在他之前就上去了,坐在一个配着绑带的坐垫的座位上,高得几乎无法想象。

"哦,不,你不用。"她说,"我在的时候,除了我和我的马夫,没人能驾车带我们。你也不行,我亲爱的孩子。"

"那我跟你一起走。"提金斯说。

"哦,不,你不用。"她回答,"谁都不能在这架车上断了脖子,除了我和乔尔。"她补充了一句,"如果我认为这马驾起来没问题的话,可能今晚能让你试试。"

温诺普小姐突然叫起来:"哦,不,妈妈。"

但那个杂务工爬了上去,温诺普夫人扬起了鞭子,让马跑了起来。她又立刻拉住马,侧过身子对提金斯说:

"**多么**悲惨的人生啊,那个可怜的女人。"她说,"我们**都**必须为她做我们能做的一切。她明天就可以把她丈夫送到精神病院去。她不这么做只是出于完全的自我牺牲。"

马以一种轻柔而规律的小碎步跑走了。

提金斯对温诺普小姐说:"你妈妈的手真不一般。我并不经常看见一个女人那样的手放在马嘴上。你看到她怎么拉缰绳了吗?……"

他意识到,这个女孩一直在用亮晶晶的眼睛盯着他,这么一段时间里,从路边开始,专注地,几乎入了迷。

"我猜,你认为刚刚是场非常不错的表演。"她说。

"那个马肚带,我弄得并不好,"他说,"我们从这条路上下去吧。"

"设身处地地安慰可怜柔弱的女性,"温诺普小姐继续说,"安慰那匹马的样子就像一个有魅力的男人。我猜你也这么安慰女人。我为你的妻子感到惋惜……英国乡村男性!看一眼,就把杂务工收为了忠实的仆从。封建系统都圆满了……"

提金斯说:"嗯,你知道,要是他知道你们有个懂行的朋友的话,这会让他成为一个更好的仆人。下等阶层的人就是这个样子。我们从这条路上下去吧。"

她说:"你刚才急匆匆地要躲到树篱后面,警察在追我们吧,不是吗?可能你吃早饭的时候在说谎,为了安慰一个柔弱女人歇斯底里的神经。"

"我没有撒谎。"他说,"但是如果能走田间小道的话,我讨厌走在大路上……"

"这是恐惧症,跟女人的病一样。"她说。

她几乎跑过了木转门,然后,站着等他。

"我猜,"她说,"如果你以你高高在上、富有权威的男性特有的方式制止了警察,你会毁灭了我浪漫的青春梦。你并没有。我不**想要**警察追着我。如果他们把我扔进旺兹沃思的监狱的话,我相信我会**死掉**的。我是个胆小鬼。"

"哦,不,你不是。"他说。但他正陷入了自己的思绪,就像她同样也没有听他说话一样。"我敢说你是个女英雄。**不是**因为即使害怕某事的后果,也坚持不放弃的行为,但我敢说你绝对是出淤泥而不染。"

因为家教太好,她不愿打断他,等到他把所有想说的话都说了,她才叫起来:

"话说在前面,很显然,妈妈希望我们常常见到你。**你**也会成为幸运星,像你父亲一样。我猜,你已经认为自己是了:昨天,从警察手下救了我;今天,拯救了我妈妈的脖子。你似乎还会为我们在那匹马身上挣二十镑的利润。你说你会的,而你看起来确实像那种人……二十英镑,对我们这种家庭来说可是一大笔钱……唉,那么,你看起来会成为一个在温诺普家经常出现的'好朋友[①]'……"

提金斯说:"我希望不要。"

"哦,我的意思不是说,"她说,"你会通过追求温诺普家的每一个女人来出名。再者,我家也只是我一个人。但妈妈硬逼着你做各种奇怪的工作,而且,餐桌上总会有你的盘子。不要发抖!我一般是个好厨子——家常菜,当然啦。我从一个正儿八经的专业厨子那里学的,虽然那人是个醉鬼。这意味着曾经一半的饭都是我做的,而那个家庭又很挑剔。伊令人都这样:郡委员,一半都是,这类人都是。所以,我知道男人都——是什么样子的……"她停下来,温柔可亲地说,"但是,看在老天的分上,算了吧。我很抱歉,对你这么粗鲁。但是,像个绒毛兔玩具一样站在一边,而让男人像个典型的可敬的克莱登[②]一样做事,又冷静,又镇定,带着那种英国乡村绅士的氛围什么的,这事挺烦人的。"

提金斯皱了皱眉头。这个年轻女人的话和他妻子常常用来贬损

[①] bel ami,法文。

[②] 《可敬的克莱登》是苏格兰剧作家、小说家詹姆斯·马修·巴里(1860—1937)的作品。

他的话有些太相似了。然后，她嚷嚷道：

"不！这不公平！我是头不懂感恩的蠢猪！你做的就像一个能干的工人，在一群无能的白痴之间做了自己应做的工作，不用非要站在哪一边。但就直说吧，好吗？就说一次，为所有这些事——你知道那正确、自负的态度，你并不是对我们的目的毫无同情，但你不同意——哦，非常强烈地——我们的手段。"

提金斯发现这个年轻女人对这件事——赋予女性投票权——根本上的兴趣比他所认识到的要深得多。他没什么心情和年轻女人说话，但他回答的时候也绝非敷衍了事：

"我并不这么想。我完全同意你们的手段，但你们的目的很愚蠢。"

她说："我猜，你不知道格尔蒂·威尔逊，现在在我们家床上的那位，正在被警察通缉，并不仅仅因为昨天的事，而是在一串信箱里都放了爆炸物。"

他说："我不知道……但这件事做得很恰当。她没有烧掉我的什么信，否则我可能会被惹恼，但这不会影响我同意她的做法。"

"你不觉得，"她真诚地问，"我们……妈妈和我……可能会因为窝藏她而受重刑？这对妈妈将会是无比可怕的霉运，因为她是个反对派……"

"我不知道刑罚的事，"提金斯说，"但我们最好尽快把那个女孩从你家转移出去……"

她说："哦，你会**帮忙**吗？"

他回答："当然，不能给你妈妈惹事。她写出了十八世纪以来唯一值得一读的小说。"

她停下来,真诚地说:"看。**别**做无耻轻薄的人,说什么投票不会给女人带来任何好处。女人过得太糟糕了。很糟糕,真的。如果你见过我所见过的那些景象,你就知道我不是在胡言乱语。"她的声音变得很低沉,眼里含着泪水。"**可怜**的女人**真的是这样**!"她说,"小小的不重要的生物。我们**必须**改变离婚法。我们**必须**得到更好的待遇。如果你知道我所知道的,你也没法忍受。"

她的感情让他感到恼火,因为它似乎建立了一种兄弟般的亲密感,而他现在并不想要这种感觉。除了在熟人面前,女人并不展示她们的感情。他干巴巴地说:

"我敢说,我没法忍受,但我并不知道这一切,所以,我可以!"

她带着深深的失望说:"哦,你**是**个讨厌鬼!我不应该为说了这话求你原谅。我不相信你真的是你说的那个意思,你只是出于无心。"

这又是一个西尔维娅式的控诉,提金斯又皱了皱眉。她解释道:

"你不知道皮米里科军服工厂工人的事情,不然,你就不会说投票对女人来说没用了。"

"这件事,我知道得很清楚。"提金斯说,"我收到过关于这件事的公文,我记得当时想,没有比这更明确表明投票对任何人都没有用处的迹象了。"

"我们不可能在说同一件事。"她说。

"我们说的是同一件事。"他回答道,"皮米里科军服工厂在威斯敏斯特的选区。陆军副部长是威斯敏斯特的议员。上次选举的时候,他需要的多数选票是六百张。军服工厂雇佣了七百个男人,每小时一先令六便士,所有这些男人在威斯敏斯特都有选票。这七百个男人写信给陆军副部长,说如果他们的薪水没有涨到两先令,他们就会在下次选举彻底投反对票……"

温诺普小姐感叹道:"啊,那么!"

"所以,"提金斯说,"副部长炒了这七百个每小时拿十八便士的男人鱿鱼,雇了七百个女人,每小时十便士。投票权给这七百个男人带来了什么好处?选票给任何人带来任何好处吗?"

温诺普小姐想了想,提金斯为了阻止她指出他的错误①,飞快地说:

"现在,如果这七百个女人得到了这个国家其他被不公对待、努力劳作的女性的支持,威胁副部长,烧了他的邮筒,把他乡间住宅周围的高尔夫球草地上的草都剪了,下周她们的薪水会涨到半个克朗②。这是唯一直截了当的办法。这就是封建系统的运作办法。"

"哦,但我们不会剪**高尔夫**草地的,"温诺普小姐说,"至少 W. S. P. U③前两天刚讨论过,认为任何这么不正派的事情都会让我们**太**不受欢迎。我本人倒是支持。"

提金斯哼哼道:"真让人恼火,看到女性一旦进了议会就像男人一样一头糨糊,害怕面对直截了当的事情!……"

"顺便说,"女孩打断道,"你明天不能把我们的马卖了。你忘

---

① 这一错误可能是因为一九一八年之前英国女性都没有投票权,所以副部长炒了这七百个男人的鱿鱼等同于丢了七百张选票,同样会失去他的席位。

② 克朗是英国的旧币,半克朗等于两先令六便士。

③ W. S. P. U 即妇女社会和政治联盟,是 Women's Social and Political Union 的缩写。

了，明天是周日。"

"那我就得周一卖了。那么，"提金斯说，"封建系统的问题是……"

刚刚结束午饭——那是一顿很不错的午饭。冷羊肉配新鲜土豆和薄荷酱，用柔滑得像亲吻一样的白酒醋做的薄荷酱，波尔多红葡萄酒很好入口，波特酒比那还要好。温诺普夫人已经又能雇得起已故老教授的酒商了……温诺普小姐亲自去接了电话……

这小屋毫无疑问是栋便宜房子，因为它很老，宽敞而舒适。但也毫无疑问，她们在这些低矮的房间上花了不少力气。餐厅四面都有窗子，一根大梁贯穿屋顶。餐具是在减价的时候买的，玻璃杯都是老雕花玻璃做的。火炉的两旁各是一把单人扶手沙发。花园里，小径铺着红砖，种着向日葵、蜀葵和深红色的剑兰。花园并没有什么独特之处，但花园门很结实。

对提金斯来说，这一切都意味着努力。这个女人，几年前一分钱都没有，在最悲惨的情境下，以收入最微薄的方式[①]维持生计。这代表了曾经付出的多少努力啊！这难道不代表现在的努力吗？还有个男孩在伊顿读书……这是愚蠢但勇敢的努力。

温诺普夫人坐在他对面那把单人扶手沙发上，了不起的女主人，了不起的女士。她很有精神，横冲直撞，但是有些疲惫，像一

---

① 指温诺普夫人以写作为生。

匹疲惫的老马，需要三个男人才能在马厩前面的草坪上给它装上挽具，像牡马一样迈开步子，却很快就慢下脚步。她脸色疲惫，真的，红扑扑的脸颊气色不错，但皱纹有些下垂。她可以舒服地坐在那里，丰满的手上盖着黑色蕾丝披肩，从她大腿两旁垂落下来，就像任何一个维多利亚时代的了不起的女士一样悠闲地坐着。但在午饭的时候，她说她过去四年每天都写上八个小时——直到今天——一天都没有耽误。当天是周六，她没有社论要写。

"啊，我亲爱的孩子，"她对他说，"我太佩服你了，除了你父亲的儿子我不会佩服任何人。甚至连……都不。"她说出了她最尊重的人的名字。"这是事实。"她加了一句。不过这样，即使在午饭桌上，她也深深地陷入了不切实际的论调中，说了不少错得离谱的话，大部分都是关于公共事务的。这都意味着了不起的履历。

他坐在那里，咖啡和波特酒放在身边一张小桌子上。这间屋子现在是他的了。

她说："我最亲爱的孩子……你有那么多事要做。你觉得，你今晚真的要带女孩们去普利姆索尔吗？她们又年轻又不为人着想。工作更重要。"

提金斯说："距离并不远……"

"你会发现挺远的，"她幽默地说，"从谭德顿过去还有二十英里。如果你等到十点月亮落了才走，五点之前就没法回来，就算不发生什么事故……马的状况还好，不过……"

提金斯说："温诺普夫人，我应该告诉你，人们在说我和你女儿之间的闲话。讲得很难听！"

她把头转向他,有点僵硬,但她只是回过了神。

"呃?"她说,然后道,"哦!那个高尔夫球场的事情……那一定看起来很令人怀疑。我敢说,你为了把他们从她身上引开,和警察之间肯定也闹得不小。"她深沉地思考了一阵,像个老神父。

"哦,你会没事的。"她说。

"我得告诉你,"他坚持说,"这比你想象的还要严重。我想我不应该在这里。"

"不在这里!"她叫起来,"为什么?除此以外,全世界还有什么地方你该去?你跟你妻子合不来,我知道。她一直性格都不太好。除了瓦伦汀和我,谁还能把你照顾得这么好?"

在这一记尖锐的重击下——因为,说到底,提金斯对这个复杂的世界上的任何事情都不如他对妻子的名声来得在乎——提金斯有些尖锐地问温诺普夫人为什么说西尔维娅性格不好。她有点不满,带着困意说:

"我亲爱的孩子,没什么原因!我猜测你们之间有些分歧。这是我的观察。然后,既然你很明显性格不错,那就一定是她性格不好。就是这样,我向你保证。"

提金斯松了一口气,他的固执又复苏了。他喜欢这个家,他喜欢这个环境,他喜欢它的朴实节俭、家具的选择、光线从一扇窗子射到另一扇窗子、辛勤工作后的倦意、母女之间的关爱。实际上,还有她们二人对他的关爱。他下定决心,如果他可以的话,不要坏了这家女儿的名声。

正派的人,他认为,不会做这种事情。他有些介意地想起他和坎皮恩将军在更衣室的对话。他似乎又看到了那裂纹的洗手池放置在精制的橡木架子上。温诺普夫人的脸色变得更灰了,鼻子勾得更弯了,有些可憎!她时不时点点头,要么是为了表示她在听,要么就只是困了。

"我亲爱的孩子,"她最后开口说,"把这种事扣在你头上真是太可恨了。我可以看出来。但我似乎一生都浸在谣言丑闻里。每个到了我这个年纪的女人都有这种感觉……现在它不再重要了。"她用力点得头都要掉了。然后,她开始说:"我不觉得……我真的不觉得,我能在你的名声这件事上帮忙。我如果能帮就会帮的,相信我……但我还有其他的事情要做……我得维持这个家,得喂饱我的孩子,送他们去上学。我不能把我的脑子都用来想别人的麻烦事……"

她突然清醒了过来,从椅子里一站而起。

"但我是个多么讨厌的人啊!"她说,突然地,蹦出的语气腔调和她女儿一模一样。随后,她穿着有维多利亚女王气质的披肩和长裙,飘到提金斯的高背椅后面,弯下腰抚摸了一下他右边太阳穴上的头发。

"我亲爱的孩子,"她说,"活着是件痛苦的事。我是个老小说家,我知道。你在那为了拯救一团糟的国家努力工作,把命都要送了,不管不顾地把你个人名誉丢在一边……迪兹[①]在我们的一次招

---

① 指本杰明·迪斯雷利(1804—1881),英国保守党政治家,曾两度出任首相。

待会上亲口对我这么说的。'我在这里,温诺普夫人,'他说……然后……"她迟疑了一下,但她又努着力说,"我亲爱的孩子,"她轻声细语着,弯下腰来,把头靠近他的耳朵,"我亲爱的孩子,这没关系,这真的没关系。你会没事的。唯一要紧的是把事做好。相信一个活得非常艰苦的老女人的话。'辛苦钱[①]',像海军里说的那样。听起来像虚伪的说教,但这是唯一的真理……你会在那其中找到慰藉。你会没事的,或者你不会。那就得看上帝对你仁不仁慈了。但那没关系,相信我:你的日子如何,你的力量也必如何。[②]"她又陷入了其他的思考。她为新小说的情节感到不安,很想回去继续思考这件事。她站着盯着那张照片,早已褪色褪得很厉害了,照片上是她丈夫,留着连鬓胡子,衬衫胸前的部分尤其宽大,但她继续带着下意识的温柔抚摸着提金斯的太阳穴。

这让提金斯一直坐在那里。他很清楚他眼里有泪水。这温柔他几乎承受不了,而他心底里其实是个非常直率、简单、敏感的人。当他在剧院看到温柔的爱情场面之后,总是会双眼含泪,所以他避免去戏院。他两度想应不应该再试一次站起来,虽然这几乎超越了他的能力。他想要静静坐着。

抚摸停下了,他挣扎着站起身来。

"温诺普夫人,"他看着她说道,"这完全正确。我不应该在意

[①] 原文是"Hard lying money",指给需要忍受特别恶劣的天气和工作环境的水手发的奖金。

[②] 出自《圣经·申命记》。

那些蠢猪怎么说我，但我在意。你对我说的这番话我会考虑，等我记在脑子里……"

她说："是的！是的！我亲爱的。"然后继续盯着照片看。

"但是，"提金斯说，他牵起她戴着连指手套的手，带她回到她的椅子里，"我现在担心的并不是我自己的名声，而是你女儿瓦伦汀的。"

她陷入高高的椅子里，像个气球，然后放松了下来。

"瓦尔的名声！"她说，"哦！你的意思是他们会把**她**从访客簿里划掉。我没想到。他们会这么干！"她仍然长久地陷在思考中。

瓦伦汀就在房间里，悄悄地笑了笑。她刚才去给那个杂务工送了午饭，仍然被他对提金斯的称赞逗得发笑。

"你有了个仰慕者，"她对提金斯说，"'给那个该死的马肚带打眼的样子，'他继续说道，'就像个了不起的老叨木鸟敲着一棵空木头！'他喝着一品脱啤酒，边喘边这么说。"她继续叙述乔尔的古怪有趣，这很吸引她。她告诉提金斯叨木鸟[①]是肯特方言里的绿背啄木鸟，然后说：

"你在德国没有朋友吧？"她开始清理桌子。

提金斯说："有，我妻子在德国，在一个叫罗布施德的地方。"

她把一摞碟子放在一个黑色、上了漆的托盘里。

"真对不起。"她说，并没有表现出任何深深的悔恨，"都赖天才的电话机聪明的蠢劲[②]。那我收到的一封电报就是给你的。我以

---

① 原文为"yaffle"，是一个方言词汇。
② 即电话因为通话质量不好容易造成误会。

为那是关于妈妈的专栏的事。电报通常带着的都是报纸名字的缩写,也挺像提金斯的,那个寄电报的女孩叫作霍普赛德。看起来有点难以理解,但我以为是跟德国政治有关,我想妈妈会看得懂的……你们俩不会都困了吧,有吗?"

提金斯睁开眼睛。女孩站在他正前方,从桌子那边走过来的。她拿着一张纸,上面是她抄下来的消息。他眼前一片模糊,字都叠在了一起,消息是这样的:

"得。但确保接线员跟你一起来。西尔维娅·霍普赛德 德国。"

提金斯向后靠着,长时间盯着这些字。它们看起来毫无意义。女孩把纸放在他的膝盖上,走回了餐桌。他想象女孩在电话里和这些无法理解的字句纠缠不清的样子。

"当然,如果我有点脑子,"女孩说,"我应该知道,这不可能是关于妈妈的专栏的留言。她从来不在周六收这种电报。"

提金斯听到他自己清楚、大声、一字一顿地宣告:

"这意味着我星期二要去我妻子那里,带上她的女仆,跟我一起去。"

"幸运的家伙!"女孩说,"我希望我是你就好了。我从来没踏上过歌德和罗莎·卢森堡的故乡。"她托盘上托着一大堆盘子,桌布搭在上臂上,走开了。他隐约地意识到,她在那之前已经用一个扫面包屑的小刷子把面包屑刷干净了。她干活十分迅捷,一直在说话。这来自做女佣的经历。一个普通的年轻女士需要花上两倍的时间,而且如果她试着说话的话,话一定会漏掉一半。效率!她刚刚反应过来,他要回到西尔维娅身边,当然,也是回到地狱!那确实就是地狱。如果一个恶毒而高超的魔鬼……虽然魔鬼当然很蠢,把焰火和硫黄当作玩具。可能只有上帝才能,正确地设计出内心永无止境的折磨……如果上帝希望(谁也不能反对,只能希望他不要这么想!)为了他,克里斯托弗·提金斯,这么设计,深不见底的永恒里充满着令人疲惫的绝望……但上帝已经这么做了,毫无疑问,这是一种惩罚。为了什么?既然上帝是公正的,谁知道,在上帝眼里,他犯下了什么罪恶,需要重罚?……那么说到底,上帝可能在惩罚性方面的罪过是毫不留情的。

他们早餐室的图景突然重新回到了他的脑子里,深深地烙印在上面,还有各种黄铜的、电气的玩意,煮蛋器、烤面包机、烤炉、热水壶,他讨厌它们愚蠢的无效率;一大堆一大堆的温室花朵,他讨厌它们带着异国情调的蜡色!——他讨厌的陶瓷镶板和镶在画框里的蹩脚的照片——当然,确实是真货,我亲爱的,苏富比认证过的——照片上是微微发红的女人们戴着假的盖恩斯伯勒帽子,卖着鲭鱼或者金雀花。一件他讨厌的结婚礼物。赛特斯维特夫人穿着睡裙,但戴着巨大的帽子,正在读《泰晤士报》,永远在急急地翻页,因为她没法静下来读任何一页。西尔维娅来回踱步,因为她没法静静地坐着,手上拿着一片吐司,或者把手背在身后。她很高,肤色白皙,像典型的道德败坏的德比冠军马一样优雅,充满活力。世代近亲繁殖只为一个目标:让某种类型的男人气得发疯……前后踱步,叫着:"我厌倦了!厌倦了!"有时候,甚至把早餐盘摔在地上……还有说话!永远在说话,惯常地,聪明地,说些蠢话;令人愤怒地常常说错,穿透力强得可怕,高喊着求人驳斥;一个绅士得回答他妻子的问题……他的前额一直感受到压力，保持坐着不动的决心，房间的装饰似乎在烧灼他的心。就在那里，现在朦胧地出现在他的眼前。还有他前额上感到的压力……

温诺普夫人正在跟他说话。他不知道她说了什么，他一点也不知道他之后回答了什么。

"上帝！"他对自己说，"如果上帝惩罚的是性的罪恶，他确实是公正而难以捉摸的！"因为他和这个女人结婚前就发生了肉体关系，在火车车厢里，从杜克里斯来的路上。一个美得十分奢侈的女孩！

她当时肉体上的诱惑去了哪里？无法抗拒，稍稍向后倾，乡下的风景疾驰而过……他心里说，是她勾引了他。他的头脑说，这是他的主意。没有绅士会这么去想他们的妻子。

没有绅士会想……老天有眼。她当时一定怀着另一个男人的孩子……他过去四个月里一直在和这个念头抗争……他知道他现在已经跟这个念头抗争了四个月。麻木了，就沉浸在数字和波浪理论里……她最后的话是，她最后说的话：夜深了。她穿着一身白色，走进化妆室。他再也没有见过她。她最后的话是关于孩子的……"假设"，她开始说……他不记得剩下的部分，但他记得她的眼睛，还有她摘下长长的白手套时候的动作……

他正在看着温诺普夫人的火炉，他想这是个品位上的错误，真的，夏天还把木头留在火炉里。但不然，你夏天要怎么对付一个火炉。在约克郡的小屋里，他们用涂了漆的小门遮上火炉。但这也很拥挤！

他对自己说："老天！我中风了！"他从椅子上站起来试了试他

的腿……但他并没有中风。他想，那一定是刚才的思考中的痛苦对他的头脑来说过于剧烈，就像有些生理上的剧痛感受不到一样。就像秤一样，神经没办法测出超过某一个数值的量。然后，它们就没感觉了。一个被火车轧断了腿的流浪汉告诉他，他试着站起来的时候，什么感觉都没有……但随后痛觉又回来了……

他对仍在说话的温诺普夫人说："请你原谅。我真的没听见你说了什么。"

温诺普夫人说："我在说，这是我能为你做的最好的事情了。"

他说："我真的非常抱歉，我刚才就是没听见这句话。我只是陷进了一点点麻烦，你知道。"

她说："我知道，我知道。心思到处跑，但我希望你能听着。我得去工作了，你也是。我说，茶点之后，你和瓦伦汀会走到莱伊去拿你们的行李。"

他用力想着，因为在他心里，他突然感到一阵强烈的愉悦：阳光照在远处金字塔形状的红色屋顶上，他们从长而斜的绿色山丘上向下走。上帝啊，是的，他想要室外的空气。提金斯说：

"我知道了。你要保护我们两个。你会蒙混过关的。"

温诺普夫人相当冷静地说："我不知道你们两个。我要保护的是你！（这是**你的**原话！）对瓦伦汀来说，她给自己挖了坑，她非跳不可。我已经跟你说了一遍了，我没法再重复了。"

她停下来，然后，又费了点气力说："被从蒙特比的访客簿上划掉，"她说，"这并不让人愉快。他们开很有趣的派对。但我这么大年纪已经懒得管了，并且他们因想念我而说的话超过我想念他们的。

当然，我替我的女儿遮风挡雨。当然，我支持瓦伦汀，无论艰难险阻。我会支持她，如果她和一个已婚男人住在一起，或者有了私生子的话。但我不赞成，我不赞成这群妇女参政权论者。我鄙视她们的诉求，我厌恨她们的手段。我不认为年轻女孩应该和陌生男人说话。瓦伦汀跟你说话了，看看这给你造成了多大困扰。我不赞成。我是个女人，但我找到了自己的办法，其他女人如果愿意或者有这么多能量也可以。我不赞成！但别以为我会出卖任何妇女参政权论者，个人也好，组织也好，我的瓦伦汀或者任何其他人。别以为我会说一句值得被人传播的反对她们的话。**你**不会传播。或者指望我会写一个字反对她们。不，我也是个女人，我站在我们女人这边！"

她精力满满地站起来。

"我得去写我的小说了，"她说，"我今晚得把星期一的连载通过铁路寄走。你可以去我的书房，瓦伦汀会给你笔、墨水、十二种不同的笔头。你会发现屋子里都是温诺普教授的书。你得忍受瓦伦汀在小厅打字的声音。我有两个连载，一个在誊录，另一个在写手稿。"

提金斯说："但是**你**呢！"

"我，"她叫起来，"我会在卧室在我的膝盖上写。我是个女人，我能这么做。你是个男人，得要有坐垫的椅子和一个庇护所……你感觉能工作吗？那你可以干到五点。瓦伦汀那时候会去泡茶。五点半你会出发去莱伊。你在七点可以带着行李和你的朋友还有你朋友的行李回来。"

她蛮横地用这么一句话让他闭嘴。

"别傻了。你朋友一定会更喜欢这间房子和瓦伦汀的饭菜超过小酒馆和小酒馆的饭菜。而且他还可以省钱……这不是多出来的麻烦。我猜你朋友不会告发楼上那个可怜的支持妇女参政的小女孩。"她停了一下又说,"你得**确定**你能在这段时间里工作,然后驾车把瓦伦汀和她送去那个地方……这件事很有必要,因为那个女孩不敢坐火车,而我们在那里有熟人,从来没跟妇女参政权论者有过牵扯。那个女孩可以在那里躲藏一段时间……但如果你来不及完成工作,我就自己送她们去……"

她又让提金斯闭嘴,这次是果断地。

"我告诉你了,这**不是**多出来的麻烦。瓦伦汀和我**总是**自己铺自己的床的。我们不喜欢用人动我们的私人物品。我们住在这一块得到的帮助比我们需要的还多出三倍。我们喜欢这里。你给我们添的麻烦可能是额外帮了忙。如果我们想的话,我们也可以找用人。但是瓦伦汀和我晚上喜欢单独待在这间屋子里。我们很喜欢对方。"

她走到门边,又飘回来,说:"你知道,我没法把那个不幸的女人和她丈夫的事从我脑袋里忘掉。我们**都**得为他们做点力所能及的事。"然后她开始叫了起来,"但是,老天,我让你没法工作了。书房在那边,穿过那扇门。"

她匆匆穿过另一个门廊,毫无疑问,她走过了一个走道,喊着:

"瓦伦汀!瓦伦汀!去书房找克里斯托弗。现在……在……"她的声音消失了。

第七章

女孩从单马双轮马车的高台阶上跳下来,彻底消失在一片银色中:她戴着水獭皮小圆帽,颜色很深,那应该能看得见的。但她彻彻底底地消失了,好像掉进了深水里,掉进了雪里……或者掉进了薄纸堆里。至少,比那还突然!如果是掉进黑暗里或者深水里,还有一秒钟可以看见一个移动着的浅色物体,雪和纸堆上还会留一点痕迹。这里什么都没有。

这一观察引起了他的兴趣。他一直专注地看着她,有些担心,害怕她没看见低处隐蔽的台阶,如果那样,她一定会擦破小腿的。但她漂亮地从车上跃下,带着几乎过分的勇气,完全没理会他说的:"下车的时候看着点。"他自己不会这么做,他没法接受就这么跳进那凝固的白色中……

他本来会问"你还好吗？"但比一句"看着点"——这句他已经说了——表达出更多的关切就会动摇他的镇定。他是个约克郡人，镇定可靠。她是南部乡村人，温柔，情感丰富，总是会惊叫"我希望你没有受伤"。而约克郡人只会嘟哝一声。但温柔只是因为她是南部乡村人。她像个男人一样好——一个南部乡村男人。她已经准备好承认北方那木头一样硬邦邦的特质……这是他们的传统，所以他没有说"我希望你还好"，虽然他想这么说。

她的声音传来，微弱不清，好像从他的后脑勺传来一样，惊人地像在说腹语一样：

"没事，弄出点声音来。这下面像闹鬼一样，而且这灯一点都不行。它几乎要灭了。"

他转回对水汽的隐藏效果的观察。他挺喜欢想象他自己在这愚蠢的风景里的荒谬形象。在他的右边是一弯巨大的、亮得不可思议的月牙，一道月光，就像在海边一样，直直地射到他的脖子上。在月亮旁边是颗大到荒谬的星星。在他们头顶上一个耀眼的位置上是大熊座，他唯一认识的星座。因为，虽然是个数学家，但他憎恨天文学。它对纯数学家来说不够理论，对日常生活来说又不够实际。他当然计算过深奥的天体运动，但只是通过现有数据。他从来没有寻找过他计算中的那些星星……他的头顶上，整个星空都是其他的星星：很大颗，流光像哭泣时的眼泪；或者在黎明升起的时候，由于光线太微弱，有时候你看到了它们，然后就又看不见了，接着，眼睛又一次找到了它们。

月亮的对面是一两朵脏兮兮的云，下缘是粉色，上面是深紫，衬在清澈的天空那更苍白、更低矮的蓝色上。

但奇怪的是这雾气！……它看起来好像是从他的脖子延展出去的。绝对的平坦，彻底的银色，在他两边无限延伸。在右边很远处，黑色的树的形状，一组一组的——一共有四组——完全就像银色大海上的珊瑚岛。他没法摆脱这愚蠢的比较：没有其他选择了。

但它并不是真的从他的脖子延展出去的。他现在伸出手，雾气齐胸高，像苍白的鱼一样，它们牵着黑色的缰绳，而缰绳向下滑入虚无。如果他拉一拉缰绳，马就会把头抬起来。一片灰色里能看得见两个尖尖的耳朵，马稍微高过十六手，雾可能有十英尺高。大约这样……他希望女孩可以回来再从车上往外跳一次。做好了准备的话他可以更科学地观察她的消失。他当然不能叫她再做一次。这很恼人。这个现在可能可以证明——或者，当然它也可以反证——他关于烟幕弹的想法。据说，明朝的中国人在团团雾气——当然，并没有刺激性——的掩护下接近并击溃他们的敌人。他读到过巴塔哥尼亚[①]人习惯躲在烟雾里接近鸟兽，近到可以直接用手抓住它们。帕莱奥洛格斯[②]统治下的古希腊……

温诺普小姐的声音——从车底下方传来：

"我希望你发出点声音，在这下面很孤独，而且可能会有危险。

[①] 巴塔哥尼亚一般指南美洲安第斯山脉以东，科罗拉多河以南（或以南纬四十度为界）的地区，主要在阿根廷境内，小部分属于智利。

[②] 帕莱奥洛格斯是拜占庭帝国末代统治家族。

路的两边可能有地沟[1]。"

如果他们在沼泽边，这里当然会有水沟——为什么他们管水沟叫"甩沟"[2]，而她又为什么把它念成"地沟"？——在路的两边。他想不到能说什么话可以不透露出他的担心，而他又不能表露出担心，因为这是游戏规则。他试着用口哨吹《约翰·彼尔》[3]！但他一点都不擅长吹口哨。他唱道：

"你认识他吗？约翰·彼尔在黎明时分……"觉得自己像个傻瓜。但他继续唱着，他知道的唯一的一首歌。这是皇家约克郡轻步兵团快步前进的曲调。那是他的兄弟们在印度的兵团。他希望他也能在军队里，但他父亲还没有同意让两个以上儿子去当兵。他想他会不会还能和约翰·彼尔的猎狗一起猎狐；他猎过一两次。或者跟着克里夫兰区的散养猎狗凑成的队伍去打猎。在他还是个小孩的时候还有几支这样的队伍。他习惯把自己想象成约翰·彼尔，穿着他那么灰的外套……穿过石楠花丛，穿过沃顿宅邸，猎狗队伍撒了欢地猛跑，石楠花滴着水，雾卷在了一起……和这南部乡村薄薄的银雾不一样的另一种雾。愚蠢的东西！魔法！就是这个词。一个愚蠢的词……南部乡村……在北边又老又灰的迷雾卷在一起，露出黑色的山坡！

---

[1] 原文为"dicks"，是"dykes"（水沟）的一种特别的发音方式。

[2] 在英国英语里"甩沟"（dyke）和"水沟"（ditch）常常替换使用，"ditch"是由古英语里的"díc"（沟，渠）演变而来，而"dyke"则是一种变体。

[3] 约翰·彼尔（1776—1854），英国猎人，十九世纪民歌《你认识约翰·彼尔吗？》的主人公。

他觉得他现在是没有那个劲头了：这腐化的官僚生活！……如果他像他的两个哥哥一样参了军，欧内斯特和詹姆斯，和他年纪最接近的两个哥哥……但毫无疑问，他不会喜欢军队的。纪律！他猜他一定得忍受纪律；一个绅士必须这么做。因为这是贵族的义务[①]：不能因为害怕后果……但在他看来军官很可悲。他们语无伦次、大声吼叫着让别人敏捷地跳起来，在一番勃然大怒的努力之后，他们可以敏捷地跳起来了。但到这里就结束了……

实际上，这雾不是银色的，或者，可能不再是银色的了。如果你用艺术家的眼光去看……用精确的眼光！它上面有一条条的红色、橙色、精致的反光带。从天空顶上投下来深蓝色的阴影，它在天上积得像雪堆一样……就用那种眼光！精确的观察，这是一种男人的工作。男人唯一的工作。为什么艺术家们温柔、女性化，一点都不像个男人；而军官长着跟小学老师一模一样的脑子，却是个像男人的男人？非常像男人的男人，直到他变成个老女人！

那么，那些官僚呢？像他自己一样长得又软又胖，或者像麦克马斯特和老英格比那样又瘦又干？他们做的是男人的工作，精确的观察：确认一七六四二号文件附上准确的数据。但他们变得歇斯底里，他们在走道里跑来跑去，或者发疯一样敲着桌上的铃，用爱抱怨的太监那种高高的嗓门问为什么九〇〇二号表格还没做好。即使这样，男人也喜欢官僚的生活。他的哥哥，马克，一家之长，格罗比的继承人……比他年长十五岁，安静得像根棍子，木木的，棕色

[①] noblesse oblige，法文。

皮肤，总戴着常礼帽，大部分时间身上都挂着看赛马用的望远镜。高兴起来去一流的政府办公室办公。任何一届政府都不该硬逼这么一个好人，弄得他辞职……但格罗比的继承人，这根老闷棍会把这个地方弄成什么样？把它租出去，毫无疑问，惬意地从阿尔巴尼游荡到赛马场去——他从来不赌马——再到白厅，在那里，据说他是不可或缺的角色……为什么不可或缺？为什么，看在老天的分上？那根老闷棍从来不猎狐，从来不打猎，分不清楚犁刀和犁把手，还简直像住在他的常礼帽里一样！……一个"可靠"的男人：所有"可靠"的男人的原型。在马克的人生中，没有人摇着头对他说：

"你**聪明绝顶**！"聪明绝顶！那根老闷棍！不，他是不可或缺的！

"以我的灵魂发誓！"提金斯自语道，"下面那个女孩是我这么多年来见过的唯一一个有智慧的人。"仪态上有时有点太引人注目，逻辑天生有些缺陷，但很有智慧，时不时口音会出点错。但是如果任何地方需要她的话，她就会去的！出身不错，当然了，父母两边都是！但说真的，她和西尔维娅是他这么多年中见过的人里仅有的两个可以让他觉得值得尊敬的。一个是因为她高效率的杀戮；另一个是因为她有建设性的欲求，并知道如何着手实施。杀戮或者治愈！男人的两种能力。如果你想杀死什么，你去找西尔维娅·提金斯，确保她一定会杀了它：情感、希望、理想，迅速而彻底地扼杀它。如果你想让什么东西活下去，你就会去找瓦伦汀：她总会为它找到个什么办法……这两种头脑：残酷的敌人，不容置疑的屏障，匕首……刀鞘！

可能世界的未来是女人的？为什么不呢？多年来，他都不曾碰到一个不曾对其居高临下地说话的男人了——就像你居高临下对一个孩子说话一样,就像他居高临下地对坎皮恩将军和沃特豪斯先生说话一样……就像他总是居高临下地对麦克马斯特说话一样。所有的好家伙都挡了他的道……

但他为什么生来就是一头在兽群外孤独的水牛?不是艺术家,不是军人,不是官僚,当然在哪里都不是必不可少。在那些脑子不好使的专家眼里,他明显头脑有问题。一个精确的观察者……

过去的六个半小时里,连这都没做到:

"Die Sommer Nacht hat mirs angethan
Das war ein schwiegsams Reiten..."

他大声地说。

你怎么翻译这个,你没法翻译:没人能翻译海涅①:

是那夏夜向我走来

*那是一段静默的旅途……*②

---

① 《我喜爱这夏夜》并不是海涅的作品,而是德国诗人、小说家约瑟夫·维克多·冯·谢弗尔(1826—1886)的作品。

② 提金斯这里的英文翻译有误,原文意即"我喜爱这夏夜/那是一段静默的旅途……"

一个声音打断了他温暖、困倦的思考：

"哦，你**真的**在。但你开口说话太迟了。我撞到了马。"他一定说出声来了。他感到缰绳的底端马在发抖。到了现在，马也已经习惯她了。它几乎没有被惹恼……他想自己是什么时候停下唱《约翰·彼尔》的……

他说："过来，那么，你找到了什么了吗？"

回答传了过来，"有点东西……但你不能在这种东西里面说话……那我就……"

声音像一扇门关上了一般消失了。他等着，有意识地等着，好像这是一种工作！有些懊悔，也为了弄出一点声音，他摇晃着装在皮套里的鞭梢。马踏开步子，他得赶紧拉住它：他真是个大傻瓜。你如果晃了鞭子，马当然会走。

他喊道："你还好吗？"马车可能把她撞倒了。不过，他已经打破了传统。她的声音从很远处传来：

"我还好。试试另一边……"

他刚才的思绪回来了。他打破了他们的传统，他表达了关心，就像任何其他男人一样……

他自语道："上帝啊！为什么不放个假呢？为什么不打破所有传统呢？"

他们的为人令人难以捉摸、难以反驳。他认识这个年轻女人还不到二十四个小时，这都不用说了，他们之间已经有了约定，他必须表现出僵硬而冷漠，她则扮出温暖而依恋……但她显然和他一样冷冰冰的，毫无疑问，比他更冷，因为在心底里他肯定是个多愁善感的人。

最愚蠢的约定……那就打破所有约定吧,和这个年轻女人之间,更重要的是和他自己之间。就四十八个小时……到他启程去多佛尔那时差不多正好四十八个小时……

而我必须走向那丛林,

独自一人:一个被驱逐的人![①]

边境地区的民谣!就是在离格罗比不足七英里的地方创作的。

月亮在下沉,仲夏夜之后的鸡鸣刚刚过去——多么富有感情!——肯定已经是星期天早上四点半了。他算出来,如果他要赶早上从多佛尔去奥斯坦德的船的话,他必须星期二早上五点十五分从温诺普家走,坐汽车去铁路交会站……多不可思议的穿越田野的铁路线!五个小时走不到四十英里。

那他就有四十八又四分之三个小时!把它们当成度假吧!最重要的是摆脱他自己,一个摆脱他自己的标准,摆脱他和自己定下的约定的假日。摆脱清晰的观察、精确的思考、给他人不准确的地方挑毛病的举动、情感的压抑……摆脱那些让他无法忍受自我的疲倦……他感到他的四肢舒展了,好像它们也放松了一样。

那么,他已经度了六个半小时的假了。他们十点出发的,像任何其他人一样,他很享受这段旅途,尽管让这辆巨大的车保持平衡很困难,女孩不得不坐在后面,手臂搂着另一个女孩,每看到一棵

---

① 引自英国民谣《棕发姑娘》。

栎树她都要尖叫。

但他——如果他问自己这个问题的话——乘着月光，荒唐的月亮从天上下来给他们做伴，干草的香气，夜莺的鸣啼现在已经变得沙哑了，当然啦——在六月它会改变它的歌声，还有长脚秧鸡、蝙蝠的叫声，他还听见了两次鹭鸶叫。他们经过了玉米垛蓝黑色的阴影、粗壮圆滚的栎树，烘啤酒花的干燥炉看起来一半像教堂塔楼，一半像指路标牌。银灰色的道路，温暖的夜……是仲夏夜让他变成了这样……

我喜爱。

这是一段静默的旅途……[①]

当然，并不是彻底的寂静，但很静！从教区牧师那里回来，他们把那个伦敦阴沟里的小耗子丢在那里，他们很少讲话……教区牧师并不是令人讨厌的家伙：女孩的叔叔。三个堂姐妹，并不令人讨厌，就像这女孩一样，但没有她有个性……相当好吃的牛肉，非常值得称赞的斯提耳顿干酪和一点威士忌，这证明了教区牧师确实是个男人。这一切都就着烛光。这家里很像个母亲的母亲领着那只小耗子上了几层台阶……女孩们一阵大笑……比预定时间晚了一小时离开……嗯，这并不重要，他们面前还有整个永恒。好马——**这真的是一匹好马**！——耸起肩膀开始干活……

---

① Hat mir's angethan. Das war ein schwiegsames Reiten，德文。

他们开口说了几句话，说了说那个伦敦女孩现在应该逃脱了警察的追捕，说了说教区牧师如何可靠，收留了这个女孩。她坐火车一定到不了查令十字街……

那时起，他们陷入了长时间的静默。一只蝙蝠盘旋在离他们的车灯很近的地方。

"好大的一只蝙蝠啊！"她说，"夜蛾科[①]……"

他说："你那荒唐的拉丁语命名系统是从哪里学来的？难道不是蝙蝠蛾科[②]吗……"

她回答道："从怀特那里……《塞耳彭自然史》是我读过的唯一一本自然史书……"

"他是最后一个会写作的英国作家。"提金斯说。

"他管丘陵地叫作'那些雄伟而有趣的山陵'，"她说，"你那可怕的拉丁语发音又是从哪里学来的？法……伊……伊……拿[③]！跟底拿[④]还压上韵了！"

"他说的是'**崇高**而有趣的山陵'，不是'雄伟而有趣'，"提金斯说，"我的拉丁语发音，像所有现今的公立学校学生一样，是从德国人那里学的。"

她回答："你得是！爸爸曾说那让他觉得恶心。"

---

① Noctilux major，拉丁文。
② phalæna，拉丁文。
③ phalæna 的错误读音。
④ 《圣经》里雅各的女儿。

"恺撒等于德国国王①。"提金斯说……

"让你的德国人费心了,"她说,"他们当不了人种学家。他们的文字学糟糕透了!"她补充了一句,"爸爸曾经这么说。"这是她为了掩饰卖弄学问的迹象。

然后,又是寂静!她头上有一条她婶婶借给她的毯子。他身边有一个倒影的轮廓,一个傲慢自大的鼻子直直地伸向低垂的黑色夜幕。要不是她方方的无边女帽,她会呈现出一个曼彻斯特纺织厂工人的轮廓,但无边女帽给她带来不一样的线条,像戴安娜女神的发带。坐在这样一位安静的女士身边,在威尔德茂密树林的黑暗里,没有月光能透下,既兴奋又宜人。马蹄声克洛、克洛地响:一匹好马。车灯照出一个背着大口袋的男人棕红色的剪影,挤到了树篱里,旁边是一条眨着眼的杂种猎狗。

"看门人一定在睡觉!"提金斯自语着,"所有这些南部乡村的看门人都能睡一整晚……然后,为了周末打猎,你得给他们五英镑的小费……"他很确定,对这一点他要坚决表明立场。周末再也不跟西尔维娅去那些"被选中的人"的豪宅了……

他们进入了一片广阔的、深深的低树丛里,女孩突然说:

"我并不是因为古板才跟你的拉丁语过不去,虽然你粗鲁得有些没必要。而且我不困。我很爱这样。"

他稍微迟疑了一下。这是句蠢姑娘才说的话。她并不经常说蠢姑娘说的话。他应该冷落她,为她自己好……

---

① 原文是德文"Kaiser",和拉丁文恺撒(Cæsar)发音相同。

他说:"我也很爱这样!"她在看他,她的鼻子从剪影中消失了。他没能忍住。月亮刚好在她头上,不认识的星星围绕着她,夜色温暖。另外,一个很男人的男人也可以偶尔屈尊一下!这是他欠自己的……

她说:"你真好!你本可以暗示这糟糕的旅途把你从非常重要的工作那里拉开了……"

"哦,我可以边驾车边想。"他说。

她说:"哦!"然后说,"我不介意你对我的拉丁语粗鲁的态度是因为我知道我拉丁语比你好多了。叫你引几句奥维德没法不满是错误……那是 vastum[1],不是 longum[2]……'Terra tribus scopulis vastum procurrit'[3]……那是 alto[4],不是 caelo[5]……'Uvidus ex alto desilientis……'[6]奥维德怎么可能写出'ex caelo'来呢?'x'后面的一个'c'就把你搞得不高兴了。"

提金斯说:"Excogitabo![7]"

---

[1] 拉丁文,意为"大的,广阔的"。
[2] 拉丁文,意为"长的,费时的"。
[3] 拉丁文,意为"它通过三个有很多岩石的海角进入广阔的大海",引自奥维德《岁时记》第四章。
[4] 拉丁文,意为"提升,提高"。
[5] 拉丁文,意为"天空,天气,宇宙"。
[6] 拉丁文,意为"高处的瀑布剪开的水花",引自奥维德《岁时记》第四章。
[7] 拉丁文,意为"我会记住的"。

"这是彻底的'狗拉丁'[1]！"她轻蔑地说。

"而且，"提金斯说，"longum 比 vastum 好多了。我讨厌虚伪的形容词，什么'广阔的'……"

"你这么谦虚的人才会指正奥维德，"她叫起来，"但你还说奥维德和卡图卢斯是仅有的两个可以被称作**是**诗人的古罗马诗人。那不就是因为他们**都是**酸溜溜的，会用 vastum 这样的形容词……'悲伤的泪水混着亲吻'不是多愁善感还能是什么！"

"必须是，你知道。"提金斯带着不安温柔地说，"'亲吻掺着悲伤的泪水'……'Tristibus et lacrimis oscula mixta dabis.'[2]..."

"这样我不如死了算了，"她暴躁地说，"你这样的人死在水沟里我都不会靠近的。就算你的拉丁文是跟德国人学的，你也太差劲了。"

"哦，嗯，我是数学家，"提金斯说，"古典学我不擅长！"

"**你确实不擅长**。"她刻薄地说。

很久之后，从她的影子那里传来这些话：

"你用'掺'而不是'混'来翻译 mixta。我也不觉得你是在剑桥学的英语！虽然他们在这方面和在其他方面一样糟糕，爸爸曾经这么说过。"

"你父亲是贝利奥尔学院的，当然了。"提金斯带着剑桥三一学

---

[1] "Canine"，指不准确的或是小孩子使用的拉丁语。提金斯所说的"excogitabo"中 x 后面的确有一个 c，这让瓦伦汀很恼火。

[2] 引自提布鲁斯《哀歌》。提布鲁斯，生卒年不详，古罗马诗人，《哀歌》是其代表作。

院学者的那种不屑的蔑视。但大部分时间都和贝利奥尔人生活在一起的她把这当成赞许和橄榄枝。

过了一会儿,提金斯观察到那剪影仍然在他和月亮之间,说道:"我不知道你是否知道,我们几乎朝着正西走了一会儿了。我们本来应该向东南稍稍偏南走的。我猜你**一定**认识这条路……"

"这条路的每一英寸我都认识,"她说,"这条路我一遍一遍走过的,骑着自己的摩托车,妈妈坐在边车里,下一个路口叫祖父的路口。我们还有十一又四分之一英里要走。这条路往回绕是因为萨塞克斯的旧铁矿井。它绕着它们进进出出,好几百个。你知道莱伊镇在十八世纪出口的都是啤酒花、大炮、铁壶和烟囱内壁。圣保罗教堂周围的铁栏杆就是萨塞克斯铁做的。"

"我知道,当然了。"提金斯说,"我也是从铁矿郡来的。为什么你不让我把那女孩放在摩托车边车里带过去,那样会快一点?"

"因为,"她说,"三个星期以前,我在霍格角撞上了一个里程碑,跑到了四十码。"

"那一定撞得很彻底!"提金斯说,"你妈妈不在车上?"

"不,"女孩说,"是妇女参政权论者的文章,边车里都装满了。那真**是**撞得很彻底。你没注意到我还有点瘸吗?……"

几分钟以后,她说:"我一点都不知道我们到底在哪里。我彻底忘了看路了,而且我不在意……不过,那里有个路标,在边上停下……"

不过,灯光没办法照到路标牌上。两盏灯暗暗的,照得很低。空气中有很多雾气。提金斯把缰绳交给女孩,下了车。他拿了车灯,往后走了一两码,到了路标旁,仔细看着它令人迷惑的鬼魂般的影子……

女孩稍稍尖叫了一声,声音直戳他的脊柱。马蹄不同寻常地踢踏着,马车继续往前。提金斯跟着它,十分令人惊奇——它彻底消失了。然后,他又撞见了它,鬼魂般的,有些发红,陷在雾里。雾一定是突然变厚了。当他把灯放回插孔的时候,雾缠绕着车灯。

"你是故意的吗?"他问女孩,"还是你没法稳住一匹马?"

"我不会驾马车,"女孩说,"我很害怕它们。我也不会骑摩托车。我是编出来的,因为我**知道**你会说你宁可把格尔蒂放在边车上载她去,也不愿意和我一起坐车。"

"那你介意吗,"提金斯说,"告诉我你是否认识这条路?"

"一点都不认识!"她高兴地说,"我这辈子从来没有驾车走过这条路。我们出发前我在地图上找了一下,因为我对我们之前走过的那条路厌倦得要死。有一辆从莱伊到谭德顿的公共马车,我一遍又一遍地从谭德顿走到我叔叔家……"

"我们可能要整夜都待在外面,"提金斯说,"你介意吗?马可能累了……"

她说:"哦,可怜的马……我**本意**就是整晚待在外面……但可怜的马。没想到这件事,我真是个浑蛋。"

"我们离一个叫作布雷德的地方还有十三英里,离另外一个我看不清地名的地方有十一又四分之一英里,离一个叫什么厄多弥尔的地方还有六又四分之三英里……"提金斯说,"这是通向厄多弥尔的路。"

"哦，那确实是祖父的路口。"她声称，"这地方我很清楚。它叫'祖父的'，因为有个叫费恩祖父的老绅士曾经坐在这里。每次谭德顿的市集开门的时候，他总坐在这里向过往的车辆卖篮子里的板油蛋糕[①]。谭德顿市场在一八四五年被取缔了——废除《谷物法案》[②]的后果，你知道。作为一个托利派你应该对这个有兴趣。"

提金斯耐心地坐着。他可以体会她的感受，他现在胸口压着重重的大石。而且，如果认识他妻子那么长时间还没能让他学会忍受女人的变幻莫测，也没有什么他可以学会的了。

"你介不介意，"他然后说，"告诉我……"

"如果，"她打断说，"那真的是祖父的路口的话，中部英语。'Vent'是十字路口，法语里的 carrefour[③]……或者，可能，这并不是正确的词。但你心里是这么想的……"

"你以前，当然，常常跟你的堂姐妹从你叔叔家走到祖父的路口，"提金斯说，"把白兰地带给老路卡里那个残疾人。你就是从那里听说了祖父的故事。你说你从来没有驾车驶过这条路，但你**确实**走过。**你就是这么想问题的，不是吗？**"

她说："**哦！**"

"那么，"提金斯继续说，"你介不介意告诉我——为了这匹可

[①] 是用猪板油做的一种层次丰富的蛋糕。

[②] 《谷物法案》是一八一五到一八四六年在英国强制实施的一项措施，对进口谷物实行限制并征收关税，以此"保护"英国农夫及地主免受来自生产成本较低廉的外国进口的谷物的竞争。

[③] 意为"十字路口"。

怜的马——厄多弥尔是否在我们回家的方向。我的理解是，你不认识路的这一段，但是你知道这是不是正确的路。"

"你拿马来煽情，"女孩说，"就不对了。你心里被这条路的事惹得不高兴了，马却没有……"

提金斯又驾车向前走了五十码，然后他说：

"这是正确的路。厄多弥尔的转弯是对的。如果路线不对的话，你不会让这匹马多走上哪怕五步。你很心疼马，像……像我一样。"

"我们之间至少还有同情相连，"她干巴巴地说，"祖父的路口离尤迪摩尔有六又四分之三英里，尤迪摩尔离我家正好五英里。这一共有十一又四分之三英里。如果你加上尤迪摩尔本身的半英里，是十二又四分之一英里。它的名字是尤迪摩尔，不是厄多弥尔。热心考据本地地名的人把这个词的源头追溯到从'湖那边儿'[①]来。荒唐！传说是这样的：建教堂的人想把藏有圣朗姆尔德遗骨的教堂建在错误的地方，有个声音尖锐地传来：'湖那边儿。'显然很荒唐！……真令人发指！'O'er the'根据格林定律[②]不可能变成'Udi'，'mere'也不是个中古低地德语词……"

"为什么，"提金斯问，"你要告诉我这么多信息？"

"因为，"女孩说，"你的脑子就是这么运作的……它吸收没用的事实，就像抛光以后的银器吸收硫黄气发黑一样！它把没用的事

---

① 原文为"O'er the mere"。

② 格林定律，又译格林姆定律或格里姆定律，是一项用来描述印欧语语音递变的定律，由德国语言学家雅各布·格林提出。

实排列成老套的图案,从这里面归纳出托利党的意义……我从来没见过剑桥的托利党。我以为他们都在博物馆里。你把他们的白骨拼了起来,让他们复活了。父亲曾经这么说过。他是一个牛津的迪斯雷利派①保守帝国主义者……"

"我当然知道。"提金斯说。

"你当然知道,"女孩说,"你什么都知道……你把一切都归进了荒谬的规矩里。你认为父亲不可靠,因为他试图把倾向加于生活。**你**想做一个英国乡村绅士,从报纸和马展上得来的八卦里抽象出原则。让国家见鬼去吧,你永远不会动一个指头的,除了说我告诉过你会这样了。"

她突然碰了他的手臂。

"**别**在意我!"她说,"这只是激动的反应。我太高兴了。我太高兴了。"

他说:"没关系!没关系!"但有一两分钟并非如此。他自语道,所有女人的螯爪,都藏在天鹅绒里,但它们可以伤人很深,如果它们戳中了你品格缺陷的软肋——即使只是用外面的天鹅绒碰一下。他加了一句:"你妈妈让你做太多事情了。"

她叫起来:"你是怎么**知道**的。你太不可思议了:变得像海葵那

---

① 即一国保守主义,是英国保守主义的一种务实的政治形式。该词由本杰明·迪斯雷利提出,他于一八六八年二月成为英国首相。其观点认为社会存在并不断发展,社会成员应该互相帮助,在某种程度上有意强调了上层阶级应该帮助下层阶级。

样三头六臂的男人！"她说，"是的，这是四个月来我放的第一个假。一天打字六个小时，为了妇女运动要工作四个小时，三个小时的家事和园艺，帮妈妈检查她当天写的内容的笔误三个小时。此外，还担心警察搜查，还有焦虑……可怕的焦虑，你知道。如果妈妈进了监狱……哦，我会发疯的……工作日和周末……"她停下了，说，"我在道歉，真的。"她继续说，"当然，我不该像这样跟你说话。你一个大老爷，用你的数据统计什么的拯救国家……这**确实**使得你形象有些糟糕，你知道……但幸好你是……哦，一个像我们一样隐藏着弱点的人。我本该害怕这次旅途，我本该非常害怕的，如果我不是为了格尔蒂和警察的事吓得要死的话。而且，如果我不是累得没气儿了，我应该跳下去在车边跑的……我现在也可以……"

"你不行，"提金斯说，"你看不见车。"

他们刚刚驶进一堆浓厚的雾里，好像一记柔软、无处不在的重击击中了他们。它让人盲目，它麻痹了声响，它从某种意义上说是悲伤的，但它也很愉快，以一种浪漫得非比寻常的方式。他们看不见车灯的微光了，他们也几乎听不到马蹄声。马立刻低头走路。他们同意，他们中的任何人都不该为迷路负责，在这种境况下这是不可能的。幸运的是，马总会把他们带到什么地方。它曾经属于一个当地的货郎，一个在这条路上买了禽类再转卖的人……他们相信他们没有责任。在那之后，经历了无法估测的几小时的寂静。雾气渐长，但非常非常地缓慢，更加闪闪发光……在上坡的时候，他们有一两次重新看到了星星和月亮，但它们在雾中模糊不清。第四次时,他们从银色的湖泊中钻出了身,像人鱼从热带海里浮上水面……

提金斯说:"你最好下去,拿着灯,看看能不能找到个里程碑。我宁可自己下去,但是你可能没办法稳住马……"她纵身一跳……

然后他坐着,感觉不知道为什么,像个盖伊·福克斯[①];在微光里,想着完全不会令人不快的事物——打算像温诺普小姐自己一样,过上一个四十八小时整的假期,直到星期二早上!他要花上长长的、奢侈的一整天对付他的数据,晚饭后休息一阵,继续计算半个晚上。星期一要去市镇上卖马,他正好认识那里的一个马贩子。他真是最好的马贩子,全英格兰每一个猎狐的人都认识他!在那种装着鹿角的马棚里,奢侈的长时间的争论,夹杂着马倌的俏皮话慢慢讲价。这么一天你没法过得更好了,小酒吧里的啤酒可能也不错,或者,如果不是这个,就是波尔多红酒……南部乡村小旅馆的波尔多红酒常常很不错,因为没什么人买,所以保存得很好……

星期二这一切会再次结束,他会去多佛见他妻子的女仆……

无论如何,他准备给他自己放个假,像其他人一样,摆脱他的约定,他窄窄的背心……

女孩说:"我上来了!我找到了点东西……"他定定看着她一定会出现的地方。这会让他明白对人眼来说雾的不可穿透性。

---

① 盖伊·福克斯(1570—1606),生于英格兰约克,天主教组织的成员,该组织企图刺杀詹姆斯一世,并在一六〇五年议会开会期间炸掉上议院。后来行动暴露,盖伊·福克斯被处死。

她的水獭皮帽子沾着丝丝露珠,丝丝露珠沾在她帽子下面的头发上。她挣扎着爬上来,有些笨拙。她的眼睛闪着欢乐的光芒,微微喘着气,她的脸颊很明亮。她的头发由于被雾气打湿而有些颜色变深,但她在突然出现的月光下散发着金光。

在她还没有完全爬上来的时候,提金斯差点亲吻了她,差点。几乎要控制不住的冲动!他吃惊地叫道:

"稳住!"

她说:"嗯,你本可以拉我一把。我发现了,"她继续说,"一块上面写着 I. R. D. C.① 的牌子,然后灯就灭了。我们不在高沼上,因为我们在树篱中间。我就发现这么多……但我知道是什么让我对你这么刻薄了……"

他没法相信她可以如此绝对地冷静。刚刚那股冲动的尾浪在他心中如此强烈,就好像他试着把她拥到自己身边,她却让他扑了个空。她应该愤怒,被逗乐,甚至被取悦……她应该表现出些感情……

她说:"是因为你说了那段关于皮姆利科制衣厂的荒谬、逻辑不通的话来堵我的嘴。这是对我智力的侮辱。"

"你注意到那是个错误!"提金斯说。他紧紧地盯着她。他不知道自己身上发生了什么。她长时间地看着他,冷淡,但眼睛瞪得十分大。那一瞬间命运好像紧紧地盯着他看,而平时,它都会让他偷偷溜走的。"难道,"他和命运争辩道,"一个男人想亲吻一个正挣扎着的女学生……"他自己的声音,他自己的声音的夸张版本,好

---

① 伊克尔沙姆乡郊地方议会(Icklesham Rural District Council)的英文缩写。

像向他飘近:"绅士们并不这么做……"他叫起来:

"绅士们不这么做吗?……"然后停下了,因为他注意到自己说出了声。

她说:"哦,**绅士们**这么做!"她说,"一到关键时刻就用各种谬误来转移话题。然后,他们就以此来威逼女学生。就是这个悄悄地让我对你怀恨在心。你那时候把我当作——十八个小时以前——一个女学生。"

提金斯说:"我现在不是了!"他加了一句,"老天知道,我现在不是了!"

她说:"的确,你现在不是了!"

他说:"你不需要用蓝色长筒袜①才女的博学来向我解释……"

"蓝色长筒袜!"她轻蔑地叫起来,"我才不是什么蓝色长筒袜才女。我会拉丁语无非是因为爸爸会跟我们说拉丁语。我扯的是你自负的蓝袜子。"

突然她笑了起来。提金斯感到很不适,生理上的不适。她继续笑。他结结巴巴地说:

"怎么了?"

"太阳!"她说,指着那边。在银色地平线上的就是太阳,不是红色的太阳:闪着光,锃亮。

"我没看出……"提金斯说。

"有什么可笑的?"她问,"是这白昼!……最长的白昼开始

---

① 原文为"Blue stocking",在英语里常代指受过良好教育、有才学的女性。

208

了……明天也同样长……夏至，你知道，明天以后一直到冬天白昼会缩短，但明天的白昼也一样长……我太高兴了……"

"因为我们度过了一整晚？……"提金斯说。

她长久地看着他："你还没有丑得吓人，真的。"

提金斯说："那个教堂叫什么？"

在四分之一英里以外绿得无与伦比的小山丘上，从雾里显现出一处让人难以注意到的朝圣地。铅灰色的橡木圆顶板的钟楼屋顶；亮得让人难以置信的风向标，比太阳还亮。深色的榆树环绕着它，捧着湿漉漉的浓雾。

"伊克尔沙姆！"她轻声叫道，"哦，我们快要到家了。就在蒙特比北边……那就是蒙特比大道……"

有树，黑中泛灰，带着潮湿得快要滴下水来的雾气。树长在灌木篱墙里。大道通向蒙特比，在拐到路上之前拐了个直角，这条路延伸出去，一路好几个直角拐弯通向大门。

"在靠近大道之前，要靠左走，"女孩说，"不然，马很有可能就走到庄园里去了。以前养它的货郎曾经去买科罗汀夫人的鸡蛋。"

提金斯像个野蛮人那样叫道：

"混账蒙特比。我希望我们永远都不用靠近这里。"然后他突然抽打马儿让它奔跑起来。马蹄声突然变响了。她把手放在他戴着手套驾着马的手上。如果他光着手她就不会这么做了。

她说："我亲爱的，他们不可能一直不见你的……但你是个好人，而且非常聪明……你会没事的……"

在前方不足十码的地方，提金斯看到一个茶盘，一个漆着黑漆的茶盘底，向他们滑来，数学上来说呈直线，稍稍高过这片迷雾。他大喊着，气急败坏，血往脑子里涌。他的喊叫被马的哀鸣掩盖了，他大力把它扯向左边。马车向上翻，马从雾里钻出，马头、马肩和马蹄在空中翻腾。凡尔赛宫的喷水池里的石雕海马！就是那样！在半空中凝结成永恒。女孩看着他，稍稍前倾。

马没有往回走：他松了缰绳。它不在那里了。**能**发生的最糟糕的事情！他知道这会发生的。他说：

"我们现在没事了！"然后，车撞了一下，发出像二十个茶盘刮擦一样的长时间的响声。那辆看不见的车的挡泥板一定被刮了。他感受到了马嘴的牵拉力，马跑起来了，全速向前进。他又用力拉了一下。

女孩说："我知道，我跟你在一起没事的。"

他们突然暴露在明亮的阳光下：马车，马，普通的灌木篱墙。他们正在上坡，一个斜斜的陡坡。他不确定她有没有说"亲爱的！"或者"我亲爱的！"有可能吗，才认识这么短时间……？但这一夜很长。毫无疑问，他救了她的命。他稍稍地又加了点力，全身的重量都压了上去，他全部的力气。山也显露了出来。斜斜的白色的路，两旁是修刈过的草坪！

停下，你个浑蛋！可怜的牲口……女孩从车里掉了出去。不！是利落地跳出去的！她到了马头旁边。它甩起头。她几乎摔倒了：她扶着马嚼子……她做不到！一碰就痛的嘴……害怕马……

他说："马受伤了！"她的脸像一块小小的牛奶冻！

"快点过来。"她说。

"我得等等,"他说,"如果我松开缰绳,它可能会跑掉。伤得严重吗?"

"血流了一片!流得像个围裙。"她说。

他最后还是站在了她旁边。是真的,但不那么像围裙,更像红色的表面有些反光的长筒袜。他说:

"你穿了白色的衬裙,翻到树篱那边去,跳过去,把它脱下来……"

"撕成条?"她问。

"是的!"

他对她喊道。她正爬到树篱的一半。

"先扯下来一半,剩下的扯成条。"

她说:"好的!"她翻越树篱的动作没有他想象的那么利落,没有跳起来,但她过去了……

马正在发抖,低着头,鼻孔张开着,前脚流下的血汇成一个小泊。伤口在马肩膀上一点点。他把左臂环绕在马眼睛上。马没有反抗,几乎解脱地叹了口气……他对马有着无与伦比的吸引力。也许对女人也一样?上帝才知道。他几乎确定她说了"亲爱的"。

她说:"给。"他拿到了一团白色的东西。他解开来。感谢上帝!多好的判断力!一条长长的、结实的白色绷带。这嘘声是什么鬼东西?一辆小小的封闭的车,带着被撞坏了的挡泥板,毫无声息地靠近,黑得发亮……老天,真该死,它从他们身边经过,在十码以外停下了……马向后直起身,气急败坏!显然气急败坏……有个猩红和白色相间的葵花鹦鹉一样的东西从小车门里扑闪着翅膀冒了出来……一个将军。他穿着一身制服,白色羽毛!九十个勋章!猩红的外套！带着红色条纹的黑裤子。还有马刺，上帝啊！

提金斯说："他妈的，你这该死的蠢猪。滚开！"

那个鬼影子经过马的眼罩，说："至少，我可以帮你扶着马。我把车赶过去一点好让科罗汀看不到你。"

"滚你的好脾气，"提金斯竭尽粗鲁地说道，"你得赔我的马。"

将军喊道："该死的！为什么？你赶着你巨大的骆驼直接闯进了我的车道。"

"你一直都没按喇叭。"提金斯说。

"我在私人土地上，"将军喊道，"而且我按了喇叭的。"猩红色的稻草人气势汹汹，非常瘦削。他握着马的笼头。提金斯展开了半幅衬裙，带着测量的眼光，在马的胸前展开。将军说：

"听着！我得带队护送一队王室的人去多佛的圣彼得庄园。他们要去把巴夫[①]的军旗献上祭坛还是什么的。"

"你就没有按过喇叭。"提金斯说，"为什么你不带你的司机？他是个靠得住的人……你吹嘘了半天什么为了寡妇和孩子，但你可是宰了他们的马，抢劫了他们五十英镑……"

将军说："你他妈的早上五点在我家的车道上干什么？"

提金斯已经把半条衬裙绑在了马的胸膛上，喊道："把那个东西捡起来给我。"一卷细细的布条在他脚边，它是从树篱那边滚过来的。

---

① 巴夫是英国皇家东肯特步兵团的绰号，他们被称为巴夫（buff，皮革）是因为历史上这个团的军服是用这种皮革制成。

"我可以放开马吗?"将军问。

"当然可以,"提金斯说,"要是我让一匹马安静下来的本事还比不上你开车的本事……"

他把新的撕成条的布料绑在衬裙上。马低下头,嗅着他的手。将军脚跟着地站在提金斯后面,抓着他镶金的剑。提金斯继续把绷带缠了又缠。

"看,"将军突然向前弯下腰对着提金斯的耳朵说,"我应该跟科罗汀说什么?我相信她看到了那个姑娘。"

"哦,告诉她我们回来是问你什么时候把你那可怕的水獭犬放出来,"提金斯说,"这是晨间的工作……"

将军的声音带着十分可悲的腔调说:"在一个星期天的早上!"他叫道。然后他带着解脱的腔调补充道,"我会告诉她你本来要去杜舍门在佩特的教堂领圣餐。"

"如果你想在宰马以外再加上亵渎神灵作为你的职业,去吧,"提金斯说,"但是你得赔这匹马。"

"我赔才是见了鬼了,"将军大喊道,"我告诉你,是你们跑进我的车道里了。"

"那我就**是**跑进来了吧,"提金斯说,"你自己知道你这**谎话**该怎么圆下去。"

他挺直了背,看着马。

"走吧,"他说,"想说什么就说什么。想干什么就干什么!但你到了莱伊以后叫兽医派一辆马匹救护车来。别忘了。我可要救这匹马……"

"你知道,克里斯,"将军说,"你对付马最有一套了……全英格兰也没有第二个人……"

"我知道。"提金斯说,"走开。派救护车来……你姐姐从车里出来了……"

将军开口说:"我可有的解释了……"但是,传来一声尖细的喊叫:"将军!将军!"他压着剑柄,防止它跑到他长长的、黑色带着猩红色条纹的两腿之间去,跑回车边,把一个黑色的羽毛枕头塞回了车门里去。他向提金斯挥手:

"我会派救护车来的。"他喊道。

在快要把人眼刺瞎的阳光下,马的大腿上紫色的血渍慢慢从交叉包着的白色纱布渗透出来,它站着一动不动,头向下垂着,就像匹骡子。为了让它自在一点,提金斯开始解开缰绳。女孩翻过树篱,挣扎着下来,下手帮忙。

"嗯。**我的**名声毁了,"她开心地说,"我知道科罗汀女士是什么样子的……为什么你还要跟将军吵架?"

"哦,你最好跟他打一场官司,"提金斯难受地说,"这可以为你不再去蒙特比……找个理由……"

"你什么都想到了。"她说。

他们把车从一动不动的马身上向后推开。提金斯让它往前走了两码——好让它看不见自己的血。然后,他们肩并肩坐在路堤的斜坡上。

"跟我说说格罗比的事。"女孩最后开口说。

提金斯开始跟她说他的家乡……那里,在门前有一条车道,也从一个直角拐弯拐到路上,就跟蒙特比的一样。

"是我的曾曾祖父弄了这个，"提金斯说，"他注重隐私，不想让路上庸俗的人看到他的房子……毫无疑问，就像规划了蒙特比的人一样……但这对车辆来说极其危险。我们得把它改掉……就在下坡的最底端。我们可不能伤了马……你会知道的……"

他突然想到，他可能不是那孩子的父亲，而那孩子将要继承这个几代人钟爱的、共同在那生长的地方。从荷兰那个威廉①的时代就开始了！一头该死的不信国教的蠢猪！

在路堤上，他的膝盖几乎跟他的下巴平行。他感到自己正在往下滑。

"如果能带你去那里……"他开口说。

"哦，但你永远不会的。"她说。

孩子不是他的。格罗比的继承人！他所有的哥哥都没有孩子……马棚的院子里有一口深井。他原准备告诉那个孩子，如果你丢一块卵石下去，数到六十三，然后，就会传来一声低语一般的怒吼……但那不是他的孩子！可能他都没有生育能力。他已婚的哥哥们都没有……笨拙的啜泣让他身体晃动。是马身上可怕的伤口毁了他。他觉得责任在他。那个可怜的牲口信任他，而他让它撞了车。温诺普小姐把手臂环绕在他的肩膀上。

---

① 即奥兰治亲王威廉，一六八八年英国议会党人为了避免信奉天主教的詹姆斯二世传位给儿子而将其罢黜，之后又邀请詹姆斯二世的女婿荷兰执政奥兰治亲王威廉入主英国。

"我亲爱的!"她说,"你永远不会带我去格罗比的……这可能是……哦……很短的相遇,但我觉得你是最了不起的……"

他想:"这确实是很短的相遇。"

他感到沉重的痛楚,一想到他妻子高个子、衣着紧致、金发的样子……

女孩说:"有辆马车过来了!"她移开了她的手臂。

一辆马车驶过来,停在他们面前,上面坐着一个睡眼蒙眬的车夫。他说坎皮恩将军把他从床上踢了下来,从他的老婆子身边。带他们去温诺普夫人那里他要一英镑,因为毁了他的好梦和一切。屠夫的车马上就来。

"你现在就带温诺普小姐回去,"提金斯说,"她还得陪她妈妈共进早餐……我在屠夫的车来之前不能走。"

马车车夫用鞭子碰了碰他旧得发绿的帽子。

"唉,"他沙哑地说,把一英镑金币塞进马甲口袋里,"总是位绅士……一个仁慈的人对他们的牲口也仁慈,但我不会离开我的小木屋,为了头牲口,错过我的早餐……有的人会那么做,而有的……不会。"

他驾车走了,女孩坐在他的老旧车厢里面。

提金斯仍然待在路堤的斜坡上,在强烈的阳光下,在垂头丧气的马的身旁。它跑了将近四十英里,最后还失了不少血。

提金斯说:"我猜我可以让将军老爷为它出个五十英镑。他们需要这笔钱……"

他说:"但这不合规矩!"

过了很长时间,他说:"滚他妈的规矩!"然后说道:"但人总得继续……规矩就像国家的简略地图……你知道你是在往东走还是往北走。"

屠夫的车从路拐角缓慢地驶来。

卷 下

第一章

西尔维娅·提金斯从午餐桌的一头站起来,摇曳着身姿,手端了盘子沿桌子走来。她头上仍然扎着发带,裙子长到没法再长。她说,她不打算因为她的身高而被人当成女童子军。无论是皮肤、身材,还是姿态的慵懒,她都没有老去一丝一毫。你没法在她的皮肤或者脸庞上看到任何死寂和暗沉。她眼睛的色泽里带着比她想表达的还要多一丝的疲倦,但她故意强调了她轻蔑无礼的神气。这是因为她感到她控制男人的能力和她的冷漠成正比。她知道,有的人曾经这么说一个危险的女人:当她走进房间的时候,每个女人都给她们的丈夫拴上狗绳。西尔维娅愉快地想,在她走出那间屋子之前,所有的女人都会惭愧地意识到——她们并不需要这么做!因为就算她一进屋便像酒吧女仆对毛手毛脚的追求者那样冷漠又清晰地说:

"别想了!"她也不可能更清楚地向其他女人表明,她根本看不起她们珍视的垃圾。

有一次,在约克郡的悬崖边上,那里的高沼高于海平面,在一次令人疲倦的打猎过程中——这在当地很流行——有个男人请她观察下方银鸥的姿态。悬崖上,它们从一块石头猛冲向另一块石头,尖叫着,完全没有海鸥的高贵。有的鸟甚至丢掉了刚抓到的鲱鱼。她看到小块的银色掉进蓝色的波涛。男人叫她抬头,往上看:在下方反射的阳光映射下,一只鸟好像天空一朵苍白的火焰,在高处盘旋着,长时间盘旋着。男人对她说,那是某种鱼鹰或者隼。它通常追赶海鸥,等它们吓得四蹿、丢掉捉到的鲱鱼,而鹰会在鱼落水之前把它接住。这时候并没有鱼鹰觅食,但海鸥仍然像往常那样被吓得四蹿。

西尔维娅长时间地观察着鹰的盘旋。她满意地看到,即使谁都没有威胁那些海鸥,它们仍然尖叫着把猎物扔进海里……这整件事让她想到自己和那些小家子气的普通女人之间的关系……倒不是有那么一点对她不利的丑闻,她非常清楚什么都没有,这是她长久以来思考着的事,就像拒绝不错的男人——那些情场上的"很不错的男人"——是她的个人爱好一样。

她以各种办法"拒绝"这些家伙:很不错的人,留着基奇纳[①]式的八字须,长着海豹一样的棕色眼睛,真诚、兴奋的声音,简短的话语,挺直的脊背,令人敬佩的履历——只要你不问得**太**细。有一

[①] 赫伯特·基奇纳(1850—1916),第一代基奇纳伯爵,英国陆军元帅,参与过多场英国殖民战争,在第一次世界大战初期扮演了中心角色。

次，在一战刚开始的那段时间，一个年轻人——她**有**对他笑了笑，错把他当成了另一个更值得信任的人——乘出租车跟着她，紧跟着她的车，因为酒精、荣耀和以为所有女人在这可怕的狂欢节里都成了公共财产的笃定信念而满脸通红，从公共台阶拾级而上，闯进了她的门……她比他高出半个头，几分钟以后，她在他看来好像变成了十英尺高的巨人，话语烧灼着他的脊梁骨，声音好像来自冰封的大理石雕像：她对人忽冷忽热[①]。闯入的时候，他像一匹牡马，红着眼睛，四脚离地。而下楼的时候，因为这种或者那种原因，他像一只被淹得半死不活的耗子，两眼灰暗，眼眶看起来湿湿的。

然而，除了说他应该如何对待军官同僚的妻子之外，她并没有告诉他什么。在亲密的熟人面前，她都会说这种观点其实是彻底的胡扯。但这对他来说，好像母亲的声音——当他母亲还年轻得多的时候，当然——从天堂对他说话，而他的良心一手造成了他湿漉漉的眼眶。这不过都是戏剧化的、跟战争有关的东西。因此，这并没有让她产生兴趣。她宁可给人带来更深刻、更安静的痛苦。

她自吹自擂道，她可以分辨一个男人在一瞥之下对她产生的印象的深度——还有这一瞥的质量。从并不透露什么的一个眼神，到一个连自我介绍的时候都不掩饰欲望的倒霉蛋投来的最无耻、最漫不经心的一眼，再到晚饭后慎重的一瞥，从一个迟到的晚餐伴侣的右脚，沿对角线向上到左裤腿的裤缝，到放怀表的口袋，在纽扣上

[①] 法文，Chaud-froid，原意指刚出锅的热菜上桌前先冷却。此处指西尔维娅对人忽冷忽热。

停留一下，较迅速地转开，停在左边肩膀上，那个倒霉蛋惊骇地站着，他的晚餐也坏事了——从更温和的到更大张旗鼓的，她把"拒绝"的整个范围都玩遍了。那个倒霉蛋第二天就会换掉他的靴匠、袜商、裁缝、饰纽和衬衫的设计师。他们甚至会叹着气，想改变他们的脸型，在早饭后对着镜子严肃地商讨着，但他们心底知道灾难源自她没有屈尊看着他们的眼睛……或者说"不敢"看才对！

西尔维娅，她自己，会热心地承认可能真的是这样。她知道，她像亲密的伙伴们一样——纸质光滑的、配了照片的周刊上的那些伊丽莎白们、艾利克斯们、莫伊拉女士们——为了男人而疯狂。实际上，这是她们亲密关系的前提，也是她们的照片有资格被复制在热光纸印制的报纸上的前提。事实上，她们一群人一起，身上飘着一整片玉米地一样的羽毛围巾，虽然可以确信的是没人**系**羽毛围巾。她们剪短了头发，裙子尽可能地平整，她们的胸口，**真的**有那么点，哦，你知道……**有些**……她们的仪态也尽可能——但又那么不同——和那些伦敦金融城的男人常常去的茶店里的女服务生一样。人们在警察局的搜查报告里读到**那些**茶店究竟是干什么的！在举止上，她们可能和任何女性群体一样值得尊重，和那些战前伟大的中产阶级相比可能**更**值得尊重，和她们自己的高级用人相比更是无懈可击，那些用人的道德水准，仅仅根据离婚法庭的数据来看——那是她从提金斯那里弄来的——即使是那些威尔士或者苏格兰低地的村庄也会自愧不如。她的母亲常说她的男管家会上天堂，不过那是因为记录天使，作为一个天使——而且因此，心思单纯——对摩尔根最微不足道的罪孽，都不会有脸记录，更别说大声念出来。

而且，像西尔维娅·提金斯这么个天生持怀疑态度的人，她甚至并非真的相信朋友们伤风败俗的能力。她不相信她们中的任何一个真的是法国人说的那种某个男人的公开情人①。热情不是她们的武器，至少不是她们最强的武器。她们把它更多地留给——或者更少地——更令人敬畏的那群人。A 公爵……还有那些小 A……可能是阴郁而感情充沛的 B 公爵的孩子……而不是更阴郁而不那么热情的已故的 A 公爵的……C 先生，那个托利党的政治家和前任的外交大臣，也很有可能是托利党大法官大人 E 的所有孩子的父亲……辉格党的前座议员②，阴郁而令人不快的罗素们和卡文迪许们拿这些——又是法语——collages sérieux③ 去和他们自己的 F 大人——和 G 先生——那些误入歧途的婚姻八卦相交换。但这些头衔很高、出身世家的前座议员的风流韵事更是严肃的政治事件。热光纸印的周刊向来捉不住这些八卦。一个原因是，这群人对他们来说并不上相，又老又丑，穿着品味差得惊人。他们更适合作为那些不审慎的、已经写好了但五十年内都不能见光的回忆录的主题……

无论是女性前座议员④的这一派还是那一派，与她的和那群人

---

① maîtresse en titre，法文。

② 英国议会的惯例，内阁成员和反对党领袖在议会会议召开的时候都在前排就座。

③ 法文，妥协性的关系。

④ 一九一八至一九一九年前英国下议院中无女性议员，一九五八年以前英国上议院中无女性议员。文中此处是隐喻：或指社会团体的领导，有权势的政治家的妻子，或者如果政府开门接受她们，她们就可以成为杰出政治家的女性。

的风流韵事相比,都不值一提。如果仔细想想,她们的情事多少有些淫乱,总是发生在乡间住宅里——在那里,门铃早上五点就响。西尔维娅听说过这样的乡间住宅,但从来没有见识过其中任何一所。她想象,他们可能是某个王室直属的男爵,父名以"琛""斯坦恩"或者"鲍姆"结尾①。现在这样的人越来越多了,但西尔维娅从来不去拜访他们。她内心的天主教徒阻止她这么做。

她的一些很聪明的女性朋友确实是很突然地就结婚了,但她们的地位大多高不过医生、律师、牧师、市长大人和普通地方议会议员的女儿。她们的婚姻通常都是不那么正式的舞会,缺少经验和香槟——要么是喝得太多,要么是时间地点不同寻常——都是在斋戒期。这些匆匆忙忙的婚姻几乎没有一个是因为激情或者天性淫荡而促成的。

就她自己来说——现在看是多年前了——她明显是被人占了便宜,在香槟之后,对方是个叫德雷克的已婚男人。现在,在她看来,他有些粗野。但在那次之后,激情酝酿了起来。她的激情十分强烈,他的也相当强烈。在恐慌中——她母亲的恐慌和她自己的一样强——她骗了提金斯,同他在巴黎结婚,以免让人知道——尽管幸运的是,她母亲的婚礼以前也是在霍克大道英国天主教教堂举行的。这不仅创了先例,还给她了一个冠冕堂皇的理由!——婚礼的当晚发生了可怕的事情。她都不用闭上眼睛眼前就能浮现巴黎的酒

---

① "琛"(schen)、"斯坦恩"(stein)、"鲍姆"(baum)都是常见的德语姓的结尾,这里指的是归顺了威廉征服者的盎格鲁贵族。

店房间的场景，就能在一片白色物体背景上——花朵什么的，那是为了婚礼连夜送过来的——看到德雷克因为悲伤和嫉妒而扭曲的脸。她知道她离死不远了。她想要死。

即使现在，她只要在报纸上看到德雷克的名字——她母亲在她的表亲，那个傲慢的上议院前座议员那里很有影响，想办法让德雷克在政府公报上的海外殖民地晋升榜上有名——不，只要不由自主地想起那天晚上，她就会定定地停住，无论是在说话还是在走路的时候，指甲深深掐进手掌里，轻声呻吟……她得在心里缝出一个慢性的伤口以掩饰这呻吟，它以喃喃自语告终。对她来说，这似乎降低了她的身份……

这悲惨的记忆会像鬼魂一样袭来，任何时间，任何地点。她可以看见德雷克的脸，肤色很深，在白色的东西中间。她可以感受到她的睡袍被从肩膀上撕下，但最重要的是，在黑暗中，那黑暗驱走了她可能置身其中的房间里的所有光亮，她心中集结着当时她感受到的心理上的极度痛苦：对这个糟蹋了她的野蛮人的渴望、头脑中剧烈的疼痛。奇怪的是，在看见德雷克本人的时候——自战争开始以后她见到过他几次——她没有任何感情上的变化。她并不厌恶，但也不渴望他……不过，她还是有渴望，但她知道这仅仅是对再次体验那可怕的感觉的渴望，而不是和德雷克一起……

如果只是一种玩乐的话，她"拒绝"很不错的男人的方式是一种不无危险的玩乐。她想象着，在一次成功之后，她一定会感到那种男人告诉她的左右各一枪打中一只鸟的兴奋。毫无疑问，她也会感受到同样的男人带着初学者一起猎鸟时的部分情绪。她现在珍视她个人的贞洁就像她珍视她个人的清洁一样，她洗澡后在开着的窗前做瑞典式运动，然后骑马散心，晚上还在通风良好的房间里长时间跳舞。她通过这些来保证她的个人清洁。事实上，在她心目中，生活中的这两方面是紧密联系在一起的。她巧妙地选择的那些活动和她的清洁让她保持着吸引力。同样的，事实上，很健康的疲倦让她维持着一生都要保持贞洁的情绪。回到丈夫身边以后她一直都这么做。这不是因为她对丈夫有任何依恋，或者什么所谓的美德，只是因为她因任性而她自己定下了协议，而且她希望保守住这个协议。她**一定要**让男人跪在她跟前。实际上，这是她——完全是社交上的——维持日常生计的代价，就像亲密朋友们为维持日常生计而付出的代价那样。她现在就像过去几年中的那样绝对的自律。很有可能所有她的莫伊拉们、梅格们，还有玛乔里夫人们过去和现在也是一样——但她清楚地知道她们不得不在自己这群人的头顶飘着一丝妓院的做派和习惯交织的雾气。这是公众想要的……飘着一丝雾气，像她见过的水蒸气的最轻柔的痕迹那样，胶水一样附着在动物园的鳄鱼房的水面上。

这确实是她的代价。她意识到她算是幸运的。**在**她的圈子中，没有几个急匆匆结婚了的年轻女人能一直把头浮在水面以上。有一季里，你会读到在玛乔里夫人结婚进宫觐见之后，她和亨特上尉一起在罗汉普顿，在古德伍德之类的地方被人看到。之后的一个月，这对年轻人的照片常常出现，他们大步走着，背后是马道的栅栏。然后，他们时髦的举动留下的记录就会把他们转移到边远地区总督的随行和专员的名单上。那里的热带气候对皮肤不好。像西尔维娅说的那样,"然后,就再也没有他和她了"。

她的情况并没有那么糟,但也很接近了。作为一位非常富有的妇人的独女,她有些优势。她的丈夫也不是什么能被随便排进总督的职员名单上的亨特上尉,他在一流的政府办公室里工作。当安杰丽卡就这个年轻的家庭写些稿子的时候,她会——安杰丽卡对这些事情的概念很模糊——管她丈夫叫未来的大法官大人,或者维也纳的大使。他们小小的、贵得吓人的房产——她母亲和他们一起住的时候曾经慷慨大方地给他们出了一笔钱——帮他们度过了起先惊险的两年。他们疯狂地接待宾客。有两件常常被谈论的丑闻最早就发生在西尔维娅的小客厅里。跟佩罗恩跑掉的时候,她已经相当知名了……

回家并没有那么困难。她本来以为会很困难,但其实没有。提金斯在格雷律师学院订了很大的房间。这对她来说并不合乎情理,但她觉得他想和自己的朋友近一些。尽管她对提金斯重新接受她没有丝毫感激,想到住在他的房子里也只会犯恶心,但既然他们是在凑合地生活,为了自己她也应该更公平一些。她从来没有欺骗过铁路公司,把需要交税的香水偷偷带过海关,或者对二手商说她的衣服不如真实情况那么旧,虽然因为声望她本可以这么做。提金斯应该想住在哪里就住在哪里,这才公平,他们便住下来了,高高的窗子正对着对面乔治王时代庭院的麦克马斯特的窗子。

他们在这栋很不错的建筑里有两层楼,因此他们有很大的空间。早餐厅是间很大的房间,战争期间他们也在这里用午餐,里面装满了几乎全部都用小牛皮封了书脊的书,在巨大的、黄白相间的雕花大理石壁炉上面是一块巨大的镜子,三个窗户都很高,蛛丝一样细的窗棂,又老又有些突鼓的玻璃——有的窗玻璃因为年久已经有些发紫——给这个房间带来一种十八世纪的特色。她承认,它很配得上提金斯。他是十八世纪约翰逊博士[①]那种类型的人物——这是除了那个叫美男子[②]什么的家伙以外,她知道的唯一一种十八世纪的类型。美男子穿白色绸缎和有褶裥饰边的衣服,还会去巴斯[③],一定是没法形容的烦人。

她有一间很大的白色会客室在楼上,她知道里面的家具陈设是十八世纪的风格,应该被尊重。因为提金斯——她再次承认——在古董家具方面有着令人惊讶的天赋。他很看不起它们,但他对它们了如指掌。有一次,她的朋友莫伊拉夫人正哀叹在约翰·罗伯逊爵士的建议下从头到尾装修他们小小的新房所需要的费用,而罗伯逊爵士是个专家(莫伊拉一家把他们在阿灵顿街的一切都卖给了某个美国人)。

提金斯过来饮茶,本来一直没有开口,此时却好声好气,腔调颇有些深情,用蓝月亮[④]出现时才会赏给她最漂亮的朋友们的口气

---

① 塞缪尔·约翰逊(1709—1784),常被称为约翰逊博士,英国历史上最有名的文人之一,集文评家、诗人、散文家、传记家多种身份于一身。

② 可能是指乔治·布莱恩·"美男子"·布鲁梅尔,十八世纪末、十九世纪初英国摄政时期的时尚领袖、摄政王,也是后来的乔治四世的朋友。

③ 英国中部著名的旅游和旅游胜地,因为当地的温泉而得名。

④ 当一个季度中出现四次满月时,第三个满月被称作蓝月亮。如果在同一个月中有两个满月,第二个满月也可称为蓝月亮。蓝月亮平均两年半出现一次。

说道："你最好让我替你做。"

环顾西尔维娅极好的客厅，白色镶板、中国漆质屏风、红漆镀金陈列柜、巨大的蓝粉交织的地毯（西尔维娅知道仅凭三张弗拉戈纳尔画的镶板，她的客厅就算十分引人注目了。那是在画家被前一位国王看中并出名之前买的），莫伊拉女士对着提金斯，声音发颤，几乎是用将要开始一段风流韵事的口气说：

"哦，你要**能帮忙**就好了。"

他做了，花了约翰·罗伯逊爵士预算的四分之一。他没费吹灰之力，就好像随便抡了两下他大象一样巨大的肩膀，因为他似乎光凭一眼包装纸上的邮票，就知道每一个交易商和拍卖行的货品目录里都有什么。而且，更令人吃惊的是，他还和莫伊拉女士调情——他们和莫伊拉一家在格鲁斯特郡逗留了两次，莫伊拉一家和赛特斯维特夫人作为提金斯夫妇的座上宾[①]，共度了三次周末。提金斯手段漂亮又恰好充分地和莫伊拉调情，直到她做好准备和威廉·希思利爵士开展一段新的恋情为止。

为了这件事，莫伊拉女士邀请约翰·罗伯逊爵士，古董家具的专家，来给她美丽的房子找茬。他去了，以他那种古老而近视的方式，用大眼镜戳了戳橱柜，嗅了嗅桌面上的清漆，啃了啃椅子背，然后告诉莫伊拉女士，提金斯替她买的这些东西跟他计划的丝毫不差。这增加了他们对这个老家伙的尊敬。这也解释了他的百万家产是从何而来。因为，如果这个老家伙对他的朋友莫伊拉这样的人都

---

① invités，法文。

可以提出百分之三百的利润——还仅仅因为他对美丽女人单纯的喜爱——他怎么可能不从那些天生的——还是国家的——公敌身上狠捞一笔呢,比如一个美国参议员!

这个老人十分喜爱提金斯——而西尔维娅惊讶地发现,提金斯并不讨厌这件事。如果提金斯在的话,老人会过来喝茶,会在这里待上好几个小时谈古董家具。提金斯听着,不说话。约翰爵士会一遍一遍地对提金斯夫人详细阐述。太不可思议了。提金斯完全只凭直觉,一件东西拿来看一眼,然后他就开口还价。按约翰爵士的说法,家具行当最了不起的壮举之一就是提金斯是如何为莫伊拉夫人买那件海明威写字台的。提金斯以那种很不讨喜的方式花三英镑十先令在清仓甩卖会上买的,然后告诉莫伊拉夫人这是她所能拥有的最好的家具了。莫伊拉夫人和他一起去的那次甩卖会。其他的经销商看都没看它一眼,提金斯当然也没有打开它看。但在莫伊拉夫人家,把眼镜快要戳进上着釉的家具的上半部分的约翰爵士把鼻子伸到由铰链拴着的一小块黄色木板上,上面刻着签名、姓名和日期:"Jno. 海明威,巴斯,一七八四。"西尔维娅记得这些细节,因为约翰爵士跟她说了太多遍了。那是一件家具界寻找了很久的丢失藏品。

因为这次丰功伟绩,老人似乎爱上了提金斯。他也爱西尔维娅,这一点她知道得很清楚。他在她身边扑腾着翅膀晃来晃去,以各种棒极了的娱乐来取悦她,他是唯一一个她没有拒绝的男人。据说他有一间伊斯兰式的闺阁,在布莱顿还是什么地方的一栋巨大的房子里。但他给提金斯的爱是另外一种,那种老年人给他们可能的继任者的有些可悲的爱。

有一次，约翰爵士来喝茶，很正式且有些严肃地宣称这是他的七十岁生日，而且他已经饱经沧桑。他严肃地提出提金斯应该和他合伙，他死后还要把生意留给提金斯——当然，不包括他的私人财产。提金斯友好地听着，问了一两个关于约翰爵士提出的安排的细节问题。然后他用那种他偶尔对美丽的女人才使用的爱抚的声音说，他不认为这件事可行。这件事涉及太多肮脏的钱了。作为一个职业来说，这比他的政府公职要适合他得多……但这件事涉及太多肮脏的钱了。

再一次，出乎西尔维娅的预料——但男人都是奇怪的生物！——约翰爵士似乎觉得这一反对非常可以理解，虽然他心有不甘地听着，微弱地提出抗议。他松了一口气，欢快地走了。因为，如果他没法拥有提金斯，他就是没法拥有提金斯。他邀请西尔维娅共进晚餐，他们会吃些非常奇妙也非常令人恶心的菜，菜单上定价都是两个几尼一盎司。就这样的东西！晚饭期间，约翰爵士以唱她丈夫的赞歌的方式取悦她。他说提金斯那么好的绅士不应该被浪费在古董家具交易这种职业上，因此他没有坚持。但他向西尔维娅暗示道，如果提金斯**真**的碰上急需钱的时候……

西尔维娅偶尔很急切地想知道为什么人们——像他们有时候会做的那样——告诉她她丈夫有很出众的才能。对她来说，他只是莫名其妙。他的举止和观点在她看来只是任性的结果——像她自己一样，而且，因为她知道她自己大部分的表现说到底都是自相矛盾的，她抛弃了常常考虑他的事情的习惯。

但她渐渐地、隐约地开始感受到提金斯，至少是他一如既往的性格和非同一般的生活常识。她这么想是在她意识到他们搬去律师学院其实是一件社交上的成功，也很适合她的时候。当他们在罗布施德讨论生活里要发生的变化时——或者说当西尔维娅毫无保留地向提金斯的每一项规定屈服的时候！——他几乎完美地预测了将来，但是她最惊讶的还是对她母亲的表亲的歌剧厅包厢的安排。他告诉她，在罗布施德的时候，他没有打算干预她的社交层次，他也说服自己他不需要这么做。他真的考虑了很久。

她没怎么听他的。她觉得，第一他是个傻瓜，第二他**真的**是打算要伤害她。她也承认他多少有些权利这么做。如果在她和另一个男人跑了以后，她还要让这个男人向她提供他的名誉和保护，她就没有权利反对他提出的条件。她对他唯一的报复就是镇静地活下来，让他知道失败的羞愧。

但是在罗布施德他说了一堆在她看来毫无意义的话，一堆预言混着政治评论。那时候的财政大臣在给大地主们施加压力，大地主们回应以节俭排场，关闭他们在城市的宅邸——不用做得很过分，但足够展现出强有力的姿态。这样一来，男仆和女帽制造商就都发出了不小的抗议。提金斯夫妇——两边都是——大地主阶级，他们也可以关掉梅费尔的房子，住到荒郊野外去摆个姿态。要是他们把荒郊野外弄成从里到外舒舒服服的就更好了！

他问她要不要把这件事告诉她妈妈的表亲，严肃、大气的鲁格利。鲁格利是个大地主——几乎是最大的地主了，不论是对依靠他生活的人，还是对他的远亲，他都是一个很有责任感的地主。提金斯说，西尔维娅只要告诉公爵[①]，是大臣的勒索逼着他们这么做的。但因为他们这么做部分也是为了抗议，公爵几乎会把它当作是对他本人致敬的一件事。即使是作为抗议，**他**也不可能关闭麦斯堡的别墅，或者节省他的花销。但是，如果他更谦微的亲戚热情地这么做了，他几乎可以肯定他会补偿他们的。而鲁格利善意的行为和他这个人一样大气。"我不怀疑，"提金斯说，"他会把那个鲁格利包厢借给你用的。"

这真的毫厘不差地发生了。

公爵——他肯定列了个表，记录跟他关系最远的表亲们——在他们回到伦敦之前，听说了这对年轻夫妇彻底摆脱了陷入一场很大又很不愉快的丑闻的可能。他接近赛特斯维特夫人——他对她有着暗暗的好感——然后很高兴地听说这整个传闻都是彻底的诽谤。因此，当这对夫妇真的再次出现的时候——从俄罗斯！——鲁格利，发现他们不仅在一起，还无论怎么看都很般配，决定不仅仅要补偿他们，更要表现出来，好让诽谤他们的人感到羞愧，要在尽可能不给自己添麻烦的情况下，突出他的好意。因此，他两次——作为一个鳏夫——邀请赛特斯维特夫人为他安排宴会，由西尔维娅替他邀请宾客，然后把提金斯夫人的名字写在可以使用剧院的鲁格利包厢的名单上面，只要包厢是空着的，想用的时候只要向鲁格利庄园办公室申请就好。这是一种十分了不起的特权，而西尔维娅知道如何将它发挥到极致。

[①] 即前文的表亲鲁格利。

另外一个方面,他们在罗布施德谈话的时候,提金斯预测了一件当时在她听来全是废话的事。那是两三年以前,但是提金斯说,等到一九一四年猎松鸡的季节开始的时候,战火会席卷整个欧洲,梅费尔一半的豪宅都要关掉,那里的居民都要变成穷光蛋。他耐心地用财政数据支持他的预测,比如各大欧洲强国近在咫尺的破产和大英帝国居民正在逐渐增长的攫取的贪欲和技能。她保持注意力听着,对她来说,这很像乡间别墅里常有人讨论的毫无意义的话——令人恼怒的是,在那里,他从来不开口。但她也想拥有一两件生动的事实论据来支持她的观点。当她为了取得关注,想提出一些关于革命、无政府主义和迫在眉睫的冲突等方面动人的解释说明,她注意到当她东拉西拾一些提金斯的话的时候,那些身居要位、更加严肃的男人会和她争论,这也就可以为她赚得更多的注意……

现在,她走在桌边,手里拿着盘子,她无法不欢欣鼓舞地承认——这对她来说也很舒心!——提金斯是对的!在战争的第三年,很容易享有一间房子,便宜、舒适,甚至高贵,很容易维持,最多只需要一个女仆帮忙,虽然忠心的接线员还没有让这事发生……

她在提金斯身边,举起盘子,里面有两片凝在肉冻里的冷肉排和几叶沙拉。她稍稍转向一边,手上打着旋,盘里的食物朝着提金斯的脑袋飞去。她把盘子放在桌上,自己慢悠悠地飘向壁炉上巨大的镜子旁。

"我厌倦了,"她说,"厌倦了!厌倦了!"

提金斯在她扔食物的时候稍稍动了一下,肉排和大部分的沙拉叶子从肩头飞过,但一张很绿的叶子平躺在他的肩带上,盘子里的油和醋——西尔维娅**知道**她佐料加太多了——溅在他短上衣的背面和绿色徽章上。她很高兴她至少击中了他这么多。这意味着她的射击水平还没有完全退化。她也很高兴,她没完全击中他。她漠不关心。她突然想这么做,就这么做了,对这一点她同样也感到很高兴!

她在厚得有些发蓝的镜子里盯着自己看了一会儿。她用双手把蓬松的发卷朝耳朵压了压。她看起来挺不错,五官明显,雪花石膏一般的脸庞——不过那大多是因为镜子的原因——美丽、修长、冰冷的双手——男人的前额怎么会不渴望它们?……还有那头发!什么男人才不会想着这些头发披散在雪白肩头的样子!……哦,提金斯不会!或者,可能,他也想……她希望他这么想,诅咒着他,因为他从来看不见这番光景。显然有的时候,晚上,就着一点威士忌的酒意,他总是会想要的吧!

她摇了铃,请接线员把地毯上的食物扫干净。接线员高个子,深肤色,眼睛睁得大大的,一动不动地看着前方。

西尔维娅走过书架,在一本书旁停下,《最知名人士的生活》[①]……烫着金,不规则的大写字母深深地压在老旧的皮革上。她在第一扇长窗那里倚靠着窗子的拉帘,向外看了看,又把视线收到屋内。

"那个戴面纱的女人!"她说,"走向十一点方向……当然,现在是两点……"

---

① *Vitae Hominum Notiss*,拉丁文。

她恶狠狠地看着她丈夫的后背,笨拙的卡其色后背,肩膀有些下垂了。恶狠狠地!她可不会错过他任何动作或者任何僵直。

"我知道那是谁了!"她说,"还有她要去找谁。我从门童那里听说的。"

她等了等。然后,她补充了一句:"是你从毕晓普奥克兰回来的时候跟你在一起的女人。战争爆发的那天。"

提金斯生硬地从椅子上转过身来。她知道他这么做只是因为古板的礼貌,所以这不代表着什么。

他的脸在苍白的灯光下有些发白,但他的脸色从法国回来以后就一直发白,他在那里一栋灰土堆中的铁皮小房子里度过了一段时日。

他说:"所以你看见我了!"但那也是纯粹礼节性的。

她说:"当然是我们从科罗汀那里来的所有人都看到你了!是老坎皮恩说她是一个什么夫人……我忘了名字了。"

提金斯说:"我猜他认识她的。我看见他从走廊里往里看!"

她说:"那是你的情人,还是仅仅是麦克马斯特的,还是你们俩共同的情人?看起来,你们像是会有共同情人的类型……她有个疯丈夫,不是吗?一个牧师。"

提金斯说:"她没有!"

西尔维娅突然在下面几个问题中将了他一军,而提金斯在这种讨论中向来施展不开什么手腕,说:"她已经成为麦克马斯特夫人六个月了。"

西尔维娅说:"她在她丈夫死后一天就嫁给了他。"

她长长地吸了一口气,补充了一句:"我不介意……三年来,她每周五都到这里来……我告诉你,我马上就会把她的事情抖出来,除非那个小浑蛋明天把欠你的钱还给你……老天知道你需要那笔钱!"然后,因为不知道提金斯会怎么理解这个命题,她急急地说:"温诺普夫人今天早上来电话问谁是……哦!……维也纳会议上①的邪恶天才。说到这个,谁是温诺普夫人的秘书?她今天下午想见你,关于战时私生子!"

提金斯说:"温诺普夫人没有秘书,是她女儿帮她打的电话。"

"那个女孩,"西尔维娅说,"在麦克马斯特办的下午茶会上你痴迷的那个。她跟你有了个战时私生子吗?他们都说她是你的情人。"

提金斯说:"不,温诺普小姐不是我的情人。她母亲受托写一篇关于战时私生子的文章。我昨天告诉她战时私生子没有什么可谈的,她不太高兴,因为这样她就没法写出一篇耸人听闻的文章了。她想让我改变心意。"

西尔维娅说:"你朋友那个糟糕聚会上的**是**温诺普小姐吗?"西尔维娅问,"我猜那个接待客人的女人就是那个叫什么夫人的,你另一个情人。一场让人很不愉快的表演。我对你的品位没有太高期望。上次伦敦所有可怕的天才的聚会?在那里有个兔子一样的男人跟我讨论怎么写诗。"

---

① 可能指一八一四年在维也纳召开的欧洲各国会议,目的是为了划定击败拿破仑之后的欧洲政治地图,确保和平。

"这样并不能很好地辨别是哪场聚会,"提金斯说,"麦克马斯特每个周五都办聚会,不是周六。他办了好多年了。麦克马斯特夫人每周五都去,去做女主人,她也做了很多年了。温诺普小姐每周五做完她母亲的工作之后也去那里。她去帮麦克马斯特夫人的忙……"

"她做了好多年了!"西尔维娅嘲笑着他,"然后,每周五你也去!在温诺普小姐身旁嘀嘀咕咕。哦,克里斯托弗!"她用嘲讽的可悲的腔调说,"我没觉得你的品位有多好……但别是**这种姑娘**!别搞成这样。放她回去。她对你来说太年轻了……"

"伦敦所有的天才,"提金斯平和地说,"每个周五都去麦克马斯特那里。他现在的工作是分发皇家文学赏金。这就是为什么他们都去。他们都去,这就是他如何取得他的巴斯骑士爵位的。"

"我没想到他们还考虑这个。"西尔维娅说。

"他们当然考虑,"提金斯说,"他们为报纸写作。他们可以给任何人搞来任何东西……除了为他们自己!"

"像你一样!"西尔维娅说,"完全像你一样!他们是一群被贿赂了的无名小卒。"

"哦,不。"提金斯说,"这件事做得不露骨也不可耻。我不相信麦克马斯特发一年四十镑赏金的前提是提升自己的地位。除了凭他自己创造的氛围,该怎么操作他自己一点概念都没有。"

"我不知道还有比这更糟糕的氛围了,"西尔维娅说,"一股兔食的**臭味**。"

"你错了,"提金斯说,"那是**大书柜**里特殊装订的赠本书的俄国皮革散发出来的味道。"

"我不知道你在说什么,"西尔维娅说,"赠本书**是**什么?我以为你闻够了基辅那种俄国式的恶臭了呢。"

提金斯想了一下。

"不!我不记得了,"他说,"基辅?……哦,我们在那里……"

"你把你母亲一半的钱,"西尔维娅说,"投进了基辅政府的股票,百分之十二点五。城市有轨电车……"

说到这个,提金斯明显皱了皱眉,以一种西尔维娅并不想看到的方式。

"你这样明天不能出发,"她说,"我应该给老坎皮恩发电报。"

"杜舍门夫人,"提金斯木木地说,"也就是麦克马斯特夫人,她也曾经在聚会之前在房间里点上一点点熏香……那些中国式的小棍子……他们管它叫什么?啊,并不重要。"他无可奈何地说道,然后,又接着道,"别搞错了,麦克马斯特夫人是个很出众的女人,非常有效率!极为值得尊重。我不建议你当面跟她冲突,她现在控制着大局。"

提金斯夫人说:"**那种女人!**"

提金斯说:"我不是说你真的会跟她对着干,你们的圈子不一样,但如果你要做的话,不要……我这么说是因为你看起来很想找她麻烦。"

"我不喜欢那种事情就发生在我窗户下面。"西尔维娅说。

提金斯说:"哪种事情?……我在试着告诉你一点点关于麦克马斯特夫人的事情……她像那个女人,那个烧了其他人可怕的书的男人的情人……我忘记名字了。"

西尔维娅迅速地说:"别想了!"又以一种稍微缓和的腔调补充了一句,"我一点都不想知道……"

"啊,她是厄革里亚①!"提金斯说,"出众之人灵感的源泉。麦克马斯特夫人就是这样的。天才们在她身边攒动,她只和那些最出类拔萃的人交流。她信写得不是一般的好,一般是关于高尚品德的,非常纤细的感受。苏格兰人的天性。他们出国的时候她给他们寄伦敦文艺圈的只言片语,写得很不错,告诉你!还有,她有的时候悄悄替麦克马斯特弄点她希望他拥有的东西,但手段十分精妙……比如这个巴斯骑士爵位……她让天才一号、二号和三号的脑子里充满巴斯骑士爵位这个想法……天才一号和下级资助副大臣吃午饭,后者负责文学奖的荣誉,还和各路天才吃午饭,打探文学八卦……"

西尔维娅问:"为什么你要借给麦克马斯特那么多钱?"

"告诉你,"提金斯继续着自己的演说,"这是非常合适的。在这个国家,资助**就是**这样分配的。这是应有的办法。唯一干干净净的办法。因为麦克马斯特是适合他工作的一流人选,杜舍门夫人才支持他,而**她**能够影响那些天才是因为她是个一流人物,她……她代表了真正好的苏格兰人更高、更好的品德。用不了多久,她就会决定不向某些人赠送学会晚宴的入场券了。她已经在替皇家赏金晚宴帮忙了。一段时间以后,麦克马斯特因为狠狠打了法国人的眼睛而封了骑士爵位,她就会在更气派的聚会上有一席之地……那些人总得找**某个人**问问意见。哎,有一天你也要送一个刚成年的姑娘踏

---

① 西方神话中与泉水同名的自然女神,是女顾问或女辅导的代名词。

入社交界。但你拿不到入场券……"

"那我很高兴,"西尔维娅叫起来,"我给布朗尼的叔叔写信说了这个女人的事。我今天早上有点不高兴,因为格洛维娜告诉我,你深深陷进了一个大坑里……"

"布朗尼的叔叔是谁?"提金斯问,"那个勋爵……那个勋爵……那个银行家!我知道布朗尼在他叔叔的银行里。"

"波特·斯卡索,"西尔维娅说,"我希望你别再假装忘记别人的名字了。你装过头了。"

提金斯的脸更白了一分……

"波特·斯卡索,"他说,"当然啦,他是格雷律师学院住宿委员会的主席。你给他写信了?"

"我很抱歉,"西尔维娅说,"我的意思是我很抱歉说你装忘事……我给他写信说,作为学院的住客,我反对你的情人——他知道这段关系,当然啦!——每周五戴着厚厚的面纱鬼鬼祟祟跑进来,周六凌晨四点又鬼鬼祟祟跑出去。"

"波特·斯卡索勋爵知道了我的风流事。"提金斯开口说。

"他在火车上看到她躺在你怀里。"西尔维娅说,"这让布朗尼气坏了,他提出要关闭你透支的账户,把任何写着 R. D.[①]的支票都退还给你。"

---

① "Refer to Drawer"的缩写,意为"请与出票人接洽",一般是指支票账户中余额不足以支付票面金额,收到支票的一方必须从签署方重新取得一张支票或者现金。

"为了让你高兴吗?"提金斯问,"**难道**银行家们还做这种事?这是英国社会一缕新的曙光。"

"我猜银行家真的想取悦他们的女性朋友,像其他男人一样。"西尔维娅说,"我断然地告诉他这不会取悦我……但是……"她迟疑了一下,"我不会给他一个反击你的机会。我不想参与你的私生活。但布朗尼不喜欢你……"

"他希望你和我离婚嫁给他?"提金斯问。

"你怎么知道?"西尔维娅冷淡地说,"我时不时让他请我吃午饭,因为让他经手我的事情很方便,既然你不在……但当然他憎恨你,因为你去参军了。所有不参军的男人都憎恨参军的男人。然后,当然,当他们中间还夹了个女人的时候,那些不参军的男人会想尽一切办法把参军的给做了的。如果他们是银行家的话,胜算还挺大的……"

"我猜也是,"提金斯心不在焉地说,"当然他们……"

西尔维娅把拽着的百叶窗拉绳松开。刚才那样做是为了让光线照到脸上,使自己的话语更加有力。过了一两分钟,当鼓起足够的勇气之后,她可能真的要让他知道她的坏消息!——她飘到火炉旁。他跟着她转动,把椅子转到能让她看见他的脸的位置。

她说:"看看,都是这场糟糕的战争的错,不是吗?你能否认吗?……我是说布朗尼那样得体的、绅士般的家伙都变成了可怕的小混混!"

"我猜确实是这样的。"提金斯沉闷地说,"是的,当然。你说的没错。这是英雄主义冲动不可避免的衰退。英雄主义的冲动受到的压力太大的话，就会被不可避免的衰退控制了。这解释了布朗尼们……所有那些布朗尼们……为什么变成了小混混……"

"那你为什么还要继续打仗？"西尔维娅问，"天知道，我可以帮你从军队脱身，如果你多少能支持我一点。"

提金斯说："谢谢！我宁可被困在里面……不然，我怎么糊口呢？……"

"你知道的，"西尔维娅几乎尖锐地叫起来，"你知道，他们如果能想办法把你踢出来就不会让你再回政府工作……"

"哦，他们会想出办法的！"提金斯说……他继续着他另一方面的演说："我们跟法国打仗的时候……"他干巴巴地说……西尔维娅知道，他只是在构思他已经想好的看法，这样他就不用把脑子花在另外一方面的讨论上。他一定是一心在想那个温诺普姑娘！她一点点大，她的呢子短裙……她自己的乡村缩小版，西尔维娅·提金斯……如果她自己，也个子那么小，那么土气……但提金斯的话伤了她，好像被狗鞭抽打了一样。"我们的行为举止应该更上路子一点。"他说，"因为这样，英雄主义的冲动就会少一点。我们应该……我们中间的一半人……都该为自己感到羞耻。这样，不可避免的衰退就会少一点了。"

西尔维娅正在听着他说话，放弃思考温诺普小姐的事，也放弃考虑那让她很在意的伪装——提金斯在麦克马斯特的派对上对那女孩说话，背后是一书柜的书。

她叫道："老天！你在说什么？……"

提金斯继续说："我们和法国的下一场战争……我们跟法国人

是天生的敌人。我们挣来的口粮要么是靠抢劫他们，要么是靠拿他们当傀儡……"

西尔维娅说："我们不能！我们不能……"

"我们必须这样！"提金斯说，"这是我们活下来的前提。我们实际上是个已经破产、人口过剩的北方国家。他们是有钱的南方人，人口还在减少。到了一九三〇年，我们就得做普鲁士一九一四年所做的事情了。我们的条件状况到时候也会跟普鲁士一模一样。这是……叫什么来着？"

"但是……"西尔维娅大叫起来，"你是个法国迷啊！人们以为你是个法国间谍……这是要毁灭你的事业！"

"我是吗？"提金斯漠不关心地说。他补充了一句："是的，那可能**会**毁灭我的事业……"

他继续说，稍微打起了点精神，也更加集中了一点注意力，"啊！那会是一场值得看的战争……不是为了愚蠢的受贿者醉醺醺的像老鼠一样打架……"

"这会把你母亲气疯的！"西尔维娅说。

"哦，不，不会的。"提金斯说，"如果她到时候还活着，这会刺激到她……我们的英雄不会因为酒精和女色而醉醺醺的，我们的小混混不会待在家里暗地里捅英雄一刀。我们的厕所大臣——不会把两百五十万个男人关在营地里，好在大选的时候拿到他们女人的选票——这是给女人投票权的第一个坏处！法国人控制住爱尔兰人，把战线从布里斯托拉到白厅，我们得在部长有时间签署文件之前把他给吊死。我们应该对我们的普鲁士联盟军和兄弟们足够忠诚。我们的内阁不会像憎恨法国人那样憎恨他们，憎恨他们节俭、逻辑性强、受了良好的教育、毫不迟疑的实际。普鲁士人是那种你想要的时候可以对他们表现得很贪婪的家伙……"

西尔维娅粗暴地插话道："看在老天的分上，别说了。你几乎要让我相信你所说的是对的了。我告诉你，你母亲会发疯的。她最好的朋友是汤尼尔·查特赫劳尔特公爵夫人……"

"啊！"提金斯说，"你最好的朋友是那个梅德……梅德……科斯……那些你给他们送巧克力和花的奥地利军官。不就是因为这吵起来的吗……我们和**他们**开战，你也没有疯。"

"我不知道，"西尔维娅说，"有的时候我觉得我就要疯了！"她低下头去。

提金斯脸绷得紧紧的，看着桌布。他嘟囔着："梅德……梅特……科斯……"

西尔维娅说："你知道有首诗叫《某个地方》①吗？开头是这样的：'这里或者哪里一定有……'"

提金斯说："对不起。不！我很久没把我的诗歌捡起来了。"

西尔维娅说："**那就不要！**"她补充了一句，"你四点十五分要去陆军部，不是吗？现在几点了？"

她非常想在他走之前告诉他她的坏消息。她非常想尽可能地拖延这件事。她想先考虑考虑这件事，她想先保持随意的对话，否则他就可能会离开房间。她不希望非得对他说："等等，我有事要告诉

---

① 此为本书作者福特的姑姑英国著名女诗人克里斯蒂娜·罗塞蒂所作。

你!"因为在那情况下,她可能并没有这种情绪。他说还没到两点。他可以再给她一个半小时。

为了让谈话继续进行,她说:"我猜那个温诺普小姐要么在做绷带,要么在妇女后勤军团里,反正是很有热情的工作。"

提金斯说:"不,她是个和平主义者,就像你一样的和平主义者,并不那么冲动。不过,另一方面来说,她更爱争吵。我可以说,战争结束之前她就会进监狱……"

"你们俩在一起一定过得不错。"西尔维娅说。她和一个绰号叫格洛维娜的了不起的女士会面的记忆——虽然那根本不是个好绰号——无法遏制地向她涌来。

她说:"我猜,你整天跟她说话?你每天都见到她。"

她想象,这会让他忙上一两分钟了。他说——她只听了个大概——而且十分不屑一顾地听着,他说他每天和温诺普夫人喝茶。她搬到了一个叫作贝德福德公园的地方,离他的办公室很近,不到三分钟就能走到。陆军部在那块地方的公共草坪上建了很多小棚屋。他一星期见她女儿一次,最多。他们从不讨论战争。这个话题对年轻女人来说太令人不快了,或者说,太痛苦了……他的讲话渐渐化成了有头无尾的句子……

他们偶尔会上演这样的喜剧,因为两个人生活在同一屋檐下又不打照面是不可能的。所以他们会各自说话,有时候很礼貌地长篇大论,各自想着自己的心事,直到慢慢陷入沉思。

然后,因为她已经养成了隐居的习惯——到一个国教派的女修道院里,目的就是为了惹恼提金斯,他憎恨女修道院,认为不同的教派不应该混合在一起——又养成了几乎彻底沉浸在遐想里的习惯，因此她现在非常模糊地意识到一个灰蒙蒙的傻大个，提金斯在一片发白、空旷的一头坐着，午餐桌上。那里也有书……实际上，她脑中的是一个完全不一样的人和不一样的书——格洛维娜丈夫的书，因为这位了不起的女士是在这位政治家的书房里接待西尔维娅的。

格洛维娜，西尔维娅最亲密的两位朋友的母亲，派人来找西尔维娅。她希望向西尔维娅提出抗议，善意甚至是诙谐地，因为她完全弃绝一切爱国行为。她向西尔维娅提供了城里某个地方的地址，那里可以买到批发的婴儿尿布，这样西尔维娅可以拿去给慈善组织什么的，假装是她自己的作品。西尔维娅说她不会做这种事。格洛维娜说她会把这个点子告诉可怜的皮尔森豪泽尔夫人。她——格洛维娜——说她每天都花点时间替那些可怜的有外国名字、说话带口音或者祖上是外国人的有钱人想想他们能做什么爱国的举动。

格洛维娜是位五十多岁的女士，长了一张尖尖的、苍白的脸和硬朗的外表。当她倾向于表现出风趣的神色，或者认真地请求的时候，她的态度十分和蔼。她们所在的房间在贝尔格莱维亚的一个后花园上面。从天窗投进的光线照亮了屋子，从上方投下的阴影使她脸上的皱纹显得更深了，使她本来灰白的头发、硬朗的外表以及和蔼的态度都更明显了。这给西尔维娅留下了很深刻的印象，因为她习惯在人造光线下见这位女士……

不过，她说："你不会是说，格洛维娜，我是那个起了外国名字的可怜的有钱人吧！"

这位了不起的女士说："我亲爱的西尔维娅，更多的是你丈夫而不是你。你跟埃斯特哈齐和梅特涅的风流韵事基本上就毁了**他**。你忘了现在的当权者并不那么有逻辑……"

西尔维娅记得她从皮椅背座椅上跳了起来,喊道:"你的意思是说,那些没法形容的蠢猪以为**我是**……"

格洛维娜耐心地说:"我亲爱的西尔维娅,我已经说了不是你。是你的丈夫会受苦。他看起来这么好的一个人不应该受苦。沃特豪斯先生这么说。我自己倒是不认识他。"

西尔维娅记得她自己说道:"沃特豪斯先生又是个什么人?"

然后,听说沃特豪斯先生是前自由派大臣,她就失去了兴趣。

说真的,她不会记得女主人的字面上的任何字句。它们所代表的含义过分地压垮了她……

她现在站着,看着提金斯,只是偶尔才真正看见他。她的思绪完全被因为渴求精确所以试图逐字想起格洛维娜的原话而做出的努力占领。一般她都能把谈话记得很清楚,但这一次她疯狂的愤怒、恶心的感受、手指甲掐着掌心的疼痛,还有一阵阵无法修复的情绪压垮了她。

她现在看着提金斯,带着一种得意扬扬的好奇。她认识的最正直高尚的男人怎么可能被污秽又毫无根据的流言击倒呢?这让你怀疑荣誉本身就有点邪眼①的力量……

提金斯脸色苍白,正在摆弄一片吐司。他喃喃道:"梅特……梅特……是梅特……"他用一块餐巾擦擦眉毛,突然看了它一眼,

---

① 多种文化都相信恶毒的眼神可以给人带来实质上的伤害或者厄运。

把它扔在地板上，抽出了一条手绢……他咕哝着："梅特……梅特尔……"他的面庞亮了起来，好像一个倾听贝壳的声音的孩子。

西尔维娅带着仇恨的情绪尖叫道："老天有眼，给我说**梅特涅**[①]……你要把我逼疯了！"

当她再次看着他的时候，他的脸已经晴朗起来，并迅速走到房间角落的电话机旁。他请她等一等，报出了一个伊令的号码。过了一会儿，他说："温诺普夫人？哦！我妻子刚才提醒我，梅特涅是维也纳议会邪恶的天才……"他说："是的，是的！"然后听着。过了一段时间他说："哦，你可以语气更强一点。你可以说托利党不惜一切代价要毁掉拿破仑的决心是政党愚蠢的一个表现之类的……是的，卡斯尔雷子爵。当然还有威灵顿……我很抱歉我得挂了……对，明天八点三十分从滑铁卢……不，我**不会**再见她了……不，她搞错了……是的。帮我向她问好……再见。"他转动话筒准备挂断电话，但从中传来一连串尖利的叫声，使他不得不把它放回耳旁："哦！**战时私生子**！"他叫道，"我已经把数据寄给你了！不，私生子的数量没有明显的增长，除了在几小块地方。苏格兰低地的比率高得吓人，但那里一直都高得吓人……"他笑起来，好脾气地说，"哦，你是个老记者了，不会因此让五十镑白白溜走的……"他突然停了下来。但是，"**或者**，"他突然叫起来，"我还有个点子给你。百分比差不多高还可能因为这个：这些去法国的家伙一半都乱来，因为在他们看

---

① 克莱门斯·梅特涅（1773—1859），在德国出生的奥地利政治家。他是所在时代中最重要的外交家之一，维也纳会议的召集者。

来这是最后一次了,但另外一半加倍小心了。得体的'汤米'[1]会仔细考虑一下要不要在死前给他女朋友添一大堆麻烦。离婚率高了,当然,因为人们会在法律规定的范围内试着重新开始。谢谢……谢谢……"他挂断了话筒……

听着这段对话,西尔维娅的脑子变得十分清醒。她几乎悲伤地说:"我猜就是因此你不勾引那个女孩。"她知道——从他说那句"得体的'汤米'会仔细考虑一下要不要在死前给他女朋友添一大堆麻烦"的时候突然变化的腔调,她立刻就知道了!——提金斯他自己也仔细考虑过了。

她现在几乎不信任地看着他,但又带着冷酷的神情。她问自己,在迈向几乎确定的死亡之前,他为什么**不该**和女朋友一起稍微享受一下……她感到心头一阵真实而尖锐的疼痛。一个可怜的倒霉蛋掉进了这样的深渊……

她移到火炉边一把椅子上,坐着看他,饶有兴趣地向前倾着身子,好像在一个花园派对上——困难重重,几乎不可能![2]——她发现一场排演得并不太糟糕的牧歌剧。提金斯是个极好的怪物……

他是个极好的怪物,不仅因为他正直又高尚。她认识好几个很正直、很高尚的男人。如果除了法国或者奥地利的朋友之外,正直又高尚的女人她一个都不认识,毫无疑问,那是因为正直又高尚的

---

[1] 汤米或汤米·阿特金斯是用来泛指一名普通英国陆军士兵的俚语。虽然这一称呼在十九世纪已形成,但它与第一次世界大战联系紧密。

[2] par impossible,法文。

女人不能取乐她，或者因为除了法国人和奥地利人，她们都不是天主教徒……但她认识的那些正直、高尚的男人一般都富有且受人尊重。他们虽没有很大一笔财富，但也过得相当不错：口碑不错，乡村绅士那种类型……提金斯一家……

她整理了一下思绪。为了摆脱心中一个疑惑，她问："你在法国到底发生了什么？你的记忆力出了什么问题？或者说你的大脑，不是吗？"

他仔细地说："是半个，很不规则的一部分，死了，或者发白了。没有良好的血液循环……所以，很大一部分以记忆的方式消失了。"

她说："但是**你**……没有大脑！……"这不是问题，他没有接话。

当他一想起那个"梅特涅"就马上向电话机走过去的时候，她终于确信，在过去的四个月里，他没有做出一副忧心自己健康的样子或者干脆撒谎以取得同情或者长期病休。在西尔维娅的朋友中，大家刻薄地嘲笑，但又公开地接受一种叫炮弹休克症的把戏。至少据她所知，那些很正派又很勇敢的男人会公开吹嘘，如果在那里待够了，他们会想办法休一段时间的假，或者把休假延长一些，发发这种纯粹名义上的疾病。在她看来，在这场谎言、淫乱、酒精和嚎叫组成的狂欢中，装出一点点炮弹休克症几乎是高尚的。无论如何，如果一个男人把时间都花在花园聚会上——或者，像最近几个月提金斯做的那样，把时间花在灰土堆里的铁皮小房子里，每个下午和温诺普夫人一起喝茶，帮她完成报纸上的文章——当男人忙着这样那样的事情的时候，他们至少没有在忙着互相厮杀了。

她现在说："你介意告诉我你到底发生了什么吗？"

他说:"我不知道我能不能说好……有个东西破裂了——或者'爆炸'可能是更准确的词——就在我附近,在黑暗里。我猜你最好不要听……"

"我想听!"西尔维娅说。

他说:"重点是我**不**知道发生了什么,我也不知道我做了什么。我生命中有三个星期死掉了……我记得的是我待在死伤急救站里,没办法想起自己的名字。"

"你真的是**这个意思**?"西尔维娅问,"这不是说说而已?"

"不,这不是说说而已,"提金斯回答,"我在死伤急救站里的床上躺着……你的朋友们在往上扔炸弹。"

"你不应该管他们叫我的朋友。"西尔维娅说。

提金斯说:"抱歉。有时候说话不是很严谨。当时那些倒霉的浑蛋德国佬正在从飞机上往医院的小棚屋丢炸弹……我不是说他们知道那里是死伤急救站,那是,毫无疑问,粗心而已……"

"你不用因为我替德国人说话!"西尔维娅说,"你不用为任何杀人者脱罪。"

"我当时担心极了,"提金斯继续说,"我在给一本关于阿民念主义的书写序言……"

"你没写书啊!"西尔维娅急切地叫道。因为她认为如果提金斯动笔写一本书的话,他有可能有办法挣钱养活自己。很多人都告诉她,他应该写本书。

"不,我没有写过书,"提金斯说,"我也不知道阿民念主义是什么……"

"你清楚地知道阿民念主义的异端邪说是什么,"西尔维娅尖锐地说,"你几年前就对我解释过了。"

"是的,"提金斯叫道,"多年前我可以,但是我当时不行了。我现在可以写,但我当时有些紧张。为一个一无所知的题目写序言有些尴尬,但在我看来按陆军的习惯并不可耻……但是想不起自己的名字还是让我很心焦。我躺在那里担心又担心,想如果一个护士走过来问我的名字而我不知道这该多丢人。当然,我的名字写在一块系在衣领上的行李牌上,但我忘了他们对伤亡人员是这么处理的……然后很多人扛着一个炸成碎片的护士走下了小屋。德国人的炮弹就把她搞成了这样。当时他们仍然在向这个地方扔炸弹。"

"但是老天,"西尔维娅喊道,"你的意思是,他们扛着一个死护士从你身边经过?"

"那个可怜人当时还没有死,"提金斯说,"我希望她当时就死了。她的名字叫比阿特丽斯·卡迈克尔……我崩溃之后知道的第一个名字。当然,她现在已经死了……这好像把房间另一边一个头上一直往绷带外冒血的家伙给吵醒了……他从床上翻起身,一句话没说,穿过小屋准备掐死我……"

"但这让人难以置信,"西尔维娅说,"我很抱歉,但我没法相信……你是个军官,他们**不能**扛着个受伤的护士从你鼻子下面走过去。他们一定知道你姐姐卡洛琳是个护士,死在战场上……"

"凯莉,"提金斯说,"在一艘医疗船上淹死了!感谢上帝,我不用把那个女孩和她联系在一起……但你别指望除了人名、军衔、所属部队、入院时间以外,他们还会把这种事情写上去。我在战争中失去了一个姐姐和两个哥哥,还有一个父亲——我敢说他是死于心碎……"

"但你只失去了一个哥哥,"西尔维娅说,"我为他和你姐姐服了丧……"

"不,两个,"提金斯说,"但我想跟你说的是那个想要掐死我的家伙。他发出了好几声震耳欲聋的嘶吼,很多勤务兵冲上来,把他从我身上拉开,坐在他身上。然后,他开始大喊:'**忠诚!**'他喊着:'忠诚!……忠诚!……忠诚!……'每两秒一个间隔,我可以通过脉搏分辨出来,直到凌晨四点他死了……我不知道这是一个宗教的劝诫,还是一个女人的名字,不过我非常不喜欢他,因为我所受到的折磨就是由他开始的,就这样……我曾经认识一个女孩叫作费丝[①]。哦,不是什么恋爱关系,我父亲的园丁长的女儿,一个苏格兰人。事情是,每次他说到费丝我都问我自己'费丝……费丝什么?'我记不得我父亲的园丁长姓什么了。"

西尔维娅当时正在想别的事,问道:"什么姓?"

"不知道,我到现在都不知道……问题是,当我明白我不知道**那个名字**的时候,我像个新生儿一样无知,**没有受过教导**,但是对自己的无知比他焦虑得多……《可兰经》里说——我每天下午在温诺普夫人家读《大英百科全书》已经读到K字头了——'强大的人被击垮的时候,被击垮的是信心'……当然我很快就记住了《陆军

[①] 英语里"费丝"和"忠诚"同音同形,皆写作"faith"。

条例》①，还有《军事法律手册》《步兵实地训练》，还有那些最新版的《陆军委员会指南》。一个英国军官该知道的也就这么多了……"

"哦，克里斯托弗！"西尔维娅说，"**你**读《大英百科全书》。真可怜。你曾经那么鄙视它。"

"这就是所谓'被击垮的是信心'。"提金斯说，"当然，现在我记得读到听到的东西……但我还没读到 M，更别提 V 了。就因此我会为了梅特涅和维也纳议会焦虑。我试着自己想起一些事来，但还没有做到过。你看，好像是我脑子里的一些部分被洗白了一样，偶尔一个名字会让我想起另一个。你注意到了，当我想到梅特涅的时候，也想起了卡斯尔雷子爵和威灵顿——甚至还有其他的名字——这就是统计局会要我的原因。当他们解雇我的时候，真实的原因就是我当过兵。但是他们会假装这是因为我所拥有的学识不如《大英百科全书》多，或者只有三分之二左右——根据战争时长来定……或者，当然，真实的原因是我不会伪造数据来诱骗法国人。那一天，他们叫我这么做，当作是假期任务。当我拒绝的时候你真该看看他们的嘴脸。"

"你**真的**，"西尔维娅问，"在战争里失去了两个哥哥吗？"

"是的，"提金斯回答道，"卷毛和长腿。你从来没见过他们，因为他们总是在印度。他们也并不起眼……"

"**两个！**"西尔维娅说，"我只就一个叫爱德华的给你父亲写过信，还有你姐姐卡洛琳。在同一封信里……"

---

① 《陆军条例》和《女皇条例》是英国海军、陆军和空军的行为举止条例。

"凯莉也不起眼，"提金斯说，"她给慈善组织会社工作……但我记得，你不喜欢她。她是个天生的老处女……"

"克里斯托弗！"西尔维娅问，"你还认为你母亲是因为我离开了你才心碎而死的吗？"

提金斯说："老天！不，我从来不这么想，现在也不这么想。我**知道**她不是因为这个原因。"

"**那么！**"西尔维娅叫了起来，"她是因为我回来了才心碎而死的……别对我抗议说你没这么想。我记得你在罗布施德打开电报时候的表情。温诺普小姐把它从莱伊转寄了过来。我记得那个邮戳。她生来就是要跟我过不去。收到它的时候，我可以看出来你在想必须对我隐瞒这件事，因为你觉得她的死是因为我。我可以看到你在想，对我隐藏她死了这件事是否可行。当然，你不能这么做，因为你记得，我们得去威斯巴登露个面。我们也不能去，因为我们应该在服丧期。所以你带我去俄国，这样就不用带我去葬礼了。"

"我带你去俄国，"提金斯说，"我现在都想起来了——因为我收到罗伯特·英格比爵士的指令，帮那里的英国总领事准备一份基辅政府的数据表蓝皮书……当时，那里看起来是全世界工业上最有前景的地区之一。现在不是了，自然。我投进去的钱再也别想看到一分一毫了。我那时候自作聪明……当然了，是的，那些钱是我母亲的财产。我现在想起来了……是的，当然了……"

"你有没有，"西尔维娅说，"找理由不带我去你母亲的葬礼，因为你认为我的在场会亵渎你母亲的尸体？或者你害怕在你母亲面前没法向我隐瞒其实是我害死了她？……别否认了，也别找理由说你不记得那段时间了。你现在都想起来了,我害死了你母亲。温诺普小姐拍来了电报——为什么你不跟拍电报的算账呢?……哦,老天,为什么你不恨自己呢,像万军之耶和华的烈怒[①]那样,想你和那个女孩互相耳语的时候你母亲正在死亡线上挣扎?……在莱伊!当我在罗布施德的时候……"

提金斯用手绢擦了擦眉毛。

"哎,我们别说了。"西尔维娅说,"上帝知道,我没有权利干扰那个女孩或者你的计划的。如果你们相爱,你们有权利幸福,我敢说她会让你幸福的。我没法和你离婚,因为我是一个天主教徒。但我不会以其他方式让你不好过,你和她这样谨慎的人会有办法的。你得跟麦克马斯特和他的情人学学……但是,哦,克里斯托弗·提金斯,你想过你多么彻彻底底地利用了**我**!"

提金斯专心地看着她,痛苦得像一只喜鹊。

"如果,"西尔维娅继续她的谴责,"你在我们的生活里哪怕对我说一次:'你这个婊子!你这个贱货!你害死了我母亲。愿你在地狱里腐烂……'如果你哪怕对我说一次这样的话……关于孩子!关于佩罗恩!……你可能会做出点让我们重新在一起的事情……"

提金斯说:"当然,是的!"

"我知道,"西尔维娅说,"你没办法……但是因为你著名的乡绅世家的骄傲——即便是最小的儿子!——你对自己说,我敢说,

---

① 出自《圣经·以赛亚书》。原作:"我万军之耶和华在愤恨中发烈怒的日子,必使天震动,使地摇撼,离其本位。"

如果……哦，上帝！……如果你在战壕里被射中你会这么说的……哦，就在临死前你也能说你从没有做过一件不光彩的事……而且，提醒你，我相信，除了一个人以外，再没有别人比你更有资格说这话……"

提金斯说："你居然相信这个！"

"就像我希望站在我的救世主面前一样，"西尔维娅说，"我相信……但以全知全能的上帝之名发誓，怎么能有任何女人生活在你身边……永远都被宽恕？或者不，不是被宽恕，被忽略！……啊，在你死的时候为你的荣誉而自豪吧。但是，上帝啊，你应该谦卑，为了你的……你判断力的错误。你知道那匹马戴着太紧的马衔走了好几英里，舌头几乎被勒成了两半……你记得你父亲的马夫总是把猎犬弄成这样……然后你用马鞭抽他，你告诉我，那之后，每当想起那匹母马的嘴你都快要哭出来……啊！有时候也想想**这**匹母马的嘴吧！你这样骑了我七年了……"

她停下来，又继续说："你知道，克里斯托弗·提金斯，女人只能忍受一个男人所说的'**我也不定你的罪**'而不恨他甚于仇人！……"

提金斯看着她，把她的注意力吸引过来。

"我希望是你让我来问你，"他说，"我怎么能向你扔石头？我从来没有反对过你的任何举动。"

她的手懒洋洋地垂在身体两旁。

"哦，克里斯托弗，"她说，"别演这老套的戏码了。这么看来，很有可能我再也见不到你了。你今晚会和那个温诺普家的丫头睡在一起,明天会在战场上被杀掉。下面十来分钟里,**让我们**有话直说吧。给我好好听着。要是那个温诺普家的丫头想要你的全部遗产,她不会介意分我这么一点的……"

她可以看到,他所有的注意力都集中在她身上。

"像你说的那样,"他慢慢地大声说,"就像我希望见到我的救世主一样,我相信你是个好女人,一个从来不曾做过不光彩事情的女人。"

她在椅子上往后靠了靠。

"那么!"她说,"你是那个恶毒的男人,我总是被迫相信你是这样的,尽管我从来没真心相信过。"

提金斯说:"不!……让我试着把我想的告诉你。"

她叫道:"不!……我一直是个恶毒的女人。我毁了你。我不会再听你的了。"

他说:"我敢说你毁了我。这对我来说什么也不是。我完全不关心。"

她呼喊着:"哦!哦!……哦!"腔调极为痛苦。

提金斯坚持着说道:"我不在乎。我控制不住。这些是——**这些应该是**——正派人生存的前提。我希望下一次战争可以建立在这些基础之上。看在老天的分上,让我们说说勇敢的敌人吧。总是这样。我们**必须**去劫掠法国人,否则我们几百万人民就得挨饿;他们**必须**反抗我们,要么成功,要么被屠戮……你我也是这样……"

她叫道:"你是想说,你不认为我是个恶毒的女人,当我……当我给你设下圈套的时候,像妈妈说的那样?……"

他大声地说:"**不!**……你是被某个粗鲁的人陷害了。我一直认为被男人辜负了的女人有权利——为了她的孩子她也有责任——辜

261

负另一个男人。这变成了女人对抗男人，对抗一个男人。我碰巧是那个男人。这是上帝的旨意。但是你并没有超出你的权利范围。我不会在这件事上反悔的。没有什么能让我这么做，任何时候！"

她说："还有其他人！还有佩罗恩……我知道你会说任何人都有理由做任何事，只要他们足够开诚布公……但这害死了你母亲。你不同意是我害死了你母亲吗？或者认为是我教坏了那孩子……"

提金斯说："我不觉得……我想跟你谈这件事。"

她叫道："你**不会**……"

他冷静地说："你知道我不会……当我确定准备待在这里，保证他规规矩矩做个国教徒的时候，我会尝试减少你对他的影响。我感谢你提起我可能战死和对我生途被毁的考虑。确实是，我一天之内没法筹到一百英镑。因此，我显然不应该是独立监护格罗比继承人的男人。"

西尔维娅说："我拥有的每一分钱都归你处理……"这时女仆接线员走到她主人面前来，把一张名片放在他手中。

他说："告诉他，在客厅里等五分钟。"

西尔维娅说："是谁？"

提金斯回答说："一个男人……让我们把这事处理完。我从来都不觉得你教坏了那孩子。你试着教他说一些善意的谎言。这非常符合天主教的教规。我不反对天主教，也不反对天主教徒善意的谎言。你有一次叫他放一只青蛙到马钱特的澡盆里。就事论事，我对小男孩往保姆的澡盆里放青蛙没有意见。但是马钱特是位老太太了，而格罗比的继承人总是应该尊重老太太，尤其是家里的老用人……

有可能，你并没有意识到这个孩子是格罗比的继承人。"

西尔维娅说："如果……如果你二哥死了……但是你的大哥……"

"他，"提金斯说，"在尤斯顿火车站附近找了个法国女人。他跟她住在一起超过十五年了，或者说是十五年间的没有赛马的下午。她永远不会嫁给他，而她自己也过了育儿的年龄，所以就没有别人了……"

西尔维娅说："你的意思是，我可以把这孩子养成天主教徒。"

提金斯说："**罗马**天主教徒……拜托，在我教他之前，你会教他用这个词汇，如果我还能再见到他的话……"

西尔维娅说："哦，我感谢上帝，他让你心肠变软了。这会把诅咒从这间屋子里驱赶出去的。"

提金斯摇摇头，"我不这么想，"他说，"从你身上，可能。从格罗比家，很有可能。现在，有可能格罗比家也该有个天主教的主人了。你读过斯贝尔登①写的关于亵渎格罗比的书吗？……"

她说："是的！第一个提金斯是和荷兰的威廉一起来的，那头蠢猪，他对原来的天主教主人非常不好……"

"他是个强硬的荷兰人，"提金斯说，"但让我们继续说下去吧！时间够了，但也并不太多……我还得见那个人。"

"他是谁？"西尔维娅问。

提金斯正在整理他的思绪。

---

① 亨利·斯贝尔曼(1562—1641)所著《亵渎的历史和命运》提到了有关事实。作者这里可能把斯贝尔曼和法学及历史学家约翰·塞尔登（1584—1654）混淆了。

"我亲爱的!"他说,"你允许我叫你'我亲爱的'吗?我们做仇人已经够久了,而我们现在在讨论我们孩子的将来。"

西尔维娅说:"你说的是'我们的'孩子,不是'那个'孩子……"

提金斯带着十足的忧虑说道:"请你原谅我把这件事提起来。你可能更愿意相信他是德雷克的孩子。他不可能是的。如果这样就不符合自然进程了……我现在这么穷是因为……原谅我……我在结婚以前花了不少钱跟踪你和德雷克的行踪。如果知道这事对你来说是一种解脱的话……"

"**是的**,"西尔维娅说,"我……我一直非常不好意思把这件事说给专业人士听,甚至在妈妈面前也……而且我们女人如此无知……"

提金斯说:"我知道……我知道你连想起这件事都很不好意思,仔细想的话。"他分析了一下月份和日子,然后,继续说,"但这并没有区别。一个婚姻状态下出生的孩子,按法律规定,就是父亲的。如果一个男人他是一位绅士,忍受了生育孩子的过程,为了合乎礼仪,他就必须承担后果,必须优先考虑女人和孩子,无论他是什么身份。也可能更糟,生育出了不是自己的孩子,还要让他继承更高贵的姓氏。从第一眼看到他的时候起,我就全心全意地爱那个小可怜虫。这可能是神秘的暗示,或者也可能是纯粹的感性……当我是个完整的人的时候,我抵制你的影响,因为你是天主教徒,但我不再是个完整的人了,盯着我的那只邪眼可能会转移到他身上。"

他停下,接着又说:"因为我必须去绿林,独自一人,被驱逐了……但你得在那只邪眼面前保护好他……"

"哦，克里斯托弗，真的，我对那孩子并不坏。我也永远不会对他不好。我会让马钱特一直跟他在一起，直到她死。你得告诉她不要干涉他的宗教信仰，这样她就不会……"

提金斯带着疲倦友善地说："是的……你还有神父……神父……那个在他出生前和我们一起待了两周的神父可以教授他。他是我认识的最好的人，也是最有才智的人之一。想想这孩子在他手里，我就十分宽慰了……"

西尔维娅站起来，她那双镶嵌在石头一样苍白的脸上的眼睛里喷射出怒火："康赛特神父，"她说，"他们枪决凯塞门[①]的那天，他也被吊死了。他们不敢把这写报纸上，因为他是个神父，而且所有指控他的证人都是北爱尔兰[②]人……就这样我还不能说这是场被诅咒了的战争。"

提金斯摇摇头，像个老年人一样又缓慢又沉重。

"你可以为我……"他说，"为我摇摇铃，好吗？别走……"

他沉重而闷闷不乐地坐在椅子里，封闭房间里的忧郁笼罩了他全身。

"斯贝尔登关于亵渎的文章，"他说，"归根到底可能是对的。从提金斯家的角度，你可以这么说。自第一个法官从天主教徒隆德斯那里骗来了格罗比以后，没有一个提金斯家的人不是因为心碎或

---

① 罗杰·凯塞门（1864—1916），爱尔兰爱国者，在爱尔兰复活节起义失败后被枪决。

② 北爱尔兰人多数为新教徒，反对爱尔兰独立，支持英国。

者意外而死。这一万五千英亩的好农场和铁矿，上面还有那么多石楠花……怎么说的来着：'尽管你像什么一样什么，你还是逃不过……'①怎么说的来着？"

"诽谤！"西尔维娅带着强烈的愤恨说，"像冰一样坚贞，像雪一样纯洁……像你一样……"

提金斯说："是的！是的……提醒你，没有一个提金斯家的人软弱没用。一个都没有！他们心碎是有原因的……比如我可怜的父亲……"

西尔维娅说："**别说了！**"

"我两个哥哥都死在印度兵团里，同一天，相隔不到一英里。我姐姐死在同一周，在海上，离他们也不远……不引人注意的人。但是人们也会喜欢不引人注意的人……"

接线员在门口。提金斯叫她让波特·斯卡索勋爵下来……

"当然，你必须知道这些细节，"提金斯说，"作为我父亲的继承人的母亲……我父亲在一天之内得到了这三个消息。这足够让他心碎了。在那之后，他只活了一个月。我看到他……"

西尔维娅刺耳地尖叫道："别说了！别说了！别说了！"

她抓紧壁炉，保持站立的姿势。"你父亲心碎而死，"她说，"是因为你哥哥最好的朋友，拉格尔斯，告诉他你是一个没用的人，花

---

① 原文是《哈姆雷特》第三幕第一场哈姆雷特台词："尽管你像冰一样坚贞，像雪一样纯洁，你还是逃不过谗人的诽谤。进尼姑庵去吧，去，再会！"参考朱生豪译法。

着女人的钱,还让他最老的朋友的女儿怀了孩子……"

提金斯说:"哦!啊!是的……我猜到了。我知道,真的。我猜那个可怜的家伙现在知道得更多了,或者他不知道……这不重要。"

第二章

据说英国人在情感上特有的压抑自己的习惯让他们在巨大的压力之下处于不利的地位。在生活中一般的小事上,他无可指摘,也不动感情,但是突然面对人身危害以外的一切冲突时——他实际上,几乎可以确信——会彻底崩溃。至少,这是克里斯托弗·提金斯的观点,他很害怕和波特·斯卡索勋爵的会面——因为他担心自己一定是快要崩溃了。

在决定行为和所能控制的情绪方面,尤其像个英国人这件事情上——因为,虽然没有人能选择他的祖先或者他的出生地点,如果他勤奋且有决心的话,至少可以随时注意大幅度改变自己无意识的习惯——经过周密的考虑,提金斯特意选择了一套他认为全世界最好的日常生活行为习惯。如果你每天从早到晚都尖着嗓子以法国人的逻辑和清晰的头脑交谈；如果你自作主张，帽子举在肚子上，僵直着脊背弯下腰，整天都像普鲁士人一样暗示、威胁着要杀了和你说话的人；如果你像意大利人一样哭哭啼啼、多愁善感，或者像美国人一样在没什么用的事上简直惊世骇俗地愚蠢，社会就会吵吵嚷嚷，令人讨厌，丝毫不顾及他人，连将人类和动物相区分的那种表面上的镇定都荡然无存。你永远都不可能坐在俱乐部深深的扶手椅里好几个小时什么都不想——或者考虑考虑板球中的正面论。①另一方面，面对死亡——除了在海上、火场里、铁路事故中，或者不小心在河里淹死，面对疯狂、激情、耻辱，或者——特别是——长时间的心理压力，你得承担任何游戏的初学者所遭受的不利因素，而且很有可能结束得很难看。幸运的是，死亡、爱恋、公开的耻辱等等极少在普通人的生命中发生，所以，无论如何，英国社会似乎占了很大的便宜，至少在一九一四年年底之前是这样。人的死亡只有一次，死亡的危险如此之低，几乎可以忽略不计。令人分心的恋爱是软弱的人才会患上的疾病。对身居高位的人来说，公开的耻辱简直闻所未闻，因为统治阶级对掩盖事实的手段是如此娴熟，遥远的殖民地又总能塞下人。

提金斯发现自己正面对着以上这一切，它们一件接一件十分突然地降临到他头上。而他即将面对的这次会面可以把以上问题都掩饰过去，会面的对方是一位他非常尊重、非常不想伤害的人。他必

---

① 正面论是板球运动的一种投球战略，指集中火力向面向区门柱稍稍靠外的方向投球进攻。

须面对这一切，而且，是带着三分之二已经不听使唤了的大脑。情况就是这样。

他并不是没法像以前一样飞快地开动脑筋，问题是他已经没法随时召唤一整块一整块的事实来支持自己的论点。他的历史知识仍然少到可以忽略不计，他对更加偏人文方面的知识一无所知，而且，更糟糕的是，他也不记得那些更高深、更令人着迷的数学知识了。记忆恢复的速度比他向西尔维娅坦白的还要慢得多。正是在这一系列不利情况下，他得面对波特·斯卡索勋爵。

波特·斯卡索勋爵是西尔维娅·提金斯在想到认识的那些十分高尚、绝对亲切的男人时第一个想起的人……但他缺少建设性的智慧。他继承了全伦敦最好的银行之一的管理权，所以他的经济、社会影响十分广泛。他对扩大低教会派的利益十分有兴趣，对离婚法律改革和大众体育也是如此，而且他十分喜爱西尔维娅·提金斯。他四十五岁，已经开始稍微发福，但无论如何都不算肥胖。他有很大、很圆的脑袋，似乎因为常常洗澡而散发着光芒、气色很好的两颊，没有修剪过的、深色的小胡子，同样深色且修剪得很整齐、柔顺的头发，棕色眼睛，簇新的灰呢西装，崭新的爵士帽，戴着金色领带环的黑色领带，脚蹬非常新的人造革皮靴，靠近小腿的边缘有一圈白色。他的妻子跟他像是一个模子里刻出来的，从身材到诚实的品德、友善的性格、个人兴趣，除了他对大众体育的兴趣在她那里换成了妇产医院以外。他的继承人是他的侄子布朗利先生，人称布朗尼。他的体形也和他叔叔一模一样，除了一点，因为并没有发胖，他显得更高，小胡子和头发也更长、更浅。这位绅士用一种阴郁而深刻的激情爱慕着西尔维娅·提金斯，他认为这样做非常高尚，因为他希望在她和她丈夫离婚之后娶她为妻。他希望毁掉提金斯，因为他想要和提金斯夫人结婚，一部分也因为他认为提金斯是个令人不快的人，又没什么收入。对他的这种激情，波特·斯卡索勋爵一无所知。

他现在进入了提金斯一家的餐厅，跟在仆人身后，手上拿着一封拆开的信。他有些僵直地走着，因为他十分担心。他观察到西尔维娅刚才哭过，而现在还在擦眼睛。他环顾房间，试图找出任何可以解释西尔维娅哭泣的原因。提金斯仍然坐在午餐桌的一端。西尔维娅从火炉旁的一把椅子上站起来。

波特·斯卡索勋爵说："我有事跟你说，提金斯，就一分钟，公事。"

提金斯说："我可以给你十分钟……"

波特·斯卡索勋爵说："提金斯夫人可能……"

他把拆开的信对提金斯夫人挥了挥。

提金斯说："不！提金斯夫人要留下来。"他想说些更客气友好的话。他说："坐吧。"

波特·斯卡索勋爵说："我一分钟都不该耽搁。但是真的……"

他推了推信，动作幅度并不大，向西尔维娅的方向。

"我对提金斯夫人没有隐瞒，"提金斯说，"丝毫没有……"

波特·斯卡索勋爵说："不……不，当然不……但是……"

提金斯说："同样的，提金斯夫人对我也没有隐瞒。再说一次，丝毫没有。"

西尔维娅说："当然，我不会告诉提金斯我女仆的情事或者每天的鱼价。"

提金斯说:"你最好坐下。"一种善意的冲动让他补充道,"事实上,我正在跟西尔维娅把一些事情讲清楚,这样她好接手……指挥。"

他的精神缺陷让他感到不愉快的地方之一就是有时候除了军事术语以外他想不出其他说法。他感到非常恼火。波特·斯卡索勋爵让他感到稍微有些恶心,那种在战时同对你的想法、用词、一直在考虑的事情都一无所知的平民打交道的恶心。然而,他还是平和地补充道:

"人总有些问题要解决。我要走了。"

波特·斯卡索勋爵急急地说:"是的,是的。我不会耽误你。虽然在战时,人们还是有很多事要做……"

他的两只眼睛由于困惑而游移不定。提金斯可以看到它们最终定在了西尔维娅在他领子和绿色领章上留下的油渍上。他对自己说在去陆军部之前一定得记得换掉他的制服。他一定不能忘记。波特·斯卡索勋爵因为这油渍困惑极了,他看起来好像由于想要为其找个理由而忘记了其他的事……你可以看到缓慢的思绪在他方方的、光亮的棕色前额里移动。

提金斯非常想帮他一把。他想说:"你来是因为手拿的是西尔维娅的信,对吧?"但是波特·斯卡索勋爵进入房间的时候那么僵硬,领子系得高高的,步伐奇怪,像英国人在正式而令人不愉快的场合互相接近时的步伐那样;鼓起勇气,有些像两只陌生的狗在大街上会面。看着他这样,提金斯没法说出"西尔维娅"……但如果他再说"提金斯夫人"则会增加场面的正式程度和不愉快,**这帮不了波**

特·斯卡索……

西尔维娅突然说:"你没有听懂,很显然。我丈夫要上前线了。明天早上。这是第二次了。"

波特·斯卡索勋爵突然在桌旁的一把椅子上坐下。他光洁的脸庞和棕色的眼睛突然显现出非常痛苦的神色,他叫道:"但是,我亲爱的老兄!你!老天啊!"然后对西尔维娅说,"我请你原谅!"为了理清思绪,他又一次对提金斯说,"你!明天就要走了!"然后,当他真的明白了这中间的意义,他的脸突然又放晴了。他迅速地扫了一眼西尔维娅的脸,然后定定地看着提金斯沾了油渍的上衣。提金斯可以看出他十分高兴地在对自己解释,**这解释了西尔维娅的眼泪和上衣的油渍**。因为波特·斯卡索很可能在想军官们都穿着他们最旧的衣服上战场……

但,如果说他疑惑的头脑变得清楚了的话,他痛苦的心却变得加倍痛苦。他进入房间时感受到的痛苦上,还要再加上在他看来十分感伤的家庭别离。提金斯知道整场战争期间波特·斯卡索从来没有见证过一场家庭离别。他像躲瘟疫一样躲着这些不可避免的事情,而他的侄子们和他妻子的侄子们都在银行里工作。这对他们来说十分正常,因为新封贵族的布朗利家族不属于统治阶级——这些人必须得去打仗!——他们属于行政阶级,他们有留下的特权。所以他们并未见过任何分离。

他又尴尬又厌恶的情绪在自己脸上一下就显现了出来。因为他说了几句赞扬提金斯的英雄主义的话,都没办法停嘴,然后他很快地从椅子里站了起来,叫道:"在这样的状况下……我为之而来的这些小事……我当然不可能觉得……"

提金斯说:"不,别走。你为之而来的那件事——我当然全都知道——还是解决了的好。"

波特·斯卡索勋爵再次坐下。他的下巴缓缓放松下来,古铜色的肤色变得苍白了一些。他最后说:

"你知道我为什么来?但这样的话……"

他看起来有些不情愿,健美的身形有些发蔫。他把手中那封仍然按在桌布上的信往提金斯的方向推了推。他用等待赦免的囚徒的声调说:

"但你**没法**……知道……这封信……"

提金斯没有理睬桌布上的信。从他所在的地方可以看到蓝灰色信纸上很大的手写体:"克里斯托弗·提金斯夫人向波特·斯卡索勋爵和律师学院尊敬的院监们表达她的敬意……"

他好奇西尔维娅从哪里学到这一套说辞的,在他看来这错得离谱。他说:"我已经告诉你我知道这封信了,就像我已经告诉你的一样——我还要补充说,我赞成! ——提金斯夫人的所有行为……"

他坚定的蓝眼睛威逼般直视波特·斯卡索勋爵软弱的棕色眼睛,知道他传递出去的是这样的信息:"随便你怎么想,该受谴责的人是你!"

波特·斯卡索勋爵用温柔和善的棕色小眼睛盯着他的脸,然后脸上呈现出了一种深深的痛苦的表情。波特·斯卡索勋爵喊道:"但老天啊!这样的话……"

他又一次看着提金斯。由于一直在低教会派、离婚法案改革和大众体育等等问题上寻找庇护,他的头脑一旦思考起如此沉重的状况,就变成了一片痛苦的海洋。他的眼睛说:"看在老天的分上,别告诉我你最好朋友的情人,杜舍门夫人,是你自己的情人,而你以这种方式在他们身上发泄你粗鲁的恶意。"

提金斯大力向前倾着,尽可能让他的眼睛显得难以捉摸。他非常慢、非常清晰地说:"提金斯夫人,当然,不知道**所有**状况。"

波特·斯卡索勋爵整个人向椅子里一靠。

"我不理解!"他说,"我无法理解。我该怎么办?你不希望我根据这封信做出反应?你不能这样!"

提金斯已经接受了自己的处境,说:"你最好跟提金斯夫人谈这件事。我自己之后也会说一下。在此同时,我得说,在我看来提金斯夫人并没有什么不妥。一位女士,戴着厚厚的面纱,每个周五都到这里来,一直待到星期六早上六点……如果你准备好掩饰这件事,你最好在提金斯夫人面前这么做……"

波特·斯卡索勋爵焦虑地转向西尔维娅。

"我当然不能掩饰,"他说,"上帝不允许……但,我亲爱的西尔维娅……我亲爱的提金斯夫人……关于两位如此受尊敬的人!……当然,我们讨论过原则问题。这是一个我总在心里想着的问题:给予离婚的权利……民事离婚,至少……在婚姻双方中一方在疯人院里的情况下。我还给你寄了我们出版的 E. S. P. 海恩斯[①]的

---

① E. S. P. 海恩斯(1877—1949),律师兼作家,曾在本书作者福特创办的《英国评论》上发表了一篇关于离婚法改革的文章。

小册子。我知道作为一个罗马天主教徒你有很强的观点……我向你保证,我不支持自由放纵……"

他当时变得十分能说会道:关于这件事他心里十分有数,他的一个姐姐和一个疯子结婚很多年了。他更加绘声绘色地阐述了这种情况所带来的痛苦,因为这是他亲眼见过的唯一的一种人世间的痛苦。

西尔维娅长时间地盯着提金斯:他在想如何劝解。他定定地看了她一会儿,然后望向波特·斯卡索勋爵,勋爵诚挚地转向她,提金斯然后又看向她。他的意思是:"先听一下波特·斯卡索勋爵说的。我需要点时间思考我的办法!"

他人生中第一次需要时间思考他的办法。

自从西尔维娅告诉他,她给院监们写信告发麦克马斯特和他的女人以后,他潜意识里就在想一件事。自从西尔维娅提醒他,战争爆发前的那天杜舍门夫人在爱丁堡到伦敦的特快火车上躺在他的臂弯里之后,他一反常态地清楚地想起了很多北部乡村的景色,虽然他没法把名字和这些地方一一对应。忘记了名字这件事很不正常,他应该知道从贝里克到约克的山谷一路上的所有地名——但他忘记这件事是很正常的。它并不重要,他宁可不要记得他朋友的风流韵事的每个阶段,更不用说,紧接着发生的那件事情的性质让人自然会忘记之前刚刚发生的事情。杜舍门夫人在一间上锁的走廊车厢里靠在他的肩头啜泣这件事在他看来一点都不重要,她是他最好朋友的情人,她刚度过了一个星期左右非常难熬的时光,以和她焦虑的情人之间一场猛烈而紧张的争吵告终。当然,她因为这场争吵而哭泣,颤抖得尤其厉害,因为像他自己一样,杜舍门夫人一直以来都太过分矜持了。也因此,他自己并不喜欢杜舍门夫人,而他也很确定她更不喜欢他。所以,只有他们对麦克马斯特共同的感觉把他们带到了一起。不过,坎皮恩将军不会知道这个……火车刚刚发车的时候,他就像一般人会做的那样在走廊上东张西望往车厢里看……他不记得名字了……唐克斯特……不!……达林顿,也不是。在达林顿有一个火箭模型,或者它并不是火箭。一个极大的、笨拙的庞然巨物一样的火车头在……在……那个相当阴沉的向北开的火车站……达勒姆……不!……亚伦维克……不……伍勒……老天啊!伍勒!巴姆伯格的交叉路口……

他和西尔维娅,还有桑德巴奇一家待在巴姆伯格的一个城堡里。然后……一个他突然想到的名字!……两个名字!……可能,这回要转运了!头一次……得好好纪念一下……在这之后,有些名字,有的时候,就会脱口而出了!不过,他得继续……

当时,桑德巴奇一家还有他和西尔维娅……其他人也在……七月中旬他们就来到了巴姆伯格,伊顿公学和哈罗公学正在罗兹板球场对决。他们等待着十二号才会真正开始的府邸聚会……他重复着这些名字和日期,只为自己知道这些事情而很高兴。在他的大脑受到影响的情况下,这两个名字存留了下来:伊顿公学对哈罗公学。八月十二号,伦敦社交季的末尾,猎松鸡的季节也在这天开始了……很可惜……

当坎皮恩将军过来加入他姐姐的时候,提金斯只待了两天。他们两人之间的冷淡持续着。在事故之后,除了在法庭上,这是他们两人第一次见面……因为温诺普夫人严肃地下了决心,为了她的马的损伤起诉了将军。它还是活了下来，活得还不错——但它只能在板球场上拉拉割草机……温诺普夫人当时不顾后果地盯上了将军，一方面是因为她需要那笔钱，一方面是她需要一个公开的理由和桑德巴奇一家决裂。将军也一样执拗倔强，而且毫无疑问地在法庭上做了假证。就算他驾车的能力受到了质疑，就算在一个非常危险的转弯处他没有鸣喇叭这件事被曝光，就算他不是全世界最好、最正直、最仁慈的人，也绝不会欺负寡妇和孤儿。提金斯发誓将军没有鸣喇叭，将军则发誓自己鸣了喇叭。这**不可能**有任何疑点，因为喇叭是那么个烦人的东西，它能像受惊的孔雀长时间发出噪音……所以到七月底为止，提金斯没有再见到将军。尽管将军出了五十英镑赔马，当然，还有不少手续费，这件事对绅士们来说还是很适合也很容易成为争吵的理由。科罗汀夫人拒绝插手这件事务，她本人的意见是将军并**没有**鸣喇叭，但将军是个既热情忠诚又脾气暴躁的弟弟。她和西尔维娅保持十分亲密的关系，对提金斯还算热情，也仍然在将军不出席的时候继续邀请温诺普一家去她的花园聚会之类。她对杜舍门夫人也十分友善。

刚见面的时候，提金斯和将军还带有两位在车祸事故审理中互相控诉做假证的英国绅士的紧张的友好，第二天早上，两人之间就爆发了一场关于将军有没有鸣喇叭的激烈争吵。最后，将军大喊起来……真的在大喊："老天！如果你在我的手下……"

提金斯记得他引用并提供了《陆军条例》中一个简明的段落，是关于一位将军或者更高级的战场指挥官由于私人恩怨给他们的下属提供不好的秘密情报将碰到的后果。将军爆发出一连串噪音，以笑声结束。

"你的脑子是一锅什么样的大杂烩啊,克里斯!"他说,"你为什么会知道《陆军条例》?你怎么知道是第六十六段,或者不管你说的是哪段?我可不知道。"他又更加严肃地说道,"**你这个家伙怎么回事,总爱钻牛角尖!你到底为什么要这么做?**"

那个下午,提金斯停了下来。他和儿子、儿子的保姆、姐姐艾菲,还有她的孩子在高沼上走了很长一段路。这将是他享受到的最后几天幸福时光,况且他本来也没享受过多少快乐的日子。当时他十分满足。他和他儿子一起玩。感谢上帝,他终于开始健康成长了。他和姐姐艾菲在高沼上走着。她是一位高大、平庸的教区牧师的妻子,即便偶尔谈起他们的母亲,她也几乎不说话。这片高沼和格罗比附近的很像,足以让他们感到很高兴。他们住在一栋光秃秃的、有些阴森的农场房子里,每天喝很多脱脂乳,吃很多温斯利代尔奶酪。这是他渴望的辛勤节俭的生活。他的心境十分平静。

他的心境十分平静,因为要打仗了。自打读到那段关于暗杀弗朗茨·斐迪南大公的文章,他就冷静而确信地知道了这件事。如果想到这个国家也会参战的话,他心境就不会平静了。他热爱这个国家,起伏的丘陵、榆树的形状,石楠一路向上生长,在山坡顶与天边的蓝色交会一处。战争对这个国家来说只可能是耻辱,铺陈在阳光下,一层几乎看不见的阴郁的气氛笼罩着那些榆树、那些山坡、那些石楠花,就像一片蒸汽从……哦,米德尔斯堡!我们战败不合适,战胜也不合适;无论做战友,还是做敌人,我们都无法坦诚,甚至对我们自己都不行!

但对于英国参战,他一点都不担心。他明白自己的国家部门正坐等合适的时机,以中立的代价弄来一个法国航道上的港口,或者一些德国殖民地。他很欣慰自己可以抽身而出,因为他走后门逃脱的办法——他的第二种!——就是法国外籍军团[①]。首先是西尔维娅,然后是这个!两次极为严肃的训诫,先是心灵,然后是身体。

他十分欣赏法国人,因为他们的效率无与伦比,生活节俭,思维讲究逻辑性,在艺术上取得了令人尊敬的卓越成就,轻视工业系统,最重要的还是他们对十八世纪的忠诚。他们能够听命于那些看事情清晰、冷漠、直截了当的人,就算是当他们的奴隶也让人安心,而不是那些浑浑噩噩、两面三刀,眼睛只看到能够绕来绕去、给猪猡的享受水准和能给睁一只眼闭一只眼的淫事带来方便的事情……相比为了即将在阿尔及利亚的阳光下进行的残酷而无比漫长的行军而做准备,他宁可几小时坐在营房的长椅上擦一枚徽章。

因为他对外籍军团没有丝毫幻想。你不会被当作英雄对待,而是一条被鞭笞的狗。他知道所有的挑衅[②]、那些残酷、来复枪的沉重、牢房。你会在沙漠里受训六个月,然后被赶上前线,被毫无愧疚地屠杀……被当成外国的炮灰。但对他来说,这些都能换来深深

[①] 创立于一八三一年,是由外国志愿兵组成的陆军正规部队,拥有和法国正规军同样的装备。第一次世界大战期间法国外籍兵团参与了许多重要的战斗,包括第二次香槟省战役、索姆河战役、埃纳河战役、凡尔登战役等。

[②] asticoteries,法文。

的宁静。他对软弱的生活向来没有需求，现在他受够它了……男孩很健康。由于他们的节约，西尔维娅现在很富有……甚至在那天他还相信，如果除去提金斯的干扰，她会是个好母亲……

自然，他也可能活下来，但在极大的身体折磨之后，存活下来的将不是他自己，而是一个有着光秃秃的、风干的骨架的人，但有一个清晰的头脑。他私下的野心一直是变得像圣人一样，他必须要能摸到沥青而不被玷污①。他知道，这种想法表明了他属于人类中多愁善感的一族。他没法不这么做，要么是斯多葛派或伊壁鸠鲁派，要么是后宫里的哈里发②或者在沙石里风干的托钵僧，总得在两种中选一种。他的愿望就是成为英国国教的圣人……像他母亲那样，不用修道院、仪式、誓言，也没人会用你的遗骨制造奇迹！外籍军团可能真的给你带来这样的圣洁……这是自哈钦森上校③以来每一位英国绅士的渴望。一种神秘主义……

想起那些天真的日子里清澈的阳光——尽管在忧郁和失望中，他的野心丝毫没有减少——在把注意力转回到客厅里的时候，提金斯深深地叹了一口气。事实上，他是为了看看用来想出一套说辞对付波特·斯卡索勋爵的时间还剩多少……波特·斯卡索勋爵把椅子

---

① 英语谚语，用法类似中文的"出淤泥而不染"。

② 伊斯兰教的宗教及世俗的最高统治者的称号。本意为继承者，指先知穆罕默德的继承者。

③ 指约翰·哈钦森爵士（1615—1664），英国内战期间的一位清教领袖，关于他的主要记录展现在他妻子露西·哈钦森为他写的一本名为《哈钦森上校传》的传记中。

搬到西尔维娅身边，几乎要碰到她，前倾着身子诉说他那嫁给了疯子的姐姐的悲惨际遇。提金斯又给了自己点时间，沉浸在自怜自哀的奢侈当中。他认为自己头脑迟钝、沉重，名声全无，又被人如此污蔑，以至于他有时都相信了自己糟糕的名声，因为永远反抗自己人对你的谴责而心中不受伤害是不可能的。如果你弓着背，顶着风暴太久了，你也会慢慢变驼的……

有一会儿，他的脑子停止了转动，眼睛呆滞地盯着西尔维娅的信，它展开放在桌布上。他的思绪重新集中了起来，交会到这些写得很松散的字句上："最近九个月，一个女人……"

他迅速地想了一下他已经对波特·斯卡索勋爵说过的话，只说了他知道妻子的信，没说什么时候！还有他同意！啊，原则上！他坐了起来。一个人居然可以被弄得想问题如此缓慢！

他在脑子里迅速地过了一遍从苏格兰开出的火车上发生的事情和之前的事情……

麦克马斯特有天早上在农舍的早餐桌旁边出现，十分焦虑，他整个人装在一顶布帽子和一套新的灰呢西装里，看上去个子小得过分。他需要五十英镑来付账单，在火车线北边的一个什么地方……北边……贝里克这个名字突然在提金斯的脑海里一闪而过……

这是个地理位置。西尔维娅在海边上的巴姆伯格（伍勒路口）。他，他自己，在西北方，高沼上。麦克马斯特在他的东北方，就在边境线上，在一处隐蔽的见不到人的景点。麦克马斯特和杜舍门夫人都知道那片乡村，喉咙里咕噜咕噜说着那些可怕的字面上的联系……

郡长！麦达！佩特·玛乔里①……呸！毫无疑问，麦克马斯特会把这个地方写成文章而挣到一些老实钱，杜舍门夫人会握着他的手……

她已经成为麦克马斯特的情人，至少根据提金斯知道的是这样。在牧师宅邸发生那可怕的一幕场景以后，杜舍门像条疯狗一样暴打他的妻子，麦克马斯特在场……那一切顺理成章，那是一种萨德②式的报复。但提金斯更希望他们没有成为情人。现在看起来他们在一起已经一整个星期了……或者更久。杜舍门那时候在疯人院里……

根据提金斯知道的那样，他们一天早上起来，乘船在一个什么湖上看日出，在一起度过了愉悦的一天，一起引用"我们站着肩并肩／只能相触的指尖"和其他的加百利·查尔斯·但丁·罗塞蒂的诗歌。毫无疑问，这是为了给他们的罪恶找理由。在回家的路上，他们把船直接开到了波特·斯卡索一家和布朗利先生的茶桌前。布朗利，那个侄子，刚刚从汽车上下来加入他们的聚会。波特·斯卡索一行在麦克马斯特的旅馆过了夜，背后就是湖。这是那种普通的倒霉事，在那些相隔只有几码的小岛上肯定会发生的。

尽管波特·斯卡索夫人尽可能地像母亲一样慈爱地对待杜舍门夫人，麦克马斯特他们还是似乎惊慌失措到失去了心智。她是那样

---

① "郡长"指爱丁堡诗人兼小说家沃尔特·司各特（1771—1832），他从一七九九年到去世都是塞尔扣克郡的郡长。麦达是他的狗的名字。佩特·玛乔里指的是神童玛乔里·弗莱明，司各特的远亲，在八岁夭折之前就著有诗歌。

② 萨德侯爵是法国著名的情色文学作家，施虐狂"sadist"一词即由他的名字 Sade 演变而来。

慈爱。实际上，如果不是慌得什么都没法注意到的话，他们可能会注意到波特·斯卡索一家是他们的支持者，而不是偷窥他们的间谍。不过，毫无疑问，是布朗利让他们不高兴。他对麦克马斯特并不礼貌，他知道麦克马斯特是提金斯的朋友。他开车从伦敦跑过来咨询他的叔叔，他叔叔也从苏格兰西部冲过来，两人讨论这个危机下银行的政策问题……

麦克马斯特无论如何也不在旅馆过夜，而是去了耶德堡或者梅尔罗斯或者类似什么地方。几乎在天亮之前，大概清晨五点，他和杜舍门夫人见了面。快三点钟的时候，她就对自己的境况得出糟糕透顶的结论。从相识以来，他们第一次失去了理智，而且非常彻底，杜舍门夫人对麦克马斯特说出的话几乎让人觉得不可理喻……

因此，当麦克马斯特出现在正用早餐的提金斯面前时，他几乎已经神志不清了。他希望提金斯乘他带来的车返回旅馆结账，然后和杜舍门夫人一起回到镇上，她的状况显然无论如何都不能一个人旅行。提金斯还要安抚杜舍门夫人，借给麦克马斯特五十英镑现金，因为当时在那里都没法弄到支票。提金斯的钱是从他的老保姆那里拿的，因为不信任银行，她就随身在衬裙的口袋里藏着一大堆面值五英镑的纸币。

麦克马斯特，揣着口袋里的钱，说："加上这些，正好欠你两千几尼，我会想办法下星期还给你的……"

提金斯记得他变得有些僵硬，说："看在老天的分上，不要这样。我求求你不要。把杜舍门好好托管到疯人院里，别动他的财产。我真的求求你。你不知道你自己陷进的是什么泥潭。你不欠我任何钱，你可以一直从我这里拿钱。"

提金斯从来都不知道杜舍门夫人对她丈夫的财产做了什么,那时候她拥有支配权。但他觉得,从那时候起,麦克马斯特对他就有些冷淡,而杜舍门夫人则深恨他。在那几年中,麦克马斯特从提金斯那里一次就能借几百英镑。和杜舍门夫人的恋爱花了她情人一大笔钱,他几乎每个周末都待在莱伊昂贵的旅馆里。除去这些以外,每周五给天才们开的著名的聚会已经举办了好几年,这意味着新的装潢、给书脊镶新边、新的地毯、给天才们的借款——无论如何,至少在麦克马斯特受到皇家赏金的青睐之前是这样。所以这笔数目就涨到了两千英镑,现在则已经到了两千几尼。而且,在那天之后,麦克马斯特两口子一分钱都没有还。

麦克马斯特说他不敢和杜舍门夫人一起旅行,因为全伦敦的人都会坐他们那辆火车往南走。全伦敦的人确实也坐上了那辆火车。它开进这条线上每一个想得到的和想不到的车站——那天是一九一四年八月三号的大逃亡。提金斯在贝里克上车,在那里他们加了几节车厢,还给了警卫五英镑。警卫在不保证任何真正的隔离的情况下锁上了车厢。车厢被锁上的时长并不够杜舍门夫人好好哭一场——但它明显帮助制造了一些伤害。桑德巴奇一行人上了车,毫无疑问是在伍勒。波特·斯卡索一行在某个别的地方上了车。他们的汽油在某处用完了,而汽油零售又被禁止了,甚至不对银行家出售。最终,麦克马斯特还是上了同一班火车,躲在两个水手后面,并在国王十字火车站接上了杜舍门夫人。到这为止似乎一切都结束了。

提金斯的思绪回到餐厅,他感到既宽慰又愤怒。他说:"波特·斯卡索,时间不多了。如果你不介意的话,我想跟你解决这封信的问题。"

波特·斯卡索大梦初醒般回过神来。他意识到试图说服提金斯夫人相信离婚法律改革一事十分愉快——就像他一贯认为的那样。他说:"好的!……哦,好的!"

提金斯慢慢地说:"如果你能听着……麦克马斯特跟杜舍门夫人结婚正好九个月……你懂吗?提金斯夫人直到今天下午都还不知道这事。提金斯夫人在信里投诉的时间段也是九个月。她写这封信是完全正确的。就此,我同意。如果她知道麦克马斯特夫妇已经结婚了,她就不会写这封信了。我不知道她准备写这封信。如果知道她准备写,我会要求她不要这么做。如果我这么要求,她自然就不会写的。你进来的时候我确实知道这封信。那是我十分钟前在午餐时刚刚听说的。毫无疑问,我应该在那之前就该听说了,但这是我四个月来第一次在家用午餐。因为收到去国外服役的通知,我今天有一天的休假。我之前在伊令服役。今天是我第一次有机会和提金斯夫人讨论正经事……这些你懂了吗?"

波特·斯卡索跑向提金斯,手伸出去,整个人流露着准新郎般的欣喜若狂的神采。提金斯把右手稍稍往右移动了一点,避开波特·斯卡索那粉红、饱满的手。他冷淡地继续说:

"在这基础上,你最好还要知道这些事情。已故的杜舍门先生是个极其恶心的——还伴随有杀人倾向——疯子。他定期发作,一般在星期六早上。这是因为他每周五都禁食——不仅仅是禁欲。每周五他还喝酒。他在禁食的时候养成了嗜酒的毛病,从他养成圣餐仪式之后把圣酒喝掉的习惯开始的。这个情况并非没人知道。他近来对杜舍门夫人十分粗暴。而另一方面，杜舍门夫人竭尽全力关心、照顾他，她本可以很早就让他确诊的，但是，考虑到他在发病间隔期里被监禁的痛苦，她克制住了。我见证了她身上最令人痛苦的英雄主义。关于麦克马斯特和杜舍门夫人的行为，我准备好证明——我也相信社会会接受——他们一直都最最……哦，谨慎而正直！……他们俩互相的爱慕并不是秘密。我相信，他们在等待期间举止得体的决心不会受到怀疑……"

波特·斯卡索勋爵说："不！不！永远……最……像说的那样，谨慎而……是的……正直！"

"杜舍门夫人，"提金斯继续说，"很长时间以来，都在主持麦克马斯特的文学星期五聚会。当然，在他们结婚之前很长时间就开始了。但是，像你知道的那样，麦克马斯特的周五一直都是完全开放的——你几乎可以说他们是名人……"

波特·斯卡索勋爵说："是的！是的！完全正确……我要是能给波特·斯卡索夫人弄张入场券就再高兴不过了……"

"她只要去就行，"提金斯说，"我会告诉他们一声。他们会高兴的……如果可能的话，你可以今晚就去看看！他们有一个特殊的聚会……但麦克马斯特夫人总是有位年轻女士陪伴，这人会送她上最后一班去莱伊的车。有时候我自己也送她走，因为麦克马斯特忙着写他每周的专栏，他每周五晚上给一份报纸写稿……他们是在杜舍门先生葬礼的第二天结婚的……"

"你不能责怪他们！"波特·斯卡索勋爵宣称。

"我不准备这么做,"提金斯说,"杜舍门夫人忍受了非常可怕的折磨,她有正当理由——她也确实需要——尽早寻求保护和同情。他们延后了结合的声明,一部分是因为遵守通常服丧的习惯时间,一部分是因为杜舍门夫人觉得,面对着眼前这些令人痛苦的事情,不参战的人的结婚庆典和快乐的样子是非常不合时宜的。尽管这样,今晚的小聚会也算是公布他们结婚的通告……"他停下来,想了一想。

"我完全理解!"波特·斯卡索勋爵叫道,"我完全同意。相信我,我和波特·斯卡索夫人会做一切……一切!最令人敬佩的人……提金斯,我亲爱的老兄,你的行为……最最明智了……"

提金斯说:"等等……一九一四年八月发生了一件事,在边境上的一个地方。我不记得名字了……"

波特·斯卡索勋爵脱口而出,"我亲爱的老兄……我请求你不要……我恳求你不要……"

提金斯继续说:"就在那事之前杜舍门先生前所未闻地伤害了他妻子。这是他最后被送进精神病院的原因。她不仅被破了相,身体也受到了严重的虐待,当然还有严重的精神冲击。让她换个环境是绝对必要的……但我相信你会为我作证,在这件事情上,他们的行为也是……我再说一次,谨慎而正直的……"

波特·斯卡索说:"我知道,我知道……波特·斯卡索夫人和我同意——即使不知道你刚刚告诉我的这些也一样——那可怜的家伙几乎反应过度了……他睡在,当然了,在耶德堡?"

提金斯说:"是的!他们几乎反应过度了……我被叫去带杜舍

门夫人回家……这很明显造成了一些误解……"

波特·斯卡索——满腔热忱地想到至少有两个令人厌恨的离婚法的受害者,得体又审慎地找到了他们欲求的庇护所——脱口而出:

"老天,提金斯,如果我听到任何人讲一句你的坏话……你对朋友的支持真是了不起……你……你毫不动摇的忠诚……"

提金斯说:"波特·斯卡索,等一下好吗?"他正在解开他胸前的口袋。

"一个人可以在一件事上做得如此了不起,"波特·斯卡索说……"你还要去法国……如果**任何人**……如果任何人……敢……"

看到提金斯手上羊皮纸角、绿脊的存折,西尔维娅突然站了起来。当提金斯从里面拿出一张已经不那么新的支票,她在地毯上跨了三大步来到他的面前。

"哦,克里斯!……"她叫出声来,"他没有……那个浑蛋没有……"

提金斯回答道:"他这么做了……"他把那张有点弄脏了的支票递给银行家。波特·斯卡索缓慢而困惑地看着它。

"账户超支,"他读出来,"布朗尼的……我侄子的笔迹……写给俱乐部……这是……"

"你不会就这么坦然接受吧?"西尔维娅说,"哦,感谢老天,你不会再坦然接受了。"

"不!我不会坦然接受的,"提金斯说,"我为什么要这么做?"银行家的脸上显现出一副严肃的怀疑神色。

"看起来,"他说,"你的账户超支了。人们不应该超支的。你超了多少?"

提金斯把存折递给波特·斯卡索。

"我不知道你做事按什么原则,"西尔维娅对提金斯说,"有的事情你能坦然接受,这件事上你不该这么做。"

提金斯说:"这没什么关系,真的,除了对孩子来说。"

西尔维娅说:"我上周四才给你做了可以超支一千英镑的担保。你的超支不可能超过一千英镑。"

"我一点都没有超支,"提金斯说,"我昨天知道我超了十五英镑。我之前不知道。"

波特·斯卡索翻着他的存折,他的脸变得煞白。

"我彻底不懂,"他说,"看起来你从来都没有透支过……看起来你一直都没有透支过,除了偶尔的一小笔,一两天。"

"我超支了,"提金斯说,"十五英镑,昨天。应该说是三四个小时,一封电报的时间,从我军队的代理人到你的总办公室。在那两到三个小时里,你的银行从我的六张支票里挑了两张来拒付——金额都在两英镑以下。其他的寄回到我在伊令的军官食堂,当然,他们不会再寄回给我的。那些支票也标上了'账户超支',同一个笔迹。"

"但老天,"银行家说,"这意味着你完了。"

"这当然意味着我完了,"提金斯说,"有人就是这么想的。"

"但是,"银行家说——一种宽慰的表情在他脸上显现出来,他的脸也开始变得像一个破产的人的脸——"你肯定在银行里还有其他账户……可能是一个投机账户,有很多定金……我不亲自处理客户们的账户,除了那些金额特别大的,因为他们影响银行的政策。"

"你应该这样,"提金斯说,"作为一位靠它们获得财富的绅士,你应该处理那些金额很小的账户。我没有别的账户了。我这辈子从来没有投过机。我在俄国证券上损失了一大笔钱——对我来说是很大一笔钱。但是,毫无疑问,你也一样。"

"那……赌钱!"波特·斯卡索说。

"我这辈子没有在赛马上花过一分钱,"提金斯说,"我对它们太了解了。"

波特·斯卡索先看看西尔维娅的脸,然后看看提金斯。至少,西尔维娅是他非常老的朋友了。

她说:"克里斯托弗从来不赌钱,从来不投机。他的个人花销比城里任何一个男人都少。你可以说他**没有**个人花销。"

又一次,波特·斯卡索的脸上迅速地出现了一丝怀疑。

"哦,"西尔维娅说,"你可不能怀疑克里斯托弗和我密谋敲诈你。"

"不,我不会这么怀疑的,"银行家说,"但另外一种解释也一样不可思议……怀疑银行……**银行……你怎么解释呢?**……"他对提金斯说道。他圆圆的脑袋下半截好像变方了,情感在他的下巴上表现了出来。

"我简单地告诉你,"提金斯说,"你可以随便用你觉得合适的方式来处理。十天前我得到了行军的命令,一把工作移交给跟我换班的军官,我就给所欠的一切写了支票——给我军队里的裁缝、军官食堂——一共一英镑十二先令。我还得买一个指南针和一把左轮手枪,在医院的时候红十字会的护理员把我的给拿走了……"

波特·斯卡索说:"老天!"

"你不知道他们收走东西吗?"提金斯问。他继续说:"实际上,全部加起来超支了十五英镑,但我不觉得应该是这样,因为我的军队代理人一号就把我这个月的薪水存在你们那里。但是,就像你看到的一样,他们一直到今天十三号早上才付。不过,你看到我的存折了,他们一般都在十三号付薪水,不是一号。两天以前,我在俱乐部吃饭,写了那张一英镑十四先令六便士的支票。一英镑十先令是个人花销,四先令六便士是午饭钱……"

"不过,你的确超支了。"银行家尖刻地说。

提金斯说:"昨天,就超支了两个小时。"

"但这样,"波特·斯卡索说,"你想怎么办?我们会力所能及地帮助你。"

提金斯说:"我不知道。你想怎样就怎样吧。你最好想办法给军队官方解释一下。如果他们在军事法庭上审判我,这对你的伤害比对我的还大。我向你保证,**有一个解释办法**。"

波特·斯卡索突然开始发抖。

"什么……什么……什么解释办法?"他说,"你……该死的……你把这事提了出来……你敢说我的银行……"他停下了,把手从脸上拿下来说,"但……你是个明智且靠得住的男人……我听过对你不利的话。但我不相信他们……你父亲一直对你评价很高。我记得他说,如果你要钱的话,你总是可以通过我们从他那里取三四百英镑……这就是为什么这件事这么不可理喻。这是……这是……"他的焦虑又增加了,"这似乎准准地击中了……"

提金斯说:"这样吧,波特·斯卡索……我一直都很尊敬你,这件事随便你处理。为了我们两人好，随便用什么方法把这一团糟解决了，只要不会给你的银行带来耻辱就行。我已经从俱乐部退会了……"

西尔维娅说："哦，**不**，克里斯托弗……你不会从**俱乐部**退会吧！"

波特·斯卡索在桌子旁边瞪着他。

"但如果你没有错的话！"他说，"你**不能**……不要从俱乐部退会……我在委员会上……我会对他们解释的，用最详细最慷慨的……"

"你没法解释，"提金斯说，"你赶不上流言的速度的……现在半个伦敦都已经知道了。你知道你的委员会上那些没牙的老家伙是什么样子……安德森！福里亚特，还有我哥哥的朋友，拉格尔斯。"

波特·斯卡索说："你哥哥的朋友拉格尔斯……但你看……他在宫里有个工作，对吧？但你看……"

他的脑子停止转动了。他说："人不应该超支……但如果你父亲说你可以从他那里拿钱我就真的很担心了……你是个一流的家伙。光从你的存折我就可以看出来……除了写给一流商人的合理数目的支票以外什么都没有……在我还是个银行里的小职员的时候我很喜欢看到这样的存折……"

多年前的旧事带来的感动压倒了他，他的脑子又一次停止转动了。

西尔维娅回到了房间里。他们并没有注意到她的离开。她回来的时候手上拿着一封信。

提金斯说："看，波特·斯卡索，别扯进这种事里来。当你确认了我所说的事实以后,请你向我保证你会力所能及地帮我。要不是为了提金斯夫人的话,我本来根本不想麻烦你,我并不擅长这些。一个男人碰上这种事可以忍气吞声地活着,或者就死掉。但是在她男人忍气吞声或者死掉的时候,提金斯夫人没有理由被扣上污名。"

"但这**不对**,"波特·斯卡索说,"这件事不该这么看。你不能咽下这口气……我只是很迷惑……"

"你没理由迷惑,"西尔维娅说,"你在急着想办法拯救你的银行的名声。我们知道你的银行对你来说比孩子还重要。那样的话,你得把它看好点。"

波特·斯卡索本来从桌子往后退了两步,现在又往前走了两步,几乎要到桌子上了。西尔维娅的鼻孔张开着。

她说:"提金斯不应该从你那可怕的俱乐部退会。他不应该!你的委员会要正式请求他撤回退会申请。你懂吗?他会撤回。然后,他会永远退会。他那么好的人不该跟你们这样的人为伍……"她停了停,胸口起伏得很快。"你知道你需要做什么吗?"她问。

一片骇人的阴云笼罩了提金斯脑中的思绪,他不会让它被说出口的。

"我不知道……"银行家说,"我不知道我可以让委员会……"

"你必须这么做,"西尔维娅回答道,"我告诉你为什么……克里斯托弗从来都没有超支。上周四我叫你们的人给我丈夫的账户里打一千英镑。我写信重复了这个指令,我留了这封信的一个备份,我的贴身女仆可以替我作证。我这封信也挂了号,有份收据……你可以看看。"

波特·斯卡索看着信嘟囔着:"是写给布朗尼的……是的,一封给布朗尼的信的收据……"他看了看两边的绿色小条子,说:"上周四……今天是周一……一份卖掉一千英镑的西北证券,然后打进账户里的指示……那么……"

西尔维娅说:"这就好了……你不能再拐着弯儿争时间了。你的侄子以前就卷进过这种事里……我来告诉你。上周四午饭的时候你的侄子告诉我,克里斯托弗的哥哥的律师把所有可以通过格罗比庄园的账户超支的许可都撤回了。本来给家庭成员中几个人有这样的许可。你的侄子说他准备趁克里斯托弗不备的时候抓住他——这是他的原话——然后拒付他的下一张支票。他说他从开战以来一直在等这么一个机会,而他哥哥撤回许可这事给了他这机会。我求他不要这么做……"

"但是,老天,"银行家说,"这事根本闻所未闻……"

"并不是这样,"西尔维娅说,"克里斯托弗在军事法庭上为了相似的问题给五个自以为是的倒霉的小下属辩护。其中一件跟这个一模一样……"

"但是,老天,"银行家又叫了起来,"人为了国家献出生命……你难道是说布朗尼为了报复提金斯在军事法庭替人辩护才这么做的……然后……你的一千英镑没有显示在你丈夫的存折上……"

"当然没有,"西尔维娅说,"从未被打进去。星期五我收到你们的人一封正式信函说西北证券有可能要涨,叫我重新考虑。同一天,我寄了一封特快明确地叫他们按我说的做……从那时候起你的侄子就一直在电话上求我不要拯救我丈夫。他在那里,就刚刚,在我出房间去的时候,他还在恳求我跟他一起私奔。"

提金斯说:"这样还不够吗,西尔维娅?这很折磨人。"

"让他们受点折磨吧,"西尔维娅说,"但这样看起来已经够了。"

波特·斯卡索用两只粉红色的手遮住脸,叫起来:"哦,我的天!又是布朗尼!"

提金斯的哥哥马克在房间里。他个子小些,肤色更偏棕色,比提金斯更结实,他的蓝色眼睛更突出。他一手拿着一顶常礼帽,另一手拿着一把雨伞,穿一件灰呢西装,身上斜挂着赛马望远镜。他不喜欢波特·斯卡索,波特也很讨厌他。他最近被封了爵位。他说:"你好,波特·斯卡索。"他没有跟弟媳打招呼。站着不动的时候,他在屋里环视了一周,目光停在写字台上的一张微缩书桌上。

"我看到你还留着那张带抽屉的桌子。"他对提金斯说。

提金斯说:"我没有。我已经把它卖给约翰·罗伯逊爵士了。等到有了收藏空间,他就会把它拿走。"

波特·斯卡索绕着午餐桌走着,步伐有些不稳,然后站在长窗子中的一扇旁边往下看。西尔维娅坐进火炉旁的椅子里。兄弟俩面对面站着,克里斯托弗有点像一袋小麦,马克则像雕刻过的木头。除了镜子反射出蓝色的光芒以外,他们周围都是烫金的书脊。接线员正在清理桌子。

"听说你明天又要走了,"马克说,"我想跟你处理一些事情。"

"九点钟从滑铁卢出发,"克里斯托弗说,"我没有多少时间了。如果愿意,你可以跟我去陆军部。"

马克的眼睛跟着穿着黑白相间衣服的女仆绕着桌子转动。她端着托盘出去了。克里斯托弗突然想起瓦伦汀·温诺普在她母亲的小屋里清理桌子的样子。接线员做得并不比她更快。

马克说:"波特·斯卡索!你在这里的时候我们可以说完一件事,我取消了我父亲为我弟弟账户超支的担保。"

波特·斯卡索对着窗子,但是足够响亮地说:"我们都知道了。这给我们都惹了不少麻烦。"

"不过,"马克·提金斯继续说,"如果他有需要,我希望你从我自己的账户上每年补给我弟弟一千英镑。一年不超过一千英镑。"

波特·斯卡索说:"给银行写一封信。我在社交场合不受理客人的账户。"

"我不理解为什么你不这么做,"马克·提金斯说,"这是你挣钱糊口的手段,不是吗?"

提金斯说:"你可以给你自己省下这些麻烦了,马克。我无论如何都要销掉我的账户。"

波特·斯卡索急得直跳脚。

"我请求你不要,"他叫道,"我请求你让我们……让我们继续能有荣幸让你从我们这里领钱。"

他有种让下巴像痉挛一样上下哆嗦的本事。他的头靠在灯上,就像圆圆的门柱的顶部一样。他对马克·提金斯说:"你可以告诉你的朋友,拉格尔斯先生,你弟弟有权利从我的私人账户里取钱……从我的私人账户里随意取他需要的金额的钱款。我这么说是为了显示我对你弟弟的评价,因为我知道他不会借贷任何他没法还清的债务。"

马克·提金斯一动不动地站着,一边稍稍靠在伞把上,一边在一只手臂的距离以外展示着他常礼帽的白色丝绸内里,那是整个房间里最明亮的东西。

"这是你的事,"他对波特·斯卡索说,"我关心的只是在另行通知以前每年转一千英镑到我弟弟的账户。"

克里斯托弗·提金斯对波特·斯卡索说,带着一种深情的嗓音,他非常受感动。在他看来,在记忆里突然出现的几个名字和银行家对自己的评价,他可能已经转运了,这一天可能要好好纪念一下。"当然,波特·斯卡索,如果你希望留下它,我不会销掉我可怜的小账户。如果你这么想,我受宠若惊。"他停下来,又说道,"我只是想避免……这些家庭纠纷。但我猜你可以阻止我哥哥的钱打进我的账户。我不想要他的钱。"

他对西尔维娅说:"你最好跟波特·斯卡索把另外一件事处理好。"

他又对波特·斯卡索说道:"我深深地亏欠了你,波特·斯卡索……你今晚带波特·斯卡索夫人到麦克马斯特家来哪怕一分钟也好,十一点以前……"

然后,他对他的哥哥说:"来吧,马克。我现在要去陆军部了。我们可以边走边说。"

"我们还能再见吗?……我知道你很忙……"西尔维娅几乎有些胆怯地说。

沉重的思绪再一次掠过提金斯的脑海,他说:"是的。如果他们不让我在陆军部待太久的话,我会去约伯女士那里接你。你知道,我要去麦克马斯特那里吃饭。我不觉得我会待到很晚。"

"我会去麦克马斯特那里,"西尔维娅说,"如果你觉得这样合适的话。我会带上科罗汀·桑德巴奇和韦德将军。我们只是要去看俄国舞者跳舞。我们会早点结束的。"

这样的想法提金斯可以处理得非常快。

"好,来吧。"他急急地说,"我们会很高兴的。"

他走到门边,又折回来,他的哥哥几乎已经走了过去。他对西尔维娅说,对他来说这个时刻十分令人高兴。

"我想出那首歌的一些歌词了。是这么唱的:

在这里或者那里一定有

没见过的脸庞,没听过的声响……

可能'是未曾听过的声响'好凑足音节,我不知道作者的名字。不过我希望我今天能想出来。"

西尔维娅的脸变得煞白。

"别!"她说,"哦……别这样。"她冷冷地加了一句,"别找麻烦了。"在提金斯离开的时候,她用她小小的手绢拭过嘴唇。

她在一个慈善音乐会听过这首歌,听到这歌的时候她哭了。在那之后,她在节目单里读了那些歌词,几乎又一次哭了。但她丢了节目单,再也没读到过那些歌词。它们的回响保留在她心中,像某种可怕又诱惑人的东西,像一把刀,她有一天会拿出来刺向自己的身体。

第三章

　　两兄弟从门口出去,在律师学院空空的人行道上走了二十步,一句话都没有说。两人都完全没有表情。对克里斯托弗来说,这有点像约克郡。他印象中的马克,站在格罗比的草坪上,戴着常礼帽,拿着雨伞,猎松鸡的猎手们在他身后的草地上行走,越过山顶走到低处的障碍物旁边。马克可能从来都没这么做过,但这就是他在他弟弟心目中的形象。马克发现他的伞上一处皱褶没有整理好。他在进行严肃的心理斗争,考虑是否要把它解开重新整理——那可是相当麻烦!——或者可以等他到了俱乐部再说,在那里他就可以叫门房帮他立刻弄好。这就意味着他得带着一把没有整理好的伞走上一又四分之一英里穿越伦敦,这样会令人很不愉快。

　　他说:"如果我是你,我不会让那个银行家帮你证明那种事情。"

克里斯托弗说："啊！"

他考虑了一下，在大脑只有三分之一可以运转的情况下，他可以跟马克争吵一番，但他争得已经累了。他猜测拉格尔斯，他哥哥的朋友，会因为波特·斯卡索跟他的友情做出种种恶意的揣测。但他没有好奇心。马克感到微微的不适。他说："你今早在俱乐部有张支票被拒付了？"

克里斯托弗说："是的。"

马克在等待解释。克里斯托弗很高兴得知这个新闻传播的速度，这证实了他对波特·斯卡索所说的话。他以旁观者的角度看待这件事，好像看着一件机械模型流畅地工作一样。

马克更困惑了。三十年来，他已经习惯了南方的大叫大嚷，忘记了这世上还有沉默寡言的人存在。如果在他的部门里，他会简洁地指责交通部职员的懈怠，或者指责他的法国情人——同样简洁地——在他晚饭的羊肉里加了太多调料，他习惯听到一大堆的借口或者否认，精力充沛地说个不停。所以他已经习惯认为他自己几乎是全世界唯一一个说话简洁的人。他突然不舒服地想起——但也带着满足感——他弟弟确实是他的弟弟。

从他自己的角度来说，他对克里斯托弗一无所知。他好像在车道上往远处望，在隔了一段距离的地方，看一个孩子调皮捣蛋。那不是个真正的提金斯，他生得很晚，是个受母亲溺爱的孩子，而不是受父亲关心的孩子。母亲是位值得尊敬的女性，但是是从南瑞丁①来的，因此温柔，还很丰满。提金斯家年纪大一点的孩子受挫的时候，习惯责怪他们的父亲没有娶一个他们区里的女人。所以，从他自己的角度，他对这孩子一无所知。据说他很聪明，很不像提金斯家的一种特质。和多话有些类似！……嗯，但他并不多话。马克说：

"妈妈留给你的钱你都拿去干什么了？两万呢，不是吗？"

他们正在穿越一条窄窄的小街，两边是乔治王朝时期风格的房子。在下个四方院子里，提金斯停了下来，看着他哥哥。马克站着让他看着。克里斯托弗对他自己说："这个人有权利问这些问题！"

好像电影里出现了一段奇怪的差错。这家伙变成了一家之主。而他，克里斯托弗，则是继承人。在那一瞬间，他们的当时进坟墓已经四个月了的父亲才头一次真正死去。

克里斯托弗记得一个奇怪的事件。在葬礼之后，他们从教堂墓地回来，吃了午饭，马克——提金斯现在还记得他那笨拙的姿势——拿出了雪茄盒，挑了一支雪茄给自己，把剩下的传给桌上的各位，好像人们的心跳突然停止了一样，直到那天，从来没有人在格罗比宅邸里吸烟。父亲把他的十二支烟斗装满放在门口车道旁的玫瑰丛里……

这只被看成是一件不愉快的事，一个坏品位的例子……克里斯托弗，他自己，刚刚从法国回来，根本没想到这件事，直到教区牧

---

① 约克郡的三个分区分别是东瑞丁、西瑞丁和北瑞丁。南瑞丁并不存在。这里可能是马克·提金斯或者作者本人的一个玩笑，也可能是作者的疏漏。

师在耳边悄声说话,他头脑里完全一片空白:"直到那天,格罗比家从来没人在屋里吸烟。"

但现在!这像是一个象征,而且是个完全正确的象征。不论他们愿不愿意,这里的两人是格罗比家的一家之长和继承人。一家之长必须做好他的安排,继承人可以同意或者不同意,但哥哥有权利要求他的提问得到回答。

克里斯托弗说:"一半的钱立刻分配到了我的孩子名下。我在俄国债券上丢了几千块。剩下的我花在了……"

马克说:"啊!"

他们刚刚经过通向霍尔本的拱门。马克反过来停下看着他弟弟,克里斯托弗站住让他看着,凝视着哥哥的眼睛。

马克对自己说:"这家伙一点都不怕看着你!"

他本来很确定克里斯托弗一定会害怕的。他说:"你花在女人身上了?或者你从哪里弄来你花在女人身上的钱的?"

克里斯托弗说:"我这辈子没有在女人身上花过一分钱。"

马克说:"啊!"

他们穿过了霍尔本,从后门的小路走向弗利特街。

克里斯托弗说:"说'女人'的时候,我用的是通常意味的那个意思。当然,我请我们这个阶层的女人喝茶、吃午饭,或者给她们叫车。可能我该这么说,我从来没有——无论是结婚前,还是结婚后——和除了我妻子以外的任何女人有过交往。"

马克说:"啊!"

他对自己说:"那么拉格尔斯一定是个骗子。"这既不让他感到焦虑,也不让他感到震惊。二十年来他和拉格尔斯在梅费尔一间很大、有些阴暗的房子里共用一层楼。他们习惯在公用的洗手间边刮脸边聊天,不然,除了在俱乐部,他们很少碰面。拉格尔斯在王室宫廷有份工作,可能是银杖侍从官①副手,或者这二十年间他可能被提拔了。马克·提金斯从来没专门去问过他。他自己十分自豪又十分封闭,对任何东西都不好奇。他住在伦敦是因为它大、空旷、官僚主义,他又很显然对自己的市民没有任何好奇心。如果能在北方找到一个同样广阔,其他个性也同样突出的城市,他宁可住在那里。

他对拉格尔斯几乎没什么想法。他曾经听过"讨喜的话痨"这么个说法,他认为拉格尔斯就是个讨喜的话痨,虽然他不知道这个词是什么意思。当他们刮脸的时候,拉格尔斯就给他讲一天的八卦。这就是说,他从来没有提到过一个不可以购买她的美德的女人,或者一个不愿意卖掉他的妻子以获得晋升的男人。这符合马克对南方的想象。当拉格尔斯中伤一位北方的名门子弟的声名的时候,马克就会用这句话来堵他的嘴:"哦,不,这不是真的。他是旺特利瀑布的克莱斯特家的人。"或者另外一个名字,视情况而定。一半苏格兰血统,一半犹太血统。拉格尔斯个子很高,长得像只喜鹊,头总是歪向一侧。如果他是英国人的话,马克就绝不会跟他共用房间。他知道很少的出身和地位很高的英格兰人有这特权,话又说回来,很少有出身和地位很高的英格兰人会同意和人共用如此阴暗、不舒适、

---

① 银杖侍从官和金杖侍从官两个职位始于都铎王朝,负责保证君主的安全,但从维多利亚时代起就变成了象征性的职位。

放置着这么多马毛坐垫的红木家具，或者洒满了透过磨砂玻璃的日光的房间。马克二十五岁就进了城，和一个叫皮布尔斯的人共用这个房间，那人已经死了好多年了，而且尽管拉格尔斯取代了皮布尔斯，他还是懒得做任何改变。跟一个区别更大的名字相比，微妙的相似减少了马克·提金斯因这改变而感受到的不适。马克常常想，比如跟一个叫格兰杰的人共用，一定会更令人不适。就这样，他还常常管拉格尔斯叫皮布尔斯，但这也无伤大雅。马克对拉格尔斯的出身一无所知——因此，以一种微妙的方式，他们的关系与克里斯托弗和麦克马斯特两人的关系很像。但克里斯托弗可以把一切都给自己的跟班，而马克不会借超过五英镑的钱给拉格尔斯，如果到一季结束还不还，他就会把他赶出房间。但是，因为拉格尔斯从来不跟他借任何东西，马克认为他是个非常高尚的人。拉格尔斯偶尔会说起他为了钱跟什么寡妇或者类似什么人结婚的决心，或者他在社会地位尊贵的人那里的影响力，但当他这么说话的时候，马克不会听他的，而他也很快转回可以购买的女人和犯了小错的男人的故事上去了。

五个月前的一天早上，马克对拉格尔斯说："你可以去打听打听关于我最小的弟弟克里斯托弗的事情，然后告诉我。"

前一天晚上，马克的父亲把马克从吸烟室的另一边叫到他身边，说："你能尽你所能打听打听克里斯托弗的事吗？他可能需要钱。你意识到他是庄园的继承人了吗！当然，在你之后。"提金斯先生在得知孩子们的死讯之后老了很多。他说："我猜你不会结婚？"马克回答：

"不,我不会结婚,但我觉得我的日子比克里斯托弗好过。他看起来过得很辛苦。"

带着这个任务,拉格尔斯似乎展示出他出众的本事,准备了一份克里斯托弗·提金斯的资料汇编。他这样一个积习难改、喜欢八卦的人很少有机会逮到一个可以好好调查,又几乎不用担心被以诽谤罪惩戒的人。拉格尔斯讨厌克里斯托弗·提金斯,那种陶醉于八卦的人讨厌从不八卦的人的积久难改的讨厌。克里斯托弗·提金斯对拉格尔斯的粗鲁无礼比平时还要更胜一筹。所以,拉格尔斯的燕尾服摆以比平常高得多的频次从各个门前闪过,他的高顶礼帽在之后一个星期内以比平常高得多的频次在各个门廊前闪耀着。

他拜访的人中包括一位叫格洛维娜的女士。

据说,有本书藏在一个神圣得不能再神圣的地方,书里写满了全英格兰位高权重的名门子弟的坏话。马克·提金斯和他的父亲——同很多冷静精明的英国郡级的绅士一样——完全相信这本书。克里斯托弗·提金斯并不相信,他认为拉格尔斯这样的绅士的行为已经足够毁掉他们不喜欢的人的事业。另一方面来说,马克和他的父亲环视全英国社会,看到有的家伙有资格在或这或那的部门里事业成功,但这些家伙却无缘任何晋升,获得头衔、爵位,或者得到任何好处。只是相当蹊跷的,他们什么事情都没做成。他们把这归根于那本书的效力。

同样,拉格尔斯不仅仅相信存在一本写满受怀疑的人和在劫难逃的人的事迹汇编,他还相信自己对书页上刻下的文字有不小的影响。他相信,如果稍加节制,再加上比平时更多的理由,他在某些名人面前贬损另外某些人的话至少可以给那些人造成不小的伤害。他对自己所说的话坚信不疑。拉格尔斯在这些名人面前贬损了提金斯。拉格尔斯不能理解在西尔维娅和佩罗恩私奔以后，克里斯托弗为什么还会重新接受她。说实话，从根本上讲，他不能理解当西尔维娅已经有了一个叫德雷克的男人的孩子的时候，克里斯托弗为什么还要和她结婚——就像他不会相信克里斯托弗可以得到波特·斯卡索勋爵的证词，除非他把西尔维娅卖给那个银行家。说到底，钱权交换以外的事情，他都不能理解。他看不出来，不这么做的话，提金斯哪里有钱扶持温诺普夫人、温诺普小姐母女，还要维持杜舍门夫人和麦克马斯特喜爱的生活——杜舍门夫人其实是克里斯托弗的情人。他就是想不出其他的解决办法。事实上，如果你比周围的社会更无私，你就是在自讨苦吃。

不过，拉格尔斯没有收到任何暗示，他是否，或者多大程度上，真正伤害了他室友的弟弟。他自以为适当地做了汇报，但他没有任何证据证明他所说的真的被接受了。为了查明这个，他去拜访了那位了不起的女士，因为如果有任何人知道的话，她一定知道。

他什么事都还没拿准，因为那位了不起的女士——他自己知道——比他聪明得多。她让他发现，这位了不起的女士真的十分喜欢西尔维娅，西尔维娅是她女儿的好朋友，而她因为听说克里斯托弗·提金斯事业不是很顺利，而表达了真正的担忧。拉格尔斯去拜访她，开诚布公地问是否已经没有更好的办法能帮到他室友的弟弟了。人们都承认克里斯托弗有很强的才能，但无论是在他的部门——如果对自己的前途满足了的话，他一定会待下去的——还是在军队，他都担任着级别很低的职位。他问格洛维娜,没办法为他做点什么吗?他又加了一句:"他真的好像名声上有什么污点……"

这位了不起的女士相当激动地说她什么忙也帮不上。她的激动是为了显示她这一党被当权的一党踩在脚下,驱逐下台,从他们头上一跳而过,因此她在任何地方都没有了任何影响。这是一种夸张,但这对克里斯托弗·提金斯并没有好处,因为拉格尔斯选择把她的话理解成格洛维娜说她什么办法都没有,因为在内部圈子里的那本书上,提金斯的名声上的确**有**污点——如果任何人有办法看到的话——这位了不起的女士一定能看到。

另一方面,格洛维娜对提金斯的担心被唤醒了。她不相信这么一本书的存在,她从来都没看到过。但提金斯可能被涂上了传说中的污点,这点她是愿意相信的。而且,后面五个月之内,当时机合适的时候,她到处询问关于提金斯的事情。她遇到了个叫德雷克少校的人,一个情报官员,他有办法进到藏有军官们的机密情报的中央仓库里,然后德雷克少校带着万全的准备,给她展示了关于提金斯的报告的一些样本。那简直是最令人丧气的报告,上面到处都是难以辨认的文字。报告要点是提金斯一贫如洗,他偏爱法国人,明显支持法国保皇党。那时候,政府当局和我们的盟友有不少摩擦,这个当年曾给他弄到了不少美差的特点后来则给他带来了很大的麻烦。格洛维娜带走了这些确认了的信息:提金斯作为联络军官被调去了法国炮兵部队,在那里,他跟他们待了一段时间,但由于弹震休克,被遣返。在那之后,他就被标上了这么个记号:"不应再出任联络军官。"

另一方面，西尔维娅拜访奥地利被关押的军官这件事也被记在了提金斯的账上，最后一项记录写着："不应委任其处理任何机密工作。"

这位了不起的女士不知道德雷克少校在多大程度上杜撰了这些记录，她也不愿意知道。她很了解这些人之间的关系，也知道某些深色皮肤、精力充沛的男人性方面的复仇热情可以保持很久，而她对此没有多言。不过，她发现沃特豪斯先生——现在已经隐退了——对提金斯的性格和能力有很高的赞赏，还在他就要退休之前特别推荐提金斯去很高的职位。格洛维娜知道，在当时政府部门之间的友谊和仇敌关系中，单单这件事就足够毁灭任何一个在政府影响范围内的人。

因此，她把西尔维娅叫来，把这些事情都告诉了她，因为她太明智了。哪怕猜到两个年轻人之间可能有分歧，她也没有确凿的证据来证明这点，也没法相信西尔维娅对她丈夫的物质利益毫不关心。此外，即便这位了不起的女士十分真诚地关爱着这对夫妻，她也在这件事情里看到了对当权政党里某些人造成伤害的可能性。如果一个人受到了不公正的对待，下了决心，还有多少有点有权威的人能支持他，即便他在政府里位置并不高有时候也可以引起轩然大波。西尔维娅，至少在这一点上，绝对可以。

西尔维娅带着深切的感情接受了这位了不起的女士的信息，没人会怀疑这位女士是一心一意为了她的丈夫，而且还会把这一切都告诉他。这一点，西尔维娅尚未做到。

与此同时，拉格尔斯收集了大量的信息和推断，并在刮脸的时候把它们全都告诉给了马克·提金斯。马克既不吃惊,也并不愤慨。除了紧接着他出生的弟弟,他习惯管父亲所有的孩子叫作"小狗崽子",他们担心的事情他一点也不担心。他们会结婚,生养不重要的孩子,组成提金斯家族无关紧要的旁系,然后消失,这就是小儿子们的宿命。中间几个弟弟的死时间上实在太接近,马克还没习惯把克里斯托弗想成除了小狗崽子以外的任何东西——一个行为可能不讨人喜欢,但没什么影响的人。

他对拉格尔斯说:"你最好把这件事跟我父亲说说。我不知道我能不能把这些细节都准确地记在脑子里。"

拉格尔斯再高兴不过了,而且——他和长子关系亲密,而长子能证明他在金钱事务上值得信任,认为他有收集他人性格、行为和晋升方面细节的资格,可以令他说的话更有分量——那天,在俱乐部喝茶的时候,在一个安静的角落,拉格尔斯告诉老提金斯先生克里斯托弗的妻子在和克里斯托弗结婚的时候就已经怀孕了;克里斯托弗闭口不提她和佩罗恩私奔的事,纵容了她给丈夫带来耻辱的各种风流事;他还讲提金斯甚至被上面怀疑是个法国特工,因此在那本重要的书里被标记成嫌疑犯……他所有这些都是为了获得钱财以支持温诺普小姐的生计,他和她有了个孩子,而且他还维持麦克马斯特和杜舍门夫人享有与他们的财力不相符合的铺张生活,因为杜舍门夫人是他的情人。提金斯跟温诺普小姐生了个孩子这件事一开始只是个暗示,后来有事实证明他在约克郡肯定有个儿子,但从来没有在格雷律师学院出现过。

老提金斯先生是个明智的人,但还没明智到可以怀疑拉格尔斯推测出来的这段历史。他暗暗相信那本书的存在——几个世代以来的乡村绅士也都相信。他认为他才华横溢的儿子没有得到和他的才华或者影响相称的发展和影响。他怀疑才华和应受指责的程度是成正比的。另外，几天前，他的老朋友福列特将军肯定地告诉他，他应该询问一下克里斯托弗最近的事情。在再三询问之下，福列特才说，也是很肯定地，有人怀疑克里斯托弗在钱和女人方面都做了非常可耻的事情。因此，拉格尔斯的指控恰恰支持并证明了这些怀疑。

他很痛苦、懊悔，知道克里斯托弗很有才华，他让这孩子——就像一般对待小儿子的方式那样——自行其是，以己之力在人世间浮沉。他对自己说，他一直希望把这孩子留在家里自己的眼皮底下，他对他有着特别温柔的冲动。他的妻子——他对她绝对有一种热烈的挚爱——对克里斯托弗有种不同寻常的关爱，因为克里斯托弗是她最小的儿子，出生得很晚。因此，在妻子去世之后，克里斯托弗对他来说格外重要，好像他的存在带着他母亲身上的明亮和光辉一样。实际上，在妻子死后，提金斯先生几乎要求克里斯托弗和他的妻子来格罗比同他一起管理庄园，当然，还会在遗嘱上为克里斯托弗做一些特殊的准备，以弥补他放弃统计局的事业而付出的代价。为了对其他孩子公平起见，他并没有这么做。

让他心碎的不仅仅是据说他勾引了瓦伦汀·温诺普，还有他和她有了个孩子。提金斯先生是个出手十分阔绰的贵族，他一直相信他有赞助艺术活动的职责，而且如果他真的在这个方向做了什么的话，除了买了几幅巧克力色的法国历史画作以外，他一直以他为老朋友的，温诺普教授的，遗孀和孩子所做的一切感到自豪。他认为，而且是公平地认为,是他让温诺普夫人成为一位小说家,并且他认为她是位了不起的小说家。他对克里斯托弗的罪过的坚信不疑还因为他对儿子些微的嫉妒心理加强了,这种心理他并不会向自己承认。因为,自从克里斯托弗——他不知道为什么,因为他从来没有介绍过他的儿子——成为温诺普一家亲密的朋友以后,温诺普夫人彻底放弃了向他,提金斯先生,吵吵嚷嚷又一直不停地问问题。作为回报,她几乎过分地唱着克里斯托弗的赞歌。实际上,她说过,如果克里斯托弗不是几乎每天在她家里,或者至少无论如何在电话线的另一端的话,她也几乎不可能每天全力以赴地工作。这并没有让提金斯先生那么高兴。提金斯先生对瓦伦汀·温诺普有着最最深切的喜爱,她身上吸引着儿子的特质同样也吸引了他的父亲。虽然六十多岁了,他还是严肃地考虑过和这个女孩结婚的事。她是位淑女,她可以把格罗比宅邸管理得很好,而且,虽然限嗣继承的条款非常严格,至少,他可以让她在他死后也衣食无忧。因此,他毫不怀疑儿子犯下的过错,而且想到儿子不仅仅背叛了这位灿烂的人儿,并且做得如此笨拙,让这女孩怀上了孩子,还让这事传了出去,他觉得自己还要承受这些附加的羞辱。作为一个绅士,他对儿子管理能力太弱。这简直无可宽恕。现在这孩子成了他的继承人,带着个婚外生下的孩子。不可挽回了!

那时,他四个个子高高的儿子都倒下了。他的大儿子永远地和一个——很令人尊敬的!——荡妇搞在了一起,他最小的儿子比死了还糟糕。他的妻子因为心碎而死。

作为一个严肃但十分虔诚的人,提金斯先生的宗教信仰让他相信克里斯托弗的罪过。他知道，对一个有钱人来说，上天堂就像让骆驼走过耶路撒冷的一扇叫作"针眼"的门一样难。他卑微地希望他的造物主可以像接受被宽恕的人一样接受他。总之，既然他是一个富有——极为富有——的人，他在这个世界上遭受的苦难也一定会十分深重……

从那天的下午茶时间到该坐午夜火车去毕晓普奥克兰的时候为止，他一直和他的儿子马克待在俱乐部的写作室里。他们写下很多笔记。他之前见过了他儿子克里斯托弗，穿着制服，看起来人已经垮了，有些浮肿，毫无疑问，是由于他腐化的生活。克里斯托弗从房间的另一端穿过，提金斯先生眼神躲闪了开去。他赶火车到了格罗比，独自一人。在黄昏的时候他拿出了一把猎枪，第二天早上有人发现他已经死了，尸体旁边有几只兔子，就在小教堂墓地的树篱后面。似乎在爬树篱的时候，他身后还拖着上了膛的猎枪，枪口朝前。英格兰每年都有几百个人这样死去，大部分是农民……

心里想着这些事情——或者是他能一下子记住的大部分——马克现在正在调查他弟弟的私事。他本可以把这件事拖得更靠后一些，因为他父亲的财产无论怎么说都还没处理好，但那天早上拉格尔斯告诉他俱乐部退还了一张他弟弟的支票，而他弟弟第二天就要去法国。这正好是他们父亲去世后的第五个月。事情发生在三月，而现在是八月，明亮，并不那么符合季节特点的日子，在窄窄的高高的庭院里。

马克整理了一下思绪。

"你需要多少钱的收入，"他说，"能让你过得舒服？如果以前不够的话,是多少?两千?"

克里斯托弗说他不需要钱,也不想过得舒服。

马克说:"你要是能住在国外,我给你三千。我只是在按父亲的指示办事。三千可以随便你在巴黎挥霍了。"

克里斯托弗什么都没回答。

马克又开口说:"剩下的三千英镑,是从妈妈那里来的。你把它给了你女朋友了,还是就花在她身上了?"

克里斯托弗耐心地重复了一遍他并没有女朋友。

马克说:"那个跟你有了个孩子的女孩。父亲告诉我,如果你还没有给她钱的话——父亲认为你应该已经给了——我应该给她足够的钱,让她过得舒适。你觉得她要多少钱可以过得舒适?我给夏洛特四百。四百够了吗?我猜,你想继续和她在一起吧?如果她要跟孩子住在一起的话,三千对她来说也不是很多。"

克里斯托弗说:"你最好告诉我名字好吗?"

马克说:"不!我从来不提名字。我说的是一个女作家和她的女儿。我猜那女孩是父亲的女儿,对不对?"

克里斯托弗说:"不。她不可能是。我想过这件事。她二十七岁。在她出生前两年,我们都在第戎。父亲一直到那之后的一年才继承了庄园。温诺普一家当时也在加拿大。温诺普教授当时是那边一所大学的校长。我忘记名字了。"

马克说:"所以是这样。在第戎!为了我的法语!"他又补充了一句,"那她不可能是父亲的女儿。这是件好事。我想,既然他想给她们钱,她们很有可能是他的孩子,还有个儿子。他会有一千英镑。

他是做什么的?"

"那个儿子,"提金斯说,"是个因为良心过不去,拒服兵役的人。他在一艘扫雷艇上。一个水手。他认为扫雷是救人,而不是杀人。"

"那他暂时还不需要钱,"马克说,"那是给他开展一番事业用的。你女朋友的全名和地址是什么?你让她住在哪里?"

他们在一块灰蒙蒙的空地上,一些半木材的建筑拆到一半停工了。克里斯托弗在一根柱子旁边停下,那曾经是一架大炮。靠在那上面,他觉得他哥哥也可以靠着这根柱子,吸收一下他要表达的内容。他很慢、很耐心地说:"如果你在和我商量如何落实父亲的想法,这里面还有钱的问题,你最好试着搞清楚事实。如果不是为了钱的事,我就不会麻烦你了。首先,我不需要钱。我的工资够我生活了。我的妻子是个比较富有的女人。她的母亲很有钱……"

"她是鲁格利的情人,不是吗?"马克问。

克里斯托弗说:"不,她不是。我可以确定地说她不是。为什么她要做他的情人?她是他的表亲。"

"那你的妻子是鲁格利的情人吗?"马克问,"不然,为什么她可以从他的私人账户里借钱?"

"西尔维娅也是鲁格利的表亲,当然了,关系再远一层,"提金斯说,"她不是任何人的情人。这一点你可以确定。"

"他们*说*她是的,"马克回答说,"他们说她一直是个荡妇……我猜,你认为我侮辱了你。"

克里斯托弗说:"不,你没有……最好把这些都说出来。我们其实算是陌生人,但你有权利问我这些。"

马克说:"那么你没有女朋友,也不需要钱来养她……其实你可以想做什么就做什么的。没什么理由说男人不应该有女朋友,如果他有的话,他应该给她体面的生活……"

克里斯托弗没有回答。马克靠在已经被掩埋了一半的大炮上,甩着雨伞的把手。

"但是,"他说,"如果你没有女朋友你怎么得到……"他本来准备说"得到家庭的安慰",但一个新点子进入了他的脑海。"当然,"他说,"可以看出来,你妻子痴迷地爱着你。"他加了一句,"痴迷地……就算只有半只眼睛也能看出来……"

克里斯托弗吃惊到下巴都要掉了。不到一秒钟以前——就那一秒钟!——他下定决心,当晚就要要求瓦伦汀·温诺普做他的情人。他对自己说,从此以后,没用了。她爱他,他知道,带着一种深沉、无法撼动的热情,就像他对她的热情让人入迷,吞噬了他整个心灵,正如大气层笼罩着地球。从此以后,他们真的要一路迈向死亡,被时间阻隔,一个字都不提对彼此的感情?为了什么目的呢?为了谁好呢?整个世界都密谋,逼他们在一起!连反抗都令人疲倦了!

他的哥哥马克继续说着。"我懂女人的一切。"他声称。他可能确实是这样。他对一个很不像样的女人有着楷模一般的忠诚,已经有好多年了。也许彻底地钻研一个女人就可以给你理解其他所有的女人地图!

克里斯托弗说:"听我说,马克。你最好看看我过去十年的存折,或者从我有账户开始。如果你不相信我所说的,这讨论就一点用也没有。"

马克说:"我不想看你的存折。我相信你。"

他一秒钟之后,补了一句,"该死,为什么我不应该相信你呢?要么我相信你是位绅士,要么拉格尔斯是个骗子。在这种情况下,只能按常识相信拉格尔斯是个骗子。我没这么想,因为我没有理由。"

克里斯托弗说:"我怀疑骗子是不是个正确的词。他道听途说一些对我不利的话。毫无疑问,他如实地汇报了这些话。的确是有很多不利于我的流言。我不知道为什么。"

"因为,"马克强调说,"你以一种蔑视的态度对待那些南部乡村的蠢猪。这是他们应得的。他们没能力理解一位绅士的动机。如果你跟一群狗住在一起,他们会以为你的动机也跟狗一样。他们还能给你什么动机呢?"他又补了一句,"我认为,你在他们的粪便下面埋了太久,变得也跟他们一样肮脏了呢!"

提金斯带着那种应该给一位无知但精明的人所应有的尊重看着他的哥哥。他的哥哥很精明这件事算是一个重大发现。

但是,当然,他应该很精明。他是一个很了不起的部门的不可或缺的主管。他得拥有一些特质……不是很高雅,甚至没怎么受过训练。未开化的人,但很敏锐!

"我们必须走了,"他说,"或者我该叫一辆车。"马克把身体从半埋在地下的大炮上移开。

"你另外三千怎么用了?"他问,"对一个小儿子来说,三千英镑要是随随便便花掉可是很大一笔钱。"

"除了给我妻子的房间买一些家具以外,"克里斯托弗说,"主要是借出去了。"

"借钱!"马克叫起来,"给那个麦克马斯特?"

"主要是给他,"克里斯托弗回答,"但大概有七百借给了卡勒科茨的迪奇·斯威普斯。"

"老天!为什么借给他?"马克脱口而出。

"哦,因为他是卡勒科茨的斯威普斯家的,"克里斯托弗说,"而且他问我借了。他本来还可以借更多的,不过,那已经够他灌死自己了。"

马克说:"我猜,每个跟你借钱的人你不会都给吧?"

克里斯托弗说:"我给。这是原则问题。"

"算你走运,"马克说,"很多人不知道这一点,要不没多久你就剩不下几个钱了。"

"那些钱是没在我手里待多久。"克里斯托弗说。

"你知道,"马克说,"你不能指望拿着小儿子的那份家产做个王子一样的赞助人。这是品位问题。连半个便士我都从来不会给乞丐的。但是很多提金斯家的人行为像王子一样。一代人挣钱,一代人存钱,一代人花钱。这倒没什么……我猜麦克马斯特的妻子是你的情人?这就可以解释为什么你的情人不是那个女孩了。他们给你留一把扶手椅的。"

克里斯托弗说:"不。我支持麦克马斯特只是为了支持他。父亲先借钱给他的。"

"他确实借了。"马克叫起来。

"他的妻子,"克里斯托弗说,"是'早餐'杜舍门的遗孀。你认识'早餐'杜舍门?"

"哦,**我**认识'早餐'杜舍门,"马克说,"我猜麦克马斯特现在是个挺有钱的人了。杜舍门的钱让他很自豪。"

"很自豪！"克里斯托弗说，"估计他们很快就不会跟我打交道了。"

"但是管他的！"马克说，"反正格罗比庄园迟早都是你的。**我不会结婚生孩子来妨碍你的。**"

克里斯托弗说："谢谢。我不需要这个。"

"恨我呢？"马克问。

"是的，我恨你，"克里斯托弗回答说，"恨你们这一整群人，还有拉格尔斯，还有福列特和父亲！"

马克说："啊！"

"你不觉得我会这么做吗？"克里斯托弗问。

"哦，我并没有觉得你不会这么做。"马克回答，"我以为你是个软弱的家伙。我现在看出来了，你不是。"

"我跟你一样是北瑞丁的性格！"克里斯托弗回答。

他们在弗利特街的人潮里走着，被行人推来搡去，被车流分开。带着些当时军官们的傲慢，克里斯托弗在巴士和送报纸的车里横冲直撞。带着一种部门主管的傲慢，马克说道："这里，警察，把这些该死的东西给我停下，让我过去。"但克里斯托弗过得快多了，在中殿的门口等着他哥哥。他的脑子在努力幻想瓦伦汀·温诺普的拥抱，他已经完全被这念头吞噬了。他对自己说他已经做好了破釜沉舟的准备。

马克从他后面跟过来，说："你最好知道父亲想要什么。"

克里斯托弗说："那快点说。我得上去了。"

他得赶紧结束陆军部的会面，好见到瓦伦汀·温诺普。他们只有几个小时来详述两人一生的爱恋。他看到她金色的头发和欣喜若狂的脸。他好奇,欣喜若狂的时候她的脸会是什么样子。他见过她的幽默、惊愕、温柔,在眼里——还有狂暴的怒火和蔑视,因为他的,克里斯托弗的,政见。他的军国主义!

无论如何,他们还是在中殿的喷泉旁停了下来。这是考虑到他们已故的父亲。马克正在解释。克里斯托弗听到几个词,凭直觉猜到了其中的联系。提金斯先生没有遗嘱,确信他的巨额财产的愿望会由他的长子周密地落实好。他本该留下遗嘱,但还有克里斯托弗这边暧昧不清的事务需要考虑。如果克里斯托弗就是个小儿子,那就给他一大笔钱让他拿着,爱怎么堕落就怎么堕落。但因为上帝的旨意,他不再只是最小的儿子了。

"父亲的意思是,"马克在喷泉旁说,"给你多大的一笔钱都不能让你规规矩矩的。他的想法是,如果你是个该死的花女人的钱过活的皮条客……你不介意吧?"

"我不介意你直截了当地说。"克里斯托弗说。他心想喷泉底部一半面积都铺满了叶子。这个文明社会把世界搞成了这副模样,八月份叶子就腐烂了。啊,这个世界在劫难逃了!

"如果你是个花女人的钱过活的皮条客,"马克重复说,"就没有立遗嘱的意义了。你可能需要数不清的钱才能让你规规矩矩的。还是会给你这些钱。你可以想怎么腐化堕落就怎么腐化堕落,但是要花干净钱。我的任务是看看这可能要多少,然后按比例分配剩下的遗产……父亲有一大群要领养老金的人……"

"父亲的遗产到底有多少?"克里斯托弗问。

马克说:"天知道……你知道,我们验证家产价值一百二十五万了,至少目前确认了这么多。但有可能是这个数的两倍,或者五倍!照最近三年来的铁价看,猜都猜不出米德尔斯堡区的产业能赚多少……连遗产税都赶不上。何况,还有那么多办法绕过**那些税**。"

克里斯托弗好奇地观察着他的哥哥。这个家伙皮肤是棕色的,眼睛突起,整个人都有些破破烂烂,有些陈旧的灰呢西装扣得很紧,雨伞卷得乱七八糟,赛马望远镜旧了,浑身上下只有常礼帽还干净整洁,但他是个确确实实的王子。线条很坚实!所有真正的王子都该是这副样子。他说:

"啊!你不会因为我而变穷一丁点的。"

马克开始相信这话了。他说:"你不会原谅父亲?"

克里斯托弗说:"我不会原谅他不立遗嘱这件事。我不会原谅他找拉格尔斯这件事。他死前那个晚上,我看到他和你在写作室里。他一直都没跟我说话。他本可以跟我说话的。这是笨拙的愚蠢。这一点不可原谅。"

"这家伙自杀了",马克说,"一般自杀的家伙你还是要原谅的。"

"我不会,"克列斯托弗说,"何况他可能已经上天堂了,不需要我的原谅。他十有八九上了天堂。他是个好人。"

"最好的人之一,"马克说,"不过是我找的拉格尔斯。"

"我也不原谅你。"克里斯托弗说。

"但你**得**,"马克说——这是对温情的大幅让步——"拿上足够的钱,好过得舒服。"

"老天!"克里斯托弗叫起来,"我厌恶你那恶心的舒适生活做派，黄油涂面包，吃羊排，穿着拖鞋走在地毯上，喝着尼格斯酒和朗姆酒，就像我厌恶你在蔚蓝海岸宫殿那可怕的淫荡生活一样，又是配司机，又是乘液压电梯，又是开暖气……"他的思绪已经飘走了，他很少允许自己这么做，他幻想着和瓦伦汀·温诺普发生在空空的小屋里的私情，没有垂下的布帘、肥腻的肉体、黏稠的春药……"你不会，"他重复了一遍，"因为我变穷一丁点。"

马克说："嗯，你不必为这种事发脾气。如果你不要就不要好了。我们最好继续吧。你只有这么点时间。就这么定了……你银行账户超支的事，有，还是没有？不管你做什么来阻止，我都会把那点补齐的。"

"我没有超支，"克里斯托弗说，"我透支了三十英镑，但是西尔维娅替我担保了高额透支。这是银行的错误。"

马克迟疑了一下。对他来说，银行犯错误几乎是不可相信的。那是最好的银行之一，英格兰的支柱。

他们朝着路堤向下走。马克用他珍贵的雨伞狠狠打了一下网球场草坪的栏杆。在那里，白色的人影在昏暗的环境中显得又脏又湿，举止动作像练习十字架受难的牵线木偶。

"老天！"他说，"这是英格兰最后的……只剩下我的部门从来不犯错了。我告诉你，他们如果犯了任何错误，有些人一定会被彻底毁掉！"他又加了一句，"但你别觉得我会放弃舒适的生活，我可不会。我的夏洛特做的黄油吐司可比俱乐部里任何人做的都好。她还藏着点法国朗姆酒，在一整天可怕的比赛以后，一次又一次地拯救了我。她这一切只靠我给她的五百块，她在这基础之上过得又得体又整洁。没人能像个法国女人一样办事……老天,如果她不是个天主教徒的话,我会跟这小情人结婚。这会让她高兴,我也不会受什么影响。但我可受不了跟一个天主教徒结婚。可不能信任他们。"

"你得忍受一个天主教徒进格罗比家了,"克里斯托弗说,"我儿子被当成天主教徒来养了。"

马克停下来,把伞尖戳进了土里。

"呃,这可糟糕了,"他说,"是什么让你这么做?……我猜是他妈妈让你这么做的。她在你跟她结婚之前就给你下套了。"他加了一句,"我可不想跟你那个老婆睡觉,她太健壮了,我会觉得是跟一捆木柴睡觉一样。但是我猜你们是一对小鸳鸯……啊,不过我没想到你这么软弱。"

"我今天早上才刚刚决定,"克里斯托弗说,"就在我的支票被银行退还的时候。你没读过斯拜尔登关于亵渎的那本书吧,写的是格罗比。"

"我得承认我没读过。"马克回答。

"那就没必要解释这方面的事情了,"克里斯托弗说,"没时间了。但如果你认为西尔维娅把这当作我们婚姻的条件的话,你就错了。那时候没什么会让我同意这么做的。我这么做让她很高兴。那可怜的家伙认为我们的家族因为没有天主教的继承人所以被诅咒了。"

"那是什么让你同意了?"马克问。

"我告诉过你了,"克里斯托弗说,"是因为我的支票被退回俱乐部,还有别的事情。一个人连这点事都做不好的话,不如让孩子的母亲来带孩子……何况,有个支票被拒绝承兑的父亲,他们不会像伤害一个清教徒孩子那样伤害一个信天主教的孩子。他们也不怎么像英国人。"

"这也对。"马克说。

他站在中殿的公共花园栏杆边一动不动。

"那么,"他说,"如果我让律师写封信告诉你,家里像他们要求的那样已经不再担保你从家产超支了,这孩子就不会是个天主教徒了?你这样就不会超支了。"

"我没有超支。"克里斯托弗说,"但如果你有警告过我,我就会去询问银行,这样的错误也就不会发生了。你为什么没告诉我?"

"我本来想的,"马克说,"我本来想自己做的,但我讨厌写信,我拖延了。我不喜欢跟我原本想象中的你那样的人打交道。我猜,这是另外一件你不会原谅我的事吧?"

"是,我不会原谅你不给我写信,"克里斯托弗说,"你应该写商务信件的。"

"我讨厌写信。"马克说。克里斯托弗继续往前走着。"还有一件事,"马克说道,"我猜,那孩子是你的儿子?"

"是的,他是我的儿子。"克里斯托弗说。

"那就这么多了。"马克说,"我想,如果你死了,你不介意我照顾你的孩子吧?"

"我会很高兴的。"克里斯托弗说。

他们肩并肩走在路堤上,走得很慢,背很直,肩膀很方。因为走在一起很令人满足,所以两人都想走得慢点,好延长这次散步。他们偶尔停下来看看河里泛起的银灰色,因为他们两人都喜欢这片土地的风景中的严肃沉稳。他们感到很有力量，好像他们拥有这片土地一样!

马克一度咯咯笑着说:

"该死的，太好笑了。想想我们两个都是……叫什么来着？……一夫一妻主义者？啊，一直跟同一个女人在一起是件好事……你不能说这不是。这省了很多麻烦，而且你也很清楚自己的处境。"

在通往陆军部四方院子的那扇令人悲伤的拱门下，克里斯托弗停下了。

"不，我要进去，"马克说，"我要跟霍加斯说句话。我有段时间没跟霍加斯说话了。关于摄政公园的交通马车，我管这些讨厌的事情，还有好多别的。"

"他们说，你干得好得不得了，"克里斯托弗说，"他们说你不可代替。"他知道他哥哥想尽可能多地和他待一会。他自己也是这么希望的。

"我真是干得很好!"马克说，他加了一句，"我猜，你不能在法国做这类的工作，管理交通工具和马什么的?"

"我可以，"克里斯托弗说，"但我猜我应该回去做联络工作。"

"我不觉得你会回去，"马克说，"我可以跟交通部的人帮你打个招呼。"

"我希望你可以这么做，"克里斯托弗说，"我不适合再回到前线去了。而且我不是个该死的英雄! 我是个糟糕的步兵军官。没有哪个提金斯家的人做过值得称赞的军人。"

他们转到拱门的转角。像是精准得正如期望中的那样，瓦伦汀·温诺普正站在那里看着死伤名单,名单就挂在拱门边上的涂了绿漆的木棚下面。这个棚子同时证明了当时艺术运动的萧条和当局给纳税人省钱的欲望。

同样,她也发现克里斯托弗·提金斯精准地正如期望中的那样出现了,她转向他。她的脸白得发青,有些扭曲。她冲他大叫道:"看看这恐怖的事情!而身穿这肮脏制服的你居然还支持它!"

那些绿色房檐下的纸张上打着锯齿状的横线。每条线都意味着当天死去了一个人。

提金斯从人行道路缘向后退了一步。人行道围绕着整个四方院子。他说:"我支持它是因为我必须这么做,就像你公开谴责它一样,因为你必须这么做。我们看到的是两种不同的模式。"他补充说,"这是我哥哥,马克。"

她迅速地转过头,看着马克,她的脸像蜡一样苍白,仿佛一个小店店主的石蜡雕像的头转了过来。她对马克说:"我不知道提金斯先生有个哥哥,或者说几乎不知道。我从来没听他谈起过你。"

马克微微笑着,向这位女士展示他帽子闪闪发光的内里。

"我不认为任何人听我说起过他,"他说,"但他确实是我的哥哥!"

她站在沥青马路上,拇指和其他几根手指抓住克里斯托弗的卡其布袖子的褶皱。

"我必须跟你说件事,"她说,"我要走了。"

她把克里斯托弗拖到一个封闭、坚硬、不合人意的地方,手指仍然抓着他短上衣的袖口。她把他推到一个面对她的角度。她狠狠地吞咽了一下,她吞咽的动作好似花了好长时间。克里斯托弗看着丑陋而肮脏的石头房子组成的天际线。他一直很好奇,如果一枚不小的航弹掉在这被卷入战争的世界的冷酷中心里,掉在破旧、灰蒙蒙的石头中间会发生什么。

女孩用双眼吞噬着他的脸,看到他退缩了。她小小的牙齿中间发出的声音干巴巴的。她说:"你是埃塞尔要生下的孩子的父亲吗?你妻子说你是的。"

克里斯托弗想了一下这个四方庭院的大小。他模糊地说:"埃塞尔?那是谁?"为了模仿那位画家兼诗人的习惯,麦克马斯特夫妇在家里总是互称"咕咕①"!自从那场把他脑中的名字都清理干净的灾难以后,克里斯托弗在任何场合都没听说过杜舍门夫人受洗时候的名字。

他得出了结论,这个院子并不足够承受住一颗炸弹的冲击。

女孩说:"伊迪丝·埃塞尔·杜舍门!就是麦克马斯特夫人!"她显然等得很紧张。

克里斯托弗模模糊糊地说:"不!当然不是!……她说了什么?"

马克·提金斯微微前倾,像个孩子站在小溪边那样站在绿漆棚子前的路缘上。他显然是在等待,很耐心,晃着雨伞的把手。他看起来没有其他自我表达的方式。

女孩说当她早上打给克里斯托弗的时候,一个声音没有任何预兆地冒了出来。女孩重复道,没有任何预兆:"如果你就是那个温诺普姑娘的话,最好别靠太近。杜舍门夫人已经是我丈夫的情人了。你

---

① "咕咕"是但丁·罗塞蒂对他的妻子伊丽莎白·西德尔的昵称。

离远一点!"

克里斯托弗说:"她这么说了,是吗?"他在想马克是怎么保持平衡的,真的。女孩没再说什么。她在等待。她的坚定似乎在把他拉近,几乎要把他整个人吸进去。那种感觉令人无法忍受。他做了整个下午的最后一次挣扎。

他说:"该死的这一切。你怎么能问这么愚蠢的问题呢?你!我以为你是个有才智的人。我认识的唯一一个有才智的人。你不**了解**我吗?"

她花了点力气保持自己僵硬的体态。

"提金斯夫人不是个真诚的人吗?"她问,"在文森特和埃塞尔那里看到她的时候,我认为她看上去很真诚。"

他说:"她说的话都是她自己相信的。但现在她只相信她想要相信的。如果你管这叫真诚的话,那么她是个真诚的人。我没有任何反对她的意思。"他自语着,"我可不会靠谴责我妻子来吸引她。"

她好像突然散了架,就像把一块方糖丢进水里,它坚硬的轮廓突然变得没了形状了一样。

"哦,"她说,"这**不是**真的。我**知道**这不是真的。"她哭了起来。

克里斯托弗说:"来吧。我回答了一天的愚蠢问题了。我还有个蠢货要见,然后我就完事了。"

她说:"哭成这样,我没法跟你一起走。"

他回答:"哦,你可以的。这是女人哭的地方。"他加了一句,"而且还有马克在。他是个很会安慰人的家伙。"

他把她带到马克身边。

"这里,照顾好温诺普小姐,"他说,"你本来也想跟她谈谈,不是吗?"他急匆匆地从他们面前走过,像个大惊小怪的巡查员冲进压抑的大厅里。他感觉到,如果他再不赶紧冲到那群毫无感情的、戴着红绿蓝或者粉红领章的家伙[①]面前,他们会突起鱼一样的眼睛,还会问一些鱼在水缸里才问的问题。同样,他也一定会崩溃,带着释然的心情哭起来的!不过,这也是个给男人哭的地方!

他完全是凭个人秉性勉强熬过了那一段,走完简直有几英里长的走廊,见到一个很聪明的、精瘦、深色皮肤、带着猩红色领章的人。这意味着他是个高级事务人员,而不是管理垃圾桶的。

那个深色皮肤的人立刻对他说:"喂!康复中心又怎么了?关于怎么节约,你最近一直在教育他们。这些该死的反抗都是因为什么?是管事的糟糕老上校的问题吗?"

提金斯友好地说:"听我说!我不是个可怕的间谍,你知道吗?我受到了糟糕老上校的款待。"

那个深色皮肤的人说:"我敢说,你真的是。但你就是因此才会被派到那里去。坎皮恩将军说你是他手下最聪明的家伙。他已经上战场了,运气不好……康复中心又怎么了?是那里的人吗?还是那里的官员?你不用说名字。"

提金斯说:"谢谢坎皮恩。不是那些官员,也不是人,是糟糕的体制。你手上是一群他们自认对得起国家的人——该死的,他们做

[①] 领章颜色是区别兵种之用。红领章是参谋官,绿领章是情报官员,蓝色领章负责后勤,等等。

得很好！——然后，你剃光了他们的头发……"

"那是医疗官。"深色皮肤的人说，"他们不想让人长虱子。"

"如果他们想让士兵兵变……"提金斯说，"那些想要能够和女朋友走在一起，还想要额发上好好抹了头油的人，他们不喜欢被当成罪犯。现在他们就是被当成罪犯了。"

深色皮肤的人说："好吧。继续。你为什么不坐下呢？"

"我有点忙，"提金斯说，"我明天就要上前线了，下面有个哥哥和别人在等着。"

深色皮肤的人说："哦，我很抱歉……但是该死的。你是那种我们想要留在国内的人。你想去吗？如果你不想去，毫无疑问，我们可以让你不用去。"

提金斯犹豫了一下。

"是的！"他最终开口说，"是的，我想去。"

有一瞬间，他忍不住想留下来。但他灰心的头脑里突然出现了马克说的那句话，西尔维娅爱着他。这段时间，它一直在他的头脑深处。当时这种想法在潜意识里狠狠地击中了他，好像在骡子的后腿上狠狠一蹬。这是几乎没有可能解决的难题。可能这不是真的，但不管怎样，对他来说，最好的事是上战场，早死早好。无论如何，他强烈地想和在楼下哭泣的女孩过上一晚……

他的耳朵里非常清晰地听见这几句诗：

> 那声音永远还没有……
> 回答我的话语……

他对自己说道:"这就是西尔维娅想要的! 我只能做这么多了! "

深色皮肤的人说了点什么。提金斯重复道:"如果你不让我走,我会认为你不怀好意……我想要去。"

深色皮肤的人说:"有的人想。有的人则不同。方便你回来,我会记下你的名字……如果回来的话,你不介意继续做筛选工作吧?尽快回去把你的事情做完。然后,在你走之前好好玩玩。他们说那边糟透了。非常可怕! 不停地低空轰炸。就因此,他们需要你们都过去。"

有那么一瞬间,提金斯看到铁路线终点的灰色黎明,远处带着热水壶那种响个不停的声音,从好几英里以外传来! 军队的感觉又重新降临到他身上。他开始说关于康复中心的事,说得老长,带着热情。他气愤地哼哼着,说着人们在这些阴沉沉的地方受到的待遇。聪明得很愚蠢!

那个深色皮肤的人偶尔打断说:"别忘了,康复中心是生病和受伤的人去恢复的地方。我们得尽快让他们回到岗位上去。"

"那你们去吗? "提金斯会问。

"不,我们不去。"另一个则会回答,"因此我们要调查这件事。"

"在可怕的黏土山的北边,"提金斯继续说,"离南汉普顿九英里的地方,三千个从高地、北威尔士、坎伯兰来的人……天知道是哪里,只要他们离家三百英里,他们就会想家想得发疯……你让他们每天在酒吧关门的时候出去一个小时。你剃了他们的脑袋,防止他们吸引当地的年轻女人,而当地根本就没有年轻女人,还不让他们带上军官手杖！天知道为什么！如果他们倒下，防止他们把自己的眼睛戳瞎，我猜。离哪里都有九英里，路上飘着白色的尘土，连个歇息地或者阴凉的树荫都没有……而且，该死的，如果有两个从锡福斯或者阿盖尔来的好兄弟，你不让他俩睡在一个小屋里，而是把他俩跟一群肥头大耳的巴福斯或者威尔士人塞在一起，这两种人臭烘烘，一股韭葱味，又不会说英语①……"

"是那该死的医官要求他们不要整晚聊天的。"

"让他们整晚上密谋不出操，"提金斯说，"然后该死的叛变就开始了……还有，该死的，他们是好人。这些家伙是一流的。看在这些英雄的分上，为什么你——既然这是个基督教国家——不让他们回家康复一阵，跟他们的女朋友、老伙计在小酒吧吹吹牛？以上帝的名义，你为什么不这么做？他们受的苦还不够吗？"

"我希望你不会说是'我'，"深色皮肤的人说，"并不是我。我起草的唯一一条军事理事会指令是给每个康复中心一个电影院和剧院，但那些该死的医官把这事中止了……害怕传染。而且，当然了，教区牧师和不信国教的地方执法官……"

"啊，你得把这一切都改掉，"提金斯说，"或者你只要说，感谢上帝我们有海军。你不会有陆军了。有天，讲座结束之后，三个家伙——华威来的——在提问的时候问我，他们为什么被关在威尔特郡，而比利时难民正在跟他们的老婆在伯明翰生小杂种。当我问

---

① 东肯特郡团是原来的第三步兵团，在英军编制中一直服役到一九六一年，其历史可以追溯到一五七二军中最古老的步兵团。

他们多少人抗议这件事的时候，超过五十个人站了起来，全都是伯明翰来的……"

深色皮肤的人说："我会把这件事记下来……继续。"

提金斯继续说着。因为只要待在这里，他就觉得自己还是个男人，带着恶狠狠的对傻瓜的蔑视态度做适合男人做的工作。那是男人应该有也应该表达出来的蔑视。这是一种发泄，是真正的最后一根稻草。

第四章

马克·提金斯难为情地把雨伞晃来晃去,常礼帽紧紧地压在耳朵上面,这给他一种稳定感,在四方院里正哭泣的女孩的身边走着。

"我说,"他说,"别因为军国主义观点就把老克里斯托弗逼得太紧……记住,他明天就要上战场了,而且他是最好的人之一。"

她很快地看了他一眼,眼泪还停在脸颊上,然后,看向了一边。

"最好的人之一,"马克说,"一个一生中从来没有说过谎或者做过可耻之事的人。让他轻松点,好姑娘。你得这么做,你知道。"

那女孩脸转向一边,说:"为了他,我命都可以不要!"

马克说:"我知道你会的。我看到一个好女人就心里有数了。他可能认为他是……牺牲生命,你知道,为了你,也为了我,当然!这是一种看待事物不同的方式。"

他尴尬但无法抗拒地抓住她的上臂。她蓝色布外套下面的手臂非常细。他自语道："老天！克里斯托弗喜欢瘦瘦的姑娘。那种健美型的很吸引他。这个姑娘健康美丽得就像……"

他没法想到任何像温诺普小姐一样健康美丽的东西，但他感到一种温暖的满足，因为他和她，还有弟弟三人间建立了一种亲密关系。他说："你不走？不要一点好听的话都不留给他就走。你想想！他可能会战死……而且，他可能从来没杀过一个德国人。他是个联络军官，从那时候开始，他就管理一个垃圾场，他们负责筛选军队里的垃圾箱，看看他们能不能少给那些人一点吃的，这就意味着平民可以吃得更多了。你不反对他多给平民点肉吃吧？……这不是帮着杀德国人……"

正靠着她温暖身体一侧的他，感觉到她的手臂正压着他的手掌。

"他现在要去做什么？"她问。她的声音听上去有些游移不定。

"所以我才来这里。"马克说，"我要去见老霍加斯。你不认识霍加斯？老霍加斯将军？我想，我可以让他给克里斯托弗一个管理运输的工作。那是一份安全的工作，相对安全的，不是什么了不起的光荣事情，也不去杀那些该死的德国人……如果你喜欢德国人的话，请你原谅。"

她把手臂从他手里抽出，好看着他的脸。

"哦！"她说，"**你**不想让他拥有任何该死的军事荣誉！"她的脸色好转了些，瞪大眼睛看着他。

他说："不！他为什么要有这种东西？"他对自己说："她有非常大的眼睛、好看的脖子、好看的肩膀、好看的胸脯、健美的臀部、小小的手。她不是罗圈腿，脚踝匀称。她的站姿很不错，脚也不太大！她身高五英尺四，大概！非常不错的小姑娘！"他继续大声说："他到底为什么要做个该死的士兵呢？他是格罗比的继承人。对一个男人来说，这已经很不错了。"

她静静地站了足够久，好让他挑剔地审查一遍自己。她突然地反过来把手伸到他的手臂下面，把他带到入口的台阶上。

"那就赶快点，"她说，"马上把他转去管运输。在他明天走之前就办。这样我们就会知道他是安全的。"

她的裙子让他感到很疑惑。它看上去非常职业，深蓝色，很短。白色衬衫配了一条黑色丝质男式领带。一顶低顶宽边软毡帽，帽圈正面有花押字。

"你自己也穿着制服，"他说，"你的良心允许你做战争工作了吗？"

她说："不。我们没什么钱。我在一所很好的大型学校里教体育课，挣点辛苦钱……**一定要快点！**"

她紧紧握在他手肘上的力量让他感到荣幸。他反抗了一下，游移着不往前走。这让她更加坚决。他喜欢被美丽的女人恳求，这次是克里斯托弗的女朋友。

他说："哦，这不是几分钟的事。他们让他在基层待几个星期，然后就送他上去……我们会好好照顾他的，我毫不怀疑。我们在大厅里等他下来。"

他告诉门口友善的侍应——在拥挤而阴暗的大堂布道坛里的两个中的一个——他一两分钟以后要上去见霍加斯将军，但先别派门童过去，他可能还要等一会儿。

他坐在温诺普小姐身边,笨手笨脚地坐在一张木头长椅上,人潮一波一波涌过他们的脚趾,好像在海边一样。她稍微挪了挪,给他腾出地方,这也让他感到高兴。他说:"你刚才说,'我们'很穷。'我们'指的是你和克里斯托弗吗?"

她说:"我和提金斯先生。哦,不!是我和妈妈!她以前写专栏的报纸停刊了。我相信那是在你父亲去世的时候。他给他们找到了资金补助,我想。而妈妈不适合做自由作家。她一辈子都干得太努力了。"

他看着她,圆眼睛很突出。

"我不知道那是什么,自由作家,"他说,"但你一定要过得舒适。你和你的母亲需要多少钱才能过得舒适?再加一点点,这样克里斯托弗偶尔也能吃上羊肉!"

她并没有真的在听。他带着点坚持的态度说:"听我说,我可是来谈公事的!不是个年纪大了的仰慕者硬要扑到你身上。虽然,老天,我确实很仰慕你……但是我父亲希望你母亲过得舒适……"

她的脸转向他,变得僵硬起来。

"你的意思不是说……"她开始说。

他说:"就算打断我,你也不能更快地明白我想说什么。我得用自己的方式讲我的故事。我父亲希望你母亲过得舒适。他说,这样她就可以写书,而不是文章。我不知道区别是什么。这是他的原话。他也希望你过得舒适……你有任何困难吗?不是说……哦,比如一家店面!一个不挣钱的帽子店?有的女孩……"

她说:"不,我只教书……哦,**拜托**你快点……"

他人生中第一次为满足某人的愿望而扰乱了他自己的思路。

"你可以这么理解,"他说,"我父亲留给你母亲一笔数目可观的款子。"他环绕四周,寻找纷乱的思绪。

"真的!他**真的**!到最后还!"女孩说,"哦,感谢上帝!"

"如果你想要的话,还有一点是给你的,"马克说,"或者,可能克里斯托弗不会让你这么做。他对我脾气不小。还有一些是给你弟弟的,让他自己开个诊所。"他又问道,"你没晕倒过吧,有吗?"

她说:"不,我不会晕倒。我会哭。"

"那就没关系了,"他回答,他继续说,"那是你的事。现在是我的。我希望克里斯托弗能有个地方确保他吃上羊排,在火炉边有把扶手椅,还要有个人对他好。**你**对他很好。我能看得出来。我懂女人的!"

女孩哭着,轻轻地,不停哭着。自从德国人在一个叫盖默尼希的地方穿越了比利时的防线的前一天起,这是她第一次把绷紧的弦松了下来。

这一切都是由杜舍门夫人从苏格兰回来开始的。她立刻把温诺普小姐叫到牧师宅邸,那时已是深夜。在高高的银烛台上的烛光里,她靠在栎木嵌板上,整个人看上去像一块瞪着深色眼睛的、头发乱糟糟的杂乱大理石。她用机器一般生硬的声音叫起来:

"你是怎么搞掉一个孩子的?你以前是女佣。这事你一定知道!"

那是一记重击,这是瓦伦汀·温诺普人生的转折点。过去几年里,她过得都很宁静,当然,略带一丝忧郁,因为她爱着克里斯托弗·提金斯。但她很早就学会过着没有他的生活。她眼中的世界充满着舍弃，充满着高尚的事业和自我牺牲。提金斯是个一直来拜访她母亲的、善于言谈的人。只要他在房子里，她就很开心——她在女仆的储藏室里忙着准备下午茶。除此以外，她为她的母亲努力工作。总体而言，天气都不错，她们居住的这个国家的一角一直都很清新宜人。她的身体非常健康，偶尔骑着那匹靠得住的马儿去兜风。提金斯卖掉乔尔的一套马具换了它。她的弟弟在伊顿表现十分出色，得了好几次奖学金什么的，一旦进了牛津的莫德林学院，他就几乎不用母亲资助了。他是很了不起的、愉快的男孩子。如果不是因为政治上的激进举动而被开除，当选什么职位或者成为学校的骄傲，对他来说，也都不是不可能。他是个共产主义者！

牧师宅邸住了杜舍门一家，或者说只有杜舍门夫人，还有，大部分的周末，麦克马斯特会在那附近。

对她来说，麦克马斯特对伊迪丝·埃塞尔的热情和伊迪丝·埃塞尔对麦克马斯特的相似的感情，是生命中最美丽的东西之一。他们似乎畅游在这片克制的、美丽的、坚守的、等待的汪洋大海中。麦克马斯特并未引起她个人多大兴趣，但她信任他，因为伊迪丝·埃塞尔对他的热恋，还因为他是克里斯托弗·提金斯的朋友。当引用别人的话的时候，她从来没听他说过什么独创的东西，它们显得很恰当，而不是让人印象深刻。但她理所当然地以为他就是那个对的人——就像人理所当然地以为自己乘坐的特快火车的引擎很可靠一样。正确的人为你做了选择……

直到杜舍门夫人在她面前发了狂，她才第一次意识到她崇拜的朋友，她像坚信伟大、晴朗的土地一样坚信着的朋友，是她所爱的人的情人——几乎从她见到他的第一眼以后就是……而且在杜舍门夫人身上某个地方，储存着极其粗鲁的性格和极其粗俗的言语。她气得在深色栎木镶板旁的烛光里上蹿下跳，尖叫着以粗俗的言语咒骂她对她情人深深的恨意。这个傻瓜对他自己的事情不了解吗，还不如……还不如，利斯港口那个脏兮兮的鱼贩子……

那么，要银色烛台上那些高高的蜡烛干什么？还有那些陈列室里抛光的镶板？

瓦伦汀·温诺普可没有白当穿着旧棉布裙子的小煨灶猫。她和一个醉醺醺的厨娘睡在伊令的一栋房子的楼梯下面，一个病恹恹的女主人和三个吃太饱的男人在一起。她相当了解人类对性的需要和放纵。但是，就像所有那些大城市里不那么有钱的仆人通过幻想美丽的物质、高雅的气质和诱人的财富来自我满足一样，她一直认为，在远离伊令，远离这里吃得太多，又像牡马一样嘶喊的郡县政务委员们的地方，有一群快活的人，他们有操守，思想也很美好，毫无私心，小心谨慎。

而且，直到那一刻为止，她还想象她自己就在这么一个世界的边缘。她认为一个以伦敦为中心、全是美好的知识分子的社会就围绕着她朋友。她把伊令抛在了脑后。她认为，真的，她曾经听提金斯说，人类一半是严谨准确、积极建设的知识分子，另一半只是用来填坟墓的……现在，这些严谨准确、积极建设的知识分子都怎么了？

最糟糕的是，她对提金斯美好的向往怎么了？因为她没法再认为它是任何别的东西了？当她在女仆的储藏室里，而他在她母亲的书房里的时候,她的心还能再歌唱吗?还有,她所知道的提金斯对她的美好的向往怎么了?她问自己这个永恒的问题——她知道这是个永恒的问题——男人和女人是否永远没法保持这种对美好的向往。然而,看着杜舍门夫人,在烛光里急急地横冲直撞,脸色白得发青,头发乱飘,瓦伦汀·温诺普说:"不!不!躺在芦苇丛里的老虎总会抬着头的!"但是老虎……这老虎更像一只孔雀。

提金斯,在茶桌的另一端抬起头,从她母亲身旁用悠长、沉思的眼光看着她。相较于蓝色的、突出的眼睛而言,难道他更应该拥有在瞳孔处纵向分开的眼睛吗——无论是闭着,还是睁大的时候,都在黄色的虹膜上闪着绿色的、幽暗的光芒?①

她意识到伊迪丝·埃塞尔对她造成了不可挽回的伤害,因为一个人没法受到巨大的性方面的惊吓还不受到影响,或者好多年里都不受到丝毫影响。即使这样,她还是和杜舍门夫人在一起待到过了半夜,直到这位女士像装在孔雀蓝包装纸里的一小包骨头一样瘫进深深的椅子里,拒绝移动或者说话。在那之后,她也没有松懈她对她朋友忠诚的等待……

第二天战争开始了。那是一场纯粹苦难的噩梦,无论白天黑夜,从未有一次停歇。那是在她弟弟四号早上从诺福克湖沼公园的牛津共产主义暑期学校回来后开始的。他戴着德国军官学生帽,喝得烂醉。他之前在哈里奇为德国朋友送行。这是她这辈子第一次看到一个喝醉的男人,所以这对她来说是件好礼物。

---

① "提金斯"在英文中写作"Tietjens",南非荷兰语中是"老虎眼睛"的意思。

第二天，清醒了以后，他几乎更糟糕了。一个像父亲一样帅气、肤色略深的男孩，长着母亲的鹰钩鼻，总是有点站不稳，并不疯狂，但他当时持有的任何观点几乎都有些过于激烈。在暑期学校里，他的老师是一帮持各种各样观点的言语刻薄的家伙。迄今为止，这都还不重要。她母亲给一份托利派的报纸写专栏。当在家的时候，她弟弟编辑一份牛津的反对派宣传刊物。但母亲只咯咯笑了笑。

战争改变了这一切。他们两人似乎都充满了对流血和酷刑的渴望，两人都完全不注意对方。好像——之后的那些年，对这段时间的记忆与她时刻相连——在房间的一个角落里，她的母亲衰老了，跪在地上，那个姿势她很难站起来，对上帝叫嚷着沙哑的祷告，让她用自己的双手扼死、折磨、剥了那个叫皇帝①的家伙的皮。而在房间另一个角落里，她的弟弟站得很直，肤色微深，满脸怒容，言语尖刻，一只手在头上握紧，祈求上天诅咒成千上万的英国士兵因痛苦而死，鲜血从他们被烧焦的肺部喷涌而出。似乎爱德华·温诺普②喜欢的共产主义领袖试图在一些英国军队或所属部队里引起不满情绪的时候失败了，而且败得很令人感到屈辱、遭人嘲笑或忽视，而不是被丢进饮马池，被射杀，或者被当成烈士。因此，很显然，当军官的英国人应该为这场战争负责。如果这些低贱的混薪水的家伙拒绝去打仗，那几百万处境艰难、被吓得胆战心惊的人就会丢下他们手里的枪了！

---

① 这里的"皇帝"指的是当时德意志帝国的皇帝。
② 瓦伦汀的弟弟在卷上曾被称为吉尔伯特。这里可能是作者的疏漏。

在这些可怕的幻象的另一边是提金斯的身影。他心里有些疑虑。有几次,她听见他对她母亲诉说他的疑虑。随着时间的推移,他变得越来越茫然。

有一天,温诺普夫人说:"你妻子对这件事怎么想?"

提金斯回答:"哦,提金斯夫人是个亲德派……或者不是,这不是很准确!她有朋友是德国战俘,她照顾他们。但几乎大部分时间里她都隐居在修道院读战前的小说。她受不了想象实际的痛苦。我没法责怪她。"

温诺普夫人已经没有在听了,她的女儿还在听。

对瓦伦汀·温诺普来说,战争把提金斯变得更像个男人,而不再是一种倾向——他们中间还有战争和杜舍门夫人。他显得不那么绝对可靠了。一个心存疑虑的男人更像个男人,他们长着眼睛、双手,需要食物,需要人给钉纽扣。她真的给他缝紧了手套上一个松掉的纽扣。

在那次驾马车送人和那次事故之后,有个星期五下午,在麦克马斯特家,她和他进行了一段很长的谈话。

自从麦克马斯特开始了他周五下午的活动以后——在战前一段时间就开始了——瓦伦汀·温诺普就陪着杜舍门夫人乘早上的火车进城,半夜再返回牧师住所。瓦伦汀泡茶,杜舍门夫人在四面都是书的大房间里那些天才人物和卓越的记者中间慢慢地走来走去。

这一次——十一月的一天,很冷,潮湿——几乎没有人来,而之前的那个周五出乎意料的人多。麦克马斯特和杜舍门夫人带来一位斯邦先生,他是个建筑家,到他们的餐厅里仔细看一套特别精致的皮拉内西[①]的《罗马即景》。那是提金斯从什么地方弄来给麦克马斯特的。一位耶格先生和一位哈维拉德夫人紧挨着坐在远处窗边的座位上。他们压低了嗓音说话。耶格先生偶尔用了"抑制"这个词。提金斯从原本坐的壁炉旁边的座位上站起来,走到她身边。他让她给她自己端一杯茶,到壁炉边和他说话。她遵从了。他们并肩坐在架在抛光了的黄铜栏杆上的皮凳上,火温热地烤着他们的背。

他说:"啊,温诺普小姐,你最近怎样?"

他们渐渐开始谈论战争。你没法不谈论战争。她惊讶地发现他没有像自己想象的那样令人讨厌,因为那个时候,她脑子里装满了弟弟的和平主义朋友给她灌输的思想,还有对杜舍门夫人道德品质的持续不断的担忧。她几乎不由自主地觉得所有男人都是满脑子欲望的恶魔,想要的无非就是大步走过战场,在施虐般的狂暴中用长长的匕首捅那些伤者。她知道这么想提金斯是不对的,但她很珍惜它。

她发现他——就像潜意识里她知道他是这样的——令人惊讶的温和。当他听着她母亲咒骂德皇的时候,她常常看着他,但她却没有发觉这件事。他没有提高声音,也没有表露任何感情。他最后说:

"你和我像两个人……"他停了停,又更快速地说道,"你知道那些从不同角度看过去,读到的内容也不同的肥皂广告吗?你靠近的时候读到的是'猴子肥皂',如果你走过去,回头再看它就是'不用冲洗'……虽然我们看着的是同一个东西,但你和我站立的角度

[①] 乔凡尼·巴蒂斯塔·皮拉内西(1720—1778),意大利雕刻家和建筑师。他以蚀刻和雕刻现代罗马以及古代遗迹而成名。

不同，我们读到的也是不同的信息。可能如果我们肩并肩就会看到第三……但我希望我们互相尊重。我们都很真诚。至少，我非常尊重你，我希望你也尊重我。"

她保持着沉默。他们的背后，炉火沙沙响着。在房间另一头的耶格先生说道："协调失败……"然后他的声音就又听不见了。

提金斯专心地看着她。

"你不尊重我吗？"他问。她仍然顽固地一话不说。

"要是你说你尊重我就好了。"他重复说。

"哦，"她叫出声来，"这里有这么多的灾难，我怎么能尊重你？这么多的苦痛！这么多的折磨……我没法睡觉……永远都……自从……我没好好睡过一晚。我相信痛苦和恐惧在晚上更加可怕……"她知道她这样叫是因为她害怕的东西成了现实。当他说"要是你说你尊重我就好了"，用的是过去时，他就已经告了别。她的男人，也要去了。

他也知道。她心底一直知道，现在她承认了。她的苦痛有一半一直是因为有一天他会对她说再会，就像这样，通过一个动词的变位。就像他只是偶尔会使用"我们"这个词——可能并不是故意的——他让她知道他爱着她。

耶格先生从窗户那里飘忽着穿过房间。哈维拉德先生已经在门口了。

"我们会让你们好好继续你们关于战争的谈话的，"耶格先生说，他补充了一句，"对我自己来说，我相信一个人唯一的责任就是保存那些值得保存的事物的美好。我忍不住这么说。"

她独自一人和提金斯,还有安静的日子待在一起。她对自己说:"现在他必须拥我入怀。他必须这么做。他**必须这么做**!"① 她最深的直觉从层层几乎都不自知的思绪下面浮出来。她可以感到他的手臂环绕着她,他头发那种奇怪的香气向她的鼻子飘来——就像苹果皮的气味,但是非常淡。她对自己说道:"你必须这么做!**你必须这么做**!"他们一起驾车出行的记忆如潮水般涌来,还有那个瞬间,那个无法抗拒的瞬间:当她从白色的雾气里登上令人盲目的透明空气中的时候,她感到他浑身的冲动向她靠来,而她浑身的冲动也向他靠近。突然一个走神,就像坠落时瞬间的幻梦……她看见太阳白色的圆盘在银色的雾气之上,他们身后是一个漫长、温暖的夜晚……

提金斯坐着,沮丧地快要缩成一团,炉火在他头发上银色的地方跳动。外面的天几乎已经黑了。他们有种感觉,因为镀金的亮光和手工抛光的深色木材的缘故,这里的大房间一周接一周渐渐变得更像是杜舍门家的大餐厅了。他从壁炉旁的座位上下来,动作看上去有些疲惫,好像壁炉旁的座位非常高一样。他带着一丝愤恨,但可能更多的是疲倦,说道:"哎,我还得告诉麦克马斯特我要辞职了。同样,这也不会是什么令人高兴的事情!并不是说可怜的小维尼怎么想真的重要。"他加了一句,"这事很奇怪,亲爱的……"在汹涌的情感中,她几乎确信他说了"亲爱的"……"不到三个小时以前,我妻子跟我说了和你刚才说的几乎同样的话。几乎同样的话。她说她晚上没法睡觉,想着广阔的世界里充满着痛苦,这在晚上变得更

---

① 亨利·詹姆斯的小说《螺丝在拧紧》(也译作《豪门幽魂》)里的结束语。

加严重……而她也说，她不能尊重我……"

她蹦了起来。

"哦，"她说，"她不是这个意思。**我**不是这个意思。几乎每个男人只要是个男人，都必须做你所做的这些事情。但你看不出来，从道德的角度讲，这是一种为了让你留下来而做的绝望的尝试吗？难道为了不要失去我们的男人，我们可以不出完手里所有的牌吗？"她补充了一句，这是她手上另外一张牌，"何况，即便从个人的角度，你如何跟你的责任感讲和？你更有用——你知道，比留在这里，你对你的国家更有用……"

他站起来，微微俯下身，注视着她，似乎暗示着巨大的温柔和担忧。

"我无法和我的良心讲和，"他说，"在这件事里，没有哪个男人可以和自己的良心讲和。我的意思不是说我们不应该参与这件事，不应该站在我们所站的那一边。我们应该这么做。但是我会告诉你一些我从来没有对任何人说过的事情。"

他所披露的事情如此简单，以至于让她之前听过的所有油腔滑调的话都显得很难堪。对她来说，这似乎是个小孩子在说话。他描述了这个国家在刚刚参与战争的时候给他个人带来的幻想的破灭，他甚至描绘了北方阳光下开满石楠花的风景，在那里，他天真地做出了个宁静的决定，作为一名普通士兵参加法国外籍军团。按他的话来说，他确信这会再次给他带来"干净的骨骼"。

对他来说，这件事一直都很简单直接。对他来说也好，对其他任何人来说也好，现在不再有简单直接的事情了。人们可以带着一颗清白的心为了文明而战。如果你喜欢,也可以说是为了十八世纪对抗二十世纪,因为这就是为了法国对抗敌国的意义。但我们的参战改变了这一意义。现在变成一半的二十世纪利用十八世纪做攻打另一半的二十世纪的工具。事实上,也没有别的意义了。而且只要我们用正派的精神对待它,这还是可以忍受的。一个人可以做自己的工作——也就是伪造数据来对抗其他的家伙——直到恶心,受不了伪造这一切,大脑混成一团,然后有些事情就变味了!

伪造——说是夸张吧!——敌国的危险恐怕不是明智的办法。撒了谎总是需要承担后果的,也许不用,不过,这是上级要面对的问题。很明显!第一拨人是些简单、诚实的家伙[①],愚蠢,但还比较公正。但是现在!现在怎么办?……他继续说,几乎是在咕哝……

她突然对他有了明晰的认识,在处理其他人的事务、更大的事件时,他头脑清醒,但处理自己的事情时,他却如此简单,几乎是个婴儿,而且很温柔!并且一点都不自私。他不因为自己的利益而背叛任何一种想法……任何一种!

他在说:"但是现在,看看这群人[②]!……假设一个人被要求篡改几百万双靴子的数据,逼着别的某个人把某个悲惨的将军和他的部队送去,比如说,萨洛尼卡——他们也好,你也好,常识也好,或者任何人,任何东西都知道这事是灾难性的。……从这再到和我

---

① 指一九一〇至一九一五年的阿斯奎斯自由党政府。

② 阿斯奎斯自由党政府在一九一五年垮台,由他带领的联合政府执政,此联合政府在一九一六年被劳合·乔治所领导的联合政府取代。

们自己的军队胡闹……让某些部队挨饿,为了政治的……"

他在对自己说话,而不是对她。实际上,他也说:"你看,我不能真的在你面前说话。因为我知道你所有的同情心,可能还有你所有的活动都是为了敌国。"

她激动地说:"不是这样的!不是这样的!你怎么敢说这种话?"

他回答:"这并不重要……不!我相信你不是这样的……但是,无论如何,这些事情已经被批准了。如果一个人比较谨慎的话,一个人不能,甚至都不能谈论这些事情……然后……你看,这意味着无数人的死亡,无止境的痛苦……所有这些只是为了干涉两边的政治!……我似乎看到这些头上飘着血色乌云的家伙……然后……我要负责执行他们的命令,因为他们是我的上级……但是帮助他们就意味着要死数不清的人……"

他带着一种些微的几乎有些幽默的微笑看着她,"你看!"他说,"其实,我们可能并没有差距很大!你一定不能认为你是唯一一个看到人们惨死和受苦的人。所有人都是,你看。同样的,我也是个因为良心过不去而反对参战的人。我的良心不会让我继续为这些家伙……"

她说:"但也没有任何其他的……"

他打断说:"是!没有别的办法。在这件事上,一个人要么出脑力,要么出体力。我认为我更适合出脑力而不是体力。我是这么认为。也可能我并不是这样。但是我的良心不让我在军队里出脑力。那么,我还有个高大、粗笨的身体!我承认我可能没什么用处。但是我也没有什么活下来的理由了。在这个世界上,我支持的东西已经不存在了。你知道,我想要的我都不能拥有。所以……"

她愤恨地叫起来:"哦,说吧!说吧!说你高大粗笨的身体可以在两个弱小、毫无血色的家伙面前挡掉两颗子弹……你怎么能说你没有活下来的理由了呢?你会回来的。你会做很好的工作的。你知道你以前干得很不错……"

他说:"是的!我相信我确实是。我曾经很鄙视它,但我现在相信我确实……但是不!他们永远都不会让我回去了,他们把我赶出来了,在我身上涂满了污点。他们会追捕我,系统性地……你看,在这么一个世界里,一个理想主义者——或者可能只是一个有点感性的人——一定会被乱石砸死。他让其他人感到那么不舒服。他在他们打高尔夫的时候像鬼魂一样晃来晃去……不,他们会抓到我的,不管用什么办法。别的家伙——比如麦克马斯特——会做我的工作。他不会做得更好但是他会做得更不诚实,或者不,我不应该说他不诚实。他会更热情正直地工作。他会用无限的顺从和甜言蜜语来完成上司的要求。他会用加尔文教徒深重的热情伪造数据,诋毁我们的盟友。当这场战争开始的时候,他会以耶和华摧毁魔鬼的祭司时那样正直的盛怒来完成必要的伪造,而且他会是对的。我们就适合这样。我们从来都不该打这场仗。我们永远不能以中立的代价偷窃别人的殖民地……"

"哦,"瓦伦汀·温诺普说,"你怎么能这样恨你的国家呢?"

他带着十足的诚挚说:"别这么说!别信!一秒都别想!我热爱它每一英寸的土地,树篱里每一种植物,紫草、毛蕊花、樱草、红色长颈兰,说粗话的牧羊人则给它起了更不雅的名字……还有剩下那些垃圾——你记得杜舍门家和你妈妈家之间那块田地——我们一直都是受贿者、强盗、抢劫犯、海盗、偷牛贼,所以我们养成了我们所爱的这一伟大的传统……但是,就现在而言,这是很痛苦的。我们现在的这群人不比沃波尔①的政府更腐败。但是我们跟他们太近了。人们看到沃波尔的时候想到的是,他通过建立国家债券而巩固了国家,人们看不到他的手段……我的儿子,或者我儿子的儿子只能感受到我们从这场表演里挣到的那些不义之财所带来的荣光,或者下一场表演里,他不会知道手段的。他们在学校里教他说,整个国家都飘着他父亲知道的那种军号声……虽然这是另外一件可耻的事……"

"但是你!"瓦伦汀·温诺普叫道,"你!你怎么办!在战争过后!"

"我!"他有些疑惑地说,"我!……哦,我应该去做古董家具生意。有人给我介绍了一份工作……"

她不相信他是认真的。她知道,他并没有想过他的未来,但是她脑海中突然浮现出他白色脑袋和苍白脸庞出现在摆满了灰蒙蒙物品的店面后堂暗处的场景。他会从店里走出来,笨重地爬上一辆沾满灰尘的自行车,骑着去参加一个清仓甩卖。她叫起来:"你为什么不立刻去呢?为什么不立刻接受这份工作呢?"在幽暗的商店后面他至少是安全的。

他说:"哦,不!不是这一次。何况现在古董家具的生意跟平时

---

① 罗伯特·沃波尔(1676—1745),英国辉格党领袖,曾主导英国政局长达二十年。尽管十八世纪并没有首相这个头衔,但他被认为是英国第一任首相。

也不一样了……"

他很明显是在想着其他的东西。

"我可能有点像糟糕的无赖，"他说，"用我的疑虑攥紧你的心。但我希望看看我们的相似之处从何而来。我们一直——或者在我看来，我们似乎一直——在思想上非常相近。我敢说，我希望你尊重我……"

"哦，我尊重你！我尊重你！"她说，"你像个孩子一样单纯。"

他继续说："而且我也想点事情。最近很少能有一间安静的房间，一堆火，还有……你！让我在它们的面前好好想事情。你**确实**能让人整理好自己的思绪。我最近头脑一直很混乱……五分钟以前都是！你记得我们那次驾车送人吗？你分析我的性格。我从来没有让另一个人……但是你看……你不懂吗？"

她说："不！我要懂什么？我记得……"

他说："懂我现在肯定不是个英国乡村绅士了，在马市里偷听流言蜚语，还说，为了我，让这个国家下地狱吧！"

她说："我这么说了吗？……是的，我是这么说了！"

情感的波涛向她滚滚而来。她在颤抖。她伸展了一下手臂……她认为她伸展了一下手臂。在炉火光里，几乎看不见他。但她什么都看不见了，视线被眼泪模糊了。她不太可能伸展手臂，因为她两只手都拿着手帕盖在眼睛上。他说了点什么，那并不是示爱的话，否则她会听见的。它以这样的句子开始："啊，我必须……"很长时间他都没有说话。她想象自己感受到强烈的波涛从他那里向她冲来，但他不在房间里……

直到在陆军部的那一刻为止，其他的事情都是纯粹的痛苦，而且丝毫没有减弱。她母亲的报纸降了她的稿酬，没有任何连载的合约。显然，她母亲每况愈下。她弟弟永无止境的咒骂就像鞭子抽打在她的皮肤上。他似乎在祈祷让提金斯死掉。关于提金斯，她没有看到或者听到任何事。她曾在麦克马斯特家听过，一次，说他刚刚上了战场。这让她在看到报纸的时候更有尖叫的欲望。贫穷向她们进攻。警察突查她们家，寻找她弟弟和他的朋友。然后他弟弟进了监狱，在中部的什么地方。他们曾经的邻居的友善彻底变成了怀疑。她们喝不到牛奶，不走上很远的路几乎无法获得食物。有那么三天，温诺普夫人很明显已经丧失理智了。然后她好了一点，开始写一本新书。预计这本书会很不错，但没有出版商。爱德华从监狱里出来，精神愉快，吵吵嚷嚷。在监狱里，他们似乎有不少酒喝。但是，听说他母亲因为这样的羞耻已经发疯了。在和瓦伦汀大吵一架以后，他指责她是提金斯的情人，因此是个军国主义者，他同意母亲使用她的影响——她当时还有一些影响——让他在一搜扫雷艇上做一个二等水手。除了海上传来的无休无止、令人难以忍受的炮火声响外，大风天给瓦伦汀·温诺普另添了一种痛苦。她母亲变得好多了，她为有个儿子在服役而感到自豪，也接受了她的报纸完全停止给她付款的事情。十一月五号[①]，一小群暴徒在她们的小屋前烧掉了一个

---

① 十一月五号是英国的盖伊·福克斯日。一六〇五年十一月五号英国天主教极端分子企图用火药炸毁国会杀死国王，此举动在发动前几个小时被挫败。盖伊·福克斯是这次阴谋的领导者之一，此后每年的十一月五号英国民众都点起篝火焚烧盖伊的纸人以示庆祝。此处人们焚烧温诺普夫人的纸人就是将她视为盖伊一样的叛国者。

温诺普夫人样子的纸人，还敲碎了她们一楼的窗户。温诺普夫人冲出门去，在火光中击倒了两个笨手笨脚的年轻农工。在火光中，温诺普夫人的灰发看上去十分可怖。在那之后，屠夫就拒绝卖给她们肉了，无论有没有配给卡都一样。她们必须搬去伦敦了。

有了巨大的防空袭护栏之后，沼泽的天际线变得模糊起来，上方的天空满是飞机，路上跑满了军队车辆。远离战争的声响已经是不可能的了。

正当她们打算搬家的时候，提金斯回来了。有他在这个国家，那就是短暂的天堂了。但一个月以后，瓦伦汀·温诺普看到他的那一刻，他显得很沉重、年老、暗淡。当时的一切几乎和以前一样糟，因为在瓦伦汀看来，他似乎已经失去理智了。

听说提金斯的活动将被限制在——或者，无论如何，他要待在——伊令这一区的时候，温诺普夫人立刻在贝德福德公园弄了一间小房子。与此同时，为了保持收支平衡——因为她母亲挣的少得可怜——瓦伦汀·温诺普在一所不是很近的郊区学校里寻了个女体育教师的职位。因此尽管提金斯几乎每个下午都来这所郊区的破破烂烂的小房子跟温诺普夫人喝茶，瓦伦汀·温诺普也几乎没怎么见过他。她唯一有空的下午是周五，在那天她还一贯地要陪伴杜舍门夫人，临近中午时，在查令十字街口和她碰面，再在半夜带她回到同一个站，好让她赶上最后一班去莱伊的火车。星期六和星期天她都忙着用打字机敲打她母亲的手稿。

至于提金斯本人，她几乎都没怎么见到过。她知道他可怜的脑袋已经记不得事实和名字了，但是她母亲说他帮了她大忙。有一次，向他提供了事实以后,他的脑子想出了很合理的托利派的结论——通过十分令人吃惊又吸引人的理论——而且快得惊人。温诺普夫人觉得,这一点对她来说帮助最大——虽然不是很经常——在她要为一份更令人感到激动的报纸写文章的时候。不过,她仍然向她苟延残喘的评论报纸供稿,虽然它一分钱稿酬都不付了。

虽然那时候她们之间已经不再有什么纽带,瓦伦汀·温诺普仍然陪伴着杜舍门夫人。瓦伦汀很清楚地知道,比如说,在她把杜舍门夫人送到查令十字街口车站上车以后,杜舍门夫人在克拉罕站台下车,天黑后,坐出租车去格雷律师学院和麦克马斯特共度良宵,而且杜舍门夫人也很清楚瓦伦汀知道这件事。他们在炫耀他们的审慎和正直,而且直到在登记处登记了,婚礼也举办过了,他们还保持着这种做法。瓦伦汀是一个见证人,另一个看起来不起眼的人代替教堂领座人成为第二名见证人。那时候,看起来再也没有任何明显的原因可以解释瓦伦汀为什么应该要在这些有些乏味的时机陪着麦克马斯特夫人了,但麦克马斯特夫人说她还得这样做下去,直到他们找到合适的时机公开他们的婚姻。麦克马斯特夫人说,那些吹毛求疵的长舌妇,就算后来这些人被证明是错的,想要赶上谣言的传播也是很难的,可以说是几乎不可能。而且,麦克马斯特夫人的意见是,在麦克马斯特家和天才们待在一起的下午对瓦伦汀来说是一种开明的教育。但是,因为瓦伦汀大部分时间都坐在门边的茶桌旁,她最熟悉的是他们的后背和侧脸,而不是他们的才智。不过,杜舍门夫人偶尔会,当成一种极大的优待,给瓦伦汀展示天才们给她的信中的一封——他们通常是英格兰北部人,按照规定从欧洲大陆或者更远、更平静的气候环境里寄来,因为他们中的大部分人都认为,在这种丑陋的时代,他们的任务就是活在世界上,作为世界上唯一闪烁着的美丽光芒。像更世俗的人会在热烈的情书里写的那样,信里铺满了赞歌般的词语。这些书信详细叙述,或者咨询杜舍门夫人,他们和外国公主们的情事、他们细小病情的发展程度,或者他们的灵魂朝着更高尚的道德迈进的步伐,和他们通信的杜舍门夫人的美妙灵魂正飘浮在那高处。

这些信件逗得瓦伦汀很高兴,事实上,她被这整件幻想出来的事情逗得很高兴。只有麦克马斯特对待她母亲的态度让瓦伦汀最终决定他们的友谊结束了。因为女人之间的友谊是非常顽强的东西,可以熬过惊人的幻灭,而且瓦伦汀·温诺普的忠诚异乎寻常。实际上,如果她没法看在过去的分上尊重杜舍门夫人,她也可以因为她顽强的信念、她让麦克马斯特晋升的决心和她为了达到这些目的而表现出的无情而尊重她。

瓦伦汀对她的喜爱甚至,确确实实,在伊迪丝·埃塞尔持续贬损提金斯的情况下都保存了下来——因为伊迪丝·埃塞尔认为提金斯除了很不受欢迎,长得有些拿不上台面,总是对周五的那些天才十分粗鲁以外,还是她丈夫脖子上的桎梏。不过,伊迪丝·埃塞尔从来没有在麦克马斯特面前发过这些牢骚,它们因为周五来的人物的地位越来越显赫而来得越来越频繁。而它们结束得也很突然,以一种在瓦伦汀看来很奇怪的方式。

杜舍门夫人对提金斯的不满在于麦克马斯特是个软弱的男人,提金斯一直充当他的钱包,直到算上利息和剩下其他的,麦克马斯特欠了提金斯一大笔钱：好几千英镑。而且并不是为了什么真的原因，麦克马斯特把大部分的钱要么花在他房子昂贵的装修上，要么花在他去莱伊的昂贵的旅程上了。一方面，杜舍门夫人可以从牧师宅邸给麦克马斯特弄来任何他可能想要的旧家具，因为没人会想念它们。而且，另一方面，杜舍门夫人她自己可以付清麦克马斯特所有的旅行费用。她从她丈夫那里可以随便取多少钱，他从来不过问自己的银行账户。但是，当提金斯仍然对麦克马斯特有影响的时候，他毫不妥协地反对这一做法，给他一种幻觉——这让杜舍门夫人想起来就生气！——认为这件事会很可耻。所以麦克马斯特就继续跟他借钱。

而最令人气愤的是，在她有杜舍门先生全部财产的代理权时，她可以非常简单地卖点没人会惦记的东西挣回麦克马斯特欠下的几千英镑，但是提金斯非常强硬地拒绝允许麦克马斯特同意任何这类的事情。他又一次往麦克马斯特软弱的脑袋里灌输这件事很可耻的想法。但是杜舍门夫人——在她说完以后坚定地闭了嘴——对提金斯的动机了解得很清楚。只要麦克马斯特还欠他钱，他想，他们就不能拒绝向他敞开大门。而他们家已经开始变成一个可以遇到有出众影响力的人的地方了，这些人可能可以给像提金斯这么懒的人找一个闲职。实际上，提金斯知道谁才是能帮到他的人。

杜舍门夫人问，为什么她提出的办法是可耻的呢？实际上，杜舍门先生的钱也快要到她手上了。当时他已经疯了，因此，从道德上来讲，那就是她的钱。但就在那之后，杜舍门先生被确诊了，财产也就落到精神病管理委员会[①]手里,不再有可能拿回来。现在,她丈夫死了,它落入受托人手里,杜舍门先生把全部财产留给了莫德林学院,只把收入给他的寡妇。收入也很丰厚,但是算上他们的花销,算上遗产税和其他税收,当时还征得相当狠,杜舍门夫人上哪里找这笔钱呢?根据丈夫的遗愿,她可以拿到足够的资产在萨里买一处宜人的小房产,带着挺大一块土地——足够让麦克马斯特体会一些乡村绅士的闲暇。他们会去猎短角牛,而且这里也有足够的土地让他们建一个小小的高尔夫球场,还有在秋天,稍微——哦,很临时的!——打打猎,让麦克马斯特带他朋友们来。只能到这个程度了。哦,不是炫耀。只是个漂亮的小地方。一个有趣的细节是,当地的村民已经开始叫麦克马斯特"老爷",女人们对他行屈膝礼了。但是瓦伦汀·温诺普肯定能明白在所有这些花费的情况下,他们不可能找出钱来还给提金斯。况且,麦克马斯特夫人说她才不会还钱给提金斯。他本来有一次机会收到钱的,但是她现在也不会给他机会了。麦克马斯特必须得自己付,但是他永远都不会有办法付,他所承担的家庭开支如此沉重,而且还会有复杂的事务。麦克马斯特琢磨着他们在萨里的小地方,说他会就这样那样的改动咨询提金斯。但提金斯永远不会踏入那间房子的门槛一步的!永远!这就意味着很多的不愉快,或者意味着一声尖锐的"嘎——嘎——嘎吱!"

[①] 一八四二年,英国政府通过法律把对精神病人的核实权力交给了精神病鉴定人,后又改为精神病管理委员会,该机构在一九五九年被撤销,职权先后转交给卫生部和保护法庭。

然后，得啦！完啦！①杜舍门夫人有时候也会屈尊使用在当时更加生动的词语，效果非常不错。

面对所有这些抨击，瓦伦汀·温诺普几乎不作回答。对她来说，这并没有什么需要特别的担忧，她甚至有一瞬间感到自己像是克里斯托弗的所有者，正如她偶尔感觉到的那样，她并不特别渴望他继续发展和麦克马斯特一家的亲密友谊，因为她知道他没有特别渴望它发展下去。她想象着，他以一句心照不宣、很有幽默感的嘲讽拒绝他们。而且，说真的，她同意伊迪丝·埃塞尔所说的一切。对文森特这样一个柔弱的小个子男人来说，有个永远敞开钱包的朋友在身边确实很令人泄气。提金斯举止不应该像个王子，这是一种缺陷。他身上有一种她并不十分仰慕的特质。说到杜舍门夫人拿她丈夫的钱给麦克马斯特可不可耻，她并没有意见。无论任何目的和意图，钱都是杜舍门夫人的，而如果杜舍门夫人当时付清了克里斯托弗的债务也是明智的。她看出来，后来这变得很不方便。不过，还要考虑到男人的标准，麦克马斯特起码还算个男人。处理他人事务时，提金斯都足够明智，在这件事上，可能也挺明智。因为如果杜舍门先生从杜舍门家的财产里抽出几千英镑一事被曝光的话，可能会和受托人、合法继承人发生很多不愉快。温诺普家从来都没有过大笔的财产，但是瓦伦汀听过很多很多小家庭为不诚实的举动而发生的争吵，知道这种事情会非常不愉快。

因此，她很少或者几乎没有意见。有时候，她甚至暗暗允许麦

---

① 此说法是英国士兵据法语俗语改编而成。

克马斯特的精神低落，而这样也足够了。因为杜舍门夫人很确信自己做得很对，她根本不关心瓦伦汀·温诺普的意见，或者她把瓦伦汀的意见当成是理所当然的。

当提金斯在法国待了一段时间后，杜舍门夫人似乎忘了这件事，心满意足地对自己说，他很有可能不会回来了。他那种笨手笨脚的人一般都会死掉的。这种情况下，因为他们之间没有交换欠条或者票据，提金斯夫人也没法索要这笔债务。所以，这样一切都好了。

但是，两天以后，克里斯托弗回来了——瓦伦汀就是这么知道他回来了的！——杜舍门夫人压低了眉毛，叫起来："那个笨蛋提金斯在英格兰了，非常安全，毫发无损。现在文森特欠债这整件可怕的事情……哦！"

她如此突然、如此明显地停了下来，即便瓦伦汀的心脏停止跳动也无法掩饰这件事的怪异。实际上，如果在她彻底意识到这欣慰意味着什么之前有个间隔的话，如果在这个间隔中，她对自己说：

"这事很怪。伊迪丝·埃塞尔好像是为了我才不再谩骂他了……好像她知道一样！"但是伊迪丝·埃塞尔怎么会知道她爱着那个回来了的男人？这不可能！她几乎都不了解她。然后，一大波解脱的情绪淹没了她。他在英格兰了。有一天，她会见到他，那里，在那间很不错的房间里。因为同伊迪丝·埃塞尔的这些对话总是发生在她最后一次见到提金斯的房间里。它突然变得很美丽，她顺从地坐在那里，等着那些显赫人士。

这真的是个美丽的房间，这些年来，它渐渐变成了这样。它很长很高——配得上提金斯一家。从牧师宅邸拿来的好看的雕花玻璃枝形吊灯挂在房中放出暗暗的光，光芒在一面面顶部画有鹰的镏金凸面镜间反射来反射去。为给这些镜子和透纳的四幅橘色棕色的画腾出地方，从白色镶板墙上移走了很多书，这些画也是从牧师宅邸拿来的。还从牧师宅邸拿来了巨大的深红和天青石色地毯，很不错的黄铜火盆和一套附属品，好看的窗帘挂在三个长窗户上，孔雀蓝色的中国丝绸上绣着在经过长途飞行后飘落下来的多彩仙鹤——还有那些抛了光的奇彭代尔扶手椅。在它们之间，优雅、慢慢行走着的是麦克马斯特夫人，她偶尔以一个舒缓的姿势停下来，轻轻地重新摆置那些著名的银碗里深红的玫瑰，仍然穿着深色蓝丝绸，戴着琥珀项链，她精致的黑发飘动着，跟阿尔勒宝石匠博物馆里的茱莉亚·多姆娜[①]的完全一样——她也是从牧师宅邸来的。麦克马斯特获得了他欲求的一切，甚至还有黄油甜饼蛋糕和某种香味特别的每周五从王子街送来的茶。还有，如果说麦克马斯特夫人没有了之前了不起的苏格兰女士的诙谐和令人享受的幽默感的话，相比之下，她有了深切的包容、理解和温柔。一位美丽得惊人而令人印象深刻的女士，深色头发，深色、直直的眉毛，直挺挺的鼻梁，深色的蓝眼睛藏在她头发的阴影里，在希腊小船一样弧线形的下颚上弯弯的石榴色嘴唇……

这个地方星期五的礼仪像是按照皇家礼仪标准一样来的。如果可能的话，最显赫、头衔最高的人会被领到一把很好的镶有凹槽的

[①] 宝石匠博物馆位于法国阿尔勒，藏有丰富的早期基督教和罗马文物。茱莉亚·多姆娜是罗马皇帝塞普蒂米乌斯·塞维鲁的妻子。

核桃木椅上。它被斜斜地放在火炉旁，后背和座椅是蓝色天鹅绒的，老天才知道它有多大年纪了。环绕着他的会是杜舍门夫人，或者，如果他地位**非常**显赫的话是麦克马斯特夫妇。不那么显赫的人会按顺序被介绍给名人们，然后自行坐在排成半圆形的美丽的扶手椅上。那些名气更小的人成群坐在外圈的座位上，椅子没有扶手。那些几乎完全没有名气的人站着，也是成群的，或者被忽视，满脸敬畏地坐在床边深红色的皮座椅上。当人都到齐的时候，麦克马斯特会站在火炉前非常特别的地毯上，对这些名人说些很明智的格言警句。不过，偶尔也对在场最年轻的人说点好话——给他点出名的机会。在那个时候麦克马斯特的头发还是黑色的，但不那么硬，或者是梳得不那么好了。他的胡子出现了缕缕灰色，他的牙齿不再那么白，看起来也不如以前结实了。他带着单片眼镜，右眼的神情稍稍有些焦虑。不过，这给了他把脸伸到别人脸上以带来深刻印象的特权。最近，他变得对戏剧非常有兴趣，所以经常有几个很丰满，当然也非常有名且严肃的演员在房间里。在很少见的场合，杜舍门夫人会用她低沉的嗓音对着房间这一头说道：

"瓦伦汀，给这位殿下倒杯茶"，或者"托马斯先生"，视情况而定。当瓦伦汀端着一杯茶从椅子中穿行过去以后，杜舍门夫人会带着一种友好、冷漠的微笑，说："殿下，这是我的小棕鸟。"但是瓦伦汀通常一个人坐在茶桌旁，宾客们从她那里拿他们想要的。

在待在伊令的五个月里，提金斯参加过两次星期五的活动。那两次他都陪着温诺普夫人。

早些日子——最早的那些周五——温诺普夫人，如果她来的话，总是被安排在宝座上。她穿着飘逸的黑色衣服，像个放大版的维多利亚女王，请求她帮忙的人都被引荐给这位伟大的作家。而现在，第一次时，温诺普夫人得到了一把没有扶手的外围座椅，而一位最近在东边什么地方做了高官的将军厚脸皮地坐在宝座上，他在军队里的成就并不很出众，但他的公文被认为非常有书卷气。不过，温诺普夫人整个下午都非常满足地和提金斯聊天。看到提金斯高大、粗野但十分稳重的身影，观察到他们对彼此的喜爱，瓦伦汀非常满足。

但第二次时，宝座被一位健谈且很有自信的年轻女人占据了。瓦伦汀不知道她是谁。温诺普夫人非常高兴，心不在焉，几乎在窗边站了整个下午。即使这样，瓦伦汀还是很满足，很多年轻人围绕在这位老夫人旁边，那位年轻女士身边则没有什么人。

那时进来一位个子很高、线条清晰、美丽、肤色白皙的女士，浑身上下没什么特别的穿戴。她带着极度的——明显的——漠不关心站在门边。她把目光投向瓦伦汀，但在瓦伦汀可以开口说话之前看向了别处。她一定长着非常多的浅棕色头发，因为它们在她耳后被盘成了一大团。她带着一种疑惑的表情看着手上的几张名片，然后把它们放在一张牌桌上。她从来没有来过这里。

伊迪丝·埃塞尔——这是第二次了！——驱散了温诺普夫人身边的人群，把小伙子们献礼一样地带向核桃木椅上的年轻女士，提金斯和老夫人干巴巴地站在窗边。提金斯就此看到了那个陌生人，而瓦伦汀脑里不再有疑惑了。他沿着对角线直直走向房间另一头的妻子，然后直接带着她走向伊迪丝·埃塞尔。他的脸上没有丁点的表情。

麦克马斯特，位于壁炉前的地毯的中央，脸上的表情看上去十分滑稽，但是瓦伦汀不太能够分析、理解。他跳起来，两步向前，和提金斯夫人打招呼，伸出小手，半伸不伸的，向后退了半步。眼镜从他不安的眼睛上往下掉，这实际上让他的表情显得不那么不安，但作为报应，他后脑勺上的头发突然变乱了。西尔维娅在丈夫身后摇曳着身姿走来，伸出长长的手臂和冷淡的手。在几乎碰到她的时候，麦克马斯特皱了皱眉，好像他的手指戳到了台钳里一样。西尔维娅又散漫地向伊迪丝·埃塞尔摇曳着身姿走过来，后者突然变得矮小、无足轻重，还有些粗俗。而那个坐在扶手椅里的年轻女明星，差不多显得跟只小白兔一样大了。

屋里变得一片死寂。屋里每个女人都在细数西尔维娅裙摆上的褶皱和所用布料的长度。瓦伦汀·温诺普知道这一点，因为她自己也在这么做。如果一个人身上也用了那么多布料，做了那么多褶皱，那她的裙子也可以像她的一样垂落……因为那实在是非同凡响，它在臀部收得很紧，突显出长长的、摇摆的效果——但它又没有垂到脚踝那么低。毫无疑问，是裙子采用的大幅布料造成的这种效果，就像苏格兰高地的百褶裙需要十二码的布来制作一样。从死寂中，瓦伦汀可以看出每一个女人和大部分男人——如果他们不知道这是克里斯托弗·提金斯夫人的话——也知道这是《画报周刊》①上的名人，定然是乡绅世族阶层出身。小斯旺夫人最近刚刚结婚，真

---

① 没有查到当时英国有这么一份刊物，应该是福特虚构的。当时英国有很多报道社交新闻的周刊，刊载大量的图片，这个名字有可能是由此而来。

的站了起来，穿过房间坐在她的新郎旁边。这一瞬间，瓦伦汀很同情她。

西尔维娅，刚刚淡淡地向杜舍门夫人打了招呼，彻底忽视了扶手椅里的名人——即使是在杜舍门夫人试着敷衍了事地介绍她们俩认识之后——静静地站着，环顾四周。她好像一位在苗圃工人的温室里考虑想要什么花的女士，冷静地忽视了周围对她鞠躬的苗圃工人。她垂下睫毛，两次，由于认出两位身上有许多深红色条纹的参谋官，他们犹豫不决地想从椅子上站起来。来麦克马斯特家的参谋官并不是什么好家伙，但他们的制服看起来多少像那么回事。

瓦伦汀那时候在她母亲身旁，后者一直独自站在两个窗子中间。她刚刚十分愤慨地抢了一位肥胖的音乐批评家的椅子让母亲坐下。然后，杜舍门夫人低沉的声音响起，不过有点颤抖："瓦伦汀……端一杯茶给……"瓦伦汀那时正为她母亲端去一杯茶。

如果你管这叫嫉妒的话，她的气愤已经战胜了她绝望的嫉妒。如果提金斯身边永远有这样闪闪发光、友好、高雅的完美女人，活着或者爱着还有什么意义。另一方面，在她的两种深沉的感情中，第二种是对她母亲的。

无论是对是错，瓦伦汀认为温诺普夫人是一位伟大的、高贵的人物，有了不起的头脑，很高又很有雅量的智力。她写出过至少一本很棒的书，就算她剩下的时间都浪费在和生活的斗争上。同生活的斗争夺去了她们两人的人生，这也不能减损她唯一的成就。这本书应该让她母亲千古留名。这了不起的成就不应该跟麦克马斯特夫妇相提并论，因此这既不令瓦伦汀感到震惊，也不让她感到气愤。

麦克马斯特夫妇有他们自己的游戏规则，为此，他们也有他们的偏爱。是他们的游戏让他们在那些对官方有影响力的、半官方的和官方任命的人中间出没。他们和那些巴斯勋章获得者们、爵士们、会长们交往，还包括其他偶尔涉猎一下写作或者艺术的人。他们与评论家、艺术评论者、作曲家和考古学家和谐共处，这些人在一流的政府办公室有个职位，或者在那些更权威的期刊里有固定的工作。如果一个富于想象力的作者似乎确定了地位，长时间受到欢迎，麦克马斯特会试探他一下，让他自己显得低调而有用，而杜舍门夫人早晚会让这个人变成一个品格高尚的通信者，与他在信里调情——或者她不会。

他们曾经将温诺普夫人当作永久性的作家领袖和一份了不起的机关报刊的首席批评家，但是这份了不起的机关报刊渐渐式微，现在已经消失了，麦克马斯特一家就不再希望她在他们的聚会上出现了。这是他们的游戏——瓦伦汀接受这一事实。但是这件事做得如此粗鲁无礼，如此明显地引人注意——两次打散温诺普夫人的小圈子的时候，杜舍门夫人连一句"你好吗？"这样的话都没有对这位老夫人说过！——这几乎超越了瓦伦汀当时所能忍受的极限，她宁可立刻带着母亲离开，永远不再进入这间房子，但是为了所能得到的补偿她忍住了。

她母亲最近写了一本新书，还找到了一个出版商——这本书看起来一点都不比之前的差。相反，没完没了、分散了很多精力的新闻写作被迫停止了，温诺普夫人交出了一部被瓦伦汀认为是透彻、理智、写得很好的作品。从写作者的角度来说，由于缺乏对外界的关注而造成的抽象化，并不一定是坏事。这仅仅意味着她把太多思考的精力花在了工作上，其他方面与人的接触就因此受到了影响。在这种情况下，她的工作就会受益。她母亲的这种情况可能正是瓦伦汀强烈、隐秘地希望的。她母亲刚刚六十岁，很多伟大的作品都是六十岁到七十岁之间的作者写出来的……

而围绕在这位老夫人身边的比较年轻的男人多少证明了瓦伦汀的希望可能是真的。在这时代的潮起潮落旋涡中，这本书自然没有吸引到多少注意力，而可怜的温诺普夫人也没有成功地从她强硬的出版商手里弄到一分钱。实际上，这几个月来她还没有挣到一分钱，在乡下小小的狗窝里，她们几乎活在挨饿的边缘——只靠瓦伦汀做体育老师的薪水……但是在这半公开的场合的一点点注意也显得是一种肯定，至少对瓦伦汀来说是这样。在她母亲的作品里可能有一些可靠、合理、写得很好的部分。这几乎是她想要从生活中得到的全部。

实际上，当站在母亲的座位旁边的时候，她有些愤恨地想，如果伊迪丝·埃塞尔把那三四个年轻人留给她母亲，这三四个人可能会为她可怜的母亲做点好事，以单纯的吹捧或者类似的方式——而老天知道她们有多需要这一点点的好事！——一个很瘦的不整洁的年轻人**真的**飘回温诺普夫人身边，而且询问的正是这件事。他希望为一份出版物记一两笔温诺普夫人最近在做的事。"她的书，"他说，"吸引了非常多的注意力。他们不知道他们之间还有真正的作家……"

人群从火炉那里向椅子的方向敞开一条三角形的通道。这就是瓦伦汀见到的！提金斯夫人看着他们，她问了克里斯托弗一个问题，她就像乘着齐腰深的浪花，立刻压制了麦克马斯特和杜舍门夫人。

他们将其他座位上的人抛在脑后，谄媚地站在她两旁。提金斯和两个羞怯地跟着他们的参谋官把楔形的道路拓得更宽。

西尔维娅，长长的手臂从一码左右远的地方伸过来，正把手伸向瓦伦汀的母亲。她以清澈、响亮、大方的嗓音感叹，还是从一码左右以外，但那声音整个房间的每个人都能听见："你是温诺普夫人，那位了不起的作家！我是克里斯托弗·提金斯的妻子。"

年老的女士抬起头，用她昏暗的眼睛看了看这位从高处俯视着她的年轻些的女人。

"你是克里斯托弗的妻子！"她说，"我必须得为了他向我表现出的所有善意亲吻你。"

瓦伦汀感到她的眼里盛满泪水。她看见母亲站起来，把双手搭在另一个女人的肩膀上。她听见母亲说："你是最最美丽的生物。我确定你是个好人！"

西尔维娅站着，淡淡地笑着，稍稍弯腰接受她的拥抱。在麦克马斯特一家身后，提金斯和那些参谋官瞪大眼睛排成一排。

瓦伦汀在哭。尽管几乎摸不到路，她还是溜到了茶壶后面。美丽！她见过的最美丽的女人！而且人好，善良！你能从她把脸颊伸向那位可怜老女人的可爱动作中看出来……而且整天，永远，活在他身边……她，瓦伦汀，必须做好准备，为西尔维娅·提金斯献出生命……

提金斯的声音响起，就在她头顶上："你母亲似乎和平时一样享受着她的成就。"然后，带着一种和善的愤世嫉俗，他加了一句，"这似乎打乱了某些人的安排！"他们看着麦克马斯特引导着那位年轻的名人，后者从她被人遗弃的扶手椅里站起身来穿过房间，消失在簇拥着温诺普夫人的马蹄形人群中。

瓦伦汀说:"你今天挺高兴,声音听起来不一样了。我猜,你好一点了?"她没有看着他。他的声音传来,"是的,我挺高兴的!"他继续说,"我想你应该想知道。我一小部分数学头脑好像复活了,我做出了两三个傻乎乎的小问题……"

她说:"提金斯夫人会高兴的。"

"哦!"答案来了,"数学并不比斗鸡更能激起她的兴趣。"在一个非常短促的瞬间,在字里行间,瓦伦汀读出一种希望!这位光辉灿烂的人儿并不理解她丈夫的活动。但是他用一句话狠狠粉碎了她的希望:"她为什么要有兴趣呢?她自己在那么多方面都已经无与伦比了!"

他开始相当仔细地跟她讲一个他当天中午才做出来的计算。他走进统计局,和林肯的英格比爵士大吵一架。这家伙真是搞了个好爵位!他们想要他申请调回原部门的某个岗位。但是他说,他宁愿下地狱也不会这么干。他憎恶又鄙视他们所做的工作。

瓦伦汀,人生中第一次,几乎没有听他所说的话。西尔维娅·提金斯有那么多方面的活动,意思是说提金斯觉得她冷漠吗?她对他们的关系一无所知。西尔维娅太像一个谜,因此她几乎不成为一个问题。瓦伦汀知道,麦克马斯特很讨厌她。她是从杜舍门夫人那里知道的。她很久很久以前就听说了,但她不知道是为什么。西尔维娅从来不参加麦克马斯特家的下午聚会,但这是很自然的。麦克马斯特一直以单身汉自居,对一个时尚的年轻女人来说,不去单身汉为文艺界人士举办的茶会是可以原谅的。另一方面,麦克马斯特常常在提金斯家吃饭，以至于公众都知道他是提金斯家的朋友。不过，西尔维娅也从来不去看望温诺普夫人。但就算在以往，对一个时尚但并没有特别的文学兴趣的年轻女人来说，这也是一段很远的路途。再者，心里对她们还有善意的人都不应该拜访她们在远郊的狗窝。她们被逼得几乎卖掉了所有漂亮的东西。

提金斯在说，在他和林肯的英格比爵士气势汹汹的会面以后——她希望他可以不那么粗鲁地对待有权有势的人！——他去麦克马斯特的私人办公室和他见了个面，发现他在一堆数字面前摸不着头脑。仅仅是为了逗能，他把麦克马斯特和自己的文件拿到了午饭桌上。然后他说，他冒险看了看这些数字，没有抱任何希望，他突然解出了一个别出心裁的谜题。它就这么来了！

他的声音那么愉快，那么心满意足，她无法抑制抬头看他的冲动。他的两颊光洁鲜艳，他的头发闪闪发光，他的蓝眼睛里带着一丝故时的骄傲——和温柔！她的心简直是在愉悦地歌唱！她觉得，他是她的男人。他想象，脑中的双臂伸出来搂住她。

他继续解释。他以恢复了的自信稍微嘲讽了一下麦克马斯特。这话只在他们之间讲，根据他们的要求，做局里想让他做的工作，难道不是很容易吗？他们想要安抚盟友，告诉他们并不值得写信回家诉说摧毁和破坏造成的损失——以避免给他们派增援部队！啊，如果你只是从那些被摧毁的区域捡点砖头和砂浆，你可以证明，在砖头、瓦片、木制品等等所有方面的损失并不比——再稍稍地篡改一下数据！——和平时代里全国正常条件下一年内的房屋失修情况更严重……正常条件下一年内的房屋修理需要花几百万英镑。敌军只摧毁了那几百万英镑的砖头和砂浆。这仅仅是一年房屋失修所要花的钱!你只需要忽略它们,明年再做就可以了。

因此,如果你忽略三年内损失掉的收成、全国最富有的工业区工业输出的损失、被摧毁的机器、被剥了皮的果树、三年内十分之四点五的煤矿输出的损失——还有牺牲的生命!——我们可以去对我们的同盟军说:"你们哇啦哇啦叫着的那些损失仅仅是胡扯。你们完全有能力补上自己防线上薄弱的部分。我们打算把我们的新军团送到近东去,我们真正的利益在那边!"而且,虽然他们可能早晚指出这其中的错误,但凭这个也足以让你拖延那个方便得恐怖的单一指挥[①]。

虽然这把自己的思绪带远了,瓦伦汀还是无法抑制地说:"但难道你不是为和你对立的观点辩护吗?"

他说:"是的,当然是的。我心里很高兴!构思其他人的反对意见总是件好事。"

她把椅子里的半个身子转了过来。他们互相盯着对方的眼睛,他俯视,她仰视。她对他的爱情没有半点怀疑。她知道,他也丝毫不怀疑她的。她说:"但告诉这些家伙怎么做,不危险吗?"

他说:"哦,不,不。不!你不知道小维尼心肠有多好。我认为你对文森特·麦克马斯特不太公正!叫他找我讨主意简直就像叫他偷我的钱。品德高尚的灵魂!"

[①] 在一战中,同盟国之间一直为指挥权纠缠不休,直到一九一八年才达成一致由法国统一负责西线的战事。

瓦伦汀有一种很奇怪很奇怪的感觉。之后她并不确定,是否在自己发觉之前就已经感受到西尔维娅·提金斯正在看着他们。她站在那里,站得很直,脸上带着奇怪的微笑。瓦伦汀不能确定这是友善、残酷,还是漠不关心的嘲讽。但不管背后是什么,她都确定这都意味着,带这种笑容的人知道所有的那些关于她的事,无论是她的,瓦伦汀的,对提金斯的感情,还是提金斯对她的……她觉得自己像一个在特拉法尔加广场上偷情的女人。

在西尔维娅背后惊骇地张着嘴的是两名参谋官。他们的深色头发不整洁到显得没有意义,但就这副样子,他们还是一群人里最像样的两位男性——而西尔维娅让他们乖乖就范了。

提金斯夫人说:"哦,克里斯托弗!我要去巴希尔①家了。"

提金斯说:"好的。等温诺普夫人玩够了,我就立刻把她送上火车,然后过去接你!"

西尔维娅垂下她长长的眼帘,向瓦伦汀·温诺普示意,然后从门边飘了开去。并不那么像军人的军事护送卫队穿着卡其色和深红色制服跟在她后面。

从那一瞬间开始,瓦伦汀·温诺普再也没有丝毫怀疑了。她知道,西尔维娅·提金斯知道丈夫爱着她,瓦伦汀·温诺普,就是她瓦伦汀·温诺普,也爱着她的丈夫——带着绝对的、难以形容的热情。她,瓦伦汀,一件不知道的事情、一个还无法看透的谜团是西

---

① 巴希尔·扎哈罗夫(1849—1936),当时的军火制造商,维克斯有限公司负责人和主席。

尔维娅对她丈夫好不好!

很长一段时间之后,伊迪丝·埃塞尔来到茶杯旁向她道歉,说在西尔维娅指出之前,她不知道温诺普夫人在房间里。她希望他们能更经常地见到温诺普夫人。她顿了一下说,她希望将来温诺普夫人不用觉得自己必须由提金斯先生陪同而来。他们已经是很老的朋友了,当然。

瓦伦汀说:"你看,埃塞尔,如果你认为你可以继续和母亲做朋友,却又在提金斯先生为你做了这么多事之后反过来针对他,你就错了。你错得很彻底。再说,我母亲很有影响力。我不想看你犯任何错误,尤其是在这个紧要关头。大吵一顿绝对是个错误。如果你对母亲说任何提金斯先生的不是,你肯定会和她大吵一顿的。她知道得很清楚。记住了。她住在牧师宅邸旁边很多年了。她的嘴也很尖利得吓人……"

伊迪丝·埃塞尔向后佝偻着背站立着,好像她整个身体都穿在一根钢弹簧上。她嘴巴张开,但是她又咬紧下唇,然后用一块非常白的手帕擦了擦。她说:"我恨那个男人!我憎恶那个男人!他一靠近我我就浑身颤抖。"

"我知道!"瓦伦汀·温诺普回答说,"但是如果我是你,我不会让其他人知道。这并不能给你增添任何荣誉。他是个好人。"

伊迪丝·埃塞尔长久地、盘算着看了她一眼,然后站回到壁炉旁。

有五个——或者,最多六个——周五,在瓦伦汀和马克·提金斯坐在陆军部的等候厅之前的那段时间,还有那之前的一个周五,在所有的宾客都走了之后,伊迪丝·埃塞尔来到茶桌旁,带着天鹅绒般的善意,她把右手放在瓦伦汀的左手里。带着深深的热忱欣赏这一举动的时候,瓦伦汀知道一切都结束了。

三天前,一个周一,瓦伦汀穿着学校的制服走在一个大百货商场里,她是来这里买体育课所需的各种物件的。她遇到了杜舍门夫人,她在买花。杜舍门夫人看到她的制服显得非常痛苦。她说:"可是你就穿成这样**到处**走吗?这真的很可怕。"

瓦伦汀回答道:"哦,是的。在为学校工作的上课时间,我应该穿成这样。如果在课后急着去哪里,我也穿着它。这省了我的裙子。我可没有很多裙子。"

"但是**任何人**都可能碰见你,"伊迪丝·埃塞尔带着一丝痛苦说,"这考虑得非常不周到。你不**觉得**你考虑很不周到吗?你可能碰到任何来我们周五聚会的人!"

"我常常碰到,"瓦伦汀说,"但他们看起来并不介意。他们可能认为我是个妇女辅助军团的官员。这会显得很受人尊重……"

杜舍门夫人走掉了,她手里捧满了花,脸上写满了真正的痛苦。

现在,在茶桌旁边,她非常温柔地说:"亲爱的,我们决定下周不办我们通常的周五聚会了。"瓦伦汀想这是否仅仅是一个把她赶走的谎言。但是伊迪丝·埃塞尔继续说:"我们决定办一个小小的晚宴。在想了很久以后,我们认定,现在是公开我们结合的时候了。"她停下来等瓦伦汀评论,但她什么都没说,所以她继续说:"这令人非常高兴地和另一件事同时发生——我无法不觉得这巧合令人非常高兴!并不是说**我们**觉得这些事情非常重要……但是前两天有人偷偷对文森特说……可能,我亲爱的瓦伦汀,你也会听说……"

瓦伦汀说:"不,我没有。我猜他得到了大英帝国勋章。我很高兴。"

"国王,"杜舍门夫人说,"觉得应该给他一个骑士爵位。"

"啊!"瓦伦汀说,"他晋升得很快。我毫不怀疑他应该得到这个荣誉。他工作非常努力。我真的真诚地祝贺你。对你来说,这有很大的帮助。"

"这,"杜舍门夫人说,"不仅仅是因为他勤勤恳恳地工作。这就是它那么令人高兴的原因。这是因为他特别的才智,这让他脱颖而出了。毫无疑问,这是一个秘密。但是……"

"哦,我知道!"瓦伦汀说,"他做了点计算,证明那些被摧毁的区域的损失并不比一年内家家户户的受损情况更加严重……前提是你忽略那些机器、煤炭输出、果树、收成、工业产品等等。"

杜舍门夫人带着真正的恐惧说:"但是你怎么知道?你**究竟**怎么知道的?……"她停了下来,"这是**绝对**不能让人知道的秘密……那个家伙肯定告诉了你……但是**他**怎么可能知道呢?"

"自从上次在这儿看到他之后,我就没有见过提金斯先生,更没跟他说过话。"瓦伦汀说。她从伊迪丝·埃塞尔的困惑里,看出了这整件事态。悲惨的麦克马斯特都不敢告诉他妻子,那些基本是剽窃来的数据并不是他自己做的。他想要在家庭圈子里拥有一点点威望,就一次,一点点的威望!好吧!为什么他不能拥有呢?她知道,提金斯会希望他拥有一切他想要拥有的。因此她说:"哦,可能是谣传……据说政府想要上面把这件事隐瞒下来,任何能帮助他们的人都会得到一个爵位……"

杜舍门夫人冷静了一些。

"当然,"她说,"这事被压下去了,像你说的那样,这些可怕的人干的。"她想了一下。"可能,"她继续说,"这是谣传。任何能帮助影响公众意见的人都很受欢迎。这件事很多人都知道……不!不太可能是克里斯托弗·提金斯想到这件事再告诉了你。这不会进入他的脑子的。他是他们的朋友!他会……"

"他当然,"瓦伦汀说,"不是这个国家的敌人的朋友。我自己也不是。"

杜舍门夫人尖锐地叫起来,眼睛瞪得很大。

"你什么意思?你敢说这种话是什么意思?我以为你是亲德派!"

瓦伦汀说:"我不是!我不是!……我讨厌人们死去……我讨厌任何人死去……任何人……"她拼命让自己冷静下来,"提金斯先生说,我们越妨碍我们的盟友,这场战争就会拖得越久,就会丢掉越多性命……更多的性命,你懂吗?……"

杜舍门夫人表现出她最冷漠、温柔、高贵的神态。"我可怜的孩子,"她说,"那个已经完蛋了的家伙的意见会让任何人担忧吗?你可以替我提醒他,说这些败坏名誉的意见不会给他自己带来任何好处。他是个有污点的男人。完蛋了!我丈夫试着为他撑腰不会有任何好处的。"

"他**真的**给他撑腰吗?"瓦伦汀问,"尽管我不觉得这件事有必要。提金斯先生肯定有办法照顾好他自己。"

"我的好孩子,"伊迪丝·埃塞尔说,"你最好知道最糟糕的情况。

全伦敦没有比克里斯托弗·提金斯名声更差的男人了,而我丈夫因为替他撑腰给自己带来了很多伤害。我们只为这一件事情吵架。"

她继续说:"当那家伙还有脑子的时候一切都很不错。据说他有些才智,尽管我从没看出来。但是现在,他醉醺醺的样子和他的腐化堕落,让他自己变成了现在这一副样子。因为没有别的办法能解释他的现状了!他们准备把他,我不介意告诉你,把他从办公室的花名册里划掉……"

就在那时,第一次,瓦伦汀·温诺普脑子里划过这个念头,像疯狂的灵光一现:这个女人一定爱上过提金斯。很有可能,男人们都是那个样子,她甚至可能做过提金斯的情妇。否则没有什么能够解释她如此的恨意,这在瓦伦汀看来几乎是毫无意义的。从另一方面来说,面对这种毫无根据的指责,她自己没有任何为提金斯说话的冲动。

杜舍门夫人继续带着她善良的冷漠说:"当然像这样一个家伙——在这种状况下!——没法理解上面的政策。一定不能让这样的家伙获得更高的指挥权,这会迎合他们疯狂的军国主义精神。他们必须被阻止。当然,我说的这话,只在我俩之间,不能传出去,但是我丈夫说最上面的圈子里已经确定这件事了。就算这能在初期取得一些成功,让他们达到目的也会成为一种先例——我丈夫是这么说的!——相比于丢几条性命……"

瓦伦汀跳起来,她的脸扭曲了。

"看在基督的分上,"她叫起来,"如果你相信基督为你而死,试着理解一下这可是拿几百万人的性命冒险……"

杜舍门夫人笑了笑。

"我可怜的孩子,要是你生活的圈子更高级,你就能更冷静地看待这些问题……"

瓦伦汀靠在一张高背椅的椅背上,稳住自己。

"你才没有生活在更高级的圈子里,"她说,"看在老天的分上,也为了你自己,你得记得你是个女人,并非一直是个势利小人。你曾经也是个好女人。你那么久都一直守在你丈夫身边……"

杜舍门夫人坐在椅子里,往后一倒。

"我的好姑娘,"她说,"你疯了吗?"

瓦伦汀说:"是的,快疯了。我有个弟弟在海上,我有个爱了很长时间的男人也在战场上。你可以理解这一点,我相信,即便你不能理解一个人怎么能因为想到别人受苦就要发疯……而且我知道,伊迪丝·埃塞尔,你害怕我对你的意见,要不这些年来你就不会摆出所有这些诡计和隐瞒……"

杜舍门夫人很快地说:"哦,我的好姑娘……如果你有个人利益因素的话,我们就不能指望你对那些更高的考虑有抽象的理解了。我们最好换个话题。"

瓦伦汀说:"是的,换吧。继续编你不邀请我和我母亲去你们获得爵士头衔的聚会的理由好了。"

杜舍门夫人,同样地,也因为这句话站了起来。她用长长的手指抚摸她的琥珀珠子,它们在指尖微微转动。她身后放着她所有的镜子、吊灯坠子、闪着光的镏金和抛过光的深色木头。瓦伦汀想,她从来没有见过有人如此彻底地成为善良、温柔和高尚的化身。她说:"我亲爱的,我本来准备说这是那种你不想来的聚会……人人都很严肃正式,而且你可能没有礼服裙。"

瓦伦汀说:"哦,礼服裙我倒是有。但是我参加聚会的长袜里有一把雅各的天梯,那种梯子你是踢不倒的。[①]"她忍不住说了这句话。

杜舍门夫人纹丝不动地站着,通红的颜色慢慢爬到脸上。深红背景上,灵动的眼白和两条深色的、直直的快要拧在一起的眉毛,看上去十分有意思。然后,很慢很慢地,她的脸又变得惨白,深蓝色的眼睛变得十分显眼。她似乎在用她的一只白色的长长的手摩挲另一只,把右手伸进左手里,再抽出来。

"我很抱歉,"她用呆板的声音说,"我们希望,如果那个人去了法国——或者发生了其他的事情——我们可以继续过去友好的交往。但是你自己必须得看到,我们的正式地位摆在这里,你不能指望我们纵容……"

瓦伦汀说:"我不懂!"

"可能你更希望我不要继续说下去了!"杜舍门夫人反驳道,"我宁愿不说了。"

"你最好这么做。"瓦伦汀回答道。

"我们本来想,"年长一点的女士说,"吃一顿安静、简单的晚饭——我们两个和你,在聚会之前——看在过去的情分上。但是那家

[①] 《圣经·创世记》中,雅各梦见从天堂来的天梯。后人便把这梦想中的梯子,称之为雅各的天梯。梯子在英文中写作 ladder,在英语中亦可指丝袜抽丝。

伙非要插一脚,然后你自己也可以看到,这样我们就不能邀请你了。"

瓦伦汀说:"我不知道为什么不行。我总是很想见到提金斯先生的!"

杜舍门夫人狠狠地看着她。

"我不知道这有什么用,"她说,"你一直戴着这样的面具。这已经够糟糕的了,你母亲跟那个男人来往,还有上周五发生的那些可怕的事情。提金斯夫人很英勇,绝对的英勇。但是你没有权利让我们,你的朋友们也遭受这样的折磨。"

瓦伦汀说:"你的意思是……克里斯托弗·提金斯夫人……"

杜舍门夫人继续说:"我丈夫坚持要求我问问你。但是我不会的。我就是不会。我为你编出了个礼服裙的理由。当然,如果那个男人那么吝啬或者穷得叮当响,让你保持得体都做不到的话,我们可以给你一件礼服裙。但是我重复一句,我们的正式地位摆在这里,我们没办法——我们没办法。这是发疯!——容许这样的阴谋。就算这样,那位妻子还显得和我们很友好。她来过一次,她可能还要再来。"她停了停,又继续严肃地说:"而且我警告你,如果你们分手的话——必须这样,因为哪个女人能忍受呢!——我们支持的是提金斯夫人。她可以一直把这里当家的。"

瓦伦汀心中浮现出一幅西尔维娅站在伊迪丝·埃塞尔旁边,像长颈鹿站在鸸鹋身边一样衬得她矮小无比的奇特图画。她说:"埃塞尔!我发疯了吗?还是你有问题?我发誓,我完全不能理解……"

杜舍门夫人叫起来,"看在老天的分上,别说了,你这个无耻的东西!你怀了那个男人的孩子,不是吗?"

瓦伦汀突然看见了牧师宅邸那些高高的银色烛台,深色、抛过光的镶板,伊迪丝·埃塞尔发疯的脸和纠缠在一起的狂乱发丝。

她说:"不!我肯定没有。你脑子里怎么有这种东西?我绝对没有。"她面对无限的疲倦仍然继续努力解释,"我向你保证——我求求你相信,如果这能让你安心一些的话——提金斯先生在他的人生中从来没有对我说过一句情话。我也没有对他说过。我们互相认识这么久都没说过多少话。"

杜舍门夫人用严厉的声腔说道:"最近五周内,有七个人对我说,你和那个粗暴的野兽有了个孩子。他完蛋了,因为他得养着你、你母亲和那个孩子。你不会否认他在什么地方藏着个孩子吧?……"

瓦伦汀突然叫起来:"哦,埃塞尔,你绝对不能……**你绝对不能**嫉妒我……如果你知道的话你就不会嫉妒我了……我猜,你当时怀的那个孩子是克里斯托弗的吧?男人就是这个样子……但是不要嫉妒我!你永远不需要,永远。我一直是你能拥有的最好的朋友……"

杜舍门夫人刺耳地叫起来,好像她被扼住了喉咙,"这是一种诽谤!我知道会变成这样!你这种人总是这样。去做那些最见鬼的事吧,你这个荡妇。你永远不要再进这个屋子一步!给我烂在……"她的脸突然呈现出极度的恐惧,极快地跑进了房间。

在那之后,她立刻温柔地俯身站在吊灯下的一大盆玫瑰花旁。文森特·麦克马斯特的声音在门边说:"进来,老家伙。我当然有十分钟的时间。那本书在这里面什么地方……"

麦克马斯特站在她身边,搓着手,以他好奇而有些卑微的姿态透过眼镜痛苦地审视着她,那眼镜非常明显地放大了他的眼睫毛、红红的下眼睑和角膜上的血管。

"瓦伦汀！"他说,"我亲爱的瓦伦汀……你听说了吗？我们准备公开了……咕咕会请你来我们小小的晚宴的,而且会有一个惊喜,我相信……"

伊迪丝·埃塞尔弯着腰,痛心又目光尖利地扭头看着瓦伦汀。

"是的,"她声音朝着伊迪丝·埃塞尔勇敢地说,"埃塞尔邀请了我。我争取来……"

"哦,但是你必须来,"麦克马斯特说,"只有你和克里斯托弗,你们对我们太好了。看在老交情的分上,你不能不……"

克里斯托弗·提金斯臃肿地从门边慢慢走来,他的手犹豫不决地向她伸来。因为他们在她家从来不握手,要避开他的手很容易。她对自己说:"哦！这怎么可能！他怎么能够……"然后,这可怕的情形涌进她的脑海:悲惨的小个子丈夫,冷漠得令人绝望的爱人——还有伊迪丝·埃塞尔,因为嫉妒而疯狂！这个家完蛋了。她希望伊迪丝·埃塞尔看到自己拒绝向克里斯托弗伸出手。

但是伊迪丝·埃塞尔俯身在玫瑰盆上,正把她美丽的脸埋在朵朵花里。她习惯保持这样好几分钟。她认为,这样一来,她就代表了丈夫的第一本小专著里主角的一幅画。而瓦伦汀认为,她确实做到了。她准备告诉麦克马斯特星期五晚上她很难脱身。这样,她知道,就会是她最后一次见到伊迪丝·埃塞尔,她深深爱着她。她希望,这也会是她最后一次见到克里斯托弗·提金斯——她也深深地爱着他……他正扫视着书橱,个子又大又笨拙。

麦克马斯特一直追着她走进了露着石墙的大厅,重复嚷嚷着他的邀请。她没法说话。在巨大的箍铁大门旁,他永恒般地握着她的手,惋惜地看着她,脸离她很近。他用带着恐惧的声调叫起来:"咕咕,真的?……她没有……"他的脸从很近的地方看有些污渍,焦急得有些扭曲。他惶恐地向旁边一瞥,望向客厅的大门。

瓦伦汀从她焦虑的喉咙中迸出话语。

"埃塞尔,"她说,"告诉我她即将成为麦克马斯特夫人了。我很高兴。我真的为你们感到高兴。你得到你想要的了,不是吗?"

他的释然透露出他的心不在焉,但就像他累得已经没法再焦虑一样,"是的!是的!……当然啦,这是一个秘密……我想到下个周五再告诉他……显得比较珍贵稀有①……他基本上确定星期六又要上战场了……他们要派出好大一批人……大干一场……"

与此同时,她在尝试着把手从他的手里拽出来。她没注意他在说什么。大概是他在快活的小聚会上通告这个消息会产生的效果。她听到一句有些惊人的话:"像过去的美好时光一样"②她无法判断是他还是她的眼睛正满含泪水。她说:"我相信……我相信你是个善良的人!"

在巨大的石墙大厅里挂着长长的日本绢画,电灯突然闪了一下。这最多是个悲伤的褐色的地方。

他叫起来,"同样,我求你相信我永远不会抛弃……"他又看了看里面的门,补充了一句,"你们两个……我永远不会抛弃……

---

① bonne bouche,法文。

② Wie der alten schoenen Zeit,德文。

383

你们两个！"他又重复了一遍。

  他松开了她的手。她站在潮湿空气里的石头阶梯上。巨大的门无法抵抗地在她身后关上，向下吹出一阵轻柔的微风。

第五章

马克·提金斯宣布消息说,他父亲到底还是履行了长久以来的承诺,保证温诺普夫人的生活,确保她后半生只需要写更能让她千古流芳的作品。这解决了瓦伦汀·温诺普所有的麻烦,除了一件事以外。那件事,自然而直接地,极端地令人忧虑。

她刚度过了奇怪、不自然的一周,怪异的是,周五将会无所事事却是令她有麻木感的主要原因!这种感觉不断出现,当她把目光投注在一百多个穿着布套衫、打着男式黑领带的女孩在沥青操场上排成一排的时候;当她跳上电车的时候;当她买母亲和她现在常吃的罐装或者风干的鱼的时候;当她清洗晚饭食材的时候;在她因为盥洗室的脏乱而责骂房屋经理人的时候;当她弯腰仔细看着自己正在打印的母亲的小说手稿上写得很大但很难辨认的字的时候。它一半愉悦，一半悲惨地搅进她熟悉的食物里。她感受到像一个男人可能感受到的那样尽情享受着对闲暇的期待，知道这是因为被强迫从某件艰巨但令人全心投入的工作中退出而获得的。周五将会无所事事！

同样，这像一本从她手上硬抢下的小说，她永远都不会知道结局。她知道童话的结局：幸运而爱冒险的裁缝和美丽的变成了公主的养鹅姑娘结婚，他们以后会被葬在西敏寺，或者至少会有追悼仪式，这位乡绅会被葬在他忠诚的村民身边。但她永远不会知道他们在最后有没有集齐那些蓝色的荷兰瓷砖，他们本想用来贴他们的盥洗室……她永远不会知道。但是见证这些类似神迹的决心是她人生重要的一部分。

然后，她对自己说，另一个故事也结束了。在表面上她对提金斯的爱已经足够波澜不惊了。它无声无息地开始，也应该不声不响地结束。但是，在她心底——啊！它的深入程度已经足够了。是通过两位女士的介入！在和杜舍门夫人大吵一架之前，她以为，相比于激情和人生来说，她可能是那些少有的不那么关心背后隐含的性意味的年轻女人之一。她几个月的女仆生涯可以证明，性，就像她在厨房后面所见过的那样，一直是一件令人厌恶的事情，而她所获得的关于它的表现形式的知识夺去了关于它的神秘感，而这又令她所认识的大部分年轻女人忧心忡忡。

她知道，她所确信的关于性道德层面的问题是相当机会主义的。在相当"进步"的年轻人中间长大，如果她在公开场合被质问所持的观点，她很可能出于对同志们的忠诚考虑，声称这件事里不应该掺杂任何道德或者伦理的因素。像她的大部分年轻朋友一样，被当时进步的教师和有倾向性的小说家影响，她会声称她当然是支持一种开明的淫乱。实际上，在杜舍门夫人披露这些事实之前，关于这件事，她想得很少。

无论如何，即使在那天之前，她心底质问自己对这种观点的反应：不能自制的性生活极为丑陋，而贞洁才是生活这场汤匙盛蛋赛跑应该珍视的。她是由父亲养大的——也许他要比表面看上去的更明智——出于对竞技精神的崇尚，她知道最大限度地使用身体机能需要操守、冷静、清洁，还有一组可以归属于自我克制的特质。她不可能在伊令的用人中间生活过——她为之服务的那家人的大儿子成了一件特别下流的违反承诺案例的被告，而那个醉醺醺的厨娘对这件事及相关事情的评论在悲伤的缄默和极端的粗鲁之间摇摆，看她到底喝了多少而定——因此，在伊令的用人中间生活过，她不可能还能得出任何其他潜意识里的结论。所以，她把这个世界看成一半是聪明人，另一半都只是用来填坟墓的、一生所作所为都毫无意义的人。她认为那些聪明人一定是公开支持开明的淫乱，私下绝对克制的人。她知道，为了能成为美妙的厄革里亚，那些开明的人偶尔也会不遵守这些标准。但她幽默地把上个世纪的玛丽·沃斯通克拉夫特、泰勒夫人、乔治·艾略特看作是有些自命不凡的讨厌鬼。当然，非常健康、工作非常努力的她，如果不是幽默的话，至少好脾气地养成习惯把这整件事当作一件讨厌的事。

但对她来说，成长在一位一流的厄革里亚身边，而违逆了她的性需求是一件可怕的事情。因为杜舍门夫人显露出审慎、克制、圆润优美的性格，而她性格的另一面则加倍不堪，至少和醉醺醺的厨娘一样粗鲁,且在表达方式上尖锐无数倍。她用来形容她爱人的语言——总是叫他"那个没教养的"或者"那个野兽"!——直接得让女孩内心发疼,就好像每两三个字就会让她心中的支撑全部散架。从牧师宅邸回家的路黑得让她迈不动步子。

她从来没听人说过杜舍门夫人的孩子后来怎样了。之后的一天,杜舍门夫人还是与平时一样温和、谨慎、镇定。关于这个话题,她们一句话都没有说。这在瓦伦汀·温诺普的心里布下了一道阴云——这好像一场谋杀案——她永远都不会回头看。在她蒙上了乌云的关于性方面混乱的思绪中飘着一丝疑虑:提金斯可能是她朋友的情人。这是最简单的类比。杜舍门夫人看上去是个聪明的人,提金斯也一样。但是杜舍门夫人是个肮脏的婊子……那么,提金斯也一定不会好到哪里去,作为一个男人,他带着男性更强烈的性需求……她的头脑拒绝结束这一想法。

它所暗示的事实并不能与文森特·麦克马斯特的存在相抵消。在她看来,情人或者同志背叛他几乎是他的一种必需。他好像求之不得似的。另外,她有次对自己说,在有选择、有机会的情况下,怎么会有女人——天知道,机会可够多的——可以选择躺在提金斯那样了不起的男人的臂弯中,却选这么一片阴暗里的、干巴巴的树叶。她是这么看待这两个人的。而这模糊的想法立刻被巩固且满足了,在没多久以后,杜舍门夫人开始把"没教养的"或者"野兽"这些形容词用在提金斯身上——就是那些她曾经用来指代她所推断出的孩子父亲的形容词!

但在那之后,提金斯一定抛弃了杜舍门夫人。而且,如果他抛弃了杜舍门夫人，他的怀抱一定为她，瓦伦汀·温诺普，敞开！她觉得这种感觉让她很不光彩。但从心底深处发出的这种感情无法抑制，而且，它的存在让她感到平静。然后，在战争来了以后，整个问题都消失了，在交火开始和同恋人无法避免的离别之间，她向自己心目中对他纯粹的肉体欲望妥协了。在当时那些恐怖的摧毁人的痛苦中，除了妥协还有什么别的办法呢！那些无休止的——永不休止的——关于苦难的思绪，无休止地想着她的恋人，同样，也很快要遭受苦难，这世界上已经无处藏身了。没有了！

她妥协了。她等着他开口说出那个字，或者向她投去一个让他们结合的眼神。她完了。贞洁，完啦！没啦！就像其他所有的一切一样！

爱情的肉体的那一面她既没有印象也没有概念。以前当她和他在一起的时候，如果他走进她所在的房间，或者只是据说他要到她们的村庄来，她就整天都嗡嗡地哼着歌，感到温热的小小暖流在她的皮肤上淌过。她在什么地方读过，酒精可以把血流送到身体表面，产生一种温暖的感觉。她从来没有喝过酒，或者喝到可以感受到这种效果的程度。但在她想象中,爱情就是这样作用于人体的——因此这件事应该永远停在这里！

但在后来的日子里，更强烈的骚动席卷了她。提金斯一接近就足以让她感到似乎整个人都被吸往他的方向，就好像站在高而可怖的顶峰的时候，你会无可避免地向它靠近。汹涌的血流在她的身体里横冲直撞，好像是尚未被发现或创造的引力勾起了这潮水。月亮也是这么勾起潮水的。

在那之前，一秒中的一点点，在他们驾车出行的那个长长的、温暖的夜晚，她就感到了这种冲动。现在，多年以后，无论是醒着，还是半梦半醒，她总是感受到它，这会驱使她下床来。她会整晚站在敞开的窗子前，直到世界亮起灰色的黎明，头顶的星星都变得苍白。这让她欣喜地躁动，这让她抽泣着发抖，像被刀刺透了胸口。

在和提金斯长时间会面的那天，在麦克马斯特家收集来的美丽家具中，她把她重要的爱之场景记在了脑中的日历上。那是两年前了，当时他正准备从军。现在他又要走了。从那时候起她就知道什么是爱之场景了。在那之间他们从没提到"爱"这个字。它是一种冲动、一种温暖、皮肤的战栗。但是他们向对方说的每一个字都承认了他们的爱情，以这种方式，当你听到夜莺歌声的时候，你听到的是恋人的渴望，不停地敲打着你的心房。

他在麦克马斯特家美丽家具之间诉说的每一个字都是爱的话语中的一环。不仅仅是因为他向她说出了不会说给世界上任何一个人的话——"不会说给世界上任何一个人"，他说！——他的疑惑、他的担忧、他的恐惧。他对她说的每一个字，在那个魅力的时刻延续的时候，都在歌颂着激情。如果他说了"来"这个字，她会跟着他走到天涯海角；如果他说了"没有希望了"，她会感受到绝望的终结。两句话都没有说。她知道："这就是我们的现状，我们必须继续！"她也知道，他在告诉她，像她一样，他也……哦，就说是有天使般的好心肠吧。她知道，她当时如此镇定，如果他说"你今晚会做我的情人吗？"她会说"好"。因为这对他们来说好像，真的，已经是世界的尽头了。

但是他的节制不仅仅加强了她对贞洁的偏爱,也重塑了她心中那个尊崇美德和冒险的世界。之后一段时间,她至少又开始偶尔轻轻地哼着歌,好像是心在随着自己歌唱一样。她可以在她们在贝德福德公园的狗窝的茶桌对面看着他。在最后几个月里,她几乎像是在牧师宅邸旁边的小屋那张更闪亮的桌子对面看着他一样。杜舍门夫人在她心里造成的坏影响得到了舒解。她甚至想,杜舍门夫人的疯狂仅仅是她受惊吓以后产生的并不必要的罪行。瓦伦汀·温诺普重新变成了自信的那个自己,至少在一个只有直截了当的问题的世界里是这样。

但是杜舍门夫人一周前的爆发把那过去的幽灵又带回了她的脑海。因为她仍然非常尊重杜舍门夫人。她无法把她的伊迪丝·埃塞尔仅仅当成一个伪君子,或者,实际上,她根本无法把她当成伪君子。她伟大的成就是把那么一个可怕的小家伙变成了个男人——她的另一个伟大成就是在疯人院外照顾了她不幸的丈夫这么长时间。这都是了不起的成就,这两件成就都很了不起。而且瓦伦汀知道伊迪丝·埃塞尔很热爱美、谨慎和温文尔雅的态度。不是伪善地让她倡导阿塔兰塔的贞洁比赛。但是,像瓦伦汀·温诺普看到的那样,人性里的这些强烈的个性都有两面性。就像温和而阴沉的西班牙人在斗牛场上令人尖叫的欲望中寻找发泄口,而审慎、努力、令人尊敬的城市打字员也会在某些小说家所著的粗鲁情欲中发现自我的延伸一样,伊迪丝·埃塞尔一定也在某些肉体上的性欲面前败下阵来——变成尖叫着粗鲁言辞的渔夫老婆。不然,说真的,我们的圣徒是怎么来的？当然，仅仅是通过一面最终彻底压倒另一面来的！

但在她和伊迪丝·埃塞尔绝别之后，重新安排过的简单习惯让很多过去的疑虑都回来了，至少暂时是这样。瓦伦汀对自己说，恰恰因为要强的性格，伊迪丝·埃塞尔是不会崩溃到说出那些对提金斯的胡话般的谴责，彻底狂乱地咒骂他骄奢淫逸、行为放肆，最后给自己安上性疯狂的罪名的地步，除非是她受到了嫉妒这类强烈情绪的刺激。她，瓦伦汀，得不出任何别的结论。而且，从她现在考虑事情的角度出发，在更冷静一些之后，她严肃地认为，考虑到男人都是那副样子，她的恋人无论是尊重她自己，还是为她感到绝望，都减缓了她对他更粗俗的那方面的渴望——杜舍门夫人那样的代价，毫无疑问，这女人太急切了。

在之后一周的某些情绪下，她接受了这一怀疑，在其他的情绪下她把这种思绪撑开了。到了这周四，这都不重要了。她的恋人将离她远去。战争的长久对峙要开始了。人生艰辛的琐碎绵延开来。不忠这件事在人生这趟如此长久、艰辛的旅途中又算得上什么呢。星期四，两件细碎抑或是严重的担忧打破了她心中的平衡。她弟弟声称要放几天假回来一下，一想到要努力装出一种同志情谊、一种立场，下流地嚷嚷着反对任何提金斯支持的观点——或者准备为此牺牲他自己的观点——她就深感忧虑。而且，她得陪着弟弟参加一些乱糟糟的庆祝活动，而她会一直惦念着提金斯，他每小时都会离直接接触敌军的可怕境况更近一步。另外，她母亲接到了一份佣金高得令人嫉妒的工作，是一份比较令人兴奋的周日刊物，她要写一系列有关战争的奇闻。她们非常需要这笔钱——尤其是爱德华回来以后——以至于它令瓦伦汀·温诺普克服了对耗费母亲时间的通常的厌恶……它意味着耗费非常少的时间,而即将换来的六十英镑会让她们将来几个月的生活状况都大为改观。

但是,提金斯——在这些事务上,温诺普夫人现在已经视他为左膀右臂——似乎出人预料地顽固。温诺普夫人说他几乎不像他自己了,还嘲笑了她提出的两个题目——"战时私生子"和德国人被迫吃自己人的死尸的情况——说任何像点样子的作家都不该讨论撰写这么低俗的话题。他说私生子的出生率显示出很低的增长,起源于法语的德文"cadaver"的意思是马或者牛的尸体,而"leichnam"才是德语里表示"尸体"的词。他基本上就是拒绝跟这件事扯上关系。

关于"cadaver"的问题瓦伦汀同意他的观点,说到"战时私生子",她的想法更加开放。至少在她看来,如果没有战时私生子的话,写写这件事情又能怎样呢,肯定不如在假设这些可怜的小家伙存在的前提下写这件事情的影响大。她意识到这不道德,但她母亲急需要钱。她母亲是第一位的。

因此,没有别的办法,只有恳求提金斯,因为瓦伦汀知道,如果不是通过他要么温柔、和善,要么威逼利诱的支持、认可,表现出对这篇文章的精神支持,温诺普夫人就会把这事忘了,这样就会失去同这份令人激动、报酬也很好的报纸的联系。一个星期五早上温诺普夫人收到邀请,要她为一份瑞士的评论杂志写一篇关于滑铁卢战争之后和平方面的历史事实的宣传文章,稿酬少得几乎可以忽略不计,但是这份工作至少能抬抬她的身价。而温诺普夫人——和通常情况下一样！——叫瓦伦汀给提金斯打个电话，问他一些关于在滑铁卢战争前后召开的维也纳会议的细节，和约是在那次会议上讨论出来的。

瓦伦汀打了电话——像之前打过的上百次一样，想到至少还能再听到一次提金斯的声音，她感到十分满足。电话的另一头被接了起来，瓦伦汀给接电话的人留下了两条消息，一条关于维也纳的回忆，一条关于战时私生子。

骇人的话语传了回来，"年轻女人！你最好离他远一点。杜舍门夫人已经是我丈夫的情人了。你离远一点。"

这声音几乎没有人性，好像是巨大的黑暗里庞大的机器说了一些彻底摧毁人的语句。她回答了她，好像在脑海深处，自己一无所知的地方早就准备好了这段话一样，因此并不是她"自己"如此平静而冷淡地回答，"你可能弄错了你在跟谁说话。可能你得叫提金斯先生有空的时候给温诺普夫人打个电话。"

那个声音传来，"我丈夫四点十五分会到陆军部。他会在那里跟你谈——关于你的战时私生子。但如果我是你的话，我就会离远一点！"然后便挂断了。

她去处理日常事务。她听说有一种松子非常便宜又非常营养，至少填饱肚子很容易。她们已经到了要在几分钱和饱足感之间取舍的地步。她去了几个商店寻找这种食物，找到以后，回到她们的狗窝。弟弟爱德华来了，他有些闷闷不乐。他带了一块肉回来，那是他假期配给的一部分。他忙着擦水手制服，那是为他们当晚的一个拉格泰姆①派对做准备。他们会见到很多拒服兵役的人,他说。瓦伦汀把那块肉——真是天上掉下来的,虽然脂肪非常少!——和一些切碎的蔬菜一起炖上了。她到楼上自己房间为母亲打字。

提金斯妻子的模样在她脑海挥之不去。之前,她几乎不曾想过她的事。她似乎很不真实,像个谜一样神秘!闪闪发光、趾高气扬,像头很棒的雄鹿!但她一定很残酷!她对待提金斯一定怀有报复性的残酷,不然她不会透露他的私事,就这么公开传播!因为无论她多么虚张声势,她不能确定电话对面说话的人是谁!在这之前从没有人做过!但是她把自己的脸颊伸向了温诺普夫人。同样,在这之前也从没有人做过!但那么善良!这个早上电话铃响了几次。她让母亲去接了。

她得去做饭,花了四十五分钟。看到母亲吃得那么好是一种享受。很不错的炖肉,浓厚而黏稠,里面放了扁豆。她自己没法下咽,但没有人注意到,这是件好事。她母亲说,提金斯还没有打电话来,这是很不为他人着想的表现。爱德华说:"什么?那些德国佬还没把老羽毛枕头干掉?但他肯定是找了个安全的活计。"对瓦伦汀来说,餐具柜上的电话变成了恐怖的化身,任何时候他的声音都可能……爱德华继续讲他们如何在扫雷艇上欺骗小军官的逸事。温诺普夫人带着礼貌而淡薄的兴趣听着,好像大人物听着旅行商人们的故事一样。爱德华想要喝口啤酒,给了她一枚两先令的硬币。他似乎变得很粗鲁,毫无疑问,这只是表面现象。那些时候,每个人表面上都

---

① 一种影响了爵士乐的早期美国流行音乐。

变得很粗鲁。

她带着一个夸脱壶走向最近的小酒馆的零售窗口——她从来没做过这种事,即使在伊令,女主人也没允许派她去小酒馆。厨娘得自己去买晚饭的啤酒,或者叫人送过来。可能伊令的女主人对家里的事情管得比瓦伦汀所以为的要多,一个善良的女人,可惜病恹恹的,几乎整天都在床上。当想到伊迪丝·埃塞尔在提金斯臂弯里的画面的时候,几乎令人盲目的情感击垮了她。她不是有自己的小太监了吗?提金斯夫人说:"杜舍门夫人是他的情人!**现在时**!那么他可能现在就在那里!"

在沉思中,她失去了在零售窗口买啤酒的雀跃。很明显,除了锯末上飘着啤酒味,这跟买其他任何东西都一样。你说:"来一夸脱最好的苦啤酒!"然后一个胖胖的很礼貌的男人,头发很油,系着围裙,拿了你的钱,装满你的壶……但是伊迪丝·埃塞尔那么恶心地说提金斯坏话!说得越恶心,这事就越有可能!……

罐子里棕色的生啤酒液表面飘着带大理石花纹的酒沫。一定不能在十字路口的路缘把它洒了!——这更确定了她的猜测!有些女人在和情人睡觉以后确实会咒骂他们,她们的狂喜越激烈,她们的咒骂也越狂乱。这是杜舍门牧师所说的什么后忧郁①!可怜的家伙!忧郁!忧郁!

---

① post-dash-tristis,拉丁文。这里指的是杜舍门牧师在早餐桌上所说的"性爱后忧郁"。

"Terra tribus scopulis vastum……"不是"Longum"！[①]

她弟弟爱德华开始自言自语，啰啰唆唆、含糊不清地嘟囔着他晚上七点半要在哪里见到他姐姐，让她大吃一顿！餐馆的名字从他的嘴唇上滑落，掉进她的恐慌里。他滑稽地决定，脚下有点站不稳——一夸脱对一个刚从什么酒都没带的扫雷艇上下来的家伙来说已经很多了！——七点二十分和她在主街见面，去一个他知道的酒吧，之后去跳舞，在一个舞厅里。"哦，老天！"她心说，"如果提金斯到时候想要她就好了！"做他的人，他的最后一晚。有可能是！表面上每个人现在都变得很粗鲁。她弟弟从家里急急忙忙地跑掉了，摔上门，像果冻一样摇摇晃晃的狗窝屋顶每块瓦片都站起来又坐下了。

她上楼开始找连衣裙。她不知道她在找哪条，它们破破烂烂地排在床上，电话铃响得像发了疯一样。她听见母亲的声音突然缓了下来："哦！哦！……是你啊！"她关上门，一个一个抽屉打开又关上。她一停下这一动作，母亲的声音就模糊地传来，当她提高嗓门问问题的时候就听得很清楚了。她听见她说："别把她卷进麻烦事里……**当然**！"然后她的话又听不见了，只能听见尖尖的嗓音。

她听见她母亲叫着："瓦伦汀！瓦伦汀！下来……你不想跟克里斯托弗说话吗？……瓦伦汀！瓦伦汀！……"然后又是一声，"瓦伦汀……瓦伦汀……**瓦伦汀**……"好像她是一只小狗一样！感谢上帝，温诺普夫人在吱嘎作响的楼梯最低的一级。她离开了电话机。

[①] 参见前文注释。

她叫道:"下来。我想告诉你!这亲爱的孩子救了我一命!他总是救我的命!他走了,我该怎么办?"

"他救了别人;不能救自己!"[①]瓦伦汀愤恨地说。她抓到了她的软毡帽。她不会为他改变自己的。他必须接受真正的她……他救不了自己!但在和女人有关的方面他让他自己感到了自豪!……粗鲁,但是可能仅仅是表面上!她自己……她冲下了楼!

她母亲退回小小的起居室。九英尺乘九英尺,这样看来,十英尺高的房顶对她的体型来说就太高了。但是里面有个配了垫子的沙发……她的头可以枕在这些垫子上,也许……如果他跟她回家!很晚!……

她母亲在说,他是个棒极了的家伙……战时私生子那篇文章的根本想法……如果一个英国兵是个正派的家伙,他就会禁欲,因为他不会给他女朋友造成麻烦……如果他不是个正派的家伙,他就会碰个运气,因为这会是他最后一个机会……

"留给我的消息!"瓦伦汀对自己说,"但是是什么意思……"她心不在焉地把所有的坐垫移到沙发的一头。

她母亲叫起来:"他向你问好!他母亲真幸运,有这么个儿子!"然后她转身回到书房那个小洞窟里去了。

瓦伦汀沿着花园小径,脚踩破碎的砖块跑了出去,紧紧地戴上她的软毡帽。她看看腕表:两点四十五分,也就是十四点四十五分。如果要在四点十五分走到陆军部——十六点十五分——真是明智

---

① 出自《圣经·马太福音》。

的发明！——她必须出门了。到白厅要五英里。到那时候，老天知道会怎样！再走五英里回来！二英里半，对角线，走到主街站，在十九点半！五个小时不到里要走上十二英里半，还要再跳上三个小时的舞，还得打扮好！……她一定得健康、结实……然后，她带着尖刻的愤恨，说："啊！我是挺结实的……"她脑海中浮现出穿着蓝色的针织套衫、打着男式领带的几百个排好队的女孩，为了让她们保持健康，她不得不超级健康……

"啊！"她说，"如果我是个放荡的女人，长着松弛的乳房和柔软的身躯，喷着香水！……"但西尔维娅·提金斯和埃塞尔·杜舍门都不柔软。她们可能偶尔会喷香水！但是她们无法镇静地想象为了省几个便士走上十二英里，还要再跳一晚上的舞！她可以！也许她需要付出的代价就是这样……她的状况如此糟糕，她没能感动他……她可能散发着一种清醒、贞洁、禁欲的光辉，暗示他……一个正派的家伙不会在死前让他女朋友陷入麻烦……但如果他是一匹"种马！"①……她也不知道她是从哪里知道这个词的……

在八月恶毒的阳光下，排成一排的丑陋的房子似乎从她耳边呼啸而过。这是因为如果你努力思考的话，时间就过得更快。或者是因为在注意到角落的一间烟报商店之后，再在注意到任何其他东西之前你就已经走到下个街角商店门口成箱的洋葱旁边了。

她在肯辛顿花园，在北边。她已经走过了那些可怜的商店……虚伪的国家、虚伪的草坪、虚伪的街道、虚伪的水流。虚伪的人们

---

① 原文为"town bull"，英国俗语，引申意为"花花公子""皮条客"。

想办法穿过虚伪的草坪。或者不，不是虚伪，是虚空！不！是"巴氏消毒"这个词，像死掉的牛奶！维生素都被强行夺走了……

如果走路过去能省下几个铜板，她就可以给那个色眯眯的——或者有同情心的——出租车司机手里多放几个钱，在他帮忙把她弟弟扶进她们狗窝的门之后。爱德华一定会喝得烂醉的。她有十五个先令来叫车……如果她多给几个铜板就会显得更大方……但这将要来的会是怎样的一天啊！有些日子是终生难忘的！

她宁死也不会让提金斯为她付出租车钱！

为什么？有一次，一个出租车司机把她和爱德华一直送到了奇西克[①]，拒绝收他们的钱，她并没有觉得受到侮辱。她付了他钱，但她并没有觉得受到了侮辱！一个很容易感动的家伙，他的心因为漂亮的姐姐而被感动了——或者他并不真的相信那是个姐姐——和她没用的水手弟弟！提金斯也是个容易被感动的家伙……有什么区别呢？……而那之后，母亲睡得很沉、很死，弟弟喝得烂醉。深夜一点，他没法拒绝！一片漆黑，还有坐垫！她记得她整理了一下坐垫，下意识地收拾了一下！一片漆黑！睡得很死，喝得烂醉！可怕！……令人作呕的风流韵事！伊令的风流韵事……这会让她和那些用来填满墓穴的家伙为伍……啊，不然她还能怎样，瓦伦汀·温诺普，她父亲的女儿？还有她母亲？是的！但是她自己……只是个小小的无名之辈！

毫无疑问，海军部那里正在发着无线电报……但是她弟弟在家，

---

① 伦敦西部的一个区。

或者喝得有点醉了,说要叛国。无论如何,当时他不会担心凶恶的大海上偶尔发生的小事故……在她奔向小岛的时候,一辆公共汽车碰到了她的裙子……它最好……但是没有那种勇气!

她在小小的绿色屋檐下看着整理好的死亡名单,那个屋檐就像放在鸟窝上面的那种。她的心停止了跳动,之前还气喘吁吁!她要疯了,她快要死了……这么多人死掉!而且不仅仅是死亡……还有等待死亡的临近,思考一辈子的分离!这一分钟你还活着,下一分钟你就不在了!这是什么感觉?哦,老天,她知道……她站在那里思考着和他的分离……上一分钟你还活着,下一分钟……她的呼吸在胸腔里上下起伏,可能他不会来……

他突然出现在肮脏的石头之间。她奔向他,说了些话,带着疯狂的恨意。所有这些死亡,他和跟他相似的人需要负责!……很明显,他有个哥哥,他也要负责!肤色更深!……但是他!他!他!他!非常冷静,眼神犀利……这不可能。"可爱的嘴唇,清澈的眼神,快活的心胸……"①哦,有些无精打采了,清醒的头脑!嘴唇呢?毫无疑问,也是一样。但是他不能这样看着你,除非……

她狠狠地抓住他的手臂,当时他属于——相比于什么肤色更深、普通平民的哥哥来说!——她!她准备问他!如果他回答:"是的,我就是这么个人!"她会说:"那你也必须要我!如果她们可以,为什么我不可以呢?我一定要一个孩子。我也要!"她想要一个孩子。

---

① Holde Lippen: klaare, Augen: heller Sinn, 德文。出自阿德尔伯特·封·沙米索的诗歌《女人的爱情》,后被罗伯特·舒曼用在他的歌集《女人的爱情与生命》中。

她会用一大堆理由盖过这些令人憎恨的磁铁①,她想象着——她感受到——这些话从她的嘴里说出……她想象她眩晕的头脑、她顺从的四肢……

他环视着这些石头房屋的檐口。她立刻又变回了瓦伦汀·温诺普,她不需要他回答了。两人说了几句话,但是相比于证明已经被证实的无罪来说,这些话更增进了现有的爱恋。他的眼睛、他漠不关心的脸、他安静的肩膀,它们成功地给他脱了罪。他曾说过的,或他将要对她说的最包含有爱意的话语,莫过于他严厉而生气说了句遮掩的话,"当然不会。我以为你更了解我——"随手把她掸开,好像她是一只小蠓蚁一样。而且,谢天谢地,他几乎没有听她说话!

她又是瓦伦汀·温诺普了,在阳光下苍头燕雀叫着"乒!乒!"高草的萌芽撩着她的裙子。她手脚利落,头脑清醒……只是西尔维娅·提金斯是否对他好的问题……为他好,这可能是更准确的形容方式。她的头脑清醒了,就像水沸腾了一样……"像平静的水面一样"。②胡说八道。外面阳光灿烂,他有个讨人喜欢的哥哥!他可以救**他的**弟弟……运输!这个词还有另外一个意思③。一种温暖的感觉让她平静下来,这是**她的**哥哥,仅次于最好的那个!就好像你把一件东西完美地配上另一件东西,丝毫没有不相称。但这仅仅是件

---

① 磁铁在西方和种种迷信相联系,很久以来都有人相信磁铁有避孕的作用。
② 引自但丁·罗塞蒂的《被祝福的少女》。
③ 运输(transport)这个词还有一个意思是"极度的快乐"。

假东西！她必须感激这位亲戚为她所做的一切，但是，啊，不能那么感激另外一位——他什么都没有做！

上苍对伟大的人是善良的！上楼梯的时候，她听见运输这个老天保佑的词！"他们。"马克这样说，他和她——又是那种家庭的感觉——要把克里斯托弗弄进运输部……老天保佑，一线运输部队是瓦伦汀知道的唯一一个军队部门。他们的女清洁工不会读也不会写，有个儿子，是一个步兵团里的中士。"太好啦！"他给他的母亲写信说，"我最近胃口不好，又被提名了荣誉表现勋章，所以他们派我去一线运输部队做高级士官，休息一下，整个他妈的前线里最安全的闲职！"瓦伦汀在爬满黑色小虫的盥洗室里读了这封信，读出了声！她讨厌读这封信，因为她讨厌读任何告诉她前线细节的信。但是那位女清洁工之前就对她很好。她必须这么做。现在她要感谢上帝。那位中士以直接的、非常真诚的语句安慰他的母亲，讲述他每天的工作，详细描述分配工作所需的马和普通运输车，还有管理马棚的事。"为什么，"一个句子这样开头，"我们运输部队的指挥官是个爱钓鱼的疯子。不论我们去哪里，他都要清理、划出一片草地，冲着所有敢从上面走过的人喊，该死的！在那里，那位指挥官花好几小时用钓鲑鱼和三文鱼的渔竿练习抛竿。""给你看看什么叫作闲职！"中士耀武扬威地写完了他的话。

所以她，瓦伦汀·温诺普，坐在墙边的硬板凳上，十足的健康的中产阶层——或者可能属于中上层阶级——因为就算很穷，温诺普家也是个古老的家族！漫过她实用的鹿皮平底鞋的人性浪潮向她身下的硬板凳涌来。有两位军队的专员，一位总是很可亲，老想和人争吵，在她身边的布道坛里；在她的另一边，棕色皮肤、眼睛突出的大伯子害羞地努力安慰她，一直在努力把雨伞弯钩推进嘴里，好像那是个把手。当时，她没法想象为什么他想要安慰她，但她知道自己马上就会知道了。

因为，就在刚才，她心里想着一种有趣的模式，在数学上几乎是对称的。**现在**她是个英国中产阶层女孩——母亲有足够的收入——穿戴着蓝色衣服、宽边软毡帽、黑色丝绸领带，脑子里没有任何她不应该有的想法，和一个爱她的男人在一起，绝对的纯洁。不到十分钟，不到五分钟之前，她……她都不记得那时候她怎么了！他也是，他几乎看起来显然像是一匹种……不，她想的不是那个词……就说发狂的公马吧！

如果他接近她，就算只是顺着桌面伸过来的手，她也会躲避的。

这是天赐之物，但它十分奇怪。就像两端各有一个老头和一个老太的晴雨指示箱一样，当那个老头出来，老太就会进屋，天上就会下雨；当老太出来……完全就是这个样子！她没有时间好好想一个比喻。到那时就像是这样……雨天，整个世界都倒了个个，变得黑暗！……他们中间的细线松弛了……松弛了……但一直以来，他们都在小棒的两端！

马克说，雨伞把手阻碍了他的言辞，"我们到时候给你母亲买一份五百英镑的年金……"

这很令人震惊，虽然它让她全身都平静下来，几乎没有被震撼到。只是意料之中的事情来得有点迟。老提金斯先生，一个正直的人，多年前就向她们保证了这么多。她母亲，一个高贵的天才，准备耗费所有气力,在提金斯先生还健在的时候,把他的政见发表在他的报纸上。他想补偿她。他现在补偿了她,出手并不像王子一样阔绰,但是很得体,像位绅士。

马克·提金斯弯下腰来,手上拿着一张纸。一个门童向他走来,说:"里卡多先生!"马克·提金斯回答:"不是!他已经走了!"他继续说:"你弟弟……暂时先放一下,但是足够开个诊所,当他成了个羽翼丰满的外科医生以后,开个不错的诊所!"他停了下来,他忧郁的眼睛直视着她,咬着雨伞的手柄。他非常紧张。

"现在轮到你了!"他说,"两三百。当然是每年!这笔钱完全是你的……"他停了停,说道,"但是我警告你!克里斯托弗不喜欢这样。他尽给我添堵。我不会积怨于你……哦,不管多少钱!"他摇了摇手,表示了一个漫无边际的天文数字。"我知道你让克里斯托弗正直坦率,"他说,"世界上唯一一个可以这么做的人!"他补充了一句,"可怜的家伙!"

她说:"他一直给你添堵?为什么?"

他模糊地回答:"哦,到处有谣言……不是真的,当然。"

她说:"人们说你的坏话?对他?可能是因为财产的事处理得有些慢。"

他说:"哦,不!实际上,反过来!"

"那么他们一定在说,"她叫起来,"我的……坏话,还有他的!"

他痛苦地叫起来:"哦,但是我请你相信……我求求你,相信我……你!温诺普小姐!"他荒唐地补充了一句,"像水珠一样纯净,在被阳光亲吻的极光里……"①

他的眼睛像被噎住的鱼一样瞪着。他说:"我求求你,不要就因为这个抛弃他……"②

他在紧紧的双层领子里扭动着。"他妻子!"他说……"一点都不好……**对他来说!**……她痴迷地爱着他,但是不好……"

他几乎差点啜泣起来。"你是唯一一个……"他说,"我**知道**……"

她突然想,她在这大厅③里花了太多时间了!她本该坐火车回家的!五便士!但这不重要了。她母亲一年会拿到五百英镑……两百四十乘以五……

马克高兴地说:"如果我们现在给你母亲买进五百英镑的年金的话……你看,这足以让克里斯托弗吃上他的羊排了……然后花三百……四百……安排好她的事情……我习惯很精确……每年……这是主要的,剩下就留给你……"他带着疑问的脸闪着光。

她现在非常明白这整件事的情况了。现在她理解杜舍门夫人的话了,"你不能指望我们,我们正式的地位摆在这里……纵容这种……"

伊迪丝·埃塞尔非常正确,**不能**指望她……她一直过于努力地表现出审慎和正直!你不能让人为了朋友献出生命!……你只能要

---

① 出自美国作家约翰·哈伯尔顿(1842—1921)所著童书《海伦的婴儿》。

② 原文为"hand the giddy mitten",意指"抛弃情人"。这里马克恳求瓦伦汀不要因为这些无中生有的流言就抛弃克里斯托弗。

③ Salle des Pas Perdus,法文。

求提金斯这样！她对马克说："就好像全世界都密谋好……像木匠的台钳一样——逼迫我们……"

她准备说，"在一起……"但是他令人非常震惊地脱口说道："他一定得有抹了黄油的面包……他的羊排……还有圣詹姆斯朗姆酒！真他妈的该死……你们俩是天作地设的一对……你没法责怪人们把你们凑成一对……他们也是被逼的……如果你不存在的话，他们就得硬掰出一个你来……就像但丁和……是谁来着？……贝雅特丽齐？的确**是**有这样的情侣。"

她说："像木匠的台钳……被硬推到了一起，无法抵抗，难道我们没有抵抗过吗？"

他的脸被恐慌折磨着，眼睛朝那两个军队专员的布道坛方向突出。他小声说："你不会……因为我乱插了一脚……就抛弃……"

她听到麦克马斯特沙哑着小声说道："我求你相信我永远不会……抛弃……"

这是麦克马斯特说的话。他一定是从米考伯女士那里学来的！①

克里斯托弗·提金斯——穿着脏兮兮的卡其布衣服，因为妻子搞脏了他最好的制服——突然在她背后开口了。他从远离军队专员的布道坛的地方接近了她，而她一直朝着长椅上马克的方向："来吧！我们离开这里！"她问她自己，他要离开这一切！他要去哪里？

像葬礼中默不作声的人——或者，走在那对兄弟之间，她好像

---

① 在狄更斯的作品《尼古拉斯·尼克贝》中，米考伯女士多次宣称她永远不会背叛自己的丈夫。

是被押送的犯人——他们走下台阶,右转了半个弯[①],穿过了出口的拱门,又右转了一个半弯[②],面向白厅。两兄弟在她头上嘟嘟囔囔了几句她听不清的话。他们从中央岛里穿过白厅,那里的公共汽车曾刮到了她的裙子。在拱门下——

在一个石头和沙砾建成的庄严的地方,两兄弟面对面。马克说:"我猜,你不跟人握手!"

克里斯托弗说:"不!我为什么要握手呢?"

她对克里斯托弗大声叫道:"哦,**握吧!**"(头顶上的天线盒子不再令她有顾虑。毫无疑问,她弟弟已经在皮卡迪利某个酒吧里喝醉了……表面上的粗鲁!)

马克说:"握个手不更好吗?你可能会死的!一个要死的家伙可不愿意想之前拒绝跟他哥哥握手!"

克里斯托弗说:"哦……好吧!"

在她为这种北国伤感情调感到高兴的时候,他握住她细细的上臂。他带她经过身边的天鹅——也有可能是小木屋,她再也记不得是哪个了——到一个上方,或者旁边,有棵垂杨柳的座位上。他同样也喘着气,像一条鱼,说道:"今晚你能做我的情人吗?我明天早上八点半从滑铁卢出发。"

她回答:"好!午夜前在某某舞厅……我得送我弟弟回家……他会喝醉的……"

---

① 指向右转四十五度。
② 指向右转一百三十五度。

她本想说:"哦,我亲爱的,我那么想要你……"

说出的却是,"我整理了家里的坐垫……"

她自语道:"为什么我会说出这种话? 就好像我说了:'你会在餐柜里的一个盘子下面找到火腿……'一点都不温柔……"

她走开了,走上鹅卵石小路,两边是齐踝高的栏杆,哭得很凶。一个老流浪汉带着哭得红红的眼睛和细细的白胡子,饶有兴致地躺在草坪上看着她。他想象自己是这片草地的君王。

"这就是女人!"他带着久经磨炼的老人的明显愚蠢的神秘感说道。"有的这么做!"他对着草地吐了一口痰,说,"啊!"然后加了一句,"有的却不!"

第六章

他自己打开了沉重的门,当他把身后的门关上,黑暗中,高高的石头台阶上那沉重的门发出长长的、窸窸窣窣的细语。这种声音惹恼了他。如果你在一个封闭的空间里把重重的门关上,它会把门前的空气推进来,细细的声响就是这样来的。这种神秘的气氛非常怪异。他只是个男人,在外面过了一晚上回来……可以说,三分之二个晚上在外面!一定是三点半了。但这一较短的夜晚,在其他令人难以置信的方面得到了补足……

他把手杖放在看不见的栎木柜子上,穿过冰冷的石墙和台阶中可以触摸的、天鹅绒般的黑暗,摸到了早餐厅的门把手。

有三个长长的平行四边形在上方暗暗地闪着光,烟囱顶的锯齿影子和屋顶的阴影挡住了它的三分之二。在厚厚的地毯上走九大步,他就可以走到圆靠背的椅子那里，它在左手边的窗户旁。他深深地坐了下去，它正好适合他的背。他想象中从没有人像他一样疲倦，像他一样孤独！一个小小的活物的声音从房间的另一头传来。他面前有一个半是暗暗的平行四边形。它们是窗子在镜中折射出来的影子。那身影毫无疑问是卡尔顿，那只猫。一定是什么活物，无论如何！可能是西尔维娅在房间另一头，等着他，看看他是个什么样子。很有可能！这不重要！

他的头脑停止了转动！彻底的疲倦！

当它再次活动起来的时候，它在说："赤裸的卵石和海浪是可怖的……"和"在世界这些有争议的国界线上！"

他突然尖锐地说："胡说八道！"那个要么从**加来海滩**，要么从**多佛沙滩**来的长胡茬的男人：阿诺德……他会在二十四小时之内见到他们两个……但不！他要从滑铁卢走。南汉普顿，阿弗尔，所以！……另外那个是个令人厌恶的家伙，"我们小小专著的主人公！"……那是好久以前的事了！……他看到一堆发光的急件盒子，上面镶着"**这个架子专供……**"一张彩色的——粉红和蓝色！——布洛涅沙滩的照片和挂起的画框，证明"我们小小的……"那是好久以前的事了啊！他听到自己的声音在簇新的火车车厢里回响，自豪地、清晰地、带着男性的坚定，"**我支持一夫一妻制和贞洁，还有，不要提这件事。当然，如果他是个男人，想要个情人没什么问题。再说一次，不提这件事……**"他的声音——他自己的声音——传来，好像从长途电话的另一端传来似的。真是个该死的长途电话啊！十年了……

如果他是个男人，想要个情人……该死的，他不想要！十年来他懂得了，如果一个英国兵是个还像样的人……他的头脑同时说，两条线搅在一起，像一首赋格的两个主题，"有些兵士拿虚伪的山盟海誓骗取了姑娘的贞操。"①还有，"当我们肩并肩，只有指尖能够触碰！"

他说："但是该死的，真该死！那个混账东西错了！我们的手并没有触碰……我不相信我和她握了手……我不相信我碰了那个女孩……我这一生……一次都没有！不是那种握手的类型……一个点头！见面和分别！……英国人，你知道……但是，她把手臂放在我肩膀上……在路堤上！……**才认识这么短时间**！当时我对自己说……啊，我们从那时起补上了这一遗憾。但不，并没有补上！弥补了……西尔维娅说得很恰当，当时母亲快死了……"

他神志清醒地说："但也可能是那个喝醉了酒的弟弟……你不会用虚伪的山盟海誓去诱骗处女，半夜两点在肯辛顿主街，一人一边搀扶着一个喝醉了的水手，脚步断断续续……"

"断断续续！"就是这个词。"运转得断断续续！"

有一次，那个男孩从他们手里挣脱出来，以惊人的速度沿着灰蒙蒙的木铺路面跑着，宽阔的街道上空无一物。当他们抓到他的时候，他在黑色的绞刑架下，带着牛津口音，慷慨激昂地对着一个一动不动的警察说：

"就是你们这些家伙！"他叫着，"让老英格兰保持现在这个样

---

① 引自莎士比亚《亨利五世》第四幕第一场。参考方平译法。

子！你在我们的家乡维持着和平！你把我们从卑劣的放纵中拯救出来……"

他总是用一个普通水手的声音和腔调对提金斯说话，用他表面上粗鲁的声音！

他有双重性格。有两三次，他说："你为什么不吻那个姑娘呢？她是个**好**姑娘，不是吗？妈的，一个穷英国兵，你他妈不是吗？啊，妈的，穷英国兵一定得搞上他们想要的所有好姑娘！这才正确，不是吗？"

而且，就算在他们还不知道将来会发生什么的时候……当然有些残酷……他们最后还是叫到了一辆四轮出租车。喝醉了的男孩坐在司机旁边，他坚持要求……她小小的、苍白的有些凹陷的脸庞直直地盯着他，在她……当时没可能交谈，那辆车，在路上当啷直响。当男孩抓住缰绳的时候，车子突然令人恐惧地停了下来，老车夫似乎并不介意，但是当他们把男孩扛进漆黑的房子里的时候，他们得把口袋里所有的钱掏出来付给他……

提金斯脑子里想着："现在，当他们进她父亲的房子的时候，她会灵巧地溜进去，说：'有个傻瓜在外面，有个姑娘在里面……'"①

他沉闷地回答道："可能到最后就是这么一回事……"他站在门廊的门口，她表情可怜地看着他。然后，屋里沙发上传来她弟弟

---

① 引自英国民谣《吹散晨露》，也被称为《过分礼貌的骑士》或《失望的爱人》，因为诗里提到的那位绅士在有机会的时候并没有和他的爱人共度良宵，于是她决定不再给他第二次机会。

的喊声，巨大、怪异的声响，像黑暗里某种不知名的生物的笑声[①]。他转身沿着小路走着，她跟在他身后。

他叫起来："可能太……不干净了……"

她说："是的！是的……丑陋……太……哦……**私人**了！"

他记得她说了，"但是……永远……"

她急匆匆地说："但是等你回来……永远的。而且……哦，好像这公开了一样……我不知道。"她补充了一句，"我们**应该**这样吗？……我会做好准备的……"她又补充道，"你要求的任何事我都会做好准备。"

在某个时刻，他说："但是很明显……不是在**这个屋檐下**……"然后他加了一句，"我们是那种……**不这么做的**！"

她也很快回答："是的——就是这样。我们是那种类型的人！"然后，她问，"埃塞尔的聚会怎样，成功吗？"她知道，它并不是不重要。

他回答："啊……**那是**永久性的……**那是**公开的……鲁格利也去了。那个公爵……西尔维娅带他去的。她会是个好朋友的！还有地方政府委员会的主席。我觉得……还有个比利时人……位阶相当于首席大法官……还有，当然啦，科罗汀·桑德巴奇……两百七十个人，最好的那些人，我走的时候那一对有些高兴地咕咕这么说！还有拉格尔斯先生……是的……他们是有名望的人了……没有我的位子了！"

---

① 这一幕可能暗指福楼拜《情感教育》第四章结尾的一幕。《情感教育》是福特最喜欢的小说之一。

414

"**我**也一样!"她回答,她补充了一句,"但我很高兴!"

两人中间出现一小段寂静。他们思考该怎么扶好那个喝醉了的弟弟的问题已经有了惯性,还没来得及改过来。那长得像千万个痛苦的日月……长到已经有了惯性。弟弟似乎在吼:"嚎——嚎——咕嗟……"两分钟以后:"嚎——嚎——咕嗟……"匈牙利语,毫无疑问!

他说:"看到文森特站在那个公爵身边真是精彩。给他看一本头版书!当然还不是**非常**像一个,说到底,婚礼聚会!但是鲁格利能看出什么区别来呢?[①]……而且文森特一点都不奴颜婢膝了!他甚至纠正了鲁格利书籍末页[②]这个词的意思!他第一次纠正了比他等级高的人!……很有名望了,你看!而且**几乎是**鲁格利表哥……亲爱的西尔维娅·提金斯的表哥,所以仅次于最近的关系了!麦克马斯特夫人**最老的**朋友的妻子……西尔维娅去拜访了他们——很简朴的!——在萨里的家……至于我们,"他总结说,"只站着待命的人,也是在侍奉……[③]"

她说:"我猜,那房子看起来一定很可爱。"

他回答:"可爱……他们把那个可怕家伙那些挂在餐厅深色栎木镶板上的画全都拿走了……满是乳房、乳头、嘴唇和红石榴的烈焰……当然,还有那些最高的银烛台……你记得,银烛台和深色栎木……"

---

① 根据前文,鲁格利公爵没有结过婚。
② colophon,希腊语。
③ 引自弥尔顿的诗作《我的失明》,参考屠岸译法。

她说:"哦,亲爱的……别说了!……**别说了!**"

他用叠好的手套碰了碰头盔的帽檐。

"那我们就把这一段抹除吧!"他说。

她说:"你能带着这一小张羊皮纸吗……我找了个犹太小女孩用希伯来语写的:上面是'愿耶和华赐福给你,保护你;[1]你出你入,耶和华要保护你,从今……[2]'"

他把它塞进胸前的口袋。

"辟邪的话,"他说,"我当然会带着它……"

她说:"如果我们**能**把今天下午抹除的话……这可能会好受点……你可怜的母亲,你知道,当时奄奄一息,当我们……"

他说:"你记得**那个**……连你都……如果我没有去罗布施德……"

她说:"见到你的第一眼,我就……"

他说:"我也是……从最开始……我告诉你……如果我向门外望去……都好像一片沙漠……但是左手边一半的地方是一汪泉水。这可以相信。就这么永远下去……你,可能,不会懂。"

她说:"我懂!"

他们头脑中浮现出过去的场景……沙丘,草被剪得很短……有些可以忽略不计的船舶,树墩做成桅杆的横帆双桅船,从阿尔汉格尔来……

"从最开始。"他重复道。

---

[1] 出自《圣经·民数记》。
[2] 出自《圣经·诗篇》。

她说:"如果我们**可以**把这段记忆抹除的话……"

他头一次感受到了巨大的温柔的保护欲,说道:

"是的,你**可以**,"他说,"你从今天下午开始,就在四点五十八分之前,当我对你说了,你同意了以后……我听到皇家骑兵卫队的钟声……到现在为止……减掉这一段,把时间连起来……这**可以**做到……你知道手术是这么做的。因为某种疾病要切掉很长一段大肠,然后把前后接起来……大肠炎,我想……"

她说:"但是我**不会**把它抹除的……这是第一个说出口的征兆。"

他说:"不,不是的……从最开始……每一个字……"

她叫起来:"你也感受到了!……我们被硬推到了一起,就像在木匠的台钳里一样……我们没法逃脱……"

他说:"老天!就是这样……"

他突然看到圣詹姆士公园的垂柳。四点五十九!他刚刚说:"今晚你能做我的情人吗?"她走了,稍微靠左,手抚在脸上……一个小喷泉,稍微靠左。应该相信,这可以永远地继续下去……

一个人沿湖边闲逛着,晃着手杖的把手,他极为闪亮的常礼帽搭在一边,燕尾服的后摆在身后上下拍打着,灰蒙蒙的阳光下,他的喜鹊夹鼻眼镜发着光。当然啦,这是拉格尔斯先生来了。他看着那个女孩,然后再低头看看提金斯,坐在长椅上伸展着四肢。他碰了碰他闪闪发亮的帽子的帽檐。

他说:"晚上在俱乐部吃饭吗?……"

提金斯说:"不。我退会了。"

带着一副长嘴鸟咀嚼腐烂食物的表情,拉格尔斯说:"哦,但是我们委员会召开了紧急会议……委员会坐在一起……给你写了一封信,请你重新考虑……"

提金斯说:"我知道……我今晚得收回我的退会申请。明天一早再重新退会。"

拉格尔斯的肌肉刚刚松弛了一会儿,现在又绷紧了。

"哦,我说!"他说,"不是这样……你不能这么做……不能这样对**俱乐部**!……从来没人这么做过……这是一种侮辱……"

"这是我的本意,"提金斯说,"不应该指望绅士们归属于一个委员会里有某些人的俱乐部。"

拉格尔斯深沉的声音突然变得很高。

"唉,我说,你知道!"他尖叫起来。

提金斯说:"我不是报复……但我**真的**受够了……那些老女人和她们的闲聊。"

拉格尔斯说:"我不……"他的脸突然变成了深棕色,又变深红色,然后变成发棕的紫色。他垂头丧气地看着提金斯的靴子。

"哦!啊!好吧!"他最后说,"今晚在麦克马斯特家见……他的爵位真是件好事。上流人士……"

这是提金斯第一次听说麦克马斯特的爵位,他当天早上没能看到荣誉榜。在那之后,他独自和文森特爵士以及麦克马斯特夫人用餐,他看到一张照片挂在墙上做背景,是国王和麦克马斯特在做什么。那是明天早报要用的照片。从麦克马斯特尴尬的安静和伊迪丝·埃塞尔所解释的来看,这一荣誉是因为一件特殊事务。提金斯猜到麦克马斯特的所作所为,以及这个小个子男人并没有告诉伊迪丝·埃塞尔是谁最初完成了这一工作。而——就像他的女朋友一样——提金斯也这么算了。他不明白为什么可怜的文森特不应该在家里拥有一些威望——在那些典范之下!但他没有——虽然麦克马斯特整晚都带着畏畏缩缩的意大利灰狗的关心和爱护,急急地把一个又一个名人带到提金斯身边,虽然提金斯知道他的朋友也很悲伤、很震惊,就像任何一个女人一样,因为他,提金斯,又要出发去法国了——但提金斯也没能再次正眼看看麦克马斯特……他感到很耻辱。他感到,人生中第一次,耻辱!

甚至当他,提金斯,从聚会上溜走的时候——去往他的好运!——虽然客人们正在上楼,麦克马斯特还是喘着粗气从楼梯上下来,追在他身后。他说:"等等……你不会去……我想……"

带着悲惨而震惊的眼神,他往楼梯上看了一眼。麦克马斯特夫人可能也会出来。他黑色的短胡子颤抖着,惨兮兮的双眼低垂。他说:"我想解释……那不幸的爵位……"

提金斯拍拍他的肩膀,麦克马斯特在他面前高处的台阶上。

"没事的,老哥们,"他说——带着真正的喜爱之情,"我们摸爬滚打了这么久,一点这样的小事不会……我很高兴……"

麦克马斯特轻声说:"还有瓦伦汀……她今晚不在……"

他叫起来,"老天!……如果我想……"提金斯说,"没关系。没关系。她在另一个聚会上……我要走了……"

麦克马斯特带着怀疑和悲惨的眼神看着他,身子向前倾着,抓着潮湿的栏杆。

"告诉她……"他说,"老天!你可能会死……我求求你……

我求求你，相信……我会……像我的掌上明珠一样……"提金斯的目光很快地扫过他的脸，他看见麦克马斯特眼里饱含泪水。

他们站在石阶上往下看着。许久后，麦克马斯特说："好吧……"

提金斯说："好吧……"但他没法看着麦克马斯特的眼睛，虽然他感到朋友的眼睛可怜地在他脸上寻找着……"从后门溜走吧。"他想。很奇怪，你没法看着那个你再也不会见到的人的脸！

"但是老天有眼，"当思绪重新回到面前的女孩身上的时候，他狠狠地自语道，"绝不会再从后门溜走了……我必须告诉她……如果我不努力点就太该死了……"

她的手帕蒙在脸上。"我总是在哭，"她说，"小小的翻腾的泉水，相信它会永远这样下去……"

他看看左边，看看右边。拉格尔斯或者某个戴着不合适的假牙的将军一定会来的。街上被煤烟熏黑的矮树丛干净、空旷、宁静。她看着他。他不知道他沉默了多久，他不知道他在那里。无法容忍的潮水逼迫他向她靠近。

在很长一段时间以后，他说："啊……"

她向后退去。她说："我不会看你走远的……看人走远会带来不幸……但我永远不会……我永远不会把你当时说的话从脑海中抹去……"她走了，门关了。他想知道她永远不会从脑海中抹去的是什么。是那个下午他求她做他的情人吗？

他看到，在他老办公室门口有一辆运输卡车。它会载他去霍尔本。

图书在版编目（CIP）数据

有的人没有 /（英）福特著；曹洁然译．—上海：上海三联书店，2017.10
 ISBN 978-7-5426-5587-5
 Ⅰ.①有… Ⅱ.①福… ②曹… Ⅲ.①长篇小说－英国－现代 Ⅳ.①I561.45

中国版本图书馆CIP数据核字（2016）第106366号

队列之末Ⅰ：有的人没有

著　　者 /〔英国〕福特·马多克斯·福特
译　　者 / 曹洁然
责任编辑 / 陈启甸
特约编辑 / 赵丽娟　王正磊
装帧设计 / 王绍帅
监　　制 / 姚　军
出版发行 / 上海三联书店
　　　　　（201199）中国上海市都市路4855号2座10楼
印　　刷 / 北京旭丰源印刷技术有限公司
版　　次 / 2017年10月第1版
印　　次 / 2017年10月第1次印刷
开　　本 / 787×1092　1/32
字　　数 / 315千字
印　　张 / 13.5

ISBN 978-7-5426-5587-5/I.1137

定　价：42.80元